Sur l'auteur

Jean d'Aillon, né en 1948, vit à Aix-en-Provence. Docteur d'État en sciences économiques, il a fait une grande partie de sa carrière à l'université en tant qu'enseignant en histoire économique et en macroéconomie, puis dans l'administration des Finances, avant de démissionner en 2007 pour se consacrer à l'écriture. Il a reçu en 2011 le Grand Prix littéraire de Provence pour l'ensemble de son œuvre.

JEAN D'AILLON

MARIUS GRANET ET LE TRÉSOR DU PALAIS COMTAL

10/18

LES PRESSES DE LA CITÉ

Une première édition de ce titre a paru en 2009
aux Éditions du Masque.

ISBN 978-2-264-08256-5
Dépôt légal : août 2023

LES PRINCIPAUX PERSONNAGES

1307

Albert de Blacas, commandeur du Temple
Geoffroy de Merval, chevalier du Temple
Raymond Perdigon, chevalier du Temple

1784-1802

Delphine Aiguillon, servante de la famille Desorgues
Augustin Aiguillon, cousin de Delphine
Arrangiarsi (La Débrouille), cocher napolitain du marquis de Simiane
Marie Bal, femme de chambre de l'épouse du président d'Entrecasteaux
Claude Barnoin, dit Dauphiné, premier laquais du président d'Entrecasteaux
Antoinette Billon, gouvernante d'Auguste de Forbin
Binet, intendant de l'hôtel d'Entrecasteaux
Bocquillon, portier de l'hôtel d'Entrecasteaux
Jean de Dieu de Boisgelin, archevêque d'Aix
Jean-Baptiste Raymond Bruni d'Entrecasteaux, président au parlement d'Aix

Jean-Baptiste Paul Bruni, marquis d'Entrecasteaux, son père
Napoléon Buonaparte, capitaine à Toulon, puis général et Premier consul
Angélique de Castellane, épouse du président d'Entrecasteaux
Jean-Antoine Constantin, peintre aixois
Joseph Théodore Desorgues, poète révolutionnaire
Jean-Pierre Desorgues, son père, ancien assesseur de la ville d'Aix
Jean-Joseph Desorgues, frère de Théodore, conseiller à la cour des Comptes à Aix
Jules-François Paul de Fauris, seigneur de Saint-Vincens, magistrat, riche collectionneur aixois
Joseph Fesch, oncle de Bonaparte
Auguste de Forbin, futur comte de Forbin, peintre
Clotilde de Forbin-Tonnerre, cousine éloignée d'Auguste de Forbin
Frochot, serrurier à Aix
Fulques Gaillard, ancien jardinier, ancien soldat de La Fayette
François Marius Granet, peintre
Imbert, propriétaire de l'hôtel des Princes
Jouve, dit Jourdan Coupe-Tête, louche personnage devenu général de l'armée de Vaucluse
Lange de Saint-Suffren, lieutenant criminel d'Aix
Jean-François André Le Blanc de Castillon, procureur général à Aix
Jean Joseph Pierre Pascalis, avocat, assesseur de la ville d'Aix
Jean Étienne Marie Portalis, avocat, conseiller d'État, puis ministre des Cultes
Antoine de Puylaurens, médecin

Jean-Joseph Rive, abbé, bibliothécaire, fondateur à Aix en 1790 du club des Anti-Politiques
Siméon, beau-frère de Portalis
Charles François de Simiane, marquis de Miremont, gentilhomme de Monsieur

L'ANNÉE 1307

Depuis près de dix ans, le roi de France était en querelle avec la papauté. Exactement depuis que Philippe IV le Bel avait décidé – les caisses du royaume étant vides – que les clercs et les gens d'Église paieraient désormais impôts en terre de France.

En 1303, l'affrontement s'était brusquement aggravé avec l'accusation de simonie proférée par Philippe contre Boniface VIII. Poursuivi et terrorisé par les nervis du roi de France avec à leur tête Guillaume de Nogaret, le pape devait être brutalement rappelé à Dieu, non sans avoir excommunié la famille royale de France. Le nouveau successeur de saint Pierre, Benoît XI, persécuté à son tour, devait mourir en 1304.

Dans sa lutte contre Rome, Philippe le Bel s'était appuyé sur le riche ordre du Temple ; en contrepartie, il lui avait confié la gestion du trésor du royaume et, pour montrer à tous la confiance qu'il avait envers eux, il s'était installé dans l'enceinte de leur forteresse : le Temple de Paris.

L'élection d'un nouveau pape, en 1305, amena un Français, Bertrand de Got, sur le trône pontifical. Clément V – nom choisi par Bertrand de Got – décida alors de vivre en France et de mettre fin au conflit avec le roi.

Celui-ci pouvait dès lors réviser son alliance avec les trop puissants templiers.

Il s'y employa.

En 1305, une curieuse dénonciation proférée par un détenu de droit commun accusa les templiers de mauvaise vie et d'apostasie alors que la situation financière du pays ne cessait de se dégrader sous la gestion du Temple. L'année suivante, des émeutes éclatèrent dans Paris. Le roi rassura ses sujets en accusant les Juifs et en les chassant du royaume, non sans avoir au préalable confisqué leurs biens.

Des rumeurs infamantes continuaient cependant à circuler sur le Temple qui gérait toujours les finances royales. En septembre 1307, sous la pression populaire, le pape décida finalement d'ouvrir une enquête dont l'objectif restait toutefois de laver l'Ordre de tout soupçon.

Philippe le Bel ne l'entendait pas ainsi. Après avoir confisqué les richesses des Juifs, il avait décidé de s'approprier celles de ses trésoriers. Le 13 octobre 1307, il fit arrêter tous les templiers dans leur commanderie et les fit torturer jusqu'à ce qu'ils avouent leurs turpitudes.

À la fin de cette année-là, et après des souffrances abominables, cent trente-quatre des cent trente-huit templiers emprisonnés reconnurent les crimes diaboliques qui leur étaient reprochés et furent condamnés au bûcher.

Pourtant Clément ne les abandonnait pas : au début de 1308, il cassa l'inquisition menée par Philippe IV et se fit confier les quelques prisonniers encore vivants.

Mais le mal était fait. Les templiers resteraient considérés comme des criminels et des adorateurs de Satan.

1

Le 23 janvier 1308

La ville d'Aguensi[1] s'étendait devant lui au pied de la colline. Le voyageur eut un faible sourire. Non ! Pas *la ville*, les trois villes ! La première, dont les murailles ocre entouraient la cathédrale, était le bourg Saint-Sauveur. La seconde, mitoyenne à la ville épiscopale, avait une forme plus allongée. On distinguait la lourde construction du Palais Comtal qui s'était développé, lui avait-on affirmé, autour d'une porte romaine, comme à Turin.

Ayant fait arrêter son destrier, il abaissa le capuchon de sa houppelande, un manteau crasseux de couleur blanche avec des croix rougeâtres cousues sur les épaules. Sa tête était protégée par un casque pointu dont le nasal lui masquait le haut de la face. Il scruta longuement les ruines d'un antique monument situé à dextre, un théâtre ou un amphithéâtre. Le massif bâtiment était surmonté de deux tours et cerné d'une muraille avec un hourd de bois[2] en encorbellement. Ceux qui l'envoyaient

1. Aix.
2. Sorte de balcon de bois, extérieur et intérieur, fixé sur le haut des murailles. On peut encore en voir à Carcassonne.

lui avaient expliqué qu'il s'agissait de l'antique Aquae Sextiae que l'on appelait maintenant la Cité des Tours ou encore *Castrum Turres*[1].

Le vent soufflait de l'est, glacial, chargé de lourds nuages de neige.

Le cavalier hocha la tête plusieurs fois, songeant que son long voyage était terminé et, dans un frisson, serra son manteau autour de lui. Avant de poursuivre, il se tourna vers le roussin de bât qui portait ses bagues, sa large épée à deux mains et son écu triangulaire dont la peinture écaillée par les coups révélait encore une croix du Temple écarlate. La bête était fatiguée, elle avait soif. Comme lui, d'ailleurs. Heureusement cette mission touchait à sa fin. Dans un moment, songeait-il, je serai au chaud dans la commanderie d'Aix.

Néanmoins sa satisfaction était tempérée parce qu'il savait qu'il repartirait dès le lendemain. Il y avait encore tant d'autres commanderies à prévenir et à convaincre.

Il remit son cheval au petit trot.

Un moment plus tard, le chemin empierré et bordé d'oliviers l'amena aux lices extérieures qui longeaient la muraille de la ville comtale. Il passa une première porte fortifiée devant laquelle quelques hommes assis sur des pierres jouaient aux dés autour d'un maigre feu qui ne pouvait guère les réchauffer. Les gardes le dévisagèrent et l'ignorèrent en reconnaissant un templier.

La porte suivante était située au levant de la ville. Elle avait été ouverte dans les murailles cent ans plus tôt pour permettre à l'Ordre d'accéder directement à

1. Voir *L'Archiprêtre et la Cité des Tours*, du même auteur.

sa commanderie, d'où son nom de porte du Puy-de-la-Cavalerie[1].

Ce n'était qu'une simple ouverture pour franchir l'enceinte, un portalet. Aucune tourelle ou barbacane ne la protégeait. Les deux vantaux de chêne cloutés étaient ouverts et la grille, qui clôturait la voûte, était levée. Trois hommes assis sur un banc maçonné, à l'intérieur, jouaient aussi aux dés. Leurs casques étaient posés à terre ainsi que leurs courtes épées. L'un des gardes, vêtu de drap jaune et d'un manteau de laine grise, se leva en l'entendant arriver et le dévisagea :

— Allez-vous au Temple ? interrogea-t-il d'un ton las en langue d'oc.

— Je viens rencontrer monseigneur de Blacas, répondit simplement le chevalier en latin.

Il n'avait rien à dire de plus. Le soldat fit un vague signe de la main pour lui indiquer la direction à suivre.

— Continuez par là, la rue du Temple. La commanderie se trouve à senestre.

Le templier fit avancer son cheval dans la direction indiquée. Le vent glacial qui s'engouffrait dans la ruelle le saisit brusquement. Il baissa la tête.

La commanderie n'était qu'une massive bâtisse sombre, presque à l'angle de la rue et face au Palais Comtal, avec une entrée étroite et des archères minuscules. L'endroit était austère, sombre, déplaisant.

Un peu avant, une écurie faisait le coin avec une ruelle sale. Dans un renfoncement se dressait une petite église à la façade lugubre. Un gamin, nu-pieds malgré le froid, se précipita vers le chevalier.

1. C'est l'actuel Portalet, inchangé depuis sept cents ans, qui fait communiquer la rue Rifle-Rafle à la place des Prêcheurs.

— Mon père est à la forge ! Je peux garder vos chevaux pour un sol. Ici, ils seront bien soignés. C'est l'écurie que tous les templiers utilisent.

Le chevalier sourit malgré sa lassitude. Décidément, les enfants étaient partout les mêmes. Il se rapprocha de la borne dressée contre le mur d'angle, prit appui sur la pierre et descendit lentement de sa monture. Par places, le sol était couvert de glace et il craignait de glisser. Avec sa lourde broigne maclée[1] de lames et d'anneaux de fer qui le protégeait jusqu'au bas des cuisses, ses gantelets et son harnois, il ne se relèverait pas sans aide et se couvrirait de ridicule.

— Je repars demain, fit-il d'un ton sévère dès qu'il eut mis pied à terre. Tu porteras mes affaires à la commanderie. Et pour ce sol, tu nettoieras aussi mes armes et tu passeras les cuirs de la selle et des brides à la cire. Ils en ont bien besoin.

Il se détourna et frappa à la porte ferrée. Au bout d'un temps assez long le petit judas grillagé s'ouvrit et une voix sourde et revêche murmura :

— Que voulez-vous ?

— Voir le maître. Je me nomme Geoffroy de Merval. J'appartiens à la commanderie de Naples.

De l'autre côté, on le dévisagea sans aménité. L'examen dut pourtant satisfaire le portier car il y eut des bruits de verrous, les gonds grincèrent et l'épaisse porte s'entrebâilla. Le gamin dans son dos essayait de voir à l'intérieur. Avant de pénétrer, Geoffroy se retourna et lui fit une grimace d'impatience pour qu'il s'éloigne. Le concierge referma soigneusement le vantail derrière lui et plaça deux barres de bronze. Le visiteur se trouvait maintenant dans une sorte d'obscure galerie

1. Tunique de tissu ou de cuir renforcée d'anneaux de fer.

éclairée par une bougie de suif placée dans une niche et qui avait noirci la paroi de pierre.

— Suivez-moi ! ordonna le portier sans ménagement.

C'était un vieil homme sec et ridé. Il leva une tenture et poussa une autre porte, très basse, en chêne clouté. Ils pénétrèrent dans une salle voûtée, glaciale, à peine éclairée par deux hauts vitraux. Au fond, un escalier bordé de colonnades grimpait raide et, à droite, Merval distingua un petit cloître avec un jardin de buis au milieu.

Le silence était profond, épais, oppressant. La commanderie paraissait abandonnée.

Le templier monta les marches à la suite de son guide. De belles statues de bois peintes représentant la Vierge et saint Jean se trouvaient dans des renfoncements du mur.

Les deux hommes passèrent une lourde tenture tapissée.

La pièce dans laquelle ils pénétrèrent était plus chaude que la précédente. Un feu pétillait joyeusement dans la grande cheminée. Instinctivement, le voyageur s'en approcha. Une table en noyer était poussée le long d'un mur. Elle portait quelques coupes d'orfèvrerie. Geoffroy n'y prêta aucune attention mais s'attacha aux épées posées sur une lourde cathèdre et surtout aux deux templiers assis sur de hautes chaises en noyer ciselées qui bavardaient à voix basse. Ils se turent et se levèrent en le voyant entrer. Le plus âgé s'avança avec sur le visage une expression interrogative mais courtoise.

— Qui êtes-vous, mon frère ? s'enquit-il.

Il avait observé que son visiteur était aussi un templier. Comme Merval, il portait une épaisse barbe poivre et sel qui lui couvrait la poitrine. Son attitude était pleine d'autorité.

— Geoffroy de Merval, je viens pour rencontrer le noble commandeur Albert de Blacas.

— Je suis Albert de Blacas. Comme vous le voyez, la commanderie est déserte. Nos frères chevaliers l'ont quittée pour se mettre à l'abri. Avez-vous des nouvelles de Jacques de Molay ?

Geoffroy fit la grimace.

— Pas très bonnes, monseigneur… Hélas ! Le Seigneur semble nous avoir abandonnés…

Il s'arrêta de parler en prenant conscience que le concierge était toujours dans son dos et qu'il blasphémait.

Blacas nota la réticence et ordonna au portier :

— Allez donc chercher de la nourriture et du vin pour notre frère.

Il se tourna vers son compagnon, plus jeune et imberbe, qui considérait avec attention le nouveau venu.

— Raymond Perdigon est chevalier de l'Ordre. Vous pouvez parler sans crainte devant lui, poursuivit-il.

Il indiqua au visiteur un banc de chêne près du feu.

— Assoyez-vous et reposez-vous. Vous devez être fatigué.

Geoffroy de Merval défit les aiguillettes de son manteau, qu'il garda sur les épaules, puis détacha le long couteau de chasse qu'il avait conservé à son baudrier et, avec un profond soupir de satisfaction, suivit le conseil du commandeur.

Les deux autres reprirent leur place.

Merval tendit ses mains en avant vers les flammes pour les réchauffer et expliqua :

— J'arrive de Vienne, et auparavant je me trouvais à

Naples. Je dois faire le tour de toutes les commanderies du Midi. Clément a cédé. Il a accepté que nos frères soient arrêtés et les commanderies fermées. Un accord de l'Église en ce sens arrivera à Aix d'ici quelques jours pour le comte Charles[1]. Vous avez juste le temps de vous mettre à l'abri et de cacher le trésor du Temple.

Raymond Perdigon secoua la tête en souriant.

— Rassurez-vous, nous ne risquons rien. Je suis chevalier. Nous sommes chez nous ici et toute la noblesse de Provence nous soutiendra. Surtout, nous avons confiance en Charles, nous l'avons aidé lorsqu'il était prisonnier en Espagne, c'est un roi juste et pieux qui ne nous abandonnera jamais.

Merval eut une grimace d'ironie incrédule.

— Ne croyez pas ça ! Certes, Charles est un bon roi, mais il subit une pression terrible de son cousin Philippe. Je vous le dis, Clément a cédé et le sénéchal de Provence, François de Leclo, doit recevoir incessamment des instructions. Mes sources sont sûres. Vous serez arrêtés et certainement torturés. Tous les biens du Temple seront saisis. Je vous en conjure, vous avez le droit d'accepter le martyre, mais mettez au moins les documents et le trésor de l'Ordre à l'abri.

Sa voix était lasse mais assurée. Blacas en fut ébranlé. Il se tourna vers Perdigon, le visage maintenant défait et inquiet.

— Qu'en pensez-vous ? Nous ne risquons rien à prendre quelques précautions. Depuis plusieurs jours,

1. Charles II d'Anjou, dit le Boiteux, roi de Sicile et comte de Provence. Il résida en Provence de mai 1306 à 1308 et mourut à Naples en 1309. Il fut enseveli à Aix dans l'église Sainte-Marie, rue Nazareth (l'église n'existe plus). Charles II était le fils du frère de Saint Louis et le cousin de Philippe le Bel, petit-fils de Saint Louis. Sur sa descendance, voir *L'Archiprêtre et la Cité des Tours*.

dans l'incertitude, j'avais rassemblé nos papiers importants dans ce baguier. (Il montra la boîte de cuir sous la table.) Tout ce que nous avons de précieux peut être mis dans un second coffret. Nous pourrions les ranger à Sainte-Catherine, sous l'autel par exemple.

— Quelle est cette église ? interrogea Geoffroy avec rudesse.

— Celle de notre Ordre, juste à côté de la commanderie. Elle possède un vaste cloître et un jardin enclos. Nous pourrions même y enterrer les coffres, ce serait plus sûr, proposa Blacas.

Merval montra un air ironique, surpris par tant de naïveté.

— Vous n'y pensez pas ! Le maître-autel de l'église ! Le jardin ! Mais s'il s'agit de votre chapelle, c'est là qu'ils chercheront en premier lieu s'ils ne trouvent rien ici !

Il secoua la tête en serrant le poing de la main gauche.

— Non ! Vous devez choisir un endroit sans aucun rapport avec le Temple. Une maison en ville peut-être…

— Toutes nos maisons sont connues, objecta Perdigon sèchement, froissé du manque de déférence de ce chevalier envers son commandeur.

Un pénible silence s'installa. Le feu crépitait dans la pièce et personne ne voulait céder. Merval leva les yeux et distingua dans l'ombre un tableau sur bois représentant l'adoration des mages. Il se mit à prier en silence pour Jacques de Molay, leur grand maître. À cet instant, le portier entra, apportant un plat contenant une viande froide et du pain. De son autre main, il tenait une cruche de vin. Il posa le tout en silence sur la table et ressortit comme une ombre.

— Je me demandais…

Perdigon laissa sa phrase en suspens. Sa voix avait

rompu le silence et les deux autres le dévisagèrent avec intérêt. Perdigon restait pourtant intimidé.

Le commandeur émit un sourire.

— Allez-y, parlez, n'hésitez pas, toute idée est bonne à prendre, nous n'avons peut-être plus beaucoup de temps si notre visiteur à raison.

Il doutait toujours.

— On fait d'importants travaux dans l'une des tours romaines du Palais pour la transformer en logis, dit le jeune chevalier. J'ai vu que l'on posait des dalles sur le sol. Si nous cachions nos coffres dessous, personne ne songerait à les chercher là. Plus tard, nous arriverions bien à les reprendre.

Quatre ans plus tôt en effet Charles II d'Anjou, le comte de Provence, avait fait construire par l'architecte Jean Baudauci deux corps de bâtiments au midi et au levant du Palais Comtal. La partie au levant prolongeant les murailles de la ville. Ces travaux achevés, il avait entrepris une réparation et un aménagement des deux tours romaines situées de l'autre côté : la tour du Mausolée et la tour du Trésor.

Apparemment séduit par la proposition, Blacas haussa les sourcils.

— J'ai entendu de plus grandes bêtises, fit-il avec un sourire bienveillant. L'idée me paraît excellente. La tour communique avec l'office du viguier et il n'imaginera jamais que nous avons caché quelque chose chez lui. Nous pourrions aller voir demain si cela s'avère possible…

Merval le coupa sèchement :

— Demain ? Je vous l'ai dit, vous n'avez plus de temps. Il faut régler cette affaire sur l'heure. Ce soir, cette nuit, nous agirons. À tout moment vous pouvez être saisis.

Blacas dévisagea de nouveau Perdigon, il ne savait que décider. Perdigon pas plus que lui.

— Pourquoi pas ? proposa-t-il finalement. Pensez-vous qu'à trois nous pourrions transporter ces coffres et les cacher ?

— Certainement ! La tour est proche. À deux, nous porterons le coffre contenant le trésor, le troisième amènera le baguier avec nos parchemins. Celui-là n'est pas très lourd. Sur place nous trouverons les outils nécessaires pour les enfouir. Il faudra seulement tout envelopper dans des peaux graissées pour éviter les infiltrations d'eau. En vérité, je pense que nous pouvons agir dès cette nuit.

La décision fut prise. Perdigon et Blacas se mirent au travail pendant que Merval se sustentait puis allait dormir quelques heures.

Quand il rejoignit les templiers d'Aix, ceux-ci avaient rassemblé tous les objets précieux de la commanderie : ciboires et croix d'or sertis de rubis, colliers, bagues et autres bijoux arabes ramenés des croisades, joyaux païens et gaulois, plusieurs petits sacs de pierres précieuses, dont un de perles roses et un second d'émeraudes, ainsi que quatre sacoches de pièces d'or.

Le trésor fut serré dans une huche de fer que les Aixois arrivèrent à peine à soulever. Le portier dormait, ils ne l'avaient pas prévenu. Ils déverrouillèrent la porte et sortirent en silence alors qu'il était minuit passé. La nuit était noire et la seule luminosité provenait de quelques étoiles que l'on apercevait entre les nuages. Il faisait froid.

Ils avançaient lentement, se relayant à tour de rôle pour porter le pesant fardeau. Il leur fallut beaucoup de temps pour atteindre la tour du Trésor, pourtant proche, car à cause des travaux, ils durent se détourner par la rue du Messager et traverser la place de la Magdeleine.

Ils pénétrèrent dans le monument romain en réparation par une brèche ouverte pour faire passer les dalles et l'échafaudage. Le bâtiment était désert et même les gardes dormaient sur les remparts ou s'étaient réfugiés au chaud, dans quelque salle.

Blacas alluma une bougie avec un briquet à pierre et la posa sur un moellon. Plusieurs barres de fer et de gros chevrons de bois étaient entassés sur le sol. Perdigon fit lentement le tour de la salle. Il repéra une grande dalle qui venait d'être posée. Sa mise en place semblait bien définitive.

— Celle-là, décida-t-il.

À l'aide des leviers, les trois templiers la soulevèrent et la calèrent. Au-dessous, le sol était sableux. Merval s'accroupit et se mit à creuser avec ses mains et un couteau, Blacas l'imita. Au bout de quelques instants, ils avaient dégagé une place suffisante pour enfouir le gros coffre. Ils rebouchèrent ensuite partiellement le trou et posèrent le second coffret qui affleurait au niveau de la dalle.

Ils tassèrent ensuite le sol. Puis Perdigon joua à nouveau des leviers et, avec l'aide de ses deux compagnons, il remit la pierre dans sa position initiale.

Tous trois examinèrent alors leur travail avec soin.

— Je suis certain que notre œuvre restera invisible, déclara Blacas, fort satisfait. Rentrons, maintenant.

La nuit fut trop courte pour eux. Le soleil n'était pas encore levé que de violents coups retentissaient à la porte de la commanderie.

Merval avait dormi habillé et botté dans la pièce du bas non chauffée. Il se leva aux premiers fracas pour se précipiter vers le petit cloître, tenant son manteau d'une main et son couteau de l'autre. La veille, il avait repéré le figuier qui grimpait le long du mur. Il l'escalada de branche en branche et passa aisément dans les jardins de Sainte-Catherine.

Le sol était couvert de givre et la nuit encore noire, mais il y voyait un peu mieux et il chercha désespérément à se repérer. Il entendit sonner laudes tout près. Une haute enceinte longeait le jardin, donnait-elle dans la rue ? Il l'espérait et la suivit.

De l'autre côté, vers la commanderie, il entendait des cris et des exclamations. Il reconnut Blacas qui protestait, puis des cliquetis d'armes, ou de chaînes. Des ordres violents, aussi.

Le jardin était encombré de plusieurs objets et il aperçut une échelle. Affolé, il la dressa contre le mur et grimpa. En haut, il eut un soupir de satisfaction en reconnaissant la rue. Il se trouvait après le coin de la commanderie. En face se dressait l'écurie où l'attendaient son cheval et ses armes. Mais même s'il les recouvrait, pourrait-il ensuite quitter la ville ? Il resta immobile un moment, essayant de distinguer ce qui se passait. La porte de l'écurie était ouverte et il entendait un homme parler avec un enfant. Sans doute le petit qui avait pris son cheval pour le soigner. Il se redressa et leur souffla (la rue ne faisait pas une canne de large) :

— Voulez-vous gagner dix florins d'or ?

Il sentit qu'ils levaient tous deux les yeux. Puis ce fut une voix d'homme, sourde et calculatrice :

— C'est vous qu'ils cherchent ?

— Ça ne vous regarde pas. Alors ? Dix florins[1].

1. La monnaie du comté et du royaume de Naples était le florin de Florence.

Le palefrenier devait réfléchir et peser les risques. Mais dix florins ! Finalement, il accepta :

— Sautez ! On vous cachera.

Merval devait rester deux jours chez eux, enfoui dans le foin du grenier.

Revenons un moment en arrière. À peine Merval s'était-il enfui que le portier avait ouvert la porte de la commanderie. Le viguier, Pierre Gantelmi et le juge mage Pons Garnier avaient aussitôt pénétré dans la maison, suivis par une troupe de soldats armés. Les trois hommes présents dans la commanderie avaient été immédiatement arrêtés et enchaînés.

Le viguier avait ensuite ordonné aux soldats :

— Fouillez partout, et trouvez-moi celui arrivé hier.

La commanderie fut saccagée, les boiseries arrachées. Rien ! Ils fouillèrent aussi Sainte-Catherine sans succès. Le juge Pons ne trouva pas un papier, pas un bijou, pas un objet de valeur. Le trésor du Temple semblait s'être volatilisé.

Le soir même, le comte de Provence fut avisé de l'échec de l'entreprise.

Charles II n'insista pas. Il avait fait ce que son cousin Philippe le Bel lui avait demandé. Il n'irait cependant pas jusqu'à torturer ou à livrer des chevaliers qu'il estimait.

Perdigon et Blacas furent emprisonnés mais ne subirent pas de sévices trop éprouvants. Détenus au château de Meyrargues, aucun d'eux ne fut condamné à mort. Perdigon mourut cependant deux ans plus tard de maladie et Albert de Blacas fut placé en surveillance chez les Hospitaliers qui avaient reçu les biens du Temple.

Il emporta dans sa tombe le secret du trésor caché.

L'ordre du Temple fut aboli au concile de Vienne en 1312 par le pape Clément V.

Deux jours après son évasion, Merval réussit à quitter Aix déguisé en paysan. Il mourut dix ans plus tard en Orient, devant Jérusalem.

La maison des templiers fut vendue à un syndic de la ville et se dressait encore fièrement dans le centre d'Aix en 1784, tout comme l'église Sainte-Catherine.

Ces deux monuments furent finalement détruits pour construire l'ancienne prison de la ville et leurs pierres servirent de fondations au nouveau bâtiment.

2

Avril 1784

Dans un épouvantable fracas de fin du monde, le sommet de la tour cerclée de colonnades s'effondra en répandant un épais nuage de poussière aussi lourd et épais que celui d'un incendie. Les ouvriers avaient disposé des barrières de bois pour tenir les curieux à l'écart, la démolition du Palais étant devenue un lieu de promenade pour les habitants d'Aix. Trois gamins étaient pourtant restés au premier rang, n'hésitant pas à bousculer leurs aînés pour assister au prodigieux spectacle. Couverts de terre et de poussière, ils riaient, criaient et sautaient de toute la force de leur jeunesse.

— Monsieur Constantin ! Monsieur Constantin ! Vous avez vu ! hurlait le plus jeune en s'adressant à un homme au visage massif et souriant qui était assis sur un petit tabouret de bois, à l'écart des travaux, avec un chevalet de peintre dressé devant lui.

— Auguste, tu fais à toi tout seul autant de vacarme que ces travaux de démolition du Palais, gronda gentiment le peintre.

— Monsieur Constantin ! cria le second galopin, un

peu plus âgé qu'Auguste – il devait avoir huit ans. Vous nous montrez vos peintures ?

— Marius ! Je t'ai répété cent fois que ce sont des lavis, le corrigea l'artiste avec bonhomie. Allez, viens les voir si tu veux, et ne reste pas au milieu de cette poussière et de ces gravats, tu es déjà tout sale. Que va dire ta mère ?

L'enfant s'approcha, son fin visage illuminé par le désir. Il tendit la main vers les feuillets cartonnés que Constantin avait déposés sur une grosse pierre plate à côté de lui. En souriant, le peintre ôta délicatement la planchette qui les protégeait de la poussière.

Pendant ce temps, le troisième garnement – l'aîné du groupe – s'était glissé sous une barrière pour se rapprocher de la tour en ruine. Celui-ci paraissait être le plus intéressé par les travaux de démolition.

— Pitchoun, éloigne-toi ! lui cria le contremaître.

C'était un géant de trente à quarante ans, au visage marqué par les épreuves mais qui gardait toujours un sourire amical et tranquille. Il s'appelait Fulques Gaillard.

Fulques était le fils du principal jardinier de l'hôtel d'Entrecasteaux. À seize ans, il avait suivi l'appel de l'aventure et s'était embarqué à Marseille sur un caboteur qui faisait du négoce entre l'Italie, l'Espagne, et parfois le Levant. À vingt et un ans, il parlait la plupart des dialectes utilisés dans la mer intérieure. Travailleur, sérieux et honnête, un armateur le remarqua et le prit dans sa maison comme régisseur. L'aventure était terminée pour lui car il avait en charge de vérifier le fret des navires qui partaient pour les Indes occidentales ainsi que leurs pièces comptables et leurs documents de douane.

À vingt-sept ans, sa vie bascula.

L'*Heureux* était un beau trois-mâts affrété par Caron de Beaumarchais et sa destination était Philadelphie. C'est Fulques qui s'était occupé de son avitaillement, mais le bateau avait été immobilisé par les autorités durant quelques mois, Vergennes, ministre de Louis XVI, ne désirant pas ouvertement soutenir les insurgents américains dans leur combat contre l'Angleterre. Durant l'attente, le major von Steuben, officier de Frédéric II embauché par Benjamin Franklin pour entraîner les troupes du général Washington, avait sympathisé avec Fulques lors de ses visites chez l'armateur. L'officier avait été impressionné par les connaissances et le sérieux du jeune homme aussi, quelques jours avant le départ, il lui avait proposé :

— J'ai besoin d'hommes comme vous, Fulques. Pourquoi ne pas m'accompagner ? Vous pourriez faire fortune dans le Nouveau Monde.

Pourquoi pas, en effet ? avait songé le jeune homme. L'appel de l'aventure avait à nouveau retenti et il était parti en abandonnant tout.

Mais dans le Nouveau Monde, la situation n'était pas celle qu'il avait espérée. À Valley Forge, au camp de Washington, on manquait de tout : d'hommes, de nourriture, de vêtements. Von Steuben n'avait pu le garder avec lui et l'Aixois avait rejoint une troupe d'irréguliers, des miliciens vêtus de vestes de chasse en peaux de bêtes qui menaient une guérilla sans merci aux Anglais.

Trois ans plus tard, chef d'une petite troupe d'hommes des bois sous les ordres de La Fayette, il était devenu un véritable Américain.

La guerre faisait des ravages dans le camp des rebelles. On lui demanda de venir à Yorktown avec sa compagnie et, la veille de la bataille décisive, il se plaça au service de Charles de Lameth.

Comme lui, il avait été blessé. Mais Fulques avait perdu un bras.

Malgré tout, il pensait rester dans la jeune république. Cependant, avec un membre en moins, il s'aperçut vite que plus personne n'avait besoin de lui. Après l'armistice, en février 1783, il avait donc décidé de rentrer en France. Il était arrivé à Aix en février 1784, espérant trouver du travail chez les employeurs de son père car celui-ci était mort deux ans auparavant.

Il s'était donc présenté auprès du marquis d'Entrecasteaux, ancien président au parlement, lequel l'avait reçu assez froidement. Non ! Il n'avait pas besoin d'un jardinier supplémentaire, ni d'un gardien, surtout manchot !

Pourtant, la raison de ce refus ne tenait pas en une quelconque hostilité envers le pauvre invalide, en vérité, les Entrecasteaux manquaient tout simplement d'argent.

Au cours des dernières années les revenus et les biens de cette riche famille avaient fondu alors que leurs dépenses augmentaient sans cesse. La médiocrité des récoltes, associée à la malhonnêteté de leurs fermiers ou de leurs intendants, avait rendu leur situation financière difficile, et même inquiétante.

Pour ne rien arranger, le jeune fils du marquis, Jean-Baptiste Bruni[1], dépensait sans compter pour une avide maîtresse. L'hôtel contenait déjà une trop nombreuse domesticité, et le marquis savait qu'il ne pouvait payer un jardinier de plus, même s'il le regrettait.

Fulques allait repartir, la tête basse, quand justement

1. Bruni ou Bruny, nous avons choisi l'orthographe de Roux-Alphéran.

Jean-Baptiste Bruni, désormais président au parlement d'Aix depuis deux ans, était entré dans le bureau de son père, accompagné de leur intendant, Binet.

Le jeune président était vêtu à l'anglaise d'une longue redingote bleu foncé, d'une culotte de peau et de bottes souples. Il gardait ses cheveux longs libres sur ses épaules et son visage était éternellement souriant. Ses costumes, toujours à la dernière mode de Londres, étaient particulièrement décriés au parlement où la plupart des présidents et des conseillers restaient – comme son père le marquis – habillés à la française avec une veste courte, un gilet, des manches de dentelle et des souliers à boucle. Et surtout, tous portaient une perruque poudrée serrée par un catogan noir.

Le fils Entrecasteaux salua Fulques et intervint dans la conversation. Oui, il se souvenait bien du père Gaillard qui parlait souvent avec lui lorsqu'il était enfant et il rappela à demi-mot à son père que leur famille avait des devoirs envers leurs domestiques ainsi que leur descendance. Il questionna aussi fort aimablement l'invalide et quand l'ancien soldat expliqua avoir fait la campagne américaine, le jeune homme, enthousiasmé, et disons-le, secrètement envieux, avait proposé la solution suivante :

— Nous pourrions loger Fulques au-dessus des écuries et lui demander seulement une présence la nuit ainsi que quelques heures de jardinage en échange. À charge pour lui de trouver un autre travail en ville. Pourquoi pas au chantier de démolition du Palais, par exemple ? Ils recherchent des contremaîtres pour diriger leurs ouvriers, Fulques est un soldat, il saura commander. Ainsi, il aurait un toit, et il ne nous coûterait rien.

Le marquis, hésitant, s'était tourné vers Binet.

— Qu'en pensez-vous ?

— S'il ne s'agit que de le loger, il n'y aura pas de difficulté, avait reconnu l'intendant.

Fulques entra ainsi au service des Entrecasteaux et il dormait depuis deux mois sur un plancher couvert de paille, au-dessus des chevaux, au bout du jardin derrière l'hôtel. Simultanément, Binet l'avait recommandé auprès des entrepreneurs de démolition et il avait été engagé sur le grand chantier pour diriger une équipe de manœuvres.

L'ancien insurgent consacrait cependant deux demi-journées ainsi que tout son dimanche au jardin de l'hôtel, mais son travail était souvent interrompu par les visites de Jean-Baptiste Bruni qui lui demandait sans cesse de conter ses aventures dans le nouveau monde. En l'écoutant, le jeune Entrecasteaux soupirait de désir et d'envie. Que fais-je de ma vie ici ? se répétait-il.

Les Bruni étaient d'origine commerçante et leur récente noblesse provenait de charges qu'ils avaient achetées. Cet état provoquait un profond malaise chez le jeune président qui aurait voulu gagner la gloire à la pointe de son épée. Seulement il n'était que magistrat d'un petit parlement de province où il passerait sans doute sa vie entière. Il savait que son existence serait terne et il en était par avance désespéré.

Le lundi matin, Fulques regagnait le chantier de démolition de l'antique Palais Comtal de la ville.

La décision de cette destruction avait été prise par les parlementaires après le rétablissement du parlement de Provence.

En effet, treize ans plus tôt, à la suite d'un de ces nombreux conflits qui, dans l'Ancien Régime, émaillaient les relations entre la royauté et les parlementaires, Maupéou, ministre de Louis XV, avait supprimé les parlements de province jugés comme trop indépendants. Les parlementaires avaient été déchus de leurs charges et le ministre avait créé des offices pour gérer les affaires courantes. À Aix, c'est la cour des Comptes qui avait repris le travail du parlement. Cette boiteuse solution avait duré jusqu'en 1775. À partir de cette date, les anciens parlementaires, pardonnés, avaient pu reprendre leur activité, quoique avec plus de docilité qu'auparavant. Cependant, enragés que la cour des Comptes ait occupé *leur* Palais, les magistrats avaient décidé sa ruine sous le prétexte de son mauvais état. « Pourrions-nous siéger dans les salles qu'ont occupées des intrus ? » déclaraient-ils avec acrimonie.

En 1778, la destruction du monument avait donc été décidée et le parlement s'était transporté au couvent des Dominicaines alors que les autres cours : celle des Comptes, la Sénéchaussée et la Trésorerie générale, s'étaient installées dans divers couvents ou églises de la ville.

La démolition ne devait s'achever qu'en 1786 avec la mise à bas des constructions entourant le Palais, dont l'ancienne commanderie des templiers et l'église Sainte-Catherine.

Maintenant, la poussière s'était dissipée et Fulques put se rapprocher des restes encore debout de la tour du Trésor. Environ deux toises de hauteur de pierres branlantes se dressaient toujours au milieu du chantier. Alors qu'il atteignait le monument, il vit que les trois garnements s'étaient à nouveau glissés sous la barrière et se faufilaient sur le chantier. Il les héla.

Ces enfants n'auraient pu être plus dissemblables.

À eux trois, ils pouvaient incarner cette France de l'Ancien Régime qui allait bientôt disparaître. Le plus jeune, vêtu de bas de soie gris et d'une élégante jaquette rouge – encore propre –, se nommait Auguste de Forbin. Descendant d'un illustre lignage – il était l'arrière-arrière-petit-fils de Forbin-Maynier[1] –, Auguste vivait avec sa mère et son père, le marquis de Forbin, dans un hôtel du cours à carrosses ; assurément une des plus belles et des plus riches habitations de la ville.

Grassouillet, Auguste montrait un visage dodu marqué de nombreuses fossettes. Perpétuellement rieur, il adorait faire des farces à tout moment et raconter des calembredaines. Babillard et expansif, il irritait chacun et pourtant tous l'aimaient.

Le second gamin s'appelait Marius et avait un an de plus qu'Auguste. Fils du maître maçon Granet, ses parents habitaient rue du Puits-Juif et vivaient sinon dans la misère du moins dans une extrême pauvreté. Le père de Marius travaillait sur le chantier, jetant de temps en temps un regard à son fils qui le désespérait, le jugeant bon à rien sinon à dessiner. Physiquement, autant Auguste était rondelet, autant Marius était long, maigre avec un visage fin, pâle et émacié.

Pour accentuer leurs dissemblances, le jeune Granet était un vrai Provençal, brun et sombre, alors que le fils Forbin était blond comme les blés, sa famille venant d'Écosse.

Le dernier enfant, l'aîné des trois, se nommait Antoine de Puylaurens. Il constituait une sorte de juste

1. Voir, du même auteur, *L'Énigme du Clos Mazarin*, 10/18, n° 5639. La mère d'Auguste, marquise de La Roque, était une Forbin, son père, seigneur de La Barben et marquis de Pont-à-Mousson était marquis de Forbin La Barben.

milieu entre ses deux compagnons. Châtain aux yeux bleus, il aimait plaisanter et rire comme Forbin, mais se montrait aussi sérieux que Marius dans son travail. Il voulait être médecin comme son père longtemps établi à Marseille et qui venait de s'installer à Aix.

Fulques jeta un regard mécontent aux gamins désobéissants qui s'amusaient à gravir un énorme tas de gravats. Haussant les épaules – il n'avait pas le temps de les poursuivre –, il pénétra dans les restes de la tour, suivi par trois ouvriers.

— Commencez à vider la salle, leur demanda-t-il, après quoi, portez les pierres sur les deux tombereaux. Toi, Luc, fais approcher les voitures dès que les mules pourront passer.

Les trois enfants couraient à présent de salle en salle dans le vieux Palais détruit auquel le ciel servait maintenant de toit. L'un ramassait un morceau de bois étrange, un autre une pierre sculptée et chacun s'extasiait du trésor qu'il découvrait et le comparait à celui de son camarade.

— Auguste !

Ce cri soudain provenait d'une voix féminine visiblement inquiète.

— Où es-tu ? Réponds-moi !

— C'est Antoinette, ma gouvernante, s'exclama le petit Forbin avec une grimace de dépit ; dès qu'elle ne me voit plus, elle hurle. Passons par là, on grimpera sur ce mur et je lui ferai signe, sinon elle voudra que je rentre.

Ils se précipitèrent dans la direction indiquée et pénétrèrent dans l'ancienne salle de réception du Palais, pièce immense dans laquelle l'ancêtre d'Auguste, Forbin-Maynier, avait fait si longtemps la loi.

C'est alors qu'ils virent le chien. Un énorme dogue

de trois pieds de haut, échappé d'une ferme et qui avait réussi à pénétrer en ville. Apparemment affamé, le monstre grondait sourdement en soulevant ses babines qui dévoilaient d'énormes crocs baveux. Une mousse blanchâtre coulait lentement de sa mâchoire. Les gamins restèrent terrifiés devant la bête.

— Auguste ! Montre-toi !

C'était toujours la même voix anxieuse.

Auguste regarda Antoine et lui glissa :

— Il va attaquer. Effrayons-le pour le chasser. Moi à droite et toi à gauche, on court vers lui en hurlant et en remuant les bras…

Antoine déglutit et murmura d'une voix tout de même cassée par la peur :

— À trois. Un, deux, trois…

Ils se mirent à vociférer en se précipitant vers le chien. La bête parut désorientée, surprise, mais si elle recula, elle ne s'enfuit pas. La tentative allait lamentablement échouer.

Alors Marius, resté en arrière, lança avec une adresse surprenante le petit fragment de marbre sculpté qu'il tenait à la main. La pierre coupante atteignit le fauve sur le museau, exactement entre les deux yeux. Le chien émit un horrible glapissement et s'enfuit en laissant derrière lui une traînée de sang.

— Auguste ! Que fais-tu là ?

Une jeune femme, dont l'élégance détonnait dans ce chantier poussiéreux, apparut. Elle portait une robe fleurie, à poches, protégée par un grand tablier, et ses cheveux bouclés étaient serrés dans un bonnet brodé. Fulques l'accompagnait.

— Encore à jouer ! Tu ne peux pas répondre quand je te cherche ? Retourne devant, que l'on te voie !

Elle grondait, mais ne cachait pas son soulagement d'avoir retrouvé le garnement.

— Mademoiselle a raison, mes jeunes messieurs, approuva gravement Fulques. On voit parfois des chiens errants ici. S'ils vous attaquaient, vous seriez incapables de vous défendre, petiots comme vous l'êtes.

Les trois gamins se regardèrent et se rengorgèrent. Fiers comme ces héros de l'Antiquité qui avaient vaincu le Cyclope, l'Hydre de Lerne et conquis la Toison d'or. Ils obéirent pourtant et suivirent les adultes avec force grimaces de jubilation.

Les ouvriers se remirent au travail sitôt que le contremaître revint pour les surveiller. Ils emplissaient de gravats de grands sacs en osier qu'ils transportaient ensuite sur des charrettes.

Fulques regarda le ciel menaçant. Il pleuvra avant demain, se dit-il. Il faut débarrasser le plus vite possible la grande salle de ces décombres, sinon le chantier deviendra une fondrière.

Durant plus d'une heure, il fit activer ses hommes, faisant se succéder les charrettes de débris de plâtre, de gypse et de pierrailles qui, une fois pleines, partaient vider leur chargement sur un vaste vallon que la municipalité avait décidé de surélever, en bas du cours à carrosses.

Enfin le sol de la tour, formé de grosses dalles usées, fut presque en totalité mis à nu.

Fulques s'assit sur une grosse pierre et jaugea la situation. Le bas des murs de la construction était constitué d'énormes blocs. Ces appareils remontaient à l'époque romaine et les lourdes dalles assuraient la rigidité de l'assemblage. Il lui apparut que ces pierres allaient être un obstacle à la démolition des murs.

Par contre, en les retirant, il serait possible de creuser dessous et de dégager facilement les quartiers de roche.

— Toi ! ordonna-t-il à un manœuvre qui attendait les bras ballants, heureux de se reposer un instant. Essaie d'enfoncer cette barre de fer sous cette dalle pour la soulever.

L'autre s'exécuta. La pierre était parfaitement jointive et il dut en briser un coin pour introduire le fer. Ensuite, il appuya de toutes ses forces, assisté par Fulques à l'aide de son bras valide. Finalement, la pierre bougea, puis fut relevée et glissa sur le côté. Dessous, le sol n'était que sable et gravier.

— Bien ! approuva le contremaître en s'essuyant le front, essayons celle d'à côté. S'il pleut cette nuit, l'eau s'écoulera dedans et ce sera plus facile demain.

Ils recommencèrent l'opération, mais, cette fois, Fulques se trouvait face à la dalle. Au moment où carreau de roche commençait à se dresser, il regarda dessous et vociféra aussitôt :

— Ça va ! Repose-la ! Ce n'est pas la peine d'en faire plus.

— Mais je croyais qu'on devait la soulever, protesta l'autre, ébahi par la soudaine agressivité du contremaître pourtant si placide habituellement.

— Ça va, te dis-je ! cria Fulques, hargneux. Je me suis fait mal, c'est tout ! On continuera demain. Va rejoindre les autres pour vider les tombereaux.

Le journalier s'éclipsa, bien content de s'éloigner de son chef subitement si irascible.

Fulques s'assit, ses jambes flageolantes ne le soutenaient plus.

Il tremblait de ce qu'il avait aperçu sous la dalle : un coffre de fer. Un énorme coffre de fer !

Que pouvait-il contenir ? De l'or ? Certainement. Mais depuis quand était-il là ?

Un peu étourdi, il se prit la tête entre les mains dans une sorte de désespoir. Que pouvait-il faire ? Comment sortir ce coffre avec son bras unique ?

3

— Monsieur, êtes-vous malade ?

Il sursauta. En haut du mur ruiné, les trois têtes des gamins l'observaient. Avaient-ils vu ? Il se força à sourire et leur fit un signe amical de sa main unique.

— Non, une vieille douleur que j'ai ramenée d'Amérique. Ne restez pas là, les petits, c'est dangereux.

Les trois têtes disparurent simultanément.

Il lui fallait un compagnon, songea-t-il. Il avait quelques camarades ici… mais un trésor ! Il ne pouvait partager ce secret avec eux. Ils parleraient, c'était certain. Et il perdrait tout.

Et pourtant, il devait trouver une solution d'ici au lendemain. Car le lendemain, il ne pourrait pas retarder les travaux.

Il ramassa la barre en fer et la glissa sous la pierre. La dalle bougea sans peine. Il pourrait donc la déplacer, mais il lui faudrait un compagnon pour la redresser et l'empêcher de retomber.

Si seulement il avait eu un fils. Ou si son père était encore vivant !

C'est alors qu'il songea au fils du marquis. Pouvait-il en parler au président d'Entrecasteaux ? Que risquait-il ? Cet homme était déjà si riche qu'il ne le volerait pas.

De surcroît, il était le seul à l'avoir considéré avec bienveillance, à s'intéresser à lui. Alors pourquoi pas ? Même si le marquis gardait le coffre, il lui donnerait une récompense et lui aurait payé sa dette envers les Entrecasteaux.

Il sortit de la tour en méditant sur l'attitude à suivre. La journée tirait à sa fin. Il passa la dernière heure à veiller au bon état du chantier, à vérifier que toutes les charrettes étaient bien vidées et à faire replacer des barrières pour éviter tout accident. Puis il demanda à un de ses aides de payer les journaliers, s'assurant que chacun signait au moins d'une croix. Petit à petit le chantier se vida de ses tâcherons sinon de ses curieux. Il remit un peu d'ordre dans ses vêtements, alla chercher sa veste accrochée à une branche, la brossa soigneusement et se dirigea vers ce qui restait de la rue Bouèno-Carrièro après avoir remarqué la jolie gouvernante des Forbin qui s'éloignait en tenant Auguste par la main tout en le réprimandant.

Derrière eux, les deux autres garnements se moquaient de leur ami en faisant des grimaces. Malgré son anxiété, il sourit. Il les aimait bien, ces trois pitchouns.

De la rue Bouèno-Carrièro, il descendit la rue des Carmes[1] et atteignit le cours à carrosses où l'animation de la soirée débutait. Quantité de voitures montaient et descendaient la plus belle avenue de Provence. Cavaliers, officiers, dragons vêtus de leur plus bel uniforme, circulaient lentement, saluant les dames accompagnées de leur époux, de leur amant ou simplement en petit groupe d'amies. Tout au long de la promenade, chacun faisait étalage de sa personne, de ses vêtements, de ses bijoux, et surtout de sa position sociale.

1. La rue Fabrot.

Fulques connaissait les immuables règles de cette ville aristocrate. Pour un visiteur de passage, ces gens se promenaient apparemment sans but et sans contrainte. Il n'en était rien et un observateur plus attentif aurait rapidement déterminé les lois qui régissaient la circulation sur le Cours.

L'avenue était formée de plusieurs allées sablées bordées d'ormes et de bancs de pierre, chacune implicitement réservée à une classe sociale. Celle des carrosses était occupée par les parlementaires et la noblesse. Aucune de ces importantes personnes n'allait à pied et la morgue des femmes envers ceux et celles qui utilisaient les autres allées était un spectacle à la fois risible et blessant.

Une voie était réservée à la haute bourgeoisie et les membres de cette caste regardaient avec dédain les familles des marchands qui se déplaçaient dans leur passage réservé. Quant aux artisans, aux petits commerçants ou aux ouvriers, ils n'avaient ni le temps ni les moyens de se montrer dans ce lieu privilégié.

Des rixes fréquentes, alimentées par les nombreux officiers – il y avait une importante garnison aux casernes du cours Sainte-Anne –, contribuaient au respect des lignes de démarcation invisibles.

Durant les travaux de démolition du Palais, un passage avait été dégagé afin de faire circuler les grosses charrettes de gravats. Fulques le suivit et remonta jusqu'à la Grande-Rue-Saint-Jean, puis il prit la rue de Toulon appelée aussi rue Saint-Jean pour redescendre vers le Clos Mazarin par la rue du Bœuf et la rue Saint-Michel.

De là, il remonta par la rue Saint-Lazare[1] pour finalement rejoindre les écuries de l'hôtel d'Entrecasteaux.

1. Fulques prit donc l'itinéraire suivant : rue d'Italie, rue Fernand-Dol, rue Goyrand, rue Laroque.

Le jour de son engagement, après son entrevue avec le marquis, l'intendant de l'hôtel l'avait amené à Louis Blanc, le cocher du président, qui lui avait indiqué son logement : une paillasse sur un plancher au-dessus des écuries. Fulques ne s'était pas plaint, il avait rarement connu mieux. Regagner son bouge n'était pas sa préoccupation : non, en pressant le pas, il se demandait comment il allait aborder le président d'Entrecasteaux. L'aristocrate accepterait-il même de le recevoir ? Fallait-il qu'il traite auparavant avec l'intendant Binet ?

Avec sa clef, il ouvrit la petite porte qui jouxtait le portail et traversa le jardin, saluant les deux jardiniers avec qui il travaillait le dimanche. Sur la terrasse, devant l'hôtel, il aperçut Dauphiné, de son vrai nom Claude Barnoin, le laquais principal du président d'Entrecasteaux. C'était un gros bonhomme adipeux empli de suffisance qui ne ratait jamais une occasion de lui faire une remarque désobligeante.

Fulques s'approcha pourtant, son vieux chapeau de feutre à la main, feignant l'humilité. Il avait appris à dissimuler lorsqu'il combattait en compagnie des insurgents. Vaincre un adversaire qui vous sous-estimait était toujours plus facile.

— Excusez-moi, monsieur Barnoin. Je désirerais voir monsieur le président.

— Et pourquoi donc ? le morgua l'autre avec une moue de dédain.

— Je… En fait, c'est très personnel. Et très urgent.

L'autre le toisa un long moment. Voilà une bonne occasion de faire étalage de ma position, se dit le laquais. Ce va-nu-pieds qui parle trop souvent avec mon maître doit être mis au pas !

Il lui tourna le dos et s'éloigna sans répondre, tête

haute et mains derrière le dos. Une posture fière et méprisante qu'il avait souvent observée chez les aristocrates.

Fulques ne savait que faire. Devait-il attendre, ou cette attitude signifiait-elle un refus ?

Au bout de quelques minutes, il revint sur ses pas, embarrassé. Vers qui se tourner maintenant ?

— Vous vouliez me voir ?

La voix chaleureuse sonnait clair.

Il se retourna. Le président se trouvait derrière lui, vêtu d'une culotte de soie bleue – il aimait beaucoup le bleu –, sans veste ni chapeau, ses longs cheveux blonds étalés sur ses épaules. Il tenait une petite canne de jonc à la main droite et une lunette de vue à la gauche. Fulques savait qu'il avait une mauvaise vision.

Il le salua bas.

— En effet, monsieur le président. Je venais de demander à monsieur Barnoin…

Entrecasteaux haussa un sourcil de mécontentement.

— À Dauphiné ? Je viens de le croiser et il ne m'a rien dit…

Sans se retourner, il appela sèchement :

— Dauphiné !

L'autre apparut, le visage crayeux et embarrassé.

— Fulques voulait me voir et tu ne m'as pas averti ?

— J'ai pensé que…

Le contremaître fut frappé du changement d'expression chez Entrecasteaux. L'affable jeune homme, toujours aimable et ouvert, affichait un masque dur et autoritaire. Son regard bleu si spirituel était maintenant glacial comme le ciel de Provence lorsque soufflait le Mistral. La rage dominait son visage.

— Tu n'as rien à penser, Dauphiné ! Juste à obéir.

Heureusement que Binet m'a averti. Un nouveau manquement et tu quittes mon service.

Entrecasteaux se rapprocha de Fulques et, de nouveau, son expression changea pour redevenir paisible et attentive.

— Que désirez-vous, mon ami ?

— Heu… C'est… c'est très personnel… monseigneur.

L'autre, comprenant que Fulques désirait que personne n'entende, lui fit un petit signe amical.

— Soit ! Marchons un peu dans le jardin.

Il se rapprocha de lui et lui prit familièrement son bras restant, l'entraînant sur l'allée sablée.

Fulques ne savait trop comment s'exprimer, finalement, il choisit de parler rapidement et de façon saccadée. Comme un soldat.

— Monseigneur, vous savez que, grâce à vous, je suis contremaître pour les travaux de démolition du Palais… (Entrecasteaux hocha la tête.) Cet après-midi nous avons abattu la grosse tour du Trésor et, après avoir déblayé une partie des décombres, j'ai fait soulever une des dalles pour dégager les fondations, et…

Il hésita un instant à poursuivre.

— Et ?

Fulques lâcha à toute allure :

— Sous l'une des dalles, j'ai vu un vieux coffre de fer.

— Un coffre ? murmura avec surprise le jeune président. Et alors ?

— Moi seul l'ai vu. J'ai fait interrompre les travaux et la dalle a été reposée. Il est toujours là.

— Quelle taille et quelle forme avait ce coffre ?

Jean-Baptiste Bruni parlait maintenant à voix basse après avoir jeté un bref regard autour de lui.

— Je ne sais pas trop. Il semblait assez gros. Au moins trois pieds de long. Il semblait être en fer comme je vous l'ai dit, et surtout très vieux.

Il y eut un silence durant lequel ils continuèrent à marcher lentement.

— Que voulez-vous de moi ? demanda brusquement le président en donnant un coup de canne à une branche qui dépassait d'une haie.

Fulques hocha les épaules avec embarras.

— Je ne sais pas, monseigneur. Je ne connais plus personne ici. Je suis parti depuis si longtemps. J'ai… j'ai pensé à un trésor. Et vous êtes le seul en qui je peux avoir confiance.

L'autre médita un instant la réponse, puis lui ordonna :

— Suivez-moi !

Ils firent demi-tour et rentrèrent dans l'hôtel sous l'œil surpris et réprobateur de l'intendant qui les observait. Que faisait le président avec ce gueux ? Qu'avaient-ils à comploter si longuement ? se demandait Binet.

Ils grimpèrent au premier étage et le président se dirigea vers ses appartements. Ils traversèrent un salon et pénétrèrent dans un petit bureau meublé en acajou. Dès que Fulques fut entré, Entrecasteaux referma soigneusement la porte.

Durant ce déplacement, Jean-Baptiste Bruni, fébrile et soucieux, n'avait pas cessé de réfléchir et d'échafauder hypothèses et solutions. Quelle histoire ! Un trésor ? Était-ce possible ?

Ce n'était peut-être pas aussi invraisemblable que ça, après tout. Pourquoi n'y aurait-il pas eu des cachettes dans un tel monument qui remontait à l'empereur Auguste ? En tout cas, si ce coffre contenait un trésor, il serait le bienvenu ! Son père venait de lui annoncer ce matin qu'ils étaient terriblement appauvris. En particulier à cause d'un fermier général qui les avait volés durant des années. Le marquis venait juste de constater les détournements mais ceux-ci avaient été tellement bien menés qu'ils n'avaient aucun recours possible. Et le pire était que ce faquin, enrichi sur leurs propres biens, était devenu avocat, puis assesseur de la ville et enfin venait de se faire anoblir !

En pensant à Jean-Pierre Desorgues, nom de ce sinistre scélérat, le président du parlement réprima une grimace d'amertume et de haine.

Le jeune homme avait une autre raison d'être excité par la découverte de son jardinier manchot. Depuis que son grand-père avait acheté une charge de magistrat, les Entrecasteaux étaient présidents au parlement d'Aix. De père en fils. Ils étaient nobles et respectés, et possédaient même des fiefs. Mais quelle vie menaient-ils ? Vingt ans de présidence chacun ! C'est tout.

Lui-même devrait à son tour céder sa charge à un fils, s'il en avait un, un jour, car pour l'instant il n'avait que des filles, et ensuite il pourrait s'occuper à ne rien faire en attendant patiemment la mort.

De toute son âme, il rejetait la vacuité d'une telle existence.

Voilà pourquoi il admirait et enviait ce Fulques qui avait tout abandonné dans sa jeunesse. Lui s'était battu en Amérique pour la liberté et contre les Anglais. Un pays et des batailles qu'il ne connaîtrait jamais.

Un trésor ! C'était peut-être un signe du destin. Enfin un changement dans sa vie ! Un changement autre que les petites histoires de cette mesquine ville où il s'ennuyait tant. Si c'était vrai, il pourrait tout quitter, partir à la Cour, acheter un régiment, devenir une gloire des armées comme La Fayette. Tout deviendrait possible !

— Assieds-toi.

Brusquement, il tutoyait Fulques comme un vieux complice.

— Combien d'hommes faudrait-il pour sortir ce coffre ?

— À deux, cela devrait suffire, monseigneur. Il y a là-bas des leviers et je sais m'en servir. Il faudrait aussi une voiture attelée… si le coffre est trop lourd.

— Imaginons que nous y allions ensemble, cette nuit. Crois-tu que nous pourrions, à nous deux, le ramener ici ?

— Certainement, monseigneur. Mon autre bras est bien assez fort. Mais…

Bruni leva la main pour l'interrompre :

— Je sais ce que tu penses. Que nous devrions demander de l'aide, mais moins de gens seront dans la confidence, mieux cela vaudra. Nous porterons le coffre ici. Si ce qu'il contient a de la valeur, tu auras ta part et tu n'auras pas à regretter de m'en avoir parlé. J'aurai besoin de toi pour ce que je médite. Fais-moi confiance.

— J'ai confiance, monsieur le président.

— Bien, rentre chez toi. Je te rejoindrai aux écuries vers minuit.

Fulques hocha la tête. Le président se dirigea vers la porte et le guida vers la sortie. En haut de l'escalier, une belle jeune femme au teint clair apparut, suivie de deux petites filles. La jeune femme portait une robe longue à la polonaise avec un corsage décolleté agrémenté d'un ruban rose sur le devant. De larges poches sur les côtés lui donnaient cet aspect campagnard mis à la mode par la reine Marie-Antoinette. Ses cheveux frisés, tirés en arrière et surmontés d'un petit chapeau de paille à rubans, complétaient l'image de riche simplicité qu'elle voulait donner d'elle.

— Mon épouse, Angélique, et deux de mes filles, expliqua le président à Fulques.

Il sourit avec déférence sinon avec amour à la jeune femme.

— Fulques Gaillard est à notre service, poursuivit-il en s'adressant à elle. Son père l'était déjà. Ce soir, je sortirai avec lui. Il est contremaître à la démolition des tours et désire me montrer quelques pierres curieuses dans les ruines du Palais. N'en parlez pas, je vous prie, nous serons rapidement de retour.

Angélique lui sourit à son tour avec affectation et hocha la tête. Elle savait que son époux avait pour maîtresse madame de Saint-Simon, la fille d'un conseiller de la ville qui collectionnait les amants et couchait avec tous les conseillers du parlement. Allait-il la retrouver ? Sans doute. Ce Fulques devait certainement l'accompagner pour l'escorter.

Elle soupira.

— Je te dis qu'il a vu quelque chose sous la dalle, chuchotait Marius à Auguste.

C'était dans la minute qui suivait l'explication et l'ordre qu'avait lancés Fulques :

« Non, une vieille douleur que j'ai ramenée d'Amérique. Ne restez pas là, les petits, c'est dangereux. »

Les trois garnements étaient maintenant assis par terre. Auguste haussa les épaules avec indifférence comme il avait vu sa mère le faire dans de telles circonstances. Il expliqua en faisant la moue :

— Il faut que je rentre maintenant, sinon ma gouvernante va encore me gronder.

— Moi aussi, renchérit Antoine avec son air sérieux. Mon père me fait travailler ce soir.

Marius les dévisagea avec colère.

— Alors vous ne me croyez pas ? Et si c'était une pièce d'or ? fit-il.

Une pièce d'or ? Les deux autres étaient ébranlés.

— Tu crois ? Une vraie pièce d'or ?

Marius se rengorgea :

— Oui, plusieurs même. Je suis certain qu'il reviendra cette nuit pour la chercher.

Il accentua le mot certain.

— Moi, j'aurais bien trop peur de venir ici la nuit, murmura Auguste. Il doit y avoir des fantômes.

— Un Forbin aurait peur ? ricana Antoine en se gaussant. Ça m'étonnerait. Tiens, je vous propose de nous retrouver tous ici à minuit.

— Tu es fou, s'insurgea Granet d'une petite voix. Et nos parents…

Auguste avait été piqué au vif. C'est vrai qu'il était un Forbin. Il prit un air de matamore qu'il avait souvent observé chez les dragons qui circulaient sur le Cours et qui venaient dans son hôtel pour rencontrer son père, le marquis.

— Je sais comment sortir par le jardin. Il y a une clef pendue dans les écuries. Moi, je peux venir ! J'ai même pas peur !

— Et moi, à minuit mes parents dormiront. Ainsi que les trois domestiques. Je peux sortir en silence.

Restait Granet qui hésitait. Chez eux, pas de domestique. Ses parents, épuisés, dormiraient comme des souches. Finalement, il accepta aussi. Après tout, l'idée venait de lui et il se devait d'organiser l'expédition.

— C'est donc décidé. Antoine est le plus vieux de nous trois. Il habite rue Neuve[1], près de chez moi, il

1. L'actuelle rue Granet.

viendra me prendre à minuit. Nous descendrons et, en passant à travers les ruines du Palais, nous nous rendrons jusqu'à la porte du jardin d'Auguste. Nous frapperons trois coups à la petite porte. Si tu es là, ouvre-nous. Ensuite nous irons passer une heure dans les ruines, on verra bien ce qui arrivera. Tâchez de prendre des lanternes ou des bougies.

Chacun se demandait s'il aurait le courage d'aller au bout de leur expédition, mais ne voulait pas paraître moins assuré que les autres. Ils prirent tous une contenance résolue et se séparèrent, finalement fiers de leur secret.

4

Le lendemain

Blotti au fond de son lit, Marius ne dormait pas. Il comptait les coups de cloches à Saint-Sauveur : neuf heures… dix heures… onze heures et, entre les sourdes percussions, il songeait avec terreur à son expédition nocturne. Il avait plié et posé ses vêtements au pied de la paillasse qu'il tirait d'un placard dans la salle commune de la maison, car seuls ses parents disposaient d'une chambre. Il n'y avait pas d'horloge dans l'habitation, bien que son père gardât une vieille montre – inaccessible pour Marius – dans sa chambre, et il devait mesurer le temps écoulé de façon approximative. Au bout d'une période qu'il jugea suffisante après la demie de onze heures, il se leva en silence, alluma difficilement la minuscule bougie de suif qu'il avait dérobée et cachée et s'habilla rapidement.

Tout était silencieux. Il s'approcha avec crainte de la fenêtre. La nuit était sans lune et hostile. La veille, de gros nuages s'amoncelaient dans le ciel, que feraient-ils s'il pleuvait ?

Il ouvrit précautionneusement la porte d'entrée et

descendit l'escalier, la bougie à la main, puis il tira la porte de la rue. Personne.

Il avait enfilé plusieurs vêtements l'un sur l'autre pour ne pas avoir froid et il attendit, blotti dans le renfoncement du pas de porte. Petit à petit, ses yeux s'habituaient à l'obscurité de la ruelle.

Au bout d'un long moment, il entendit de lointains claquements de chaussures ferrées. Mais pas un adulte, le battement était bien trop léger. Les bruits de pas se rapprochèrent, puis s'arrêtèrent, et il y eut une sorte de frémissement.

— Marius ? souffla une voix angoissée.

— Je suis là ! répondit-il, soudainement rassuré.

Ouf ! Maintenant ensemble, rien ne pouvait leur arriver. Les deux enfants se prirent par la main et, sans lumière – Marius avait éteint la sienne –, se dirigèrent en courant vers le Cours.

Ils descendirent la rue Neuve, passèrent devant Sainte-Catherine et l'ancienne Commanderie des Templiers puis longèrent les ruines du Palais. Ils connaissaient le chemin par cœur. Ils atteignirent la place de la Magdeleine, et ensuite le haut du cours à carrosses par la rue des Carmes.

Le Cours était chichement éclairé par des lampes à huile, suspendues à des cordes ou des chaînes, qui diffusaient une médiocre clarté rougeoyante. Quelques chaises à porteurs et de petits groupes de notables somptueusement vêtus circulaient, toujours précédés de laquais brandissant des lampes. Des gens qui rentraient d'une fête ou d'un souper, pas trop éloigné de leur logis cependant, car la nuit était dangereuse à Aix. Les ténèbres appartenaient à des bandes de jeunes aristocrates qui s'amusaient à rosser les passants et encore plus les passantes. Antoine et Marius, en tant qu'enfants, ne risquaient pas grand-chose, on les ignorait.

Ils traversèrent les allées, toujours se tenant par la main, et descendirent le Cours jusqu'à l'hôtel de Forbin encore éclairé à cette heure tardive.

Ils prirent la rue Saint-Jacques[1], longeant le jardin jusqu'au portail à carrosses. À côté avait été percée une petite porte. Minuit sonnait à Saint-Jean. Un peu plus bas, une fête battait son plein dans l'hôtel des Bruni de la Tour d'Aigues[2], cousins éloignés des Entrecasteaux. Marius regardait avec envie les carrosses qui sortaient et les jolies dames splendidement habillées que l'on distinguait parfois aux fenêtres. Il pensa tristement à sa mère avec son tablier et sa robe de toile noire qu'il lui avait toujours connus. Antoine, lui, tentait de percevoir des craquements ou des bruits de pas venant du jardin de l'hôtel de Forbin. Le plus âgé des trois, il se considérait comme responsable de cette expédition.

Toujours rien. Marius abandonna alors sa contemplation et frappa à son tour trois petits coups d'impatience à la porte.

Aucune réponse.

Un homme et une femme passèrent près d'eux, précédés de deux laquais porteurs de lampes et de grosses cannes. Ces inconnus les dévisagèrent dans un mélange de crainte, de surprise et de réprobation. Que faisaient là ces gamins ? Préparaient-ils un mauvais coup ? Tous quatre entrèrent finalement dans l'hôtel des Bruni, la femme se retournant une dernière fois pour les observer et dire quelques mots à son mari ou son amant. Elle grimaça une moue de désapprobation.

1. La rue Cabassol.
2. L'hôtel de Caumont.

Marius, de plus en plus inquiet, frappa de nouveau au battant. Plus fort.

— Que fait-on s'il ne vient pas ? chuchota-t-il ensuite à son compagnon.

— On rentre chez nous, murmura Antoine, pas très rassuré.

C'est alors que l'huis s'ouvrit doucement. Le petit Auguste surgit, visage hilare et cheveux en bataille. Il avait tout d'un diablotin.

— Vous avez cru que j'y arriverais pas, hein ? Je vous faisais attendre et j'écoutais tout ce que vous disiez ! J'étais là depuis cinq minutes !

Il frappa dans ses mains de joie alors que Marius serrait les dents. Mais il avait tellement envie de partir qu'il ne chercha pas la querelle.

Auguste referma la porte derrière lui et donna un tour dans la serrure avec l'énorme clef qu'il tenait.

— J'étais quand même un peu en retard, ajouta-t-il d'une petite voix. Il fallait qu'Antoinette, ma gouvernante, ne me voie pas. Elle dort à côté de ma chambre.

Il regarda dans la rue et reprit :

— Bon, on va traverser le Cours et je vais me glisser entre vous. Il ne faut pas que l'on me reconnaisse. Mon père et ma mère sont dehors à un souper, ce serait idiot que je les rencontre.

Déjà, il avait pris la tête de l'expédition. Mais n'était-il pas un Forbin ? Et les Forbin adoraient les expéditions militaires.

Arrivés au Cours, ils regardèrent longuement si personne ne pouvait les voir, puis ils traversèrent à toute allure. Ils prirent la rue de la Miséricorde[1] et remontèrent vers le Palais.

1. Rue Clemenceau.

Enfin ils se retrouvèrent dans les ruines et se dirigèrent sans difficulté vers la tour du Trésor.

Le silence était total. Il y eut soudain un brusque éclair dans le ciel et ils sursautèrent, les nerfs à vif. Puis ce fut le tonnerre qui gronda longuement, faisant vibrer l'air autour d'eux.

— L'orage va éclater, déclara doctement Marius, nous ne pourrons pas rester longtemps.

Il avait hâte de retrouver son lit mais visiblement ce n'était pas le cas d'Auguste qui semblait étrangement jovial pour une expédition aussi stupide. Quant à Antoine, il était aussi sérieux et réfléchi que d'habitude.

Ils pénétrèrent dans la tour en ruine en faisant attention aux gravats.

— C'est sous cette dalle que le manchot a aperçu quelque chose, affirma Marius d'une voix aiguë qui trahissait son appréhension.

Ils l'examinèrent avec une bougie qu'Auguste avait allumée.

— On ne voit rien, s'étonna Antoine.

— Qu'est-ce qu'on fait ? demanda Marius qui voulait retrouver sa paillasse.

Il avait de plus en plus peur et tombait de sommeil.

— On va se cacher, là-haut, décida Forbin qui se régalait vraiment de sa sortie nocturne. Et on attend jusqu'à une heure du matin ! Comme on l'a décidé.

Ils grimpèrent sur les énormes moellons du mur et s'installèrent au mieux dans un renfoncement. Serrés les uns contre les autres, ils se tenaient chaud comme l'auraient fait trois chatons ou trois oisillons.

Encore un éclair, et maintenant le tonnerre grondait avec de plus en plus de violence.

Le temps s'écoula.

— Si on rentrait ? murmura Marius qui s'endormait.

À peine avait-il parlé qu'ils entendirent le crissement de roues ferrées sur le chemin de planches aménagé pour s'approcher le plus près possible des ruines.

— Silence ! ordonna Auguste de sa petite voix. Quelqu'un vient.

— Nous y sommes, monsieur le président, expliqua Fulques à voix basse.

Il tenait à la main un pic ramassé à l'entrée de la tour.

Jean-Baptiste Bruni portait des bas noirs et une vieille jaquette noire. Il était nu-tête et ses cheveux blonds flottaient dans la brise nocturne.

— Dépêchons-nous, murmura-t-il en frissonnant, pas tellement rassuré et regardant craintivement autour de lui.

Fulques posa sur une pierre la lampe à huile qu'il avait apportée et entreprit de l'allumer avec son briquet. Il dut s'y reprendre à plusieurs fois. Finalement, dès qu'il y eut un peu de lumière, il montra la dalle du doigt :

— C'est celle-ci. Je vais glisser mon fer pour la bouger. Prenez cette pièce de bois et enfoncez-la dessous sitôt qu'apparaîtra un espace.

Le président s'exécuta avec maladresse car il n'y voyait pas bien.

— Non, pas comme ça. Regardez, je vais placer cette pierre ici pour assister le levier. Une fois que le bois sera sous la dalle, appuyez. Je glisserai alors un autre étai plus gros.

Ils se mirent au travail. L'habileté de Fulques suppléait à son handicap et la dalle fut rapidement dressée aux trois quarts. Il la coinça adroitement avec l'étai.

— Regardez ! souffla-t-il.

Il prit la lampe et l'approcha du trou. Le dessus d'un coffre de fer était bien visible. Fulques se jeta aussitôt à genoux.

— Il faut le dégager, faites comme moi.

Et le président d'Entrecasteaux s'accroupit à son tour en essayant de ne pas trop se salir. Il saisit la truelle que lui tendait Fulques et se mit à creuser comme son compagnon.

Du haut de leur mur, les trois enfants regardaient la scène, complètement hypnotisés par ce qui se passait. Ils ne perdaient rien de l'hallucinant spectacle qui se déroulait sous leurs yeux.

Le travail avança rapidement et les terrassiers amateurs découvrirent avec surprise qu'il n'y avait pas un coffre mais deux ! Fulques n'avait aperçu que le plus petit qui reposait sur un second plus important. Quand le premier coffre fut entièrement dégagé, le manchot glissa sa barre dessous et le souleva sans effort. Il le fit ensuite passer sur le bord du trou. Ce fut à la fois plus facile pour l'autre – il y avait plus de place pour travailler –, mais aussi plus malaisé car il apparut vite que la seconde boîte de fer était excessivement lourde.

Finalement, en tirant tous deux de toutes leurs forces, ils parvinrent à l'arracher du sol.

— Faut-il remettre la dalle ? demanda le président dans un souffle.

Il était complètement épuisé.

Fulques hésita un instant. Les premières gouttes d'eau tombaient déjà.

— On n'a pas le temps. S'il pleut, personne ne viendra travailler demain et l'eau effacera tout. Quand je reprendrai le travail, nul ne se souviendra de cette dalle. Transportons plutôt les coffres à la voiture.

Le plus gros avait encore deux grosses poignées

rouillées suffisamment solides pour autoriser son déplacement. Ils le portèrent avec difficulté à la petite voiture à deux places que le marquis avait sortie de son écurie. Ensuite, Fulques alla chercher le plus léger et le ramena. Le président était déjà sur le siège du cocher, ayant hâte de partir. Les deux boîtes placées sur les sièges arrière, Fulques fit signe au marquis de filer, il le suivrait à pied.

Les roues grincèrent et la voiture s'éloigna.

— Tu as vu ça ? s'exclama Auguste de sa petite voix. Ils ont trouvé un trésor ! Et il s'agit de mon voisin !

— Ton voisin ? Tu les connais ?

Forbin haussa les épaules et fit le prétentieux :

— Bien sûr ! C'est le président d'Entrecasteaux. Il vient souvent à l'hôtel voir mon père.

— Il pleut, dit Marius qui avait froid et qui ne s'intéressait pas à l'aristocratie aixoise. Si on rentrait ?

— Oui, accepta Antoine. Mais avant on va ramener Auguste.

— Je ne suis pas un bébé, je peux rentrer seul ! s'insurgea le petit.

— Non, déclara le fils du médecin. On te ramène, je raccompagne ensuite Marius et je rentrerai en dernier. C'est moi le plus vieux et c'est moi qui décide.

Dix minutes plus tard, Auguste traversait le jardin des Forbin sous la pluie. Les autres l'avaient quitté et rentraient en courant sous les gouttes. Il devait être près de deux heures.

Le jeune Forbin ôta ses bottines et traversa en silence le grand salon dans le noir, il connaissait la place de chaque meuble et se savait complètement silencieux. Il grimpa ensuite le grand escalier et atteignit le couloir qui conduisait à sa chambre. Une lampe brûlait et il y voyait bien. Seulement il devait encore traverser la chambre de sa gouvernante.

Il le fit avec beaucoup de sang-froid, mais, avant d'atteindre la porte de sa chambre, son pied heurta un livre que la jeune femme avait laissé par terre. Il trébucha et heurta le dormant.

Antoinette se réveilla en sursaut et comprit immédiatement qu'Auguste s'était levé. Mais pour aller où ?

— Où vas-tu ? Que fais-tu ici, et tout habillé ?

— Heu !

— Attends ! J'éclaire.

Elle alluma une bougie. Auguste restait figé par la crainte.

Dès qu'il y eut de la lumière, la jeune femme s'aperçut que le gamin était non seulement habillé mais trempé. Il était donc sorti !

— D'où viens-tu ? murmura-t-elle, maintenant angoissée.

Il ne répondit pas et regarda ses pieds en déglutissant.

— Je te le répète, Auguste. D'où viens-tu ? Si tu ne me réponds pas, je vais réveiller ton père.

Le gamin songea un instant à la terrible correction qu'il allait recevoir. Ce qu'il ignorait, c'est que la gouvernante n'aurait jamais avoué sa fugue. Elle aurait été aussitôt chassée par les Forbin.

— Je suis sorti avec Marius et Antoine, murmura-t-il dans un sanglot. On s'était promis d'aller voir les ruines la nuit.

— Tes deux amis ?

Elle les avait déjà vus parfois en se promenant avec Auguste et se souvint qu'ils étaient ensemble dans les ruines quelques heures auparavant.

— Pourquoi avez-vous fait ça ?

— À… À cause du trésor.

— Du trésor ?

Elle plissa les yeux comme si elle n'avait pas compris.

— Oui. Cet après-midi on avait vu un coffre dans les ruines de la tour du Trésor. C'est le contremaître qui l'avait découvert. On était sûrs qu'il viendrait le chercher cette nuit.

— Et il est venu ? demanda-t-elle avec incrédulité.

— Oui, avec le président.

— Le président ?

— D'Entrecasteaux.

Les yeux pleins de larmes, elle comprit qu'il se gaussait. Elle le saisit par les épaules et le secoua avec rage.

— Auguste ! Tu es méchant, tu te moques de moi. Retire ces vêtements que je te sèche.

Elle se mit à le déshabiller.

Mais maintenant, qu'il avait parlé, Auguste ne voulait plus s'arrêter. Il protesta en la repoussant :

— Parfaitement ! C'était le président d'Entrecasteaux, et le contremaître. Ils étaient ensemble. On les a vus… Oui, on les a vus !

Sa voix était hachée et il bégayait un peu :

— Ils ont sorti deux coffres et ils les ont emportés dans une voiture.

— Et qu'y avait-il dedans ? demanda-t-elle avec ironie. Des bijoux ? De l'or ?

Elle le frictionnait énergiquement pour se venger. Quel sale gosse !

— Je ne sais pas, pleurnicha Auguste, piteux. Ils ne les ont pas ouverts…

Elle saisit les deux mains du gamin et le regarda dans les yeux. Et l'enfant vit les larmes qui coulaient sur le visage de la jeune femme.

— Auguste, je ne dirai rien à tes parents, mais tu vas me jurer de ne jamais recommencer. Et je ne veux plus que tu me racontes des histoires de trésor pour justifier tes bêtises. Sinon, je ne te lirai plus les contes de fées de madame d'Aulnay. D'accord ?

Auguste eut une moue mais il opina, soulagé. Il échappait à la correction et il murmura :

— Je te le jure.

Elle lui enfila sa chemise de nuit et le coucha. Le petit garçon s'endormit aussitôt.

Antoinette resta quant à elle longtemps éveillée. Auguste adorait faire des farces et raconter des histoires imaginaires. Et pourtant, elle avait eu l'impression que, pour une fois, il ne mentait pas. Un trésor ? Et pourquoi pas ? Il fallait qu'elle en parle à son ami.

Les deux coffres posés sur le carrelage de tomettes de son bureau, Entrecasteaux s'effondra sur un fauteuil et fit amicalement signe à Fulques d'en faire autant.

— Je suis épuisé, murmura le président en allumant les bougies d'une petite lampe sur sa table.

— Moi aussi, monseigneur, renchérit l'ancien soldat dans un sourire.

Il était heureux de cette complicité mais n'osait formuler la demande qui lui brûlait les lèvres.

— Et si nous regardions un peu dans ces coffres ? proposa ironiquement le président en observant son camarade.

Fulques se pencha vers le premier, le plus petit, examina longuement la fermeture, puis il fit de même au second. Entrecasteaux le regardait faire, amusé mais tout aussi désireux de savoir.

— Je crois qu'il est possible de forcer ces serrures

avec une dague ou un poignard, si vous en avez un assez solide.

Entrecasteaux se leva pour se diriger vers une panoplie de chasse accrochée au mur. Un large couteau d'acier y était exposé, il le décrocha et le tendit à Fulques, le sourcil interrogateur.

— Merci, monseigneur, répondit le jardinier. Voilà qui va faire l'affaire.

Il s'en saisit de son bras unique et, coinçant le petit coffre avec ses jambes, introduisit la lame dans la fermeture. La force du colosse restait phénoménale et le claquement sec fit comprendre à Entrecasteaux qu'il avait réussi. Le président ne put maintenir ce sang-froid artificiel qu'il s'imposait et s'approcha, les yeux un peu fous.

Le soldat souleva le couvercle. L'intérieur était constitué d'objets enveloppés dans des morceaux de cuir sombre qui sentaient la pourriture, il déplia l'un d'eux et en sortit un rouleau de parchemin. Surpris, il posa le rouleau sur le sol et recommença. Encore un rouleau. Entrecasteaux fronça les sourcils et se mit à son tour à retirer les éléments contenus dans le coffre. Et ce furent des paquets de lettres, encore et encore des parchemins, la plupart avec de gros cachets de cire rouge. Certains étaient à peu près en bon état, d'autres tombaient en poussière.

Fulques poussa un soupir et balbutia avec un soupçon d'espoir :

— Ce coffre était très léger, l'autre est plus lourd.

Et sans demander l'accord du président, avec un geste farouche et maussade, il agit comme avec le premier, brisant la serrure d'un coup sec.

Dès qu'il eut soulevé le couvercle, Entrecasteaux mit aussitôt les mains à l'intérieur, ici encore un cuir craquelé enveloppait des objets. Le premier qu'il sortit était un crucifix d'or serti d'émeraudes, puis de lourdes plaques d'or. Fulques fourragea à son tour, tirant des sacs qu'il éventra avec frénésie avec la dague, il devenait comme fou : l'or, les émeraudes, les perles et les diamants roulèrent par centaines sur le carrelage.

— Dieu du ciel ! murmura Entrecasteaux, pétrifié.

Fulques, hagard, continuait son exploration sauvage, déchirant les enveloppes de cuir, rejetant les ciboires, les colliers, les pierreries en vrac sur le sol, cherchant toujours plus profond dans le coffre.

Entrecasteaux le laissa faire et retourna se rasseoir en frissonnant.

Sur quoi suis-je tombé ? s'interrogea-t-il.

Il y avait là de quoi faire de sa famille la plus riche lignée de Provence, de France même. Il soupira à mi-voix :

— Et maintenant, que faire ?

Fulques avait terminé, il avait tout vidé et il embrassait du regard cette fortune qui scintillait de mille feux. Puis ses yeux croisèrent ceux du président. Froids et étrangement distants.

Il s'accroupit alors à même le sol et attendit ce que son maître allait lui annoncer.

Entrecasteaux soupira de nouveau et tenta d'être convaincant.

— Nous seuls devons connaître ce secret, Fulques. Il faut n'en parler à personne. À personne, tu m'entends ?

L'autre hocha la tête avec un regard de chien fidèle.

— Il sera difficile et long de vendre cette fortune, mais tu auras ta part. Je te le jure. Que désires-tu pour toi ?

Fulques resta silencieux un instant, complètement

fasciné par les joyaux et les pierreries. Il se sentait désemparé et marmonna :

— Une maison, messire. Je ne veux qu'une petite maison à Aix.

— Tu l'obtiendras. Commence à chercher et reviens me voir quand tu l'auras trouvée. Je l'achèterai discrètement et nous ferons savoir que tu l'as eue par testament. D'un compagnon d'armes d'Amérique par exemple. Je te ferai aussi établir une bonne rente.

Il s'arrêta un instant et affirma :

— Mais je garderai le reste. De toute façon, tu ne pourrais rien en faire.

5

Ce même jour, au matin, le président d'Entrecasteaux se réveilla très tôt et, à peine levé, demanda à son valet de chambre de faire venir l'intendant. Il n'avait guère dormi tant cette nouvelle richesse l'effrayait et l'exaltait à la fois.

Avant de se coucher, il avait placé les coffres dans des placards soigneusement fermés à clef.

Dès que le gros homme fut devant lui, il lui déclara sèchement :

— J'ai reçu des documents importants qui sont rangés dans mon bureau. À compter de ce jour, la porte de cette pièce sera fermée à clef et vous ferez venir dès ce matin un serrurier pour poser une serrure d'une meilleure qualité. Je vais travailler dans ce bureau jusqu'à son arrivée. Que personne, vous avez bien entendu, personne, ne vienne me déranger.

Bien qu'étonné, le majordome s'inclina en silence et hocha la tête pour faire comprendre au président qu'il exécuterait ses ordres à la lettre.

Dès qu'il fut seul, le jeune homme alla fermer soigneusement la porte et ouvrit le placard mural dans lequel il avait caché les coffres. Il tira le plus petit et le posa sur sa table de travail, puis l'ouvrit pour en faire l'inventaire. Avant de commencer, il sortit le second coffre pour le glisser dans un second placard qui ne fermait pas à clef. Ensuite il revint à son bureau, se saisit de sa lorgnette et sortit les missives.

Roulés ou pliés, attachés par des lais, la plupart supportaient des sceaux de cire représentant deux cavaliers sur le même cheval. Les sceaux du Temple. Plusieurs documents semblaient être des titres de propriété et des reconnaissances de dettes, il y avait des actes d'affermages et des contrats mais nombreux étaient ceux qui semblaient codés. Tous étaient en latin.

Il fut interrompu par les bruits à sa porte et regarda l'horloge : cela faisait déjà deux heures qu'il étudiait les parchemins.

— Monsieur, le serrurier Frochot est arrivé.

Il rangea rapidement les documents dans les tiroirs de sa table, laissant dans un coin de la pièce le petit coffre vide, ensuite il se leva, ouvrit le grand placard et autorisa enfin le serrurier à entrer.

Frochot était un petit bonhomme rondouillard accompagné d'un jeune apprenti qui ne devait pas avoir quinze ans. Entrecasteaux fit signe à l'intendant de se retirer.

— Examinez la serrure de ce bureau, demanda-t-il ensuite à l'artisan. Je désire la remplacer par un modèle inviolable. Pareil pour ce placard (il désigna le vide) qui devra devenir aussi solide qu'un coffre-fort. Pouvez-vous faire le nécessaire immédiatement ? Je paierai ce qu'il faudra.

Le serrurier examina la porte et les gonds, fit jouer le verrou et la serrure tout en affichant une série de mimiques indispensables de la part d'un professionnel, puis il trotta au placard qu'il étudia pareillement. Ensuite, il sortit du sac de cuir que portait l'apprenti une règle, quelques outils bizarres, une feuille de papier et commença des mesures assorties de calculs abscons. Assis, le président l'observait.

Au bout d'un moment, Frochot se tourna vers lui.

— Les deux portes sont solides et n'ont pas besoin d'être changées. Si vous me l'autorisez, je pourrai les démonter avec un de vos valets et les emporter. Si on les amène tout de suite à mon atelier, je pourrai fixer une triple serrure à chacune et vous les ramener d'ici quatre heures. J'aurai encore besoin d'une heure de travail pour terminer.

— Parfait. Agissez comme vous l'entendez.

— Mais, ce sera cher, monseigneur. Ces serrures de sûreté sont fabriquées en Angleterre et coûtent près de cinq cents livres chacune...

— Vous aurez votre argent ce soir. Dépêchez-vous.

L'autre eut une fugitive grimace d'étonnement, mais trop heureux d'avoir réussi à voler le magistrat – ses serrures ne valaient pas plus de cent livres ! – il s'exécuta.

Nous l'avons dit, le bureau communiquait avec sa chambre. Il sonna donc de nouveau son valet pour que les chambrières viennent mettre de l'ordre dans ses appartements pendant qu'il restait à sa table, empêchant ainsi toute indiscrétion.

Lorsque les travaux ménagers furent terminés, il eut encore la visite de son épouse et de ses filles et ne put reprendre l'étude des documents du Temple qu'au début de l'après-midi.

L'avocat Pascalis se leva de sa table de travail. Il y travaillait à la lueur d'une lampe à huile depuis près de quatre heures et avait besoin de dégourdir ses immenses jambes. Il déplia sa grande carcasse pour s'approcher de la fenêtre devant laquelle il resta un moment à observer les passants qui se pressaient sous la pluie. À cinquante-deux ans, il pouvait considérer sa vie comme une réussite et un exemple pour beaucoup. Juriste redouté, avocat respecté et admiré, choisi dix ans plus tôt par ses pairs comme assesseur de la ville – le second personnage officiel après le premier consul –, il était incontestablement une des plus illustres personnalités d'Aix et sans doute de Provence.

Sa vaste érudition, sa logique implacable, son indépendance d'esprit, sa capacité rare de conception et d'éclaircissement de n'importe quel problème judiciaire ou d'organisation faisaient de lui l'un des hommes les plus dignes d'estime du Midi et, s'il en imposait à tous, c'était autant pour ces raisons que pour sa grande taille, inhabituelle en ce pays méditerranéen.

S'ajoutait à ces qualités le fait qu'il était un fervent patriote provençal, l'un des plus ardents défenseurs de la constitution des États de Provence telle qu'elle s'était construite au fil des ans, depuis l'acte d'union du comté à la France négocié par Palamède de Forbin en 1481.

L'avocat passa une main dans ses cheveux, dégageant son vaste front et, machinalement, tira sur le ruban noir qui les tenait serrés en arrière.

Pascalis logeait sur le cours à carrosses au premier étage de la deuxième maison de la rue Saint-Sauveur[1]. De sa fenêtre, il apercevait les rares passants qui se pressaient sur le cours détrempé dont les allées sablées étaient transformées en bourbier. Il sourit en

1. L'actuelle rue du Quatre-Septembre. Une plaque est apposée sur la porte de sa maison.

voyant deux femmes qui débouchaient de la rue de la Miséricorde[1]. Elles ne cessaient de regarder en l'air et s'appliquaient à se tenir au milieu de la voie, malgré le caniveau d'eau qui charriait des immondices. Pascalis savait ce qu'on disait en ville : « *A-z-Ais quand plou̇, plou̇ de merde*[2]. » La plupart des maisons n'avaient pas de fosse d'aisances dans les murs et les lieux où l'on « faisait ses affaires » se trouvaient sur les toits. De cette sorte, moins de seaux de déjections étaient vidés par les fenêtres et les excréments séchaient tranquillement au soleil. Évidemment, lorsqu'il pleuvait, tout redevenait liquide et s'écoulait à torrent sur les passants. C'était particulièrement le cas dans cette voie ouverte au milieu du couvent de la Miséricorde.

Justement un avocat de ses relations passait maintenant dans la rue avec son valet quand une avalanche d'excréments gluants glissa et recouvrit son tricorne et sa redingote. De chez lui, Pascalis entendit ses hurlements et ses invectives contre le ciel et le méconium.

Cet intermède l'ayant déridé, Pascalis s'approcha du feu qui brûlait doucement dans la pièce. Il faudrait que je sorte, songea-t-il, ne serait-ce que pour me détendre un peu, mais avec ce temps…

Il fut interrompu par les bruits d'une visite. Il entendit la voix de son secrétaire, puis reconnut celle d'Antoinette.

Car malgré son éducation austère et sa rigueur qui confinait à la rigidité, Pascalis avait une maîtresse. Il

1. La rue Clemenceau actuelle. La rue de la Miséricorde avait été ouverte sous Henri IV au milieu de jardins. Au coin du cours à carrosses et de cette rue avait été érigée la maison hospitalière de Notre-Dame-de-la-Miséricorde.

2. « À Aix quand il pleut, il pleut de la merde. » Dicton aixois bien connu.

avait rencontré Antoinette un beau jour chez les Forbin, il l'avait revue ensuite plusieurs fois alors qu'elle promenait le jeune Auguste sur le Cours et, après deux ans de relation platonique, leurs rapports étaient désormais plus intimes et leur liaison connue dans la maisonnée. Antoinette venait le voir trois ou quatre fois par semaine, le laquais la laissait entrer et le secrétaire la saluait avec respect. L'hôtel de Forbin n'étant qu'à cinq maisons de distance, elle n'avait qu'à remonter le Cours pour rencontrer son amant.

Pascalis portait un gilet cramoisi et des bas gris. Il s'approcha du miroir et, avec coquetterie, vérifia sa cravate de dentelle et ses manchettes assorties (la mode en était passée depuis quelques années, mais cela lui était totalement indifférent).

La jeune femme pénétra dans le bureau avec un étrange regard brillant qui frappa aussitôt l'avocat. Il s'avança à grandes enjambées, admirant une fois de plus le corps avantageux et le visage parfait de la gouvernante du jeune Auguste.

Car si Pascalis avait grande allure par sa taille et son physique, il était en vérité assez laid avec son grand front dégarni, ses sourcils épais et son énorme nez busqué. Tout le contraire d'une Antoinette au visage fin et bien proportionné, aux longs cils et à la chevelure blonde, épaisse et bouclée. Ce jour-là, sa poitrine comprimée dans un corset entrouvert la rendait encore plus attirante. Des dents cristallines, plantées avec régularité, rendaient son sourire éclatant et lui donnaient une jeunesse qu'elle n'avait pas réellement puisqu'elle allait vers ses quarante ans.

— Je ne vous attendais pas aujourd'hui, mon amie, lui dit-il en la serrant vigoureusement et avec affection dans ses bras. Quelle heureuse surprise.

Elle mit un doigt sur ses lèvres et répliqua en se dégageant :

— Je n'aurais jamais dû venir et je ne reste pas. Je voulais juste vous parler d'une singulière histoire et connaître votre avis.

Il lui prit le bras et l'amena doucement jusqu'à la grande radassière paillée qui occupait tout un mur du bureau, face à la cheminée.

— Enlevez au moins cette mantille, vous allez attraper du mal.

Il détacha le foulard qui protégeait la coiffure et en profita pour lui voler un baiser.

— Mon ami, vous me décoiffez, le repoussa-t-elle en riant. Vous allez d'abord m'écouter.

Il s'inclina avec une révérence et un faux air sévère accentué par son nez busqué, puis se dirigea vers un fauteuil.

— Je vous écoute, chère madame, fit-il en prenant une expression d'avocat recevant ses clients et en joignant l'extrémité de ses doigts fort longs.

— Je vous l'ai dit, il s'agit une étrange affaire, murmura la jeune femme, les yeux un peu dans le vague. Je ne suis pas sûre que vous allez la croire.

Son regard posé sur lui, elle poursuivit :

— Hier soir, le fils de monsieur le marquis, le jeune Auguste, est sorti en cachette durant la nuit. Il n'est rentré qu'à une heure passée.

— Mais quel âge a-t-il donc, ce jeune démon ? Six, sept ans ? plaisanta l'avocat.

— Sept ans. En vérité, il n'était pas seul. Il se trouvait avec deux autres petits diables, le fils d'un maçon et le fils d'un médecin. Ils se sont rendus dans les ruines du Palais Comtal.

— Voilà qui n'est pas bien méchant, sourit l'avocat

avec indulgence, encore qu'ils auraient pu y faire de mauvaises rencontres.

— J'ai surtout eu très peur quand je l'ai entendu rentrer. Si monsieur le marquis avait su… J'en tremble encore.

Pascalis prit un air chafouin.

— Je suppose que vous allez maintenant me dire que ces trois mouflets ont vu quelque étrange chose dans les ruines, des sorciers, peut-être !

— Comment avez-vous deviné ?

— Simple déduction. J'ai présumé que vous ne veniez pas simplement me raconter que le petit Auguste était sorti en cachette.

— Évidemment ! Il m'a affirmé avoir vu deux hommes sortir un coffre de la tour du Trésor, ou tout au moins ce qu'il en reste, charger le tout dans une voiture et l'emmener sans doute à l'hôtel d'Entrecasteaux.

Pascalis éclata de rire.

— Rien que ça ! Voilà un joli conte ! Mais dites-moi, ma mie, ne m'aviez-vous pas déjà raconté d'autres histoires du même genre rapportées par ce jeune Auguste ? J'avais alors cru comprendre que c'était un farceur, un pitre, et qu'il adorait vous raconter des blagues.

— C'est vrai, grimaça Antoinette. Mais il avait hier soir un tel accent de sincérité. J'ai tout à fait cru à son histoire. Il m'a juré avoir reconnu le président.

— Et vous le croyez ?

— Je… Je ne sais pas… je ne sais plus trop maintenant.

Elle serrait ses mains de confusion et se passait la langue sur les lèvres, rouge de confusion. Cette attitude troubla malgré tout l'avocat.

— Ça prouve que finalement vous le connaissez bien, conclut-il. En tout cas je suis très heureux que ce pitchoun vous ait tant impressionnée, car sans cela je ne vous aurais pas vue aujourd'hui.

Il se leva pour s'asseoir près d'elle.

6

Après une nouvelle heure de travail, Entrecasteaux mit de côté deux missives qui lui paraissaient les plus mystérieuses et les plus intéressantes. À peine avait-il terminé que le serrurier revint, cette fois avec deux apprentis. En très peu de temps, ils replacèrent les portes, changèrent les gonds et installèrent de nouvelles gâches. Entrecasteaux ne les quitta pas des yeux.

Il était trois heures passées quand le travail fut terminé.

— Voilà, monseigneur ! fit le gros serrurier en se dandinant avec satisfaction. Avec de telles serrures, vos biens sont à l'abri. Puis-je aller voir votre intendant et lui laisser les clefs ?

— Non, donnez-les-moi. À combien se monte votre mémoire ?

— Hum… Eh bien ! Je dirais… onze cents livres… ?

Le président ouvrit son tiroir et en sortit un petit coffret qu'il ouvrit. Il prit une vingtaine d'écus d'or et les fit glisser sur la table.

— Nous sommes quittes. Inutile de parler de vos travaux à quiconque…

Frochot s'inclina et se saisit des pièces pendant que

ses aides ramassaient les outils et terminaient le nettoyage.

— En partant, pouvez-vous emporter ce vieux coffre qui ne me sert plus ? demanda Entrecasteaux en montrant le petit coffret.

L'un des apprentis se saisit de la vieillerie et rejoignit les autres qui étaient déjà dehors.

Le président put enfin être de nouveau seul. Il alla à sa porte et ferma avec satisfaction la nouvelle serrure qui enclenchait quatre verrous par un astucieux système de levier.

Il revint alors au petit placard et transféra de nouveau le coffre à l'intérieur. Auparavant, il l'avait ouvert pour y choisir quelques pièces d'or particulièrement belles.

Ensuite, il enferma l'ensemble, rangea tous les parchemins – sauf les deux qu'il avait séparés du groupe – et sonna son valet de chambre.

— Portez-moi ma redingote… Non, plutôt une jaquette, ainsi que mes chaussures, je vais chez monsieur de Saint-Vincens. Demandez à Reynaud de m'accompagner.

Le valet obéit et, durant son absence, Jean-Baptiste Bruni plaça les documents du Temple ainsi que les pièces dans une sacoche de cuir. Quand le domestique revint avec ses vêtements, il s'habilla rapidement avec son aide et le laissa renouer sa cravate et attacher ses cheveux en catogan. Fauris était un vieux monsieur et il se devait d'être habillé à l'ancienne pour ne pas le choquer avec ces vêtements « à l'anglaise » que les gens plus âgés jugeaient débraillés, bien qu'ils soient à la mode à la Cour.

Il se coiffa ensuite d'un tricorne brodé que le domestique avait sorti de sa boîte après avoir vérifié la poudre de sa chevelure. Auguste Reynaud, son laquais, l'attendait devant la porte en grand habit galonné.

Jules-François Paul de Fauris, seigneur de Saint-Vincens, habitait deux hôtels plus haut que monsieur d'Entrecasteaux[1]. Ils étaient donc proches voisins. Âgé de soixante-six ans et ancien président à mortier du parlement de Provence, Saint-Vincens était un antiquaire et un numismate avisé et réputé. Marié, il avait été contraint de faire enfermer son épouse – l'arrière-petite-fille de madame de Sévigné[2] – dans un couvent tant elle accumulait les amants. Depuis, toute son affection s'était reportée sur ses exceptionnelles collections. Il possédait un assortiment unique de tableaux et une accumulation incroyable de médailles et de manuscrits anciens. On le considérait à juste titre comme le digne successeur de l'illustre Peiresc.

Suivi de son laquais, qui ne le quittait pas dans ses déplacements en ville, le président fut reçu aussitôt par l'éminent vieillard qui travaillait dans son cabinet. À peine entré, Fauris le saisit par le bras et voulut aussitôt lui montrer ses dernières acquisitions, ce qu'Entrecasteaux supporta avec beaucoup de stoïcisme car il venait subitement de s'apercevoir qu'il avait fort faim et soif, n'ayant rien avalé depuis l'aube.

Lorsque la longue visite fut enfin terminée, et les nombreux détails – malheureusement peu nourrissants – ingurgités, Fauris proposa à son voisin une collation que ce dernier accepta avec soulagement.

Quelques gâteaux secs et calissons accompagnés de vin cuit le remirent sur pied et monsieur d'Entrecasteaux

1. L'hôtel de Fauris est au 14, cours Mirabeau.
2. Julie de Villeneuve-Vence.

put enfin expliquer au numismate l'objet de sa visite. Il ouvrit son sac et en vida le contenu.

— Une relation éloignée m'a fait parvenir ces documents et ces pièces, mon cher ami, en me demandant de vous les transmettre pour connaître votre avis. De quelle époque datent ces monnaies ? De quoi traitent ces papiers ? Voilà ses questions et je m'en remets autant à votre jugement qu'à votre science.

Fauris chaussa une autre paire de lunettes et examina longuement les trois médailles d'or. Il releva finalement la tête sans cacher sa surprise et son intérêt.

— Salah El Dine, murmura-t-il.

— Qu'avez-vous dit ?

— Salah El Dine, celui que nous appelons Saladin. Cette pièce est à son effigie.

— Ce sont donc des monnaies arabes ?

Le numismate oscilla la tête.

— Oui et non. Celle-ci représente le Basile Jean et cette troisième Richard Ier d'Angleterre. Celui qu'on a surnommé Cœur de Lion. Ces pièces remontent à la troisième croisade.

Il dévisagea longuement son interlocuteur dans un mélange de perplexité et d'interrogation avant d'ajouter :

— Je n'en avais jamais vu de si belles. On les croirait neuves. Chacune peut valoir plusieurs centaines de livres compte tenu de leur poids. Vous ne voulez pas m'en dire plus sur leur origine ?

— Hum… pas pour l'instant. Je ne suis qu'un intermédiaire…

— Vous pouvez alors signaler à votre « ami » que je suis prêt à lui acheter ces trois pièces.

— Certainement, mais elles ne sont pas à vendre. Je

désirais juste savoir de quoi il s'agissait, j'ai d'ailleurs pouvoir de vous offrir celle-ci.

Il poussa négligemment vers Saint-Vincens la pièce de Saladin.

Un éclair de joie traversa le regard du vieillard qui se domina et protesta :

— Je ne sais pas si je peux…

— Gardez-la, soyez assuré que je peux vous donner cet objet. Mais, pour l'instant, n'en parlez à personne, je ne tiens pas à faire face à des solliciteurs, ou pire.

— Je comprends…

Entrecasteaux lui glissa alors les papiers.

— Et de ceci, que pouvez-vous dire ?

Fauris prit les deux lettres avec précaution et les considéra longuement. Quand il eut terminé, il montra de nouveau une expression surprise.

— J'aimerais bien savoir d'où et de qui vous tenez ces merveilles, mon ami. Je ne suis pas assez savant pour comprendre ces parchemins, ils semblent rédigés dans un chiffre que j'ignore, mais au vu du sceau, il s'agit à coup sûr de parchemins du Temple. Il me semble même qu'ils concernent la commanderie d'Aguensi, la ville comtale d'Aix, ce qui serait extravagant. Savez-vous d'ailleurs que cette commanderie existe toujours ? Hélas, elle doit être démolie dès que le Palais sera entièrement à bas[1].

— Je sais cela et je m'en désole comme vous. Que me conseillez-vous de faire pour en savoir plus ?

Il se frotta le menton, laissant paraître son indécision.

— Hum… je ne connais guère qu'un homme ayant assez de talent pour comprendre ce charabia…

1. Elle fut détruite en 1787.

— Et qui est cet abîme de science ? demanda le jeune homme avec un soupçon d'ironie dans la voix.

— Rive. Un abbé fort savant qui a été treize ans au service du duc de La Vallière comme bibliothécaire ; ancien professeur de philosophie à Avignon, il a écrit de grandes choses dans des mémoires remarquables. Malheureusement, c'est aussi un individu emporté, querelleur, brutal et d'un orgueil incommensurable. Ces défauts sont à peine compensés par son habileté prodigieuse, sa mémoire phénoménale et sa connaissance des livres et des manuscrits quasiment universelle. Son domaine de prédilection est d'ailleurs cette époque précédant l'imprimerie.

» Tenez, j'ai justement ici un article de lui prouvant que l'une de nos plus vieilles bibles, celle des Mathurins, a été écrite non sur du parchemin mais sur de la peau humaine, de la peau de femme exactement. Inouï, non ?

— En effet, approuva Entrecasteaux, horrifié.

— Vous pourriez lui écrire pour lui demander conseil, peut-être même accepterait-il de se déplacer. Mais attention : l'individu est réfractaire à toute autorité et fougueusement hostile envers ceux qui ne le traitent pas comme un égal. Soignez votre style et ne lui proposez pas d'argent, mais plutôt votre admiration ou, mieux encore, votre amitié. Il vous faudra cependant lui offrir, discrètement et avec élégance, une somme pour couvrir son déplacement ainsi que ce que vous appellerez un « dédommagement ».

Entrecasteaux eut un petit sourire condescendant.

— N'exagérez-vous pas, mon ami ?

— Nullement ! J'ai rencontré le duc de La Vallière. Savez-vous comment il nommait son bibliothécaire ? Il l'appelait son « Dogue », et quand des discussions trop animées avaient lieu avec son entourage, il les concluait en annonçant : « Je vais vous lâcher mon Dogue. » Tout le monde savait alors de qui il s'agissait et se calmait. Soyez certain que cet homme est exceptionnel autant par sa violence et sa virulence que par sa science et son talent.

L'anecdote était plaisante, pourtant l'expression de Saint-Vincens paraissait si grave qu'Entrecasteaux n'eut pas l'idée d'en sourire.

Le collectionneur poursuivit d'un ton encore plus sombre :

— Je dois me faire vieux, mais lorsque Joseph David, mon libraire, me montre les lettres qu'il reçoit de lui, car le Dogue écrit beaucoup, j'éprouve le sentiment que cet abbé nous apportera un jour d'effroyables malheurs.

— Mais le connaissez-vous, vous-même ?

— Pas du tout. Je vous l'ai dit, c'est Joseph David qui m'en parle souvent. Rive lui est proche car l'abbé a pris son neveu sous son aile durant plusieurs années. Le jeune Émeric, vous l'avez peut-être rencontré dans leur librairie de la Grande-Rue-Saint-Jean[1] ? C'est Rive qui a formé Émeric David au métier de libraire, aussi, depuis, l'abbé lui écrit souvent pour lui raconter ses propres démêlés dans la capitale. Il lui envoie également les articles qu'il a rédigés et que David me montre.

Entrecasteaux écoutait en ressentant une désagréable impression, comme si sa vie était mystérieusement attachée à un fil qui pouvait être coupé à tout moment par l'inquiétant abbé.

Il secoua la tête et fit disparaître le pénible malaise qui l'avait envahi.

1. La librairie et imprimerie des David se tenait à l'emplacement de la librairie Makaire qui a disparu depuis.

— Reste un point obscur dans votre suggestion : je crois savoir que le duc de La Vallière est mort voici trois ou quatre ans. Qu'est devenu votre abbé ?

Fauris leva les mains au ciel.

— Il est en procès avec la fille du duc, madame de Châtillon. Sitôt son père mort, elle a chassé le Dogue qu'elle haïssait et il est parti en emportant de nombreux documents, dont le catalogue qui faisait largement la valeur de la bibliothèque du duc. Je crois qu'il vivote maintenant d'une maigre rente mais sans renoncer pour autant à ses considérables ambitions. David m'a rapporté qu'on le poursuivait pour avoir emporté le fruit de son travail comme bibliothécaire et qu'il avait répondu aux gens de justice qu'il n'était pas bibliothécaire, c'est-à-dire domestique, mais « ami et homme de lettres » du duc de La Vallière. Désormais, paraît-il, il briguerait la direction de la Bibliothèque royale !

Entrecasteaux se pencha vers Fauris :

— Comment puis-je joindre votre phénomène ?

— J'ai son adresse ici, quelque part... Ah ! Voilà : Abbé Rive, rue du Cherche-Midi, chez Coste, vis-à-vis la rue du Renard.

Au moment où Entrecasteaux se trouvait chez Fauris de Saint-Vincens, Pascalis décida d'aller se promener. Mis à part la douce visite de sa belle, il avait travaillé comme un forcené à un mémoire et, après l'avoir remis à son secrétaire pour qu'il le recopie, il avait sonné son valet pour qu'il lui apporte sa redingote à rayures. Ce vêtement était une concession faite à la nouvelle mode, tout en reconnaissant son aspect pratique en cas de mauvais temps.

Chaussé malgré tout de bottines, car si la pluie avait cessé, le sol demeurait un bourbier, il traversa le Cours, puis prit la rue de la Miséricorde et, de là, se promena sans but, évitant seulement les rues trop boueuses.

Était-ce un hasard ? Ou plus vraisemblablement parce qu'à Aix on n'est jamais loin du Palais Comtal, il se retrouva place de la Magdeleine, tout près des décombres de la tour du Trésor.

Si je jetais un coup d'œil à ces ruines ? se proposa-t-il. Après tout, si la nuit dernière on a extrait un coffre du sol, il doit en rester des traces puisque aujourd'hui aucun ouvrier n'a dû venir travailler.

Il prit donc la direction des ruines par la rue Bouèno-Carrièro.

Arrivé devant le chantier de démolition, il constata que ce n'était qu'un grand cloaque effectivement désert.

Sautillant de pierre en pierre, il atteignit finalement une médiocre et instable chaussée faite de planches pour permettre aux charrettes de se rapprocher des ruines.

Avec précaution, il se dirigea vers la tour presque entièrement effondrée. Par une brèche, il pénétra à l'intérieur du petit bâtiment. Le sol était couvert de larges dalles et deux d'entre elles avaient été dressées.

Si on a trouvé quelque chose, c'est sous l'une d'elles, conclut-il.

Un trou béait effectivement à l'emplacement d'une des pierres. Un trou plein d'eau.

Il prit un morceau de bois et l'enfonça d'un peu plus d'un pied et demi. Sur les côtés, la surface était d'un pied sur trois et le volume semblait à peu près régulier.

Effectivement, songea-t-il, troublé. Ce trou a pu contenir un coffre ou une pierre.

Il regarda autour de lui. Aucun gros moellon apparent n'aurait pu correspondre à la curieuse cavité. Il resta un instant dans la tour en examinant longuement les lieux, puis rentra chez lui en méditant sur les dires du jeune Forbin.

Le même soir, Entrecasteaux écrivait à l'homme qui devait, un mois plus tard, être indirectement responsable de la funeste et douloureuse tragédie qui mettrait un terme à son existence. Quand il eut terminé, il chercha quelques pièces de Saladin dans le coffre, les retira et les plaça dans une petite boîte sur une desserte en marbre rose. Ainsi, il pourrait les prendre et les admirer aussi souvent qu'il le désirerait.

7

Avril 1784

Gros, de petite taille, visage bouffi et couperosé, nez rouge et épaté, dessus des mains et intérieur des oreilles fortement poilus, Noble Jean-Pierre Desorgues nouait sa cravate de batiste.

Empreint d'un sentiment de béatitude, il se sentait profondément satisfait de lui-même et du grand jour qui s'annonçait.

Aujourd'hui son fils aîné et chéri devenait conseiller à la cour des Comptes grâce au soutien de monsieur d'Albertas, président de la cour, quelqu'un qui ne lui avait jamais fait défaut.

Jean-Pierre Desorgues, fils de notaire, ancien fermier général du marquis d'Entrecasteaux, ancien avocat, ancien assesseur de la ville, ancien subdélégué général de l'intendant de Provence, anobli (enfin !) par une charge de conseiller secrétaire du roi (qui lui avait tout de même coûté soixante et dix mille livres), propriétaire d'innombrables terres et bastides autour de la ville, dont le magnifique pavillon de l'Enfant qu'il venait de s'offrir, pouvait maintenant étaler sa réussite sociale et rendre jaloux ces aristocrates ruinés qui le morguaient quand il les croisait en ville.

Il était riche. Très riche. Il était quelqu'un d'important, surtout il était noble, même si cette charge de secrétaire du roi n'était que fictive. Que pouvait-il demander de plus ?

Il était sept heures du matin et il ignorait qu'il n'avait plus qu'une heure à vivre et que sa mort serait atroce.

Il pensa alors à son second fils et eut brusquement une grimace. Non ! Sa réussite n'était pas totale avec ce monstre qui se donnait des airs de poète en fréquentant la lie de la ville. Il devait lui parler.

Aujourd'hui !

Il finit de s'habiller avec les vêtements que lui avait préparés sa fidèle servante Delphine Aiguillon qu'il avait fait venir de Volx, le berceau de la famille Desorgues. Il enfila un frac en soie cannelée à large revers dont les boutons étaient finement ciselés et couverts de broderies. Il se saisit du chapeau à la suisse, sorte de bicorne très élégant et s'admira un instant devant un miroir.

En même temps, il eut une moue de contrariété : décidément, ces vêtements étaient bien trop luxueux et lui avaient coûté trop cher.

Puis il soupira en haussant les épaules. Peu importait ! Ce jour était tellement exceptionnel.

Il sortit de sa chambre et se rendit dans le salon où trois valets dressaient une table. Que de dépenses ! songea-t-il en les observant travailler bien trop lentement. Cependant ces débours étaient nécessaires.

Jean-Pierre Desorgues, malgré sa richesse, habitait une petite maison sans grâce en haut de la rue de la Comédie[1]. Deux maisons plus loin que l'avocat Portalis.

1. 29, rue de l'Opéra.

Il était arrivé à Aix tout jeune pour faire ses études chez les Jésuites où son père notaire l'avait envoyé depuis Volx. Entré au barreau de la ville, il avait acheté cette maisonnette dans laquelle il vivait depuis quarante ans avec seulement deux domestiques : une servante et une fille de chambre. C'était bien suffisant à son gré.

Marié à la fille d'un procureur de la cour des Comptes, héritier des biens de son père, son aisance lui avait permis de s'imposer dans cette ville aristocrate. Dans un premier temps, il avait été l'agent et le fermier de nombreuses terres seigneuriales, dont celle des Bruni d'Entrecasteaux, et sa duplicité – disons-le plus clairement : sa malhonnêteté – lui avait permis de s'enrichir rapidement.

Grâce à son épouse, il était resté proche de la cour des Comptes, la grande rivale du parlement, et surtout de son président Pierre-Marie d'Albertas, parrain de sa première fille. Économe, pingre même, Jean-Pierre Desorgues avait toujours placé son argent sinon avec justesse, du moins avec une absence totale de risque ou de gaspillage. Ses biens n'avaient cessé de s'arrondir et le rachat du magnifique pavillon de l'Enfant avait été sa consécration de nanti et de prospère propriétaire aixois.

Ses soutiens, même après la mort de sa femme, ainsi que son opulence en avaient fait très vite un homme incontournable et, en 1768, il avait été élu assesseur de la ville, une position sociale de première importance alors qu'il n'était jusque-là qu'un médiocre praticien du droit.

À cette époque, la ville d'Aix, capitale de la Provence, était gouvernée par trois consuls élus pour deux ans par une partie de la population et placés sous les ordres de l'archevêque qui dirigeait aussi l'administration de la province : les États de Provence.

Les consuls étaient choisis suivant une règle remontant à Louis XIV : le premier était noble et fieffé, c'est-à-dire qu'il possédait au moins une terre sur laquelle il exerçait un droit de justice.

Le deuxième consul était lui aussi noble mais le troisième devait être un bourgeois. Il s'agissait souvent d'un avocat. Les trois consuls confiaient la gestion quotidienne de la ville à un assesseur, lui aussi élu, mais seulement par les avocats. Par ordre protocolaire, l'assesseur, qui avait aussi le titre de procureur du roi, se situait juste derrière le premier consul. C'est lui qui gérait la communauté. Entre autres il était chargé des routes, des bâtiments et des impôts.

Desorgues était ainsi devenu un notable incontournable. Malheureusement, la prestigieuse charge n'avait pas fait disparaître la médiocrité dont l'avocat était abondamment pourvu. Et comme il n'avait pas que des amis, toutes ses demandes faites au roi pour l'anoblir avaient lamentablement échoué.

Il avait bénéficié d'une deuxième chance grâce à Maupéou. Nous l'avons dit, en 1771 le ministre de Louis XV avait supprimé les parlements et les cours des comptes de province avaient assuré les charges de justice. Proche de monsieur d'Albertas, Desorgues avait été nommé subdélégué général, quelque chose comme le lieutenant de l'intendant de la province. Seulement en 1775, avec le retour des parlementaires à leur poste, suite à la volte-face du roi, il avait été brutalement congédié et il était, depuis, considéré par ses pairs comme irrémédiablement compromis avec les usurpateurs.

Riche, Desorgues feignait de se moquer de cet ostracisme mais il avait finalement acheté pour la somme exorbitante de soixante et dix mille livres une charge de conseiller secrétaire du roi. Cette charge entraînait un accès obligé au statut nobiliaire.

En 1776, il put enfin se faire appeler Noble Desorgues.

Ayant atteint le statut social qu'il convoitait, l'avocat se consacra d'abord à faire fructifier sa richesse et ensuite à l'avenir de ses enfants. L'un d'entre eux, son préféré, devenait conseiller aujourd'hui.

Restait le second...

Il prit l'escalier qui menait à l'appartement de ce rejeton qui lui causait tant de soucis.

Il trouva son second fils confortablement assis dans un fauteuil et en train d'écrire. Le cadet Desorgues était petit comme son père avec un visage fin qu'il tenait de sa mère. Il aurait pu être beau s'il n'avait pas été difforme. En effet, Théodore Desorgues était né bossu. Une boursouflure lui déformait le devant de la cage thoracique et une seconde protubérance, dans le dos, le contraignait à marcher perpétuellement voûté.

Cette anomalie avait beaucoup agi sur son caractère. Soumis perpétuellement aux moqueries et aux méchancetés de ses camarades, il s'était enfermé dans un univers personnel tout à la fois imaginaire et contestataire. Sujet à de brusques pulsions, Théodore s'isolait pour écrire des vers qui exaltaient sa révolte et son exigence pour un monde plus juste. Ses textes étaient parfois violents, souvent subversifs et fréquemment séditieux. Ces périodes de rage étaient suivies de prostrations ou de vertiges qu'il soignait par une débauche de son corps dans les lieux les plus infâmes de la ville. Là, en compagnie de quelques crapules immondes, il se vautrait avec les radasses les plus vulgaires, les bagasses les plus dépravées, bref toutes celles qui acceptaient son argent sans se soucier de sa difformité.

C'était plus ce dérèglement des mœurs qui gênait son père que les discours poétiques plus ou moins violents auxquels il n'attachait guère d'importance.

Par contre, il aimait railler méchamment son fils sur ses poèmes, persiflages d'autant plus faciles que les rimes se montraient d'une rare médiocrité.

— Que fais-tu ? lui lança-t-il avec irritation en pénétrant sans frapper dans la pièce et sans même le saluer. Tu n'es même pas habillé !

Le fils cadet releva la tête avec mépris, fixa longuement et insolemment son père pour déclamer emphatiquement :

— J'écris une tragédie.

Le gros homme s'approcha, chaussa ses lunettes et se pencha sur la feuille placée devant son fils.

Du jour que l'Éternel, rendant la nuit féconde
Dit « Soleil lève-toi, mortels ouvrez les yeux »,
La liberté naquit et le bonheur du monde
Avec l'homme allia les cieux.

À la lecture de ce texte, le corps entier de Noble Jean-Pierre Desorgues se raidit.

— Qu'est-ce que c'est que ce charabia séditieux ? rugit-il. Encore tes idées d'égalité ? J'en ai vraiment assez ! Non seulement tu écris des discours contre ton état mais les récits de tes débauches et de tes turpitudes font le tour de la ville et me déconsidèrent.

— Que voulez-vous dire, père ? demanda froidement le petit bossu en posant calmement sa plume.

— Il y a que j'en ai assez de te voir fréquenter la lie de cette ville. Il y a que je ne veux plus te voir dépenser mon argent à boire et à fréquenter la rue

Bouèno-Carrièro et ses bordels. Enfin j'ai décidé que tu arrêteras de rencontrer tes amis.

— Qui appelez-vous ainsi, père ? demanda poliment le fils dont le visage était aussi livide que celui de son père était rouge.

— Je t'avais déjà demandé de ne plus rencontrer ce misérable Jouve qui finira roué ou pendu ainsi que son acolyte Augustin.

— Vous voulez parler du cousin de notre servante ?

— Hélas, oui ! Que n'est-il resté à Mollèges ! Comment cette famille Aiguillon a-t-elle pu engendrer des personnes si dissemblables ? Delphine si douce, si obéissante, si respectueuse de notre position et si consciente de la sienne. Tout l'opposé de son cousin, si insolent, si effronté avec son discours égalitaire puisé chez des rêveurs et des débauchés.

— Des rêveurs comme messieurs Rousseau et Voltaire, mon père.

— Parfaitement ! Des rêveurs dangereux. Ton frère entre à la cour des Comptes. Nous sommes riches, il peut espérer en devenir président, être anobli comme moi. Notre famille peut devenir une des plus fortes des États de Provence, et toi, tu fréquentes des gens qui voudraient nous détruire…

— Et je les approuve, père, le défia le fils en se dressant sur ses petites jambes tordues. Je les approuve de tout cœur ! Les hommes sont tous égaux !

— Les hommes ! Parlons-en ! Et ces catins dépoitraillées que tu payes pour satisfaire ta lubricité, et ces libations d'où l'on te ramène ivre mort. Est-ce cela l'égalité ? Belle égalité, en vérité !

Il tourna les talons, claqua la porte et sortit. Mais le petit bossu n'en avait pas terminé et le poursuivit :

— Qui vous a dit que j'avais rencontré Jouve et Aiguillon ?

— Pascalis, mon successeur à l'assessorat – Desorgues ne manquait jamais une occasion de rappeler son ancienne et prestigieuse fonction. Il vous a vus ensemble et, connaissant la réputation exécrable de ces crapules, il m'en a informé par courtoisie. J'espère que vous ne préparez pas un mauvais coup tous les trois.

Il tendit un index vengeur et menaçant.

— Quoi qu'il en soit, je vous surveille et, d'ores et déjà, je peux t'annoncer que je vais modifier mon testament. Jusqu'à présent tu ne devais pas avoir grand-chose, désormais tu n'auras plus rien !

Il fila alors dans l'escalier plus rouge de rage qu'il ne l'était en entrant dans la chambre.

— Pascalis, murmura le bossu sans presque bouger les lèvres. Mon bonhomme, tu me le paieras cher !

De retour dans le salon, Desorgues père fut abordé par Delphine Aiguillon, sa servante qui lui expliqua, les mains sur les hanches :

— Monsieur, nous n'arrivons pas à ouvrir la fenêtre de la grande salle. Je voudrais attacher les volets mais le bois a gonflé avec toutes ces pluies…

Les trois valets badaient dans la salle en attendant.

Desorgues s'étouffa de rage en les voyant inoccupés.

— Que faites-vous là ? Croyez-vous que je vous paye si cher à ne rien faire ? Partez chercher les plats chez le traiteur et le boucher. Et toi, ma fille, retourne à la cuisine, je vais l'ouvrir, moi, cette fenêtre.

Tous quittèrent la pièce comme une bande de moineaux dérangée par un chat. L'ancien assesseur tira alors sur la croisée de toutes ses forces et la fenêtre céda. Il eut un ricanement de satisfaction. Il tenta ensuite de pousser les contrevents qui, eux, restèrent bloqués. En fait, il n'avait pas suffisamment de prise. Il recula et vit qu'une poignée se trouvait à environ deux toises du sol, sur les volets. Il déplaça alors une chaise pour grimper dessus et atteindre la poignée.

— Père, j'ai entendu parler des difficultés avec une fenêtre, souhaitez-vous mon aide ?

C'était Théodore qui, attiré par les bruits, était descendu dans le but de se réconcilier avec son père. Il avait besoin d'argent pour sa soirée, ayant invité deux belles bagasses, nouvelles en ville.

— Tu arrives au bon moment. Tiens cette chaise, les carreaux cirés sont glissants et je ne voudrais pas tomber dans la rue. Ce n'est pas le jour…

Théodore s'approcha et prit le dossier à pleines mains. Une tortueuse idée venait de surgir dans son esprit malade.

Se sachant en sécurité, son père se pencha et poussa de toutes ses forces. Le volet s'ouvrit et il se rattrapa au dormant.

— Voilà qui est fait…

À cet instant, Théodore donna un violent coup à la chaise. Complètement déséquilibré, le gros homme se pencha, crut un instant qu'il allait se rattraper, puis bascula dans la rue.

Livide, son fils fila précipitamment vers l'escalier qui menait à son appartement sans entendre l'immonde floc de la chute du corps paternel sur les pavés.

Mais dans l'entrebâillement de la porte qui menait à l'appartement du père, Delphine Aiguillon l'aperçut qui remontait rapidement dans sa chambre.

Jean-Pierre Desorgues s'écrasa sur le sol de la rue de la Comédie devant deux de ses relations qui passaient le voir pour les préparatifs de la fête.

Jean-Alexis Cabasse et Jean-Baptiste Bourdet furent ainsi les témoins de la fin du drame. Ils s'approchèrent avec horreur du corps brisé et ensanglanté et ne purent que constater la mort. Déjà plusieurs valets et de proches voisins se précipitaient en glapissant.

— Toi ! ordonna Bourdet à un valet, va chercher Louis Bodin, c'est son médecin, il habite rue Saint-Jean.

— Je crois qu'il vaut mieux avertir les autorités, déclara Cabasse. Le médecin ne servira plus à rien. Je vais plutôt chercher le lieutenant criminel.

Lorsqu'il revint, le corps avait été transporté dans la maison et placé sur un lit. Son fils pleurait doucement près de lui. Quel bon fils, songea Cabasse qui était accompagné de Lange de Saint-Suffren, le lieutenant criminel d'Aix, et de monsieur de Castillon, le procureur général qui passait justement ce matin-là voir Saint-Suffren.

Jean-François André Le Blanc de Castillon avait soixante-cinq ans et sa réputation d'érudition était exceptionnelle. Avocat général à vingt-deux ans, fort aisé financièrement, il vivait cependant sans faste dans son grand hôtel du cours à carrosses. Sa cousine avait épousé le marquis d'Entrecasteaux et sa famille était liée à toute l'aristocratie et à la haute magistrature aixoises. Vêtu de son habituel habit gris clair, aux manches à larges revers comme on n'en faisait plus depuis vingt ans, de culottes de soie blanche et coiffé de sa traditionnelle perruque frisée et poudrée, il salua chacun d'un bref mouvement de tête. En arrivant, il avait remarqué la fenêtre ouverte et le volet mal fixé. Certainement un accident, songea-t-il. Mais ce pouvait aussi être autre chose, aussi laissa-t-il parler Lange de Saint-Suffren, observant seulement les témoins et pesant leur déclaration.

— Monsieur Desorgues était seul, il nous avait tous fait sortir…

— Les tomettes étaient cirées, il n'aurait jamais dû monter sur cette chaise, expliqua un autre.

— Le maître était très excité, il a fait une imprudence…

Suffren parvint à reconstituer les faits : Noble Jean-Pierre Desorgues se trouvait seul. Il était monté sur une chaise qui avait glissé et avait été précipité dans le vide. Un accident stupide mais, somme toute, banal.

— Et vous, où étiez-vous ? demanda alors Castillon au bossu qui sanglotait au pied du lit.

— Dans… dans ma chambre, monsieur. Mon père venait de passer me voir et m'avait reproché de ne pas être prêt. J'étais en train de m'habiller.

Il essuya son visage plein de larmes alors que Delphine le regardait en coin. Pourquoi ment-il ? se demandait-elle.

— C'est donc bien un accident, décida Saint-Suffren. Venez, mon ami, fit-il à Castillon avec suffisance. Nous pouvons laisser ces gens à leur peine.

L'affaire fut classée et le rapport de police mentionna seulement les témoins : Jean-Alexis Cabasse et Jean-Baptiste Bourdet.

Le surlendemain soir de cette terrible journée, Delphine prit conscience de sa nouvelle situation. Son maître mort, elle savait qu'elle ne resterait pas à Aix, étant au courant du petit pécule qu'il lui avait laissé par testament. Elle sortit de la maison déserte dans l'après-midi pour rencontrer son cousin Augustin avant de quitter la ville.

Augustin Aiguillon n'était pas du tout la canaille subversive condamnée par le père de Théodore. Il était né trente ans plus tôt à Mollèges et c'est son père qui était le véritable cousin de Delphine. Tout jeune, Augustin avait montré un esprit critique et analytique si brillant que le curé de son village, l'abbé Rive, ancien professeur de philosophie au séminaire d'Avignon, l'avait pris sous sa protection et lui avait appris à lire et à compter.

Mais Rive avait fait plus : en orientant ses lectures, en assurant continuellement le rôle du pédagogue-né qu'il était, il avait modelé Augustin à sa façon.

Rive avait des idées bien arrêtées sur l'autorité et sur la liberté, et il les avait transmises à son élève. Quand l'abbé avait quitté Mollèges pour prendre le poste de bibliothécaire du duc de La Vallière, il avait laissé dans le village un garçon de treize ans à l'esprit aiguisé et fervent lecteur de tout ce qui s'écrivait alors chez les philosophes des Lumières.

Un tel esprit ne pouvait rester à la campagne. À dix-huit ans, Augustin quitta sa famille pour Aix, ayant appris qu'une lointaine cousine s'y trouvait et pourrait certainement l'aider.

Seulement la fortune n'était pas venue. La magistrature et la bourgeoisie aixoises n'appréciaient guère un esprit comme celui d'Augustin. Il avait cependant réussi à survivre en faisant des travaux d'écriture pour des notaires et des magistrats. Il savait fort bien rédiger une lettre ou présenter un mémoire avec une rare élégance. Mais ces travaux lui étaient toujours payés chichement, et à la pièce, par des employeurs parcimonieux jusqu'à la malhonnêteté.

Déçu et aigri, ses fréquentations s'étaient dégradées et ses idéaux ternis : d'abord compagnon en philosophie du fils de l'employeur de sa cousine, il était vite devenu son compagnon de débauche. Il avait rencontré dans ce milieu Mathieu Jouve, un paysan auvergnat illettré, ancien muletier parfois amusant mais d'une rare violence. Jouve se montrait avide d'un bouleversement social qui lui permettrait de satisfaire ses instincts brutaux et dépravés. Ayant tué des femmes dans une rixe d'ivrognes, il s'était enfui de sa région natale pour venir à Aix où vivait un vague oncle par alliance qui lui assurait le vivre et le couvert.

Son nom – Jouve – étant très courant en Provence, personne n'avait fait le lien avec l'assassin en fuite.

De son ancienne vie, Aiguillon avait conservé une habitude exemplaire. Une à deux fois par an, il écrivait une longue lettre à son mentor, l'abbé Rive, et lui racontait sa vie et ses espoirs, en passant sous silence évidemment ses nuits de débauche. C'est ainsi qu'une fois il lui avait demandé conseil. Il avait un ami nommé Jouve qui lui avait avoué, un jour d'ivresse, avoir tué deux drôlesses qui voulaient le voler. Que devait-il faire ? Devait-il prêter foi à une telle confession, alors que son camarade lui avait avoué plus tard avoir tout inventé ?

L'abbé n'avait pas répondu et Augustin n'y avait plus pensé.

Ce soir-là, dans sa mansarde de la rue Ganay, il recopiait des lettres que lui avait confiées un notaire quand Delphine arriva chez lui. Elle venait le voir chaque semaine pour faire du ménage et emporter son linge à laver.

Elle lui raconta la mort de son maître et lui expliqua qu'elle allait rentrer à Volx.

— Ainsi, je ne te verrai plus, remarqua tristement le garçon.

Il était sincère. Dans cette ville où l'hypocrisie et la méchanceté étaient si fréquentes, il avait toujours trouvé une oreille amicale et attentive chez sa cousine.

— Je te regretterai aussi, mais au fait, pourquoi restes-tu ici ? Rien ne t'y attache.

— Un jour, je réussirai et je serai riche. Et je pourrai me venger de tous ceux qui m'ont méprisé, répondit-il, maussade.

Elle resta un instant silencieuse, hésitante à parler.

— Avant de partir, je voudrais te confier un secret et te faire une prière, dit-elle enfin.

— Je t'écoute, fit-il, intrigué.

— Je ne veux accuser personne, mais un soupçon me ronge le cœur et comme il concerne un de tes amis, je voulais te mettre en garde.

— Un ami ?

— Théodore. Je n'étais pas loin quand mon maître est tombé par la fenêtre et, dans l'entrebâillement de la porte, j'ai vu son fils sortir de la pièce. Or, il a dit au lieutenant criminel qu'il se trouvait dans sa chambre. Il a menti : il était avec son père et, juste avant, tous deux s'étaient violemment querellés au point que monsieur Desorgues avait menacé de le déshériter…

Augustin Aiguillon fronça le front, en signe de profonde perplexité.

— Tu penses qu'il aurait pu… ? s'enquit-il enfin.

— Il en est parfaitement capable. C'est un jeune homme violent, aigri et sans morale. Je ne crois pas que mon maître ait pu tomber tout seul. Jamais il n'a commis d'imprudence. Ne vois plus ce débauché, sinon il t'entraînera un jour dans quelque crime horrible.

Augustin hocha la tête et lui prit les mains avec un regard affectueux.

— Je te le promets, assura-t-il. Je n'en parlerai à personne et je ne le verrai plus.

Le soir même, il écrivait à Rive pour lui raconter l'étrange incident. Après quoi, il rejoignit Jouve et Théodore au cabaret. Ce dernier venait d'enterrer son père et c'était une bonne occasion de faire la fête avec les deux bagasses.

8

Mai 1784

La lourde et massive turgotine[1] venant de Paris s'arrêta devant l'ancienne porte des Augustins – la porte Royale – dans un assourdissant vacarme de claquements de sabots, grincements d'essieux, crissements de roues ferrées et hurlements de cochers irrités autant par la longue route que par la chaleur écrasante de ce mois de mai.

Une vaste auberge était adossée contre la porte de la ville. Son corps de bâtiment prolongeait la barrière de pierre fermant le cours à carrosses et qui avait été construite après la démolition de la fontaine des Chevaux-Marins, deux ans auparavant. Un passage permettait cependant de descendre en contrebas, vers une sorte de vallon aride. De lourds fardiers, parfois des chariots, voire des charrettes, l'empruntaient, transportant en procession les débris de ce fier palais de la ville d'Aix dont une partie remontait à la cité romaine. Arrivés en bas de la dépression désertique, les véhicules s'arrêtaient. Alors les mules ou les bœufs qui les

1. Diligence.

tiraient, pauvres bêtes couvertes de grosses mouches bleues, reprenaient haleine. Pendant ce temps, des ouvriers, harassés autant que les animaux de trait, vidaient le contenu des voitures de leurs débris, de leurs morceaux de roches et de leurs décombres de toutes tailles.

Petit à petit, la cuvette était comblée et le paysage se transformait.

Ce travail gigantesque durait depuis des années.

La diligence tirée par huit chevaux était arrivée par la route de Paris, un chemin poussiéreux bordé de maisons jetées au hasard qui aboutissait au surplomb de cette dépression déjà bien comblée, d'où serpentait, vers la droite et plus au loin, la route de Marseille.

L'air brûlant était irrespirable, troublé par l'épaisse poussière causée par les travaux de terrassement. Les particules de terre envahissaient le moindre espace et s'y déposaient en couche épaisse. Les gens comme les bêtes soufflaient, haletaient, suffoquaient. Seules les mouches semblaient heureuses.

La turgotine arrêtée, et après qu'un valet eut ouvert la porte, les premiers voyageurs apparurent. Fatigués, sales, engourdis, mais heureux d'arriver à bon port après plus d'une semaine d'un voyage éprouvant dont les étapes avaient parfois duré jusqu'à dix-huit heures.

Car la voiture était partie neuf jours auparavant de l'hôtel de Sens, siège pour le Midi du bureau général des diligences et messageries royales.

Huit personnes sortirent successivement de l'énorme véhicule, pendant que les cochers en gilet rouge et leurs aides, perchés sur de longues échelles, détachaient les bagages, les malles, les paniers et autres paquets entravés sur le toit ou à l'arrière pour les faire passer à des gamins pieds nus qui attendaient en riant, à l'affût de quelque récompense.

Deux jeunes filles descendirent les premières. Leur père, officiel général du régiment d'Ernest cantonné aux casernes de la ville, les attendait avec son ordonnance en grand uniforme à parements bleus. Lui-même attirait les regards avec son dolman bleu à brandebourgs jaunes, son haut bonnet rouge et azur et son large sabre de parade étincelant. Il lissait sa fière moustache en admirant ses deux filles si élégantes dans leur robe redingote de voyage (pourtant bien poussiéreuse).

Puis ce fut le tour d'un vieux monsieur, un notaire d'Aix monté à Paris traiter une importante succession sur les droits d'un fief. Le suivirent un avocat et un couple de domestiques qui ne venaient que d'Avignon.

Un gros homme couvert de sueur descendit plus difficilement, rata la marche et s'affala sur le sol, ce qui déclencha l'hilarité des gamins, des laquais et des servantes qui s'attardaient à contempler les nouveaux venus en jacassant sur eux.

En se redressant, le gros monsieur secoua sa veste pleine de terre et constata que ses bas s'étaient déchirés. Il jura et souffla :

— Mais dans quel endroit j'arrive ! Je croyais qu'Aix était une capitale et je découvre un chantier africain !

Une soubrette, plus indulgente que ses amies, ou plus fine, se précipita pour l'aider et brossa ses vêtements avec le plat de sa main.

— Jacquot ! Firmin ! cria-t-elle en provençal. Venez aider ce monsieur au lieu de bader ! Vous voyez bien qu'il a des bagages !

— Ah ! Merci, mademoiselle. Je suis confiseur et je viens passer quelques jours chez mon ami Mignard qui m'a invité, mais il ne m'avait pas décrit cet enfer de terre, de poussière, de gravats. C'est épouvantable !

De grosses gouttes de sueur coulaient de son front sur ses bajoues et laissaient des traces sales sur son visage.

— C'est une idée de notre archevêque, persifla la chambrière.

Elle était toute brunette et parlait le français avec un accent chantant.

Le confiseur s'épongea le front avec un grand mouchoir vert. Il faisait infernalement chaud en cet après-midi, et aucun souffle d'air ne venait rafraîchir.

— Qu'a à voir votre archevêque dans tout ça ? demanda-t-il.

Elle lui prit le bras et le tira à l'écart avec un petit air pincé.

— Monseigneur de Boisgelin, le président des États de Provence, a eu l'idée de combler ce vallon devant l'entrée de la ville pour faire ainsi converger la route d'Avignon et la route de Marseille qui passe là-bas[1].

— Et où trouve-t-il ces épouvantables gravats ? Il démolit sa cathédrale ?

Il se mit à rire, satisfait de sa plaisanterie.

— Non ! (Elle l'imita d'un rire cristallin.) On détruit notre vieux château des comtes de Provence, l'ancien parlement.

— Eh bien ! Voilà un travail de titan. Dites-moi, belle enfant (cette fois ce fut lui qui lui saisit le bras

1. La route d'Avignon jusqu'à la porte des Augustins (en bas de la rue Espariat) longeait, comme sur une sorte de corniche, une plaine en contrebas. La route de Marseille aboutissait au Clos Mazarin, approximativement vers la gare SNCF actuelle. L'espace remblayé constitua l'actuelle avenue des Belges et la place de la Rotonde.

avec familiarité), vous qui semblez tout connaître, savez-vous comment aller chez monsieur Mignard ?

Elle lui fit un clin d'œil aguichant en se dégageant doucement et lui murmura :

— Allez donc vous restaurer dans notre auberge, je vais trouver un laquais pour vous accompagner et porter vos bagages.

Elle s'éloigna et le voyageur resta un peu désappointé avant de se décider à aller jusqu'à l'hôtel.

Pendant qu'ils badinaient ainsi, un dernier personnage descendait lentement de la voiture. Ce nouveau venu n'était pas très grand mais son front largement dégarni et ses cheveux clairsemés attachés par un ruban de soie bleu marine lui donnaient une apparence grave et sérieuse. Pourtant, si on le dévisageait plus longuement, avec ses lèvres fines et sa peau lisse et claire, on ne pouvait qu'être frappé par son aspect reptilien, et disons-le, venimeux. D'un regard froid et hautain, il envisagea les gens et les lieux avec un soupçon de mépris.

Il était vêtu avec élégance et beaucoup de recherche. Une chemise blanche et une cravate assortie dénotaient l'homme de goût, sinon le gentilhomme. Sa redingote de voyage à trois larges revers était très propre et agrémentée de deux breloques accrochées au gilet ; sans doute son cachet et ses clefs. Il tenait un petit sac de cuir d'une main et un livre gainé de parchemin de l'autre. Sa tête était couverte d'un élégant chapeau plat sur le devant que l'on nommait alors « à la valaque ». C'était de la dernière mode.

Ce voyageur était à l'évidence un personnage qui vivait près des Grands.

Il attendit un instant au pied de la diligence, le temps qu'un palefrenier parvienne à descendre sa malle de voyage du toit de la voiture. Ensuite il se dirigea vers deux hommes en pleine discussion dont l'un distribuait des ordres aux valets qui traînaient autour de la voiture pendant que son compagnon lui parlait avec force signes des bras et des mains. Le voyageur écouta un instant leur conversation, puis les interrompit plutôt grossièrement.

— Monsieur, seriez-vous le propriétaire de l'hôtel des Princes ?

— Oui, monsieur, répondit l'autre, affable, en se tournant vers lui. Comment avez-vous deviné ?

Le voyageur eut une expression d'impatience et poursuivit, sans répondre à la question, sur un ton monocorde empreint d'un soupçon d'arrogance :

— Vous êtes donc bien monsieur Arnoux. Je reste à Aix quelques jours, disposez-vous d'une chambre correcte, ici ?

En parlant, il envisageait son environnement avec un dégoût évident.

L'aubergiste eut un sourire béat et satisfait devant l'erreur du visiteur présomptueux.

— Vous vous trompez maintenant, monsieur, je suis monsieur Imbert et je viens de racheter cet hôtel à monsieur Arnoux. Évidemment, vous ne pouviez pas le deviner. Pour ce qui est de la chambre, oui, j'en ai plusieurs ; simplement, je vais faire faire de grands travaux d'agrandissement de cet hôtel et si vous devez rester longtemps, je tiens à vous en avertir. Et puis il y a la poussière qui est gênante, mais mon hôtel reste le meilleur de la ville.

De sa main gauche, le voyageur fit un vague geste d'indifférence accompagné d'une moue de lassitude.

— Cela ira, je ne resterai pas plus d'une semaine dans votre ville.

Imbert appela un gamin nu-pieds et ordonna :

— Bernard, prend la malle de monsieur… monsieur ?

— Rive. Abbé Rive. Collaborateur et ami de monsieur le duc de La Vallière.

Sans attacher aucune importance au discours du voyageur, l'hôtelier poursuivit :

— Annette (il s'agissait de la chambrière qui s'était occupée du confiseur et qui s'extasiait devant la pièce d'un louis que l'autre lui avait glissée), donne au monsieur une chambre au premier étage, du côté des Augustins pour qu'il n'ait pas trop de poussière. Votre serviteur, monsieur, ajouta-t-il en saluant.

Et il reprit sa discussion avec son voisin qui semblait être un entrepreneur de travaux.

Rive suivit avec nonchalance le gamin et la servante.

Vers six heures, après avoir fait un peu de toilette, l'abbé descendit de sa chambre et avisa une femme âgée qui balayait la salle. Il s'adressa à elle en provençal.

— Je dois rencontrer quelqu'un au Coq d'Argent, lui expliqua-t-il. Pouvez-vous m'indiquer le chemin ?

Le Coq d'Argent était une petite auberge, quasiment un cabaret, situé à côté du logement d'Aiguillon. C'est là, lui avait écrit son ancien élève, qu'il mangeait le soir et on pouvait l'y trouver jusqu'à huit ou neuf heures.

La servante sourit en constatant que ce voyageur connaissait leur langue alors qu'elle le pensait Parisien.

— Vous montez le cours à carrosses jusqu'en haut, monsieur. Vous arriverez à la rue Saint-Jean. Le Coq d'Argent est juste derrière, dans la rue Ganay.

Il hocha la tête et se dirigea lentement vers la sortie qui donnait sur le Cours. La maritorne le rattrapa.

— Attention, monsieur ! Sur le Cours, on ne se mélange pas, évitez de marcher dans l'allée des aristos. Il y a toujours des officiers qui cherchent noise aux bourgeois qui l'empruntent. Il pourrait vous arriver malheur s'ils vous y trouvent.

Rive retint un frémissement de colère.

— Et comment reconnaîtrai-je cette allée ?

— Vous verrez bien ! ricana-t-elle de sa bouche édentée. C'est celle où circulent lentement les équipages, les chaises et où les dames sont suivies de laquais galonnés d'or.

Elle cracha par terre et Rive eut un mouvement de recul.

— C'est celle où les officiers sont poudrés comme des poupées et portent leurs épées de parade. Vous ne pouvez pas vous tromper !

Rive fut tenté un instant de défier l'ordre établi. Il n'avait que mépris pour cette noblesse paresseuse, ignorante et parasite, mais la prudence le retint. Un jour, songeait-il, j'aurai ma revanche. Peut-être même dans cette ville.

Dix minutes plus tard – l'abbé marchait d'un bon pas –, il arriva au Coq d'Argent.

Un gros coq de bois vaguement peint en blanc avec des plumes écarlates pendait devant la façade, accroché à une lourde chaîne rouillée qui gémissait au moindre souffle.

La salle était petite et le sol couvert de sciure sale. Il avisa une table vide et s'y assit.

— J'attends un ami, expliqua-t-il à l'hôtelier qui vint le voir. Aiguillon, vous le connaissez ?

— Sûr, monseigneur. C'est son heure, il ne devrait pas tarder.

Effectivement, quelques minutes plus tard Aiguillon

entra, accompagné d'un individu noiraud de peau, à la physionomie tourmentée et aux traits agités de grimaces nerveuses. Parfois l'inconnu avait une expression terrible et sauvage et à d'autres instants un visage d'ange rieur.

— Monsieur Rive ! s'écria Aiguillon en l'apercevant. Que je suis heureux de vous voir ! Vous venez d'arriver ?

L'abbé avait en effet annoncé sa venue à son ancien élève par un courrier deux semaines plus tôt.

— Je suis là pour quelques jours, en effet. Ma première visite est pour toi. Demain je verrai mon ami le libraire David et certainement monsieur d'Entrecasteaux qui m'a fait venir.

— Je ne vous ai pas présenté mon ami Jouve.

Le noiraud émit un rictus qui fit office de salut.

— Jouve est bon camarade, murmura-t-il à l'adresse de son ancien maître. Comme nous tous, il attend avec impatience ces temps nouveaux où il n'y aura plus d'aristos et de puissants, où nous serons tous égaux.

Jouve cracha sur le sol couvert de sciure et Rive, devinant son déséquilibre mental, le considéra avec plus d'attention.

Quel monstrueux représentant de l'espèce humaine, songea-t-il. Que fait ce doux Aiguillon avec une telle brute ?

— Mangerez-vous avec nous ? demanda Augustin. Nous attendons un ami…

Il ajouta plus bas :

— … Je vous ai déjà parlé de lui : Desorgues, c'est un poète.

Rive hocha la tête. Le parricide ! Il ne manquait plus que lui pour faire la paire avec le dément noiraud.

— Avec joie, répondit-il hypocritement.

Jouve partit chercher un pot de vin qui s'avéra râpeux et piquant. Ce n'était pas important puisqu'il n'y avait que lui qui buvait. Rive et Aiguillon conversaient entre eux et se remémoraient quelques souvenirs.

Petit à petit, la salle s'emplissait d'une population louche et de filles faciles.

Quelques ambulants, plus fripouilles que commerçants, se retrouvaient là, conversant à voix basse sûrement pour préparer de mauvais coups. Rive saisit ainsi quelques mots échangés entre un faux savetier, un corbelier et un peyrolier qui ne laissaient guère de doutes sur le brigandage qu'ils préparaient.

L'abbé se sentait de plus en plus mal à l'aise.

Enfin le bossu apparut.

— Je suis en retard, s'excusa-t-il auprès d'Aiguillon. J'étais chez mon imprimeur David à qui je proposais mon dernier recueil de vers.

Il salua Rive en précisant fièrement :

— Car j'écris, monsieur. Vous plairait-il d'entendre quelques rimes de qualité ?

— Pourquoi pas ? soupira l'abbé, accablé.

L'autre se redressa et expliqua avant de déclamer :

— C'est une tragédie que j'écris sur Cromwell, vous en avez entendu parler ? *Ah ! Si ce fier tribun, soumis au frein des lois / Toujours de la justice eût écouté la voix / Quels droits...*

— Très joli, le coupa Rive froidement, je ne doute pas un instant que monsieur David publie votre œuvre. Savez-vous ce que l'on mange ici ?

Desorgues se rassit, ulcéré par une telle insolence, d'autant que Joseph David venait justement de refuser son ouvrage. Avec maladresse, il se servit à boire et vida son verre. Rive l'ignora.

Le repas fut aussi mauvais que le vin et peu animé.

Jouve et Aiguillon buvaient trop et Desorgues boudait. À peine la collation fut-elle terminée que l'abbé se leva en expliquant être fatigué par son voyage, alors que les beuglements, les rires et les éructations des clients, tous éméchés, se fondaient maintenant avec les gloussements des bagasses déjà largement dénudées.

9

Le lendemain matin, Rive se présenta au portier de l'hôtel d'Entrecasteaux. Il n'avait eu que quelques pas à faire puisque l'hôtel se dressait presque en face de son auberge.

L'entrée principale était constituée d'un grand portail de bois à double battant. Ouvert, il débouchait dans un vestibule où se tenait le portier, vieil homme sec comme une trique arborant un bel uniforme chamarré.

Bocquillon, c'était le nom du concierge, ouvrit une porte intérieure et demanda à l'abbé d'attendre, pendant qu'il allait prévenir Binet, l'homme de confiance et intendant du président.

Celui-ci arriva très vite et écouta les raisons de la visite de ce monsieur Rive avec surprise car il n'avait pas été prévenu.

En même temps, Bocquillon et l'abbé s'étaient avancés dans l'entrée de l'hôtel, aussi l'intendant appela-t-il dans l'escalier :

— Auguste ! Peux-tu venir ?

Rive commençait à enrager d'être ainsi traité – comment se faisait-il que sa venue fût ignorée ? – quand un valet, en grande tenue brodée et passementée, descendit majestueusement l'escalier.

— Va prévenir messire que monsieur l'abbé Rive le demande, lui ordonna le concierge. Et presse-toi !

L'autre s'exécuta et l'attente recommença. Rive en profita pour examiner les lieux. Devant lui s'ouvrait une grande salle de réception décorée de gypseries verticales en ruban. Il distingua deux cheminées d'apparat, elles aussi superbement décorées de gypses représentant des enfants chassant et moissonnant. Un peu partout de riches guéridons et des consoles dorées étaient surmontés de vases en faïence avec des motifs provençaux. Quelques tableaux de prix parmi lesquels il reconnut un Fragonard et un Robert.

L'escalier au pied duquel il se trouvait possédait une rampe en ferronnerie luxueusement ouvragée. Tout autour de lui, meubles et dessertes de noyer ou de chêne supportaient des vases florentins emplis de fleurs. À l'évidence les occupants de l'hôtel étaient plus que fortunés et Rive calcula mentalement combien il allait exiger pour ses services.

— Monsieur l'abbé ! Je suis si content, si honoré que vous ayez accepté de vous déranger pour moi !

Le jeune homme blond qui descendait l'escalier en sautillant ne paraissait guère ses vingt-cinq ans. Sa petite taille était compensée par un visage si doux, si avenant et si ouvert que Rive sentit fondre sa défiance et son aversion. L'homme était fort simplement vêtu de bas blancs et d'un gilet brodé.

Le jeune président à mortier le prit par le bras et l'invita à monter dans son bureau, non sans commander à l'intendant de leur faire servir une tasse de chocolat.

Au palier, il se dirigea vers une porte à gauche en expliquant :

— À droite, c'est le domaine de mon épouse.

Rive nota qu'il introduisait dans la serrure une clef

qu'il avait conservée à la main. Qu'y a-t-il de précieux dans cette pièce pour fermer ainsi derrière lui, même pour quelques minutes ? s'interrogea-t-il, car il était particulièrement observateur.

Entrecasteaux s'assit à son bureau, faisant signe à Rive de prendre un fauteuil. Il joignit alors l'extrémité de ses doigts fins et lui déclara dans un sourire :

— Monsieur l'abbé, on ne m'a dit que du bien de vos compétences et de vos connaissances. Comme je vous l'ai écrit, j'ai ici divers documents dont monsieur de Saint-Vincens, mon voisin et ami, m'a assuré qu'ils pourraient provenir des templiers. Je serais très curieux d'obtenir de vous leur signification. Réglons d'abord vos dépenses ; voici trois cents livres pour votre voyage et cent livres pour votre logement et vos frais. J'y ai ajouté cent livres pour vous remercier de votre visite. Je sais à quel point vous êtes demandé et je suis confus de vous proposer si peu.

Il attendit un signe, un regard. Mais Rive restait impénétrable. Il poursuivit donc :

— Pour votre travail, je peux vous proposer cinquante livres par jour…

Cinquante livres ! songea Rive. Il en gagnait une dizaine, au plus, au service du duc de La Vallière !

— … Mais si vous jugez ceci insuffisant… Non… Je m'excuse d'avoir été si ladre. Voici donc six cents francs en louis d'or. Je vous paie d'avance deux jours de travail, même si vous terminez plus tôt.

Tout en parlant, il faisait glisser un petit sac de velours cramoisi sur la table. Rive s'en saisit avec une nonchalance forcée et d'une voix froide lui répliqua :

— Vous êtes trop généreux. Je peux commencer tout de suite si vous le désirez.

— Bien, bien. Je vais donc vous laisser mon bureau.

Il prit une clef accrochée à sa veste par une chaînette d'or et ouvrit un grand tiroir sous sa table.

— Tout est là, vous avez du papier, des plumes et l'encre. Je vous laisse. Sonnez ici pour appeler un laquais. Vous êtes chez vous, le chocolat ne va pas tarder et, vers midi, on vous fera servir un repas froid ainsi que quelques boissons. Je repasserai dans l'après-midi, je dois me rendre maintenant au parlement.

Sans lui laisser plus le temps de poser quelque question, Entrecasteaux s'enfuit et l'abbé resta seul.

Il se leva alors et explora un peu le bureau, examinant les livres sur les rayonnages, nota que tous les placards étaient fermés avec de solides serrures et, finalement, s'assit à la table du président pour sortir les parchemins du tiroir.

Immédiatement, il sut qu'il avait affaire à des documents du Temple, certainement de l'époque de la disparition de l'Ordre. Il n'avait aucun mal à les lire, la plupart n'étant que des titres de propriété de terres, de domaines ou encore des reconnaissances de prêts. Mis à part l'aspect historique, ils n'avaient guère de valeur ou d'intérêt. Quelques-uns étaient chiffrés mais il en avait déjà vu de ce type, le chiffrage consistait à déplacer certaines lettres et les clefs lui étaient bien connues. Il s'agissait de correspondances avec le Grand Maître de l'Ordre, mais celles-ci n'apportaient rien à l'histoire. Malgré tout, un document paraissait plus important que les autres : c'était une lettre du commandeur d'Aix, Albert de Blacas, contresignée par deux chevaliers : Geoffroy de Merval et Raymond Perdigon. La lettre décrivait les trésors du Temple d'Aix qui auraient été enfouis sous une tour du Palais Comtal pour éviter leur saisie lors de la disparition de l'Ordre. De l'or, des bijoux et des joyaux avaient été rassemblés dans un coffre de fer qui devait être enterré en même temps qu'un second coffre contenant ce document et des titres de valeur.

Rive reposa le parchemin et ressentit des picotements lui parcourir la nuque. Ainsi, voilà l'origine de ces papiers, songea-t-il. Ils avaient certainement été trouvés lors de la démolition du Palais Comtal, démolition dont il avait entendu parler en arrivant. Il se souvenait des gravats transportés sur ces innombrables charrettes qui passaient devant sa chambre.

Mais avait-on aussi découvert le trésor ?

Si oui, il pourrait bien se trouver dans cette pièce soigneusement close avec ces superbes et récentes serrures.

Il fut interrompu dans sa réflexion par le serviteur qui lui portait un plateau avec des flacons de vin. L'homme reprit la tasse de chocolat qui n'avait pas été touchée. L'abbé l'avait oubliée.

Dès qu'il fut de nouveau seul, il explora encore la pièce. Le placard mural était fermé par une serrure neuve. Toutes les portes et les tiroirs étaient clos. Sur les rayonnages se dressaient des livres. Et sur une console se trouvait une petite boîte de bois sans valeur.

Il la prit et l'ouvrit.

Elle contenait quelques pièces de monnaie en or. Il en saisit une.

— Salah El Dine, murmura-t-il à son tour comme l'avait fait Fauris de Saint-Vincens.

Il examina les autres monnaies. Toutes identiques. Des pièces de la troisième croisade qui paraissaient comme neuves. Il éprouva l'intime certitude qu'elles provenaient du trésor du Temple.

Il remit tout en place et se remit au travail, réécrivant en clair et en français le contenu des parchemins.

Quand ce fut le tour de la lettre du commandeur, il en livra une traduction tronquée qui négligeait l'enfouissement d'un trésor.

Il avait presque terminé quand Entrecasteaux rentra.

— Monsieur (l'abbé se refusait à dire monseigneur ou monsieur le président), je crois avoir terminé. J'ai classé vos textes chacun avec sa traduction. Je ne pense pas qu'ils soient d'un grand intérêt, encore qu'un mémoire ou une notice à ce sujet me tenterait assez.

Il s'éloigna de la table, laissant le président se pencher sur son travail.

— Hum, cela m'a l'air parfait. Restez-vous quelque temps à Aix, au cas où j'aurais encore besoin de vous ?

— Certainement, répliqua Rive, flatté, j'ai plusieurs amis à rencontrer.

Entrecasteaux le raccompagna jusqu'à la porte de l'hôtel avec beaucoup de déférence et d'amitié. Mais l'esprit de Rive était ailleurs. Il bâtissait un plan pour se saisir du trésor.

Il se dirigea alors vers le Coq d'Argent, ignorant désormais le projet qu'il avait fait de rencontrer son ami le libraire David et son neveu Émeric qu'il avait formé au métier de libraire. À partir de maintenant, moins de gens se souviendraient de lui à Aix, mieux cela serait et il regretta d'avoir signalé à l'aubergiste qui il était.

La salle de l'auberge était vide. Enfin, pas tout à fait, dans un coin, la tête appuyée sur ses bras, Jouve ronflait bruyamment.

Rive s'assit à côté de lui, écœuré malgré tout par l'odeur de vinasse et de sueur du dégoûtant bonhomme.

En sentant la présence d'un compagnon de table, Jouve se redressa.

— Ah ! C'est vous, l'abbé, éructa-t-il d'une voix avinée.

— Pensez-vous qu'Aiguillon va venir ? s'enquit Rive.

— Sûr !

Et l'ivrogne s'écroula de nouveau sur la table.

— Une bien belle ville, murmura Rive en tapotant la table avec son index.

— Quoi ?

— Je disais que vous viviez dans une bien belle ville. Avec des parlementaires bien aimables. Et fortunés aussi. Voilà des gens qui savent vivre…

Jouve souleva une lourde paupière et le dévisagea avec un air mi-sournois mi-interrogateur.

— Je viens de l'hôtel d'Entrecasteaux, poursuivit l'abbé sur un ton neutre, et j'ai été frappé par l'opulence de vos parlementaires. Et de vos présidents. Carrosses, dorures, tableaux, marbres, marqueterie, laquais et soubrettes à profusion. Je ne suis pas certain que l'entourage de notre roi vive dans un tel luxe.

Il se tut alors et le silence tomba entre eux.

Au bout d'une minute Jouve se redressa un peu, et eut une grimace :

— Et tout ça, comment croyez-vous qu'ils l'ont ? grinça-t-il.

— Par leur naissance, bien sûr !

— Par leur naissance de merde ! hurla Jouve. Et nous ? Qu'avons-nous ? Pourquoi eux et pas nous ?

L'aubergiste, dans un coin, l'ignora, il devait avoir l'habitude de ces discours d'ivrogne et, nous l'avons dit, la salle était vide.

L'abbé reprit en donnant l'impression de monologuer et en dévisageant la table devant lui :

— Évidemment, tant de richesse doit attirer les voleurs.

Jouve rouvrit les yeux qu'il avait clos entre-temps et se mit à ricaner comme une hyène.

— Ce serait justice, mais certainement pas chez les Bruni d'Entrecasteaux.

— Ah ! Et pourquoi donc ? feignit de s'intéresser l'abbé.

— Ils sont ruinés, ou tout comme. Ils ne payent pas leur valetaille. Ils sont en procès avec leurs fermiers. Desorgues vous le dira, son père les a bien roulés. Ils vivent sur les biens de madame de Castellane. Encore une qui est bien foutue, tiens !

Il eut un regard égrillard et poursuivit :

— Moi, j'irais bien là-bas pour elle, mais certainement pas pour la voler ! Seulement…

— Seulement ?

— Le parlement ne plaisante pas ici, et la police de Saint-Suffren est trop habile.

Il haussa les épaules et prit un air de chien battu :

— Même pour un petit grappillage, ou seulement pour quelques bécots volés à une marquise, ils vous rompent vif jambes, cuisses, bras et reins et vous placent sur une roue pour y expirer jusqu'à ce qu'il plaise à Dieu de vous appeler. Et souvent, ils vous coupent pieds et mains avant. Ce sont des sauvages ! hurla-t-il encore.

Il s'effondra sur la table et murmura dans un sanglot :

— Vous avez vu l'échafaud ?

— Non.

— Allez-y ! Il y a quelqu'un attaché sur la roue. Si vous vous approchez d'assez près, vous l'entendrez gémir. Ils lui ont brisé la poitrine, mais il veut pas caner.

Il hurla encore :

— Salauds de parlementaires !

À ce moment Desorgues et Aiguillon les rejoignirent. Jouve se redressa et changea d'expression :

— Tiens, toi, parle-lui des Entrecasteaux, l'abbé les croit riches…

— Ils sont riches certainement, répliqua Desorgues en s'asseyant, mais riches en terres, moins en revenus. Et surtout riches en dettes ! Le président a une maîtresse avide et il dépense sans compter pour elle, y compris la dot de sa femme.

— Je lui ai dit ! Il m'écoute pas ! éructa l'ivrogne. Non seulement ils prennent l'argent des pauvres mais ils ne savent pas le garder. C'est pour ça qu'ils ne risquent rien, comme les autres d'ailleurs. Il n'y a jamais de belles pièces d'or chez eux.

Il eut un geste de dépit et cracha :

— Va-t-on voler une console en marbre ? Ou un tableau de quatre toises carrées !

Épuisé par sa démonstration, il s'affala sur la table.

Au bout d'un moment, Rive reprit :

— Il y a du vrai dans ce que vous dites. Ce n'est pas juste, ces biens qu'ils tiennent uniquement par leur naissance et non par leur travail. Je n'y avais pas pensé jusqu'à présent.

Aiguillon dévisagea Rive avec surprise. Il connaissait suffisamment l'abbé pour savoir qu'il s'était toujours insurgé contre la richesse et l'autorité des possédants.

Desorgues renchérit et approuva. Il venait d'apprendre par son notaire qu'il n'aurait quasiment rien de la succession de son père.

Rive se pencha alors et leur fit un petit signe de comploteur.

— Y a-t-il un endroit où l'on pourrait parler librement… entre nous… de tout ça ?

Jouve lui fit un clin d'œil complice.

— Vous… vous avez quelque idée ? Allons chez Sturmi !

Sturmi était un cabaret à l'entrée de la ville, face à l'hôtel des Princes, où se réunissaient les laissés-pour-compte de la ville et les journaliers des campagnes sans emploi. Le vin était infâme mais là-bas personne ne s'intéressait à vous.

Desorgues et Aiguillon n'avaient rien d'autre à faire et, désireux d'en savoir plus, ils partirent avec Jouve et l'abbé.

10

Quand ils furent installés près de la porte du cabaret d'où ils pouvaient surveiller la rue ainsi que tous ceux qui entraient dans le bouge, Rive leur expliqua :

— Je pense comme vous, mes amis. Il faudrait que notre pays change, que les riches et les aristocrates soient moins riches et moins aristocrates, et que ceux qui n'ont rien possèdent un peu. Mais c'est difficile de changer le monde.

— Il faut leur couper la gorge aux aristos ! Quant aux parlementaires… rugit Jouve.

— Non ! intervint l'abbé. Ce qu'il faut, c'est de l'argent. Avec de l'argent, on écrit des libelles, des mémoires, des livres, des journaux. Avec de l'argent, on peut répandre des idées et se faire entendre.

— C'est vrai, intervint Desorgues. Par exemple, prenez ma tragédie sur Cromwell. Voilà un bon moyen pour faire connaître une vraie révolution : Cromwell a fait couper la tête de son roi et a établi une république. Mais les libraires n'en veulent pas. Forcément, ils sont pour l'ordre établi. Alors que faire ?

— Vous avez raison, mon ami, approuva Rive en hochant du chef. Avec de l'argent, nous pourrions imprimer des milliers de volumes de votre tragédie, la faire jouer, distribuer vos poèmes. La France entière se soulèverait en découvrant vos idées.

Desorgues devint rouge d'émotion et de fatuité. Il murmura :

— Oui. Mais cet or, où le prendriez-vous ? Chez les Entrecasteaux ?

Il accompagna sa question d'un petit ricanement.

L'abbé ne répondit pas et le silence s'installa entre eux. Ils burent leur vin.

Au bout d'un long moment, Rive leva la tête et murmura, en réponse à l'interrogation de Desorgues :

— Pourquoi pas ?

Aiguillon haussa les épaules.

— On vous l'a dit, il n'y a rien à prendre là-bas. Trois bijoux peut-être. Leurs revenus viennent de leurs terres, ils ne gardent rien. Et se faire rouer pour trois sous ? Non, merci !

Desorgues approuva d'un hochement de tête.

— Et si ce n'était pas pour trois sous mais pour trois millions, non, que dis-je. Pour trente millions… plus peut-être…

Jouve eut une contraction d'incrédulité et un frémissement incontrôlable des lèvres. Il déglutit et lâcha d'une voix rauque :

— Vous rêvez !

— Non. Le président s'est attribué un bien qui nous appartient à tous. Un trésor trouvé dans le Palais Comtal. Je le sais. Je l'ai vu.

— Beau sujet de théâtre, se moqua Desorgues avec suffisance. Et vous imaginez que l'on va vous croire !

— C'est pour cette raison qu'il m'a fait venir de Paris. J'ai dû lui traduire des papiers qui se trouvaient avec le magot. Dont la liste des objets de valeur. On y parlait de plusieurs milliers de pièces d'or, de lingots, de joyaux et de pierres rares.

— Et vous avez vraiment vu tout ça ? s'émerveilla Aiguillon.

— Non, bien sûr, lui répondit Rive sèchement. Mais j'ai aperçu quelques pièces d'or. Elles remontent à cinq cents ans et chacune vaut au moins cent francs.

— Il pourrait y en avoir pour un million ? demanda encore Aiguillon.

— Plus avec le reste, beaucoup plus !

Desorgues se leva et se coiffa de son chapeau.

— Je ne sais pas où vous voulez en venir, monsieur l'abbé, mais moi, je ne tiens pas à en savoir plus. Je n'ai aucune envie de finir sur la roue.

Rive ne connaissait personne d'autre à Aix. Pour réussir, il avait besoin d'eux. Il fallait qu'ils soient au moins quatre pour l'entreprise qu'il envisageait. Il lui répliqua donc avec un sourire venimeux :

— Comme vous voulez, de toute façon, vous allez sans doute finir sur cet échafaud. Non ?

— Que voulez-vous dire ? rétorqua Desorgues, soudain livide.

— Qu'il est mal vu de pousser son père ! Je suis certain que si ces messieurs de la Tournelle[1] l'apprenaient…

Le criminel sentit que ses jambes ne le portaient plus. En tremblant, il se rassit pour ne pas tomber.

Comment sait-il ? se demanda-t-il.

Rive le gratifia d'un chaud sourire et lui prit amicalement la main.

1. Le parlement de Provence comprenait trois chambres : la Grand-Chambre, la chambre des Enquêtes et la Tournelle, qui était la chambre criminelle.

— Hé, oui ! Voyez-vous, je connais beaucoup de choses sur vous. C'est pareil à votre sujet, mon pauvre Jouve. Je suis au courant pour ces malheureuses femmes, en Auvergne…

Jouve eut un frémissement qui le ravagea entièrement. Il lâcha un brusque gémissement en se remémorant le passé. Puis son visage émit une sorte de convulsion, un spasme horrible, et il se mit à sangloter.

— Je souffre comme un damné… pourquoi me rappeler cela ? râla-t-il.

— Parfait. Je vois qu'on est tous d'accord, le taquina Rive en lui tapotant à son tour gentiment la main. Maintenant, parlons sérieusement…

Ce même jour, Pascalis attendait la copie de documents que devait lui envoyer un notaire marseillais au sujet de perceptions de droits. Nombreux étaient les parlementaires qui, en achetant des terres, obtenaient aussi les redevances seigneuriales associées. Ces redevances en nature étaient liées aux cultures et, lorsque le propriétaire voulait les modifier, ces rectifications étaient toujours contestées. Souvent il fallait remonter jusqu'aux origines du fief pour retrouver les perceptions associées à la terre.

Maître Pascalis avait hâte d'avoir ces papiers car la cause qu'il devait plaider était solide et, il en était certain, ferait date dans les affaires du parlement. Aussi, tous les jours, en soirée, il sortait de chez lui et descendait le cours à carrosses. Une fois en bas, il passait à l'hôtel des Princes vérifier si la diligence de Marseille n'avait pas laissé un paquet pour lui.

Ce soir-là, il traversa la salle, dans laquelle se trouvaient attablés des groupes animés en cette chaude soirée, et se rendit vers le petit bureau d'Imbert.

Il trouva l'aubergiste assis devant sa table de travail couverte de papiers.

— Ah ! Monsieur Pascalis ! Je vais avoir besoin de vos services : je possède l'hôtel de Malte, l'auberge du Chapeau Blanc et maintenant l'hôtel des Princes dont je vais faire le plus bel établissement de la ville. Arnoux m'a proposé son autre hôtellerie, celle de Martigues, rue Villeverte, mais il vient de changer son prix. Que dois-je faire ? Il avait fait une promesse devant témoins.

— Passez me voir si cela ne s'arrange pas, lui répondit Pascalis, assez indifférent. Mais en ce qui me concerne, je viens pour mon paquet, est-il arrivé ?

— Hélas, non ! Demain peut-être ? Mais pour Arnoux…

Déjà, l'avocat l'avait salué et s'était éloigné.

Remontant par la rue des Augustins, il passa devant le cabaret Sturmi dont la porte était entrouverte. Juste devant celle-ci, il reconnut Jouve, Aiguillon et Desorgues plongés dans une discussion animée. Il les salua par courtoisie et déférence envers l'avocat décédé, mais n'en pensa pas moins.

Ces canailles préparent-elles un mauvais coup ? se demanda-t-il en remarquant le quatrième personnage à leur table, un homme au visage distingué et vêtu avec élégance et recherche. L'inconnu semblait diriger la conversation. Qui pouvait-il être ? En tout cas, il présentait un visage et une attitude que l'on ne pouvait oublier.

Pascalis ne cessa de songer à lui en regagnant son appartement.

Durant les jours qui suivirent, Rive sortit peu de l'hôtel des Princes. Il rencontrait seulement le soir, chez Sturmi, ses trois complices qu'il avait chargé de surveiller l'hôtel d'Entrecasteaux. Le 29 mai, Aiguillon leur expliqua avoir appris que le lendemain le marquis, père du président, serait absent ainsi que plusieurs domestiques. Le 31, un envol d'aérostat était annoncé aux casernes et on ne parlait que de cela dans la ville. Le jeune président ainsi que son épouse devaient s'y rendre, c'est pourquoi le couple avait décidé de ne pas quitter Aix malgré la domesticité réduite.

— Reste à pénétrer dans l'hôtel, observa Rive.

Aiguillon proposa :

— Puisqu'on ne peut passer ni par la porte de devant, ni par les écuries, il ne reste que le troisième côté, dans la rue Saint-Jacques. Un lierre grimpe le long du mur, si Jouve me fait la courte échelle, je peux grimper et…

— Je me vois mal grimper avec ma bosse, le coupa Desorgues avec humeur. Non, l'idéal serait d'avoir une clef des écuries et de passer par le jardin. Dans la nuit, personne ne remarquerait rien.

— Je n'avais pas terminé, fit aigrement Aiguillon. Une fois dans le jardin, je gagnerai la petite porte et j'essaierai de l'ouvrir de l'intérieur en prenant mon temps.

Rive approuva l'idée mais précisa :

— Il faudrait tout de même quelqu'un capable de forcer la serrure, si tu n'y arrives pas.

— Non, intervint finalement Jouve. C'est trop compliqué. Il faut la clef, tout simplement.

— Impossible de se la procurer en vingt-quatre heures, le raisonna l'abbé.

L'autre éructa :

— Je m'en charge !

Le lendemain, le 30 donc, Pascalis retourna en soirée à l'hôtel des Princes comme il l'avait fait les jours précédents. Imbert était dehors et l'attendait, hilare. Le paquet tant attendu se balançait à sa main.

— Monsieur Pascalis ! Il est arrivé, votre colis ! Je vous guettais depuis un moment.

Pascalis le remercia longuement et se crut obligé de discuter des affaires de l'aubergiste. C'est alors qu'il vit sortir de l'hôtel le personnage distingué qu'il avait vu deux jours plus tôt avec ceux qu'il jugeait comme des crapules.

— Dites-moi, monsieur Imbert, cet homme qui s'éloigne… là-bas en redingote grise, loge-t-il chez vous ?

— En effet, c'est l'abbé Rive. Un homme important, fit Imbert en se rengorgeant. L'ami et le confident d'un duc, m'a-t-il assuré. Il est venu à Aix pour une affaire et il vient de me faire savoir qu'il partira demain matin avec la diligence, à la première heure. Un bien brave homme.

11

Le soir du 30 mai, Rive, Jouve, Aiguillon et Desorgues se réunirent chez Augustin où ils soupèrent d'un rapide repas de viandes froides arrosées d'un vin médiocre. La tension était extrême. Tous mesuraient les risques de leur expédition, chacun avait assisté au moins une fois au supplice de la roue. Mis à part Jouve, aucun d'eux ne s'était déjà trouvé dans une telle situation. Or justement, l'Auvergnat montrait un singulier comportement, mélanges de moments de prostration où il ne faisait que vider les flacons, et de périodes d'excitation durant lesquelles ses yeux brillants et ses tremblements faciaux inquiétaient ses compagnons. Finalement, l'abbé Rive dut le contraindre à cesser de boire, ce qu'il n'accepta qu'à contrecœur et sous la menace d'être exclu de l'expédition.

L'après-midi, ils avaient eu confirmation du départ du marquis d'Entrecasteaux avec nombre de ses domestiques. Ne resteraient donc dans l'hôtel que le portier, l'intendant, quelques valets et servantes dans les galetas des combles, le président et son épouse, et enfin les jeunes enfants qui dormaient avec leur gouvernante. Rive connaissait à peu près les lieux depuis sa visite, ils avaient préparé des lanternes sourdes, l'affaire devait être rapide. Méfiant, l'abbé avait précisé à Jouve, dont il se gardait, qu'il ne voulait ni arme à feu ni couteau. Seul Desorgues conserverait son canif. La lame suffirait à effrayer le président, avait-il expliqué, et si ce dernier se montrait trop courageux, le canif serait utilisé pour menacer son épouse devant lui.

— Je ne veux pas de sang, c'est bien compris ? répéta-t-il une dernière fois à Jouve dont il venait de confisquer le verre. As-tu eu la clef comme tu l'espérais ?

En effet, chaque fois que la question lui était posée, le curieux bonhomme prenait un sourire étrange et ne répondait pas.

Cette fois Jouve éructa et gloussa :

— Facile ! Je vous l'avais dit. Un laquais de l'hôtel, Dauphiné qu'il se nomme, fréquente une petite radasse de la mère Laize (il s'agissait d'un infâme lieu de luxure, mi-bordel, mi-tripot). La puterelle travaille pour moi et lui a proposé : « Si tu me donnes une clef du jardin, je pourrai te rejoindre dans l'hôtel quand tu en as envie. » Cet imbécile lui a porté la clef cet après-midi.

Rive soupira de soulagement mais ne put s'empêcher de faire un reproche à Jouve.

— Pourquoi ne m'en as-tu pas informé plus tôt ?

L'autre le considéra avec un regard torve empreint d'arrogance.

— Pourquoi te le dire, l'abbé ? Je savais que vous ne pouviez pas vous passer de moi…

Rive digéra la réponse alors que Desorgues distribuait les masques qu'il s'était procurés : des pièces de cuir vénitiennes couvrant toute la figure avec un long bec d'oiseau de proie. L'abbé songea qu'il devrait garder cet ivrogne à l'œil. Ce maraud était dangereux et loin d'être idiot. Il regretta même un instant de l'avoir choisi. Mais avait-il eu le choix ?

— La nuit, de tels masques seront effrayants et ôteront tout courage à leur victime, expliquait Desorgues qui avait lu quelque chose à ce sujet.

Jouve montra aussi ce qu'il avait prévu : des serviettes et des poires d'angoisse pour empêcher leur victime de crier ainsi que de fines cordelettes pour l'attacher. Bien sûr, il faudrait peut-être un peu secouer Entrecasteaux, aussi précisa-t-il dans un sourire halluciné :

— Le président n'a pas l'air bien solide. Après quelques gifles, il parlera. J'en fais mon affaire.

À minuit et demi, madame d'Entrecasteaux rentra chez elle accompagnée par Claude Barnoin. Elle avait soupé chez monsieur de Margalet.

Sa femme de chambre, Marie Bal, l'attendait et la prépara pour la nuit. Elle allait s'endormir quand le marquis vint la visiter. Il était rentré depuis plus d'une heure de chez sa maîtresse, madame de Saint-Simon, avec qui il venait de rompre. Riche du trésor des templiers, il pouvait désormais songer à partir, à aller vivre à Paris ou à Versailles avec son épouse en attendant une charge qui le couvrirait de gloire. C'en était terminé pour lui des femmes faciles de province et il regrettait le comportement médiocre qu'il avait eu jusque-là.

Il s'excusa longuement auprès d'Angélique de son inconduite et lui annonça leur prochain départ pour la capitale. Puis il resta un moment à bavarder avec elle. Elle avait décidé d'assister au lancer d'aérostat, le lendemain, dans la cour des casernes, sur le chemin de Toulon.

— Ce ne sera pas possible, lui expliqua-t-il. J'ai décidé que nous quitterons Aix dès demain.

— Mais je n'aurai jamais le temps de faire faire les bagages, objecta-t-elle, malgré tout ravie.

— Nous achèterons ce dont nous avons besoin à Paris.

— Avec quel argent, mon ami ? s'inquiéta-t-elle, éberluée du changement d'attitude de son époux et de cette soudaine décision.

— Je suis riche, Angélique. Je suis devenu incroyablement riche et, désormais, nous ferons partie de ceux qui comptent dans ce pays.

Alors il lui expliqua tout.

Vers une heure, Marie Bal entendit des soupirs et des râles dans la chambre de la marquise. Elle s'endormit en souriant ; enfin, ils sont réconciliés, conclut-elle.

Minuit ayant toqué depuis une heure, les quatre hommes se mirent en route en silence. Ils longèrent la Grande-Rue-Saint-Jean, puis prirent la rue Saint-Lazare qui courait derrière l'hôtel d'Entrecasteaux.

La nuit était douce et sombre. Aucun éclairage ne pouvait les trahir. Neuf ans auparavant, la municipalité avait distribué gratuitement des réverbères, à charge pour les demandeurs de les allumer en hiver à leur frais. Les réverbères avaient très vite été vandalisés et la ville était restée dans le noir[1]. Seuls le Cours et quelques rares rues bordées d'hôtels prestigieux étaient un peu éclairés par des lampes à huile suspendues à des cordes. Ces luminaires demeuraient insuffisants, aussi, après dix heures, les Aixois ne sortaient plus qu'à leurs risques et périls s'ils n'étaient pas accompagnés de solides laquais armés de bâtons.

1. L'année suivante, la ville décida une taxe sur le pain pour financer (enfin) l'éclairage public : un denier par livre de pain.

C'est que les dangers étaient bien réels car la jeunesse dorée de la ville aimait chahuter et briser les vitres des maisons ou des voitures. Circulant en bandes, ces jeunes gens rossaient les passants isolés, et lorsque c'étaient des femmes, ils n'hésitaient pas à les déshabiller entièrement pour les fouetter, ou pire[1].

Heureusement pour nos quatre maraudeurs, ces jeunes aristocrates restaient cantonnés sur leur terrain de chasse : le Cours et ses environs proches. Au demeurant, ils auraient hésité à s'attaquer à Jouve connu pour sa violence aveugle.

Ils se trouvaient maintenant à l'arrière de l'hôtel d'Entrecasteaux, devant les bâtiments des écuries. Jouve s'approcha d'une petite porte découpée dans le portail à voitures. Il sortit de sa poche un petit flacon d'huile dans lequel il trempa une clef. Puis, l'ayant essuyée de son mouchoir, il l'enfonça dans la serrure et la tourna très lentement.

Aucun bruit. Aussi tira-t-il doucement le vantail.

Les quatre hommes entrèrent. Rive tenait une lanterne sourde qu'il venait d'allumer.

L'intérieur de l'hôtel était plongé dans le silence. Dans le noir, ils gagnèrent la terrasse sur laquelle ouvraient plusieurs portes-fenêtres closes par de solides volets de bois. Là encore, le savoir-faire de Jouve fit merveille : il introduisit une lame de fer courbée entre les volets et, doucement, releva la crémone, ce qui débloqua le battant. Il agit de même avec la porte vitrée qui s'ouvrit sans peine ni grincement.

1. En 1727, une histoire de ce genre avait eu un aboutissement judiciaire : mesdames de Montauban et de Blancas avaient été fouettées par des jeunes gens qui se révélèrent être de jeunes magistrats du parlement !

Rive ferma les volets derrière eux et alluma deux autres lanternes sourdes. Ils se trouvaient dans la grande salle de réception. L'abbé se dirigea vers ce qu'il pensait être l'entrée de la maison. Chacun marchait lentement, évitant fauteuils et dessertes qui encombraient le lieu. La chute d'un objet serait une catastrophe ! Des panneaux de gypseries représentant, en relief, des trophées de chasse le long de rubans verticaux projetaient une ombre sinistre. Sur les corniches picoraient des poules de plâtre et d'immenses rapaces. Rive avait l'impression de pénétrer dans quelque vaste tombe antique.

Une fois dans le vestibule, l'abbé put se repérer grâce à sa mémoire sans défaut. Il fit signe à ses complices de placer leurs masques sur le visage et grimpa l'escalier après s'être lui-même couvert, se tenant à la rampe de ferronnerie autant pour éviter de faire du bruit sur les marches que pour se guider. Une fois au premier étage, il se dirigea sans hésiter vers l'appartement du président d'Entrecasteaux.

Les autres le suivaient avec quelque inquiétude.

La porte du bureau s'ouvrit en silence, elle n'était pas fermée. Ils traversèrent la salle couverte de boiseries et atteignirent la chambre. Cette dernière était éclairée par une lune blafarde et il n'y avait aucun doute : le lit était vide.

Il y eut un instant de stupeur.

Le président était-il parti avec son père ? Cela paraissait peu probable puisqu'ils avaient surveillé la maison tout l'après-midi. Avait-il réussi à aller voir discrètement sa maîtresse ? Possible… à moins qu'il ne soit ailleurs dans l'hôtel… au lit avec une aimable et jolie servante ? Possible aussi, il en avait la réputation. Mais pouvaient-ils fouiller tout le bâtiment et explorer tous les draps ? Non, à l'évidence.

Ils regagnèrent le bureau, mais Jouve était resté dans la chambre.

— Jouve, que fais-tu ? gronda Desorgues à voix basse. Viens plutôt regarder ces serrures.

Le tueur de femmes était en train de fouiner dans la grande chambre. C'était bien le diable, songeait-il, s'il ne trouvait rien à emporter. Avisant un joli nécessaire de toilette en cuir, il l'ouvrit. À l'intérieur se trouvait un superbe rasoir. Il s'en saisit et le glissa dans la poche de sa veste avec satisfaction.

Puis il rejoignit les autres et se dirigea vers le grand placard que lui montrait Aiguillon. Il s'accroupit, étudiant longuement les serrures.

— Je ne pourrai ouvrir celle-ci sans clef, chuchota-t-il finalement. Et forcer cette porte de chêne est impossible sans des outils que je n'ai pas. En outre, je ferais un bruit épouvantable.

— Rien ne dit que ce que nous cherchons est ici, murmura Rive. Il faut vraiment trouver notre bonhomme…

— Et s'il était avec sa femme, tout simplement ? proposa le bossu.

— Bien sûr ! renchérit Rive. Je suis un âne bâté de n'y avoir pas pensé, ses appartements sont de l'autre côté. Allons voir !

Ils replacèrent sur leur visage les masques qu'ils avaient ôtés et sortirent.

Sur le palier, ils se dirigèrent vers une autre porte, puis traversèrent un boudoir. La pièce suivante était certainement la chambre de la présidente. Rive entrebâilla l'huis. La salle était aussi éclairée par la lune qui faisait ressortir une corniche de gypse représentant un immense char tiré par des chimères. Rive reconnut furtivement l'allégorie de Vénus et de l'Amour. Les autres, moins portés sur l'art, avaient aperçu en premier le marquis qui dormait profondément près d'une jeune femme entièrement nue et découverte. Certainement son épouse.

Rive reporta son attention sur les deux corps et fit signe à ses complices d'entrer avec précaution. Jourdan et Desorgues se rapprochèrent des deux amants et, brusquement, bondirent. L'Auvergnat avait choisi la marquise. Il lui appliqua une serviette sur la bouche, pressant son corps nu contre le sien, son autre main s'égarant. Desorgues fit de même avec le marquis, glissant en même temps un couteau contre sa gorge. Les deux victimes se réveillèrent, épouvantées autant par la présence d'inconnus que par leurs visages de rapaces monstrueux.

— Vous ne risquez rien ! déclara Rive en déguisant sa voix, ce qu'il savait faire de façon étonnante. Nous allons bâillonner madame, ajouta-t-il en faisant signe à Aiguillon d'agir. Et vous, monsieur le président, vous allez nous suivre. Si vous criez, nous vous égorgerons comme un cochon après quoi nous nous occuperons de votre épouse. Avez-vous bien compris ?

Déjà le président d'Entrecasteaux s'était ressaisi. Il opina de la tête.

Pendant que Jouve maîtrisait la présidente en se permettant d'immondes privautés, Aiguillon lui attacha les mains sans les serrer et lui enfonça la poire d'angoisse dans la bouche. Quand ce fut fait, Rive tira le drap sur elle pour couvrir sa nudité.

Il réfléchissait à toute allure. Il fallait laisser quelqu'un avec la femme, mais il était clair, d'après le regard de Jouve et son attitude lubrique devant le corps voluptueux et dénudé de madame d'Entrecasteaux, qu'il ne pouvait laisser l'ancien muletier seul avec elle. Desorgues n'accepterait pas de le quitter, donc il choisit une solution qui ne lui plaisait guère. Il s'approcha d'Augustin et lui murmura :

— Reste ici avec Jouve, et surveille-les *tous les deux*.

Puis il fit signe à Desorgues d'emmener le président sous la menace de son couteau. Il passa en premier, ouvrit la porte de la chambre et, guidé par sa lanterne, retourna dans le bureau du parlementaire.

Ayant clos la porte, il reprit, toujours de sa voix d'outre-tombe et en provençal :

— Assoyez-vous ici, monsieur.

L'autre obéit, tremblant encore dans sa chemise de nuit. Desorgues resta dans son dos, le couteau contre sa gorge et lui tordant un bras avec l'autre main.

L'abbé se plaça devant le président et lui déclara :

— Vous gardez ici des objets de valeur que vous avez découverts récemment dans le Palais Comtal. Inutile de nier, je le sais. Peut-être dans ce placard qui possède une si belle serrure neuve. Vous allez nous donner ces richesses et, en échange, nous vous laisserons la vie ainsi qu'à votre épouse.

Jean-Baptiste Bruni, malgré sa peur, le fixa avec rage sans répondre.

— Vous refusez ? Très bien, mes amis n'attendent que cela. Ils vont donc s'occuper à tour de rôle de votre épouse.

— La clef est cachée derrière ces livres, murmura Entrecasteaux, vaincu.

Rive regarda dans la direction indiquée. Il vit une petite bibliothèque avec quatre rangées d'ouvrages reliés de cuir.

— Où, exactement ?

— En bas… au milieu…

Rive s'approcha, tendit la main et tira quelques volumes de Sénèque. Une grosse clef apparut. Il s'en saisit et se dirigea vers le placard qu'il ouvrit sans difficulté. Il aperçut aussitôt le coffre – il prenait toute la place ! – et se tourna vers Desorgues qui allait s'avancer. D'un signe de la main, il lui ordonna :

— Ne bouge pas !

Il s'accroupit et tira difficilement la caisse de fer. Finalement, il put la sortir entièrement et constata qu'elle n'était pas fermée. Il l'ouvrit donc et, même s'il s'y attendait, il éprouva un choc brutal devant l'amas d'or et de joyaux qui brûlaient de mille feux, car Entrecasteaux avait retiré toutes les peaux de cuir qui protégeaient les objets. L'abbé se mit à trembler de façon incontrôlée.

À cet instant, la porte du bureau s'ouvrit et Augustin entra. Desorgues sursauta alors que Rive se retournait brusquement. Malgré l'obscurité, l'abbé remarqua immédiatement que le jeune Vauclusien affichait un visage décomposé. Il comprit qu'il se passait quelque grave événement et lui fit signe de l'attendre dehors.

— Reste ici et surveille-le ! ordonna-t-il à Desorgues en se levant pour rejoindre Aiguillon.

Une fois hors de la pièce, il demanda sèchement à son ancien élève :

— Qu'y a-t-il ? Pourquoi l'as-tu laissé ?

L'autre étouffa un sanglot nerveux :

— Jouve… Je n'ai pu l'empêcher…

Devinant la catastrophe, l'abbé se précipita sans bruit dans la chambre de la marquise. Jouve se terrait dans un coin, le visage couvert de larmes.

La pièce était tapissée de sang.

La présidente d'Entrecasteaux, entièrement nue dans son lit rougi, était percée de coups de rasoir. Sa gorge était tranchée et la tête presque séparée du tronc. Toute la literie et une partie des gypseries étaient écarlates. Une épouvantable boucherie.

— Imbécile, murmura Rive, horrifié.

— Nous serons roués pour ça, gémit Augustin. Et damnés…

Rive reprit son sang-froid et s'approcha de Jouve :

— Que s'est-il passé ? Où as-tu eu une arme ?

— Rien ! Il ne s'est rien passé, pleurnicha Jouve entre deux sanglots, seulement elle voulait pas se laisser faire, elle m'a ôté mon masque et m'a reconnu. J'ai été obligé… J'avais pris le rasoir dans la chambre du marquis.

Rive se retourna vers Augustin qui gémissait doucement.

Le garçon essuya ses larmes et compléta :

— C'est vrai ! Mais il ne vous dit pas qu'il essayait de la violer, elle s'est débattue, toute attachée qu'elle était. J'ai voulu intervenir et il m'a menacé avec le rasoir. Puis, je ne sais comment, elle s'est libérée et lui a arraché son masque.

Il le montra par terre. Rive se retourna vers Jouve et lui dit durement :

— Ramasse ton masque et ferme cette porte.

L'autre obéit avec une expression à la fois penaude et sournoise, tenant toujours le rasoir ensanglanté à la main.

— Cache donc ça ! lui jeta l'abbé avec fureur. Tu es couvert de sang ! Lave-toi les mains dans cette bassine et reste dans le couloir à m'attendre.

Il retourna dans le bureau du président. Celui-ci était toujours sous la menace de Desorgues qui regardait surtout le coffre ouvert à ses pieds.

La lampe éclairait la scène de façon blafarde et rendait une atroce impression morbide. Rive était bouleversé, désemparé. Il n'avait pas voulu ce crime, mais, maintenant, il devait aller jusqu'au bout pour s'en sortir.

— Écoutez-moi bien, monsieur le président, expliqua l'abbé à travers son masque. Nous allons partir avec ce coffre. Vous allez rester dans cette pièce sans bouger jusqu'au matin. Votre épouse ne risque rien. Si vous donnez l'alerte, si jamais vous parlez de nous, nous reviendrons et nous couperons la tête de vos filles après les avoir démembrées vives. Vous avez bien compris ? Vous voulez que vos filles grandissent ? Alors taisez-vous. À tout jamais !

Il s'arrêta un instant pour donner plus de force à son message. Puis il reprit :

— Maintenant, passez dans votre chambre et n'en sortez plus de la nuit.

L'autre obéit, dompté et hagard.

Rive referma la porte de la chambre, fit signe à Aiguillon et au bossu de soulever et d'emporter le coffre, puis, resté seul dans la pièce, il ouvrit le tiroir contenant les parchemins qu'il avait étudiés. Il les tria rapidement, reprit celui qui traitait du trésor, hésita un instant, et finalement se saisit d'une grosse poignée de vélins. Après avoir ainsi bourré ses poches, il rouvrit la porte de la chambre et murmura une dernière fois au président, toujours en chemise de nuit, hébété et assis sur son lit.

— N'oubliez pas ce que je viens de vous dire. Si vous quittez cette pièce avant l'aube…

Il eut le geste d'un rasoir passant sous une gorge et rejoignit ses complices après avoir clos la porte.

Pendant ce temps, Jouve était retourné dans la chambre de la présidente où il avait repéré une bourse et un coffret. Rapidement il vida l'une et força l'autre, glissant les bijoux dans sa poche. Après quoi, il ressortit en laissant la porte ouverte et rejoignit les autres qui descendaient déjà.

Arrivé en bas, Desorgues lui murmura en montrant le coffre :

— Prends ma place, c'est bien trop lourd pour moi.

Rive arriva à son tour et ils traversèrent rapidement le jardin.

Au milieu, l'abbé ordonna à Jouve :

— Jette ton rasoir dans ces buissons, on ne le retrouvera jamais[1].

Ils attendirent aux écuries, le temps que Jouve ouvre la petite porte qui permettait de passer dans la rue Saint-Lazare[2].

Mais malgré ses précautions, la serrure grinça et réveilla Fulques qui dormait au-dessus. L'ancien soldat entendit chuchoter les quatre hommes et devina qu'il s'agissait peut-être de voleurs.

Les autres étaient déjà dans la rue. Il sauta de la paillasse sur laquelle il dormait tout habillé et les rattrapa, comprenant vite qu'ils avaient dérobé *son* trésor puisqu'il apercevait devant lui quatre ombres dont deux portaient une grosse et lourde boîte. En même temps, il se doutait du sort, hélas évident, du président. Ce en quoi il avait tort.

Les voleurs arrivèrent chez Augustin Aiguillon. Tout au long du trajet, Rive avait brièvement raconté le crime à Desorgues. Les trois Aixois, encore sous le

1. En 1810, le nouveau propriétaire de l'hôtel d'Entrecasteaux fit refaire les pelouses et replanter le jardin. À l'occasion de ces travaux, on retrouva le rasoir de Jouve !

2. La rue Laroque actuelle.

choc, n'avaient guère eu le temps de songer à leur sort, alors que l'abbé avait réfléchi à sa propre situation. Il devait maintenant les convaincre que la solution qu'il allait proposer était la seule pour sauver leurs vies. En tout cas, il devait impérativement se dissocier d'eux, personne ne savait qu'il était venu à Aix, personne ne devait l'apprendre désormais.

12

Ils se trouvaient dans la chambre d'Aiguillon. Une bougie posée sur la table éclairait à peine la pièce. Jouve s'était couché sur le lit et Augustin, assis sur une chaise branlante, gardait un visage blafard. Le cadavre sanglant de la femme restait dans son regard. Appuyé contre la fenêtre, Desorgues se forçait à une fausse indolence.

Rive prit son temps et s'assit à son tour sur une escabelle. Il croisa les jambes.

— On partage ? proposa insolemment Jouve. Ensuite, on se tire. Chacun pour soi désormais.

— Dans combien de temps seras-tu repris ? lui demanda l'abbé en levant un sourcil et le dévisageant.

Puis il examina ses ongles avec intérêt et, devant le silence de son interlocuteur, il reprit :

— Demain ? Après-demain ? Au fait, tu as déjà assisté à la roue, je crois ? L'exécuteur de haute justice te brise les membres un à un avec une barre de fer, les os traversent la peau, éclatent, on hurle et on met parfois une journée à mourir, même avec les reins brisés et les entrailles à l'air.

» Pour un crime tel que le tien, tu auras droit à la

question, avec les coins, et tu auras aussi les mains et les pieds tranchés par le bourreau.

Aiguillon se mit à pleurer doucement.

Jouve regarda méchamment l'abbé et se leva :

— Que proposez-vous donc ? Si je suis roué, vous le serez aussi. Nous le serons tous.

En parlant, il les désigna tous du doigt.

Rive secoua négativement la tête en écartant les mains avec un large sourire et un imperceptible haussement d'épaules.

— Personne ne me connaît ici. Demain, je rentre à Paris, sans argent. Que peut-on me reprocher ? C'est vous qui avez le coffre… Au pire, ce sera votre parole contre la mienne. La parole d'un ami du duc de La Vallière contre celle de trois canailles.

Il y eut un silence pesant rythmé par les sanglots d'Aiguillon.

Desorgues soupira avant de dire :

— Nous vous obéirons. Vous avez certainement une solution à nous proposer.

Jouve hocha alors lentement la tête et Rive eut un petit sourire satisfait.

— Je vous propose de vivre, et de vivre riches, mais il faudra que vous suiviez *à la lettre* mes instructions.

— D'accord, accepta Desorgues, vaincu.

Rive regarda les deux autres. Ils eurent une expression approbatrice eux aussi. Il s'adressa alors à Aiguillon :

— Tu t'es occupé de la voiture ?

— Oui. Avec l'argent que vous m'avez donné, j'ai acheté une voiture à quatre chevaux chez Saurin. Elle n'est pas en très bon état, mais elle roule. Je l'ai fait amener à l'écurie des Magnans, près de la Plate-Forme. On peut la prendre quand on veut, m'a-t-il dit, même la nuit. Il y a toujours un valet.

— Bien ! Vous allez partir tous les trois pour l'Italie. Tout de suite. Je vais vous donner un peu d'argent. À Nice, vous vendrez quelques pièces du coffre que j'aurai choisies. Moi, je rentre à Paris demain matin, c'est-à-dire aujourd'hui, avec la diligence de six heures. Mon sac m'attend à l'hôtel des Princes. Je les avais avertis qu'une bonne fortune m'attirait dehors pour la nuit.

» Je vais vous remettre une lettre pour un cardinal de mes connaissances, à Rome. Elle vous permettra de vous rendre dans la crypte d'une église dans laquelle j'envisageais de faire des recherches sur des inscriptions paléochrétiennes. Vous y cacherez le coffre, vous l'enterrerez. Ce ne sera pas difficile. Ensuite vous resterez là-bas quelques mois, le temps qu'on oublie cette triste affaire ici. Et puis vous reprendrez contact avec moi, à Paris. Dans un an, nous retournerons à Rome ensemble, nous récupérerons le coffre et je m'occuperai de vendre, petit à petit, le contenu au meilleur prix. À partir de ce moment, vous serez riches.

— Quelle embrouille compliquée ! maugréa Jouve en secouant la tête. On n'a qu'à cacher le coffre quelque temps ici. Ça suffira.

Rive leva les paumes de ses mains en signe de lassitude.

— Faites comme vous voulez dans ce cas. Ce dont je suis sûr, c'est que si vous restez ici, on vous prendra et vous parlerez. Et je ne connais pas d'endroit où vous pourrez vous cacher. Le meurtre de la femme d'un président du parlement va entraîner des recherches inouïes. Et qui dit que l'un de vous ne viendra pas récupérer le coffre sans avertir les autres ? À Rome, dans cette crypte, une fois le trésor camouflé vous ne pourrez plus y retourner. La crypte sera comme un coffre-fort. Personne ne pourra tromper les autres ! Songez-y.

— Sauf vous, remarqua finement Desorgues.

— Mais vous pourrez toujours me retrouver. Ce serait idiot de ma part. Il y a assez d'or ici pour nous quatre et nous ne pourrons même pas tout dépenser durant le reste de notre vie.

— Et qu'est-ce qui vous dit que nous ne garderons pas ce coffre en Italie, pour nous trois ? demanda Jouve avec un regard torve.

— Rien. Mais ne vous faites pas d'illusions, agissez ainsi et je vous dénoncerai. Je sais beaucoup de choses sur toi, Desorgues, et sur la mort de ton père. Et aussi sur toi, Jouve, sur ces femmes que tu as tuées en Auvergne. Je peux te faire saisir où que tu sois. Quant à mon élève, Aiguillon, il me restera toujours fidèle. Si vous me trahissez, vous serez vite arrêtés, n'importe où en Europe. Et on vous renverra en France. De plus, si vous essayez de vendre cet or, vous le ferez à bas prix. Au quart de sa valeur. Tout ça pour me voler ma part ? Ce serait idiot. Non, soyez certains que mon plan est le plus sûr, et c'est moi qui prends tous les risques, puisque c'est vous qui gardez l'or.

Un long silence s'installa durant lequel Jouve et Desorgues soupesèrent la proposition.

— Moi, je suis d'accord, annonça Aiguillon. Je préfère vivre en Italie qu'ici. Si le coffre est à l'abri dans cette crypte, personne ne s'en saisira au détriment des autres. Dans un an, on partagera sans risque. Je peux attendre.

— Moi aussi, approuva Desorgues.

Jouve soupira et annonça à son tour :

— Je marche.

— Bien, fit Rive satisfait. Préparez-vous pendant que j'écris cette lettre.

Une heure plus tard, et bien avant le lever du soleil, tous quatre quittèrent la mansarde. Trois ombres prirent la rue de la Comédie vers la Plate-Forme en transportant le précieux coffre, le quatrième, Rive, se dirigea vers l'hôtel des Princes par le cours à carrosses qui seul était éclairé. Les trois fugitifs n'emportaient rien d'autre que le coffre. Ils abandonnaient la ville et tout ce qui les y retenait.

Cependant, et ils l'ignoraient, ils ne partaient pas seuls. Derrière eux, une silhouette les suivait. Un observateur attentif aurait remarqué qu'elle n'avait qu'un seul bras.

Le lundi 31 au matin, à sept heures exactement, Marie Bal pénétra dans la chambre de la présidente et se mit à hurler d'épouvante.

Claude Barnoin, qui la suivait pour ouvrir les volets, découvrit à son tour l'abominable spectacle et se mit à pousser des glapissements encore plus stridents.

En quelques instants, ce fut une véritable cavalcade dans l'escalier : Auguste Reynaud, laquais du président, le portier Bocquillon et l'intendant Binet furent sur place et restèrent figés, horrifiés par le spectacle de cette rivière de sang qui s'était répandue partout et du corps blafard et rigide. Binet ne put se retenir et se mit à vomir sur le tapis.

Puis le président apparut, en robe de chambre, livide certes, mais un peu comme indifférent au drame. Constatant l'affreux état de son épouse, il comprit à quel point il avait été dupé par les voleurs et les assassins. Et il se souvint de leur avertissement concernant ses filles.

— Oh ! Mon Dieu, murmura-t-il. Quel malheur ! Pauvre femme[1] !

Le portier, un ancien soldat peu impressionnable par nature, se saisit de son maître et l'entraîna dans l'escalier jusqu'au rez-de-chaussée. En bas, le président lui murmura :

— Allez chercher monsieur de Castillon. Et dites-lui que mon épouse s'est défaite elle-même[2].

Bocquillon s'éclipsa alors que l'intendant Binet le rejoignait. L'autre lui expliqua ce que venait de lui demander Entrecasteaux. Binet décida de l'accompagner mais, en sortant, apercevant sur le Cours le docteur Baudier, médecin de la présidente, il le héla et lui demanda de venir vite.

Pendant ce temps Bocquillon traversait le Cours et se dirigeait en hâte vers l'hôtel de Castillon, à peine quelques toises plus haut[3]. Criant, tempêtant, il put voir le procureur du roi qui s'habillait pour se rendre au parlement. En bredouillant, il raconta ce qu'il avait vu.

Le Blanc de Castillon ne perdit pas son sang-froid, il appela son laquais et son secrétaire. Dix minutes plus tard, il se trouvait sur les lieux du crime, rejoint par un greffier, quelques hommes de la Tournelle et Lange de Saint-Suffren, le lieutenant criminel de Provence.

Le docteur Baudier venait de terminer les premières constatations.

— Madame la présidente s'est donc suicidée ? lui demanda, incrédule, Le Blanc de Castillon qui avait écouté les commentaires de Bocquillon.

1. Tous ces faits sont issus du rapport de police.
2. Suicidée.
3. L'hôtel de Le Blanc de Castillon est l'ancienne sous-préfecture.

— Non, messieurs, répliqua tristement Baudier en refermant sa trousse d'un coup sec.

Il dévisagea Castillon et Saint-Suffren avec un serrement des lèvres et répéta :

— Non, messieurs, elle a été assassinée !

Fauris de Saint-Vincens, averti par la rumeur qui faisait déjà le tour des hôtels de la ville, arriva à son tour avec le beau-frère du président, monsieur de Châteauneuf-Meyronnet, qui avait épousé la sœur de Jean-Baptiste Bruni. Entrecasteaux leur expliqua qu'il ignorait ce qui s'était passé, mais que si la présidente ne s'était pas tuée elle-même, alors ce devait être des rôdeurs.

Lange de Saint-Suffren constata très vite le désordre de la pièce, une bourse vide qui traînait, le secrétaire ouvert et une cassette forcée. Sous le lit, il découvrit des écrins à bijoux vides. Il y avait donc eu vol.

Il s'adressa alors au Grand Prévôt de la ville, monsieur de Laurens, qui examinait la fenêtre pour rechercher des traces d'effraction :

— Prenez toutes les dispositions nécessaires pour faire évacuer l'hôtel. Tous les domestiques seront emprisonnés et placés sous bonne garde. Que monsieur d'Entrecasteaux s'installe chez son beau-frère avec sa famille et qu'il ne quitte pas la ville ! Je veux des hommes à toutes les issues de cette maison.

— Il va me falloir beaucoup de monde, murmura le Grand Prévôt en se frottant le menton d'un air soucieux.

— Le régiment du Dauphiné devait assurer l'ordre pour le lancement d'aérostat aujourd'hui aux casernes[1],

1. Le lancement eut lieu et le ballon s'envola, ce fut le premier lancement de ballon à Aix mais la foule préféra aller sur le Cours s'informer du crime et seuls quelques curieux se déplacèrent ! Une estampe de la Méjanes montre ce fameux lancement.

relevez-le. Je veux que leurs hommes bouclent cet immeuble. Vous aurez tous les moyens nécessaires.

Une heure après, le bâtiment était vide, sauf des forces de l'ordre et des médecins légistes. Les domestiques proches d'Entrecasteaux avaient été enfermés dans une petite pièce isolée pour être interrogés à tour de rôle.

Les médecins vinrent à trois et conclurent unanimement à un assassinat commis à l'aide d'un rasoir. Mais l'arme ne fut pas retrouvée malgré des recherches dans tout l'hôtel.

Par contre, la perquisition quant à la venue de rôdeurs extérieurs ne donna rien de concluant. Il n'y avait aucune trace d'effraction et, comme il était impossible que des voleurs aient pu disposer d'une clef, le mystère restait entier.

Il ne devait pas le rester.

Lange de Saint-Suffren et Le Blanc de Castillon commencèrent à interroger les proches d'Angélique de Castellane. Tous reprochaient plus ou moins ouvertement au président son inconstance avec son épouse mais certains formulaient des accusations plus graves.

Beaucoup rappelèrent que Jean-Baptiste Bruni avait une relation coupable avec madame de Saint-Simon. D'autres déclarèrent qu'Angélique leur aurait avoué avoir peur de son mari et que, par deux fois, elle avait été prise de vomissements et avait pensé être empoisonnée.

L'un des laquais, Claude Barnoin, celui que l'on appelait Dauphiné et qui semblait avoir un fort ressentiment contre son maître, déclara même qu'un jour, sur le cours à carrosses, le président avait menacé madame de Castellane de lui couper la gorge.

Pourtant, d'autres défendaient Entrecasteaux : pour Binet, pour son cocher, et pour ses amis, le président était un modèle d'attachement et de vertu pour sa femme. La correspondance qu'ils avaient échangée avec elle le prouvait. Il était vrai qu'il avait eu une aventure passagère, mais il avait aussi décidé d'y mettre fin.

Cependant, dans la ville, et répandue par on ne sait qui, la terrible accusation circulait : le président avait égorgé sa femme.

Le 1er juin, Angélique fut inhumée et, dès le lendemain, l'instruction criminelle commença avec un interrogatoire serré des domestiques. Castillon prenait d'autant plus l'affaire à cœur qu'Angélique était sa parente. Néanmoins, malgré la pression et les conseils de Fauris de Saint-Vincens qui pensait que le vol et le crime pouvaient avoir été commis par une bande qui aurait pénétré dans l'hôtel, il ne put trouver d'éléments concluants sur une telle supposition. D'ailleurs, par quel moyen de tels brigands auraient-ils disposé d'une clef ?

La clef devenait le centre du débat. Sentant le piège se refermer sur lui, Dauphiné, qui avait justement donné la sienne à sa maîtresse, lâcha à haute voix ce qui se murmurait tout bas dans la ville.

— C'est le marquis qui a fait le coup !

Il expliqua confusément qu'un mois plus tôt, Entrecasteaux avait acheté de la mort-aux-rats à Marseille alors qu'il assistait au lancement d'un ballon et que, quelques jours après cet achat, son épouse avait été prise de vomissements, ce que confirma avec réticence la femme de chambre.

Saint-Suffren vérifia l'information qui se révéla exacte. Dès lors, tout lui parut clair et le président ne pouvait – hélas ! – qu'être le coupable de l'affreux crime ; le vol ayant ensuite été simulé pour tromper les enquêteurs.

Cependant la décision d'arrestation restait difficile à prendre.

Le 3 juin, et sur les conseils de Dauphiné, Saint-Suffren perquisitionna longuement l'hôtel et le laquais lui montra que le rasoir manquait dans le nécessaire de toilette de monsieur Bruni. Il s'agissait d'une preuve par absence d'élément.

Binet assistait à la perquisition. Observant Fauris et Castillon, il constata à leur expression inquiète qu'ils étaient ébranlés. Dès qu'il le put, il s'éclipsa avec Louis Blanc, le cocher du président.

Ils se rendirent aussi vite qu'ils le purent à l'hôtel de Châteauneuf-Meyronnet[1] et y trouvèrent monsieur d'Entrecasteaux avec sa sœur. Le président était profondément abattu. En quelques jours, l'élégant aristocrate était devenu méconnaissable, sombre et renfermé, il apparaissait indifférent à tout.

— Monsieur, lui expliqua Binet, Dauphiné vous accuse et le lieutenant criminel est certain de votre culpabilité. Vos amis vous abandonnent tous, le procureur va certainement donner l'ordre de votre arrestation.

— Mais on m'accuse de quoi ? demanda avec détachement Entrecasteaux.

— Mais du meurtre, messire ! Du meurtre de votre épouse !

— C'est absurde ! murmura-t-il. J'aimais madame de Castellane. Pourquoi l'aurais-je tuée ? Et de cette horrible façon ?

— Jean-Baptiste, je peux bien te le dire maintenant,

1. Il se trouvait en haut du Cours et n'existe plus.

toute la ville ne parle que de ça, lui avoua sa sœur. Tout le monde est convaincu que tu l'as tuée pour épouser madame de Saint-Simon.

— Cette grue ? Parce que je couchais avec elle ? Mais tout le parlement était dans son lit, ce n'est pas un crime, s'étonna le président. Non, tout ceci n'a pas de sens. C'étaient des voleurs. Je le sais, je les ai vus !

— Monsieur, supplia l'intendant. Il vous faut fuir. D'ici une heure vous serez arrêté. J'ai entendu le Grand Prévôt parler à un de ses policiers. Il affirmait même qu'il vous ferait rouer !

Si le président était pâle depuis trois jours, il devint alors complètement gris et se vida de toute résistance. Il s'effondra dans un fauteuil, complètement amorphe, et sa sœur crut que ses derniers instants étaient arrivés.

À ce moment-là, son beau-frère pénétra en coup de vent dans la pièce, rouge et hagard.

— Jean-Baptiste, on vient vous arrêter. Castillon a signé un ordre en ce sens.

— Monsieur, Blanc, votre cocher, se tient prêt à vous aider, intervint Binet. Je viens de l'envoyer à la porte d'Orbitelle[1] avec une voiture. Prenez un peu d'argent et partez sur l'heure.

Bruni ne savait que faire. Son beau-frère lui déclara alors gravement :

— Mon frère, on vous désigne comme l'assassin. Si on se trompe, n'hésitez pas à vous constituer prisonnier. Si on dit vrai, j'ai tout prévu, voici cent louis, ne perdez pas une minute pour gagner la frontière.

Sa sœur plaça la bourse dans la main de Jean-Baptiste, ce qui le décida. En quelques minutes, il fut revêtu de

1. En bas du quartier Mazarin.

simples habits noirs de marchand, ses proches lui préparèrent quatre chemises dans un sac, y joignirent un peu plus d'argent, un manteau et, guidé par Binet, le conduisirent le plus discrètement possible, dans un état second, vers le chemin de la porte d'Orbitelle.

Sa sœur l'avait envoyé à Antibes. Elle organisa ensuite le reste de son voyage. Un négociant marseillais de ses amis affréta un bateau pour aller chercher le malheureux désormais poursuivi par la maréchaussée. Entrecasteaux bénéficia cependant d'une chance incroyable : arrêté plusieurs fois en route, il fit état d'une fausse identité et passa à travers les mailles du filet jeté sur lui.

À Antibes, il embarqua pour Gênes sous le nom de chevalier d'Anguerre et, de là, prit un brick qui le conduisit à Lisbonne.

Pendant ce temps, à Aix, son beau-frère s'occupa d'activer sa défense. Il demanda au plus célèbre avocat de la ville de se charger du dossier.

Après de longues hésitations, Portalis accepta de l'étudier.

13

Été 1784

L'assassinat de madame d'Entrecasteaux souleva une énorme émotion et la fuite de son époux, qui confirmait une culpabilité évidente, entraîna un rugueux partage des habitants en deux factions.

Les plus nombreux, persuadés que le président était un assassin, affichaient leur indignation. Secrètement, ils se montraient satisfaits de mettre en cause un de ces riches et privilégiés parlementaires qu'ils détestaient.

Les autres, essentiellement ses amis, restaient convaincus de son innocence.

Pascalis, lui, n'avait pas de certitude et il tentait de rester rationnel. Il connaissait peu monsieur d'Entrecasteaux, mais il lui paraissait étrange, si cet homme désirait réellement se remarier avec la plantureuse et peu farouche madame de Saint-Simon, d'égorger son épouse chez elle, dans son lit, en étant lui-même sur place, et ce avec son propre rasoir. Tant d'autres opportunités plus sûres auraient pu se présenter !

De plus, l'enquête comportait nombre d'incohérences. Un valet, Dauphiné, l'avait accusé d'avoir menacé sa femme de mort. D'autres domestiques assuraient qu'il avait à plusieurs reprises tenté d'empoisonner son épouse. Mais de tels comportements, même avérés, n'expliquaient en rien le massacre au rasoir et la sauvage boucherie.

Il semblait surtout que l'on avait ouvert une sorte de boîte de Pandore et chaque jour circulaient de nouvelles anecdotes qui transformaient le jeune président, jusqu'à présent considéré comme doux, aimable et aimant, en un monstre ou un loup-garou sanguinaire et pervers chargé désormais de faire peur aux enfants.

Antoinette n'était pas la dernière à traiter Bruni d'Entrecasteaux de terrifiant scélérat et de démoniaque criminel. De tels jugements à l'emporte-pièce agaçaient souverainement l'avocat.

— Mais enfin, ma mie, lui faisait-il remarquer en maîtrisant difficilement son impatience, je sais par expérience que les empoisonneurs ne sont pas des égorgeurs, les uns sont des lâches, les autres sont des brutes. Et qui te dit que cet homme, somme toute heureux en ménage, avait tant envie de se remarier avec une femme dont l'inconduite et la légèreté étaient notoires ? Qu'aurait-il eu à y gagner sinon une mésalliance et une future cocufication ?

Mais rien n'y faisait, la réponse était toujours la même, sarcastique et convaincue :

— Mon ami, s'il ne l'a pas tuée, pourquoi s'est-il enfui ? Cette disparition prouve bien qu'il ne se sentait pas innocent. Et puis, qui serait le coupable, puisque monsieur de Saint-Suffren a prouvé qu'il n'y avait pas eu effraction ? Un domestique ? Invraisemblable ! Nous sommes tous des gens honnêtes !

Et c'est vrai que la gouvernante du jeune Forbin mettait le doigt sur les limites du raisonnement de l'avocat. La fuite du jeune homme, il la comprenait très bien, mais pour l'effraction, il n'avait aucune solution à proposer ; sauf si les voleurs connaissaient les lieux et avaient disposé d'une clef, ce qui paraissait invraisemblable.

La discussion n'allait jamais plus loin car Antoinette la concluait toujours ainsi, d'un ton péremptoire :

— Tu sais que l'on parle de toi pour être de nouveau assesseur. Si tu veux être élu, peut-être devrais-tu éviter de clamer l'innocence d'un monsieur que tout le monde *sait* coupable. On finirait par croire que tu cherches à le défendre !

— Tout homme accusé a droit à être défendu. C'est l'opinion de mon ami Portalis et je la partage, même si elle n'est pas toujours appliquée dans notre parlement, répliquait Pascalis avec lassitude.

— Portalis ? Voilà bien un exemple à ne pas suivre !

Pendant quelques jours, et pour convaincre sa maîtresse, l'avocat se tint à l'affût d'informations nouvelles car il songeait toujours à l'étrange récit que lui avait fait Antoinette : si un coffre ancien et mystérieux avait été apporté une nuit d'avril, on devrait le découvrir dans l'hôtel et parler de son contenu. Or, il n'y eut rien de tel.

Évidemment, le jeune Forbin pouvait avoir raconté des galéjades à sa gouvernante. Néanmoins, plus Pascalis songeait à cette affaire, plus la piste des cambrioleurs lui paraissait logique, évidente, et il regrettait que Saint-Suffren ne l'ait pas réellement exploitée.

Cependant, sans fait nouveau, le temps joua son rôle de grand lamineur de mémoire et, au bout de quelques semaines, cette histoire sortit de son esprit alors que d'autres préoccupations prenaient le dessus. Ce fut, comme cela arrive souvent, le hasard qui relança ses spéculations.

Fin juin, alors qu'il passait près du chantier de démolition du Palais Comtal, il aperçut Fauris de Saint-Vincens. Vêtu d'une simple chemise et de bas salis par la poussière, le magistrat dirigeait une petite troupe d'ouvriers. Étonné, l'avocat s'approcha du vieil homme qui s'activait en vociférant au milieu de sa bande de terrassiers.

— Vous êtes le nouveau contremaître ? plaisanta-t-il.

Fauris émit un rire grinçant et lui fit un clin d'œil :

— Savez-vous qu'on a trouvé ici hier quelques pièces de monnaie et ce qui semble être une épée rouillée ? On est venu me les montrer et, bien que le tout soit sans aucune valeur, j'ai aussitôt embauché ces hommes pour chercher d'autres trésors. Hélas, pour l'instant nous n'avons rien découvert.

Pascalis gratta le sol avec une de ses chaussures.

— Vous pensez réellement qu'il pourrait y avoir des objets de valeur cachés dans ces ruines ? interrogea-t-il avec curiosité en regardant les nombreux trous faits apparemment au hasard.

Fauris le prit par le bras et l'emmena à l'écart où il lui expliqua à voix basse :

— Je vais vous confier un secret. Un peu avant cet horrible crime (ils savaient tous deux de quoi il s'agissait), monsieur d'Entrecasteaux était venu me voir. Il désirait mon avis sur des parchemins anciens dont certains portaient un sceau du Temple. Il m'a aussi apporté trois pièces d'or provenant certainement de la troisième croisade. Il voulait aussi savoir quelle valeur elles avaient.

— D'où tenaient-ils tout cela ? Il n'était pas collectionneur, que je sache.

— Il a refusé de me le dire, mais j'ai ma petite idée…

— Vous me la confieriez ?

Pascalis plaisantait pour cacher le trouble profond qui l'avait envahi.

— Monsieur d'Entrecasteaux avait un domestique qui travaillait ici comme contremaître, un nommé Fulques. Cet homme a d'ailleurs mystérieusement disparu depuis le crime. J'ai fait ma petite enquête et tout indique que c'est ce contremaître qui a découvert les pièces et les parchemins.

— Curieuse histoire, en effet. Que sont devenues ces découvertes ?

Fauris haussa les épaules avec une moue de contrariété :

— Bruni m'a donné une des pièces et, pour les parchemins, comme je ne pouvais l'aider, je lui ai conseillé de s'adresser à un érudit capable de les lire. Après la mort de madame de Castellane, on a trouvé quelques vieux vélins dans son bureau. J'étais là et je les ai examinés. Les parchemins avaient certainement la même origine que ceux qu'il m'avait montrés. Il y avait aussi une traduction, je l'ai lue mais elle ne présentait guère d'intérêt. De plus, dans un petit coffret, j'ai vu d'autres pièces d'or à l'effigie de Saladin. Était-ce la totalité de ce que possédait le président ? Je l'ignore.

— Évidemment, avec ce crime… saura-t-on jamais ? murmura Pascalis. Au fait qui était ce savant que vous aviez conseillé au président ?

— Rive, l'abbé Rive. Un curieux bonhomme. Le Dogue du duc de La Vallière ! Un très grand bibliophile, David vous en parlera mieux que moi si vous passez dans sa librairie, il le connaît personnellement. Mais je ne sais pas si Entrecasteaux a pu le joindre et, quoi qu'il en soit, je doute que Rive ait seulement répondu, il est bien trop imbu de lui-même.

Ils marchèrent un peu en silence, se rapprochant de Constantin qui peignait, à l'écart de la poussière.

— Dites-moi, monsieur Fauris, vous avez été sur les lieux du crime, vous avez suivi l'enquête de très près. Parlez-moi franchement, croyez-vous réellement que le président soit l'assassin ?

L'autre eut un rictus sardonique et secoua la tête en signe de dénégation :

— Ce que je crois n'a aucune importance. Pour l'opinion, il est coupable et plus rien ne pourrait le sauver… même son innocence ! persifla-t-il avec cynisme. Ou alors, nous serions accusés de défendre l'un des nôtres, c'est-à-dire notre caste, et la ville entière s'enflammerait contre nous.

— Mais en vérité, il y a des faits. Ceux-ci l'accusent-ils ? Il est du devoir de chaque homme de connaître la vérité. On ne peut condamner un homme sans preuve.

— La vérité ? Quelle est-elle ? grimaça Fauris. Angélique a été égorgée par un rasoir et ce rasoir pourrait être celui de son époux. Toutefois, puisque vous insistez, je peux vous confier ma perplexité : quelle étrange idée d'égorger sa femme, il pouvait l'assommer, l'étouffer, la poignarder, la vendre à des Barbaresques, l'enfermer dans un couvent…

Il eut un rire grinçant à cette idée[1] et poursuivit :

— … Que sais-je ? Alors que cette méthode de boucher… la chambre était remplie de sang… C'était parfaitement répugnant et terrifiant.

Il secoua encore la tête.

1. C'est ce qu'il avait fait avec sa femme !

— Un homme si doux et si aimable. Qui aurait pu le croire capable de ça ?

— Et ce sang ? En avait-il sur lui ? Sur ses vêtements ?

— Non ! C'est bien ce qui est singulier. On aurait dû en trouver ailleurs, dans sa propre chambre, partout dans la maison. Et comment se serait-il lavé ? Son pot à eau et sa bassine n'en contenaient pas, ni les fontaines de l'hôtel. On a juste trouvé quelques linges rougis et une cuvette ensanglantée dans la chambre de la victime. Il y avait là un mystère. Un de plus.

— Alors, ce pourrait bien être des rôdeurs ?

— Ce pourrait être. Mais vous savez bien que monsieur de Saint-Suffren a rejeté cette théorie. Il n'y a eu ni effraction ni escalade des murs.

— Et si les rôdeurs disposaient d'une clef ? insista Pascalis.

— Pure conjecture ! Comment l'auraient-ils obtenue ? Par un domestique ?

— Cependant des bijoux ont bien disparu ? m'a-t-on dit.

— Oui, mais le président pourrait les avoir cachés…

— Dans ce cas on les retrouvera.

— Peut-être… s'il l'a vraiment fait… Ah ! Monsieur Constantin, je voulais vous parler…

Pascalis comprit que Fauris ne désirait pas poursuivre et son malaise resta entier. Tant d'éléments demeuraient dans l'ombre ! Il salua le vieil homme qui se dirigeait vers le peintre et s'éloigna, songeur.

Saint-Vincens lui avait tout de même révélé beaucoup. Entrecasteaux avait bien trouvé quelque chose et le jeune Forbin n'avait certainement pas menti. Quant à Rive, il était bien venu à Aix. Lui, Pascalis, l'avait aperçu la veille de l'assassinat de la présidente. Et il l'avait vu en compagnie de trois individus redoutables, trois sacripants parfaitement capables de commettre un meurtre.

Se pouvait-il qu'ils en soient responsables ? Que ce soient eux qui aient emporté les bijoux ?

Il se mit à bâtir une théorie : Entrecasteaux avait ramené chez lui quelque objet trouvé par ce contremaître, Fulques, sans doute un coffre, et le petit Forbin avait bien assisté à la scène.

Puis Entrecasteaux avait écrit à Rive sur le conseil de Fauris et l'abbé était venu à Aix. Cela, il en était certain.

Rive avait pris connaissance de ce qu'Entrecasteaux gardait chez lui. De l'or peut-être, des bijoux ? Et l'abbé avait décidé de se les approprier.

Pour cela il avait fait appel à Jouve et à Aiguillon. Comment les connaissait-il ? Quant à Desorgues, honorable fils d'un assesseur, faisait-il partie de la bande ?

Sur ces deux derniers points, il n'avait pas d'explication.

Ces gens-là étaient allés voler Entrecasteaux le soir du 30. L'affaire avait mal tourné et ils avaient tué la présidente.

Mais qu'était devenu le contremaître qui avait disparu, le nommé Fulques. Était-il complice, lui aussi ?

Si cette suite d'événements était vraisemblable, il fallait qu'il retrouve ce Fulques et découvre où se trouvaient les quatre hommes.

Il décida de s'y employer.

Arrivé chez lui, il mit par écrit tous ces faits et les hypothèses concomitantes.

Dans les jours qui suivirent, Pascalis conduisit une rapide enquête : Fulques, Desorgues, Jouve et Aiguillon avaient bien quitté la ville. Plus personne ne savait ce qu'ils étaient devenus. En ce qui concernait Rive, il écrivit à un ami à Paris afin qu'il se renseigne sur l'abbé. Était-il toujours chez le duc de La Vallière ?

Enfin il envisagea de rencontrer le frère de Desorgues et surtout Portalis car il avait appris que le marquis d'Entrecasteaux, le père du président en fuite, avait chargé l'avocat de tenter de sauver l'honneur de sa famille. Pascalis connaissait bien Portalis, ayant travaillé avec lui lors de la séparation de Mirabeau avec madame de Marignane et ayant été assesseur tout comme lui.

Mais le temps passa et aucune occasion ne se présenta pour mettre ces dernières résolutions à exécution.

Nous avons laissé Fauris de Saint-Vincens avec Constantin. Fauris connaissait le peintre depuis plusieurs années et il avait fait souvent appel à lui pour restaurer des œuvres de sa collection de tableaux.

— J'ai vu ces jours-ci quelques-uns de vos lavis sur le Palais et sa démolition, ils sont splendides ! Savez-vous que je suis en train d'écrire un livre sur les vieux monuments de notre ville ?

— Je l'ignorais, répliqua le peintre avec son habituel sourire doux et bonhomme.

— J'avais idée de l'illustrer, pensez-vous que je pourrais faire appel à vous ? Oh ! Rassurez-vous, pas tout de suite ! Sans doute dans un an ou deux, plus peut-être. C'est un travail très long dans lequel je me suis lancé, je désire décrire et recenser tous les bâtiments construits par nos ancêtres.

— Certainement, je serais très flatté. Je pourrais à cette occasion vous montrer quelques-uns des dessins que j'ai déjà faits.

— Ce serait parfait. M'accompagneriez-vous jusque chez David ? Je voulais lui parler de ce projet et nous pourrions discuter de l'impression des pages où il y aura des illustrations.

Constantin accepta, il abandonna ses pinceaux et suivit Fauris jusqu'à la belle librairie de la rue Saint-Jean.

14

En juillet, comme de nombreux parlementaires ou anciens parlementaires, Pascalis fut invité à une réception que donnait le président de la cour des Comptes, le marquis d'Albertas.

Peu porté sur les mondanités, l'ancien assesseur hésitait à s'y rendre, d'autant que la chaleur était écrasante, mais finalement il se décida ; ce serait pour lui l'occasion de glaner quelques informations.

Une importante foule se pressait dans les jardins ombragés situés à quatre lieues de la capitale provençale. Il y avait là toute la noblesse et la magistrature de la ville d'Aix et des environs. Malgré la chaleur et la poussière, les invités avaient revêtu leurs plus beaux vêtements. Les hommes semblaient tous porter le même uniforme : costume de cour à la française et perruque à bourses poudrée nouée par de larges rubans, ce qui les faisait transpirer abondamment. En revanche les femmes exhibaient des atours plus variés. Certaines avaient conservé ces anciennes robes à doubles paniers à la mode quelques années plus tôt, d'autres arboraient de simples robes à plis, mais toutes étalaient leur poitrine orgueilleusement découverte, soit faussement dissimulée dans des corsages lacés, soit mise en avant par de rigides corsets à baleines.

La domesticité était innombrable et attentive. La fête battrait son plein jusque tard dans la soirée.

Pascalis, sans perruque, cheveux simplement noués par un catogan, passait entre les groupes, complimentant les uns et les autres en s'intéressant aux potins de chacun.

Brusquement, il aperçut Jean-Joseph Desorgues. Il aurait d'ailleurs dû s'y attendre, les Desorgues ayant toujours été les obligés des D'Albertas.

Il s'approcha de lui avec aménité et déférence.

— Monsieur Desorgues, je suis confus de ne pas vous avoir rencontré plus tôt. J'aurais pourtant dû passer vous voir pour vous présenter mes condoléances après la terrible mort de votre père.

Flatté, l'aîné des Desorgues lui rappela qu'il avait cependant bien reçu la lettre de sympathie que l'ancien assesseur lui avait envoyée lors du décès.

Ils parlèrent un peu de la cour des Comptes et Pascalis ajouta alors :

— Je n'ai pas croisé votre frère, serait-il souffrant ?

— Non, rien de tel, expliqua l'aîné des Desorgues. Mon frère se trouve en Italie.

— En Italie ? Vraiment ?

— Oui, l'idée de ce voyage lui a pris subitement au printemps. Il a brusquement disparu et j'ai reçu une lettre de lui me disant qu'après la mort de notre père, il n'avait plus le courage de rester à Aix et qu'il désirait voyager. Il me demandait de lui envoyer un peu d'argent à Rome, et qu'il comptait ensuite faire des études de médecine à Bologne.

— Quelle étrange décision, s'étonna Pascalis. Si

soudaine surtout, mais dites-moi, cela fait longtemps qu'il est parti ?

L'autre réfléchit un instant.

— Deux, trois mois peut-être. Attendez, je peux même être précis. J'ai reçu sa lettre de Nice trois jours après la terrible mort de madame d'Entrecasteaux. Il a donc dû partir ce jour-là ou la veille. Il ne doit même pas être au courant du crime !

Pascalis hocha la tête avec complaisance et ils marchèrent un instant en silence. Puis il reprit :

— J'aimais beaucoup votre frère, et ses poésies qu'il me montrait parfois, pleines de vigueur, de souffle et d'intensité. Il nous manquera à tous ici. Peut-être lui écrirai-je. Avez-vous son adresse ?

Desorgues dévisagea l'avocat avec surprise. C'était bien la première fois qu'il entendait des compliments sur la poésie de son frère. Il ne remarqua pourtant aucune ironie chez son interlocuteur et poursuivit donc :

— Passez me voir, rue de la Comédie, je vous donnerai le nom de son hôtellerie à Rome.

Ils se saluèrent et Pascalis continua ses mondanités. Il cherchait maintenant Portalis, son successeur à l'assessorat de la ville.

Portalis se trouvait avec son beau-frère Siméon et l'avocat Barlet. Tous trois étaient plongés dans une discussion fort animée.

— Monsieur Pascalis ! Vous tombez bien, dit Siméon en l'apercevant. Nous avons ici une controverse juridique ; pensez-vous que la reine du Portugal puisse extrader monsieur d'Entrecasteaux ?

— Comment ? Entrecasteaux, dites-vous ? L'a-t-on arrêté ?

— L'ignorez-vous ? Il est vrai que nous venons juste de l'apprendre. Il a été arrêté au Portugal ce 19 juillet.

— Au Portugal ?

Pascalis ouvrait des yeux ronds.

— Oui, on ne sait pas grand-chose, répliqua Siméon aimablement, mais voici ce que j'ai appris : Entrecasteaux se serait embarqué à Nice sur la *Parthénope*, un vaisseau qui faisait route vers Lisbonne. Il y serait arrivé voici une dizaine de jours mais l'ambassadeur de France avait été averti de la présence possible du marquis sur ce bateau qui avait mis plus d'un mois pour gagner le Portugal. Il avait donc demandé à la reine du Portugal d'arrêter le suspect, ce qui fut fait, et on a retrouvé dans ses affaires une montre aux armes d'Entrecasteaux alors qu'il se faisait appeler chevalier de Barail. Confondu, notre président a finalement reconnu son identité.

— Et vous pensez que le parlement demandera son extradition ?

— Peut-être, peut-être, intervint Portalis en levant une main. Mais ce n'est pas son intérêt. On s'oriente plutôt vers un procès par contumace qui arrangerait tout le monde.

— Puis-je vous poser une question qui restera entre nous ? s'enquit Pascalis après une hésitation.

— Certainement ! sourit Portalis.

— Vous qui serez peut-être ses défenseurs et vous, monsieur Portalis, qui l'avez rencontré quelques instants le lendemain du drame, pensez-vous qu'il soit coupable ? Ne croyez-vous pas qu'il pourrait venir s'expliquer ?

Les trois avocats parurent embarrassés.

— Je l'ai vu, c'est vrai, à la demande de son père qui était déjà inquiet de la tournure des événements, mais il tenait un discours totalement incohérent, déclara Portalis. Je n'ai rien pu tirer de lui sinon des élucubrations, des propos sans suite. Personne ne peut comprendre ce qui lui a pris.

Il leva les bras au ciel.

— Que ne gardait-il sa maîtresse ? Quelle lubie aurait-il eue de vouloir l'épouser !

Pascalis insista :

— Quel genre d'élucubrations vous a-t-il contées ?

Portalis haussa les épaules avec irritation.

— Des non-sens, vous dis-je ! Les seuls mots cohérents que j'ai tirés de lui étaient : « Le bossu ! Trouvez le bossu ! »

Son beau-frère se mit à rire.

— Et puis il est retombé dans une sorte d'apathie. Je n'ai rien pu tirer de plus. Il bredouillait : « Elle s'est sûrement blessée avec un rasoir. » Comme si cela était vraisemblable ! J'ai eu l'impression qu'il en savait plus, mais qu'il ne voulait rien dire. Pourquoi ? Je l'ignore.

— Un bossu, murmura Pascalis. Voilà qui est étrange. Effectivement, il ne peut s'agir que d'une divagation. D'ailleurs, personne ne connaît de bossu à Aix…

— Évidemment, à part mon voisin Théodore, le poète !

Connaissant bien l'individu, ils ricanèrent tous les trois.

Pascalis les laissa à leur hilarité. Il se sentait fatigué et désirait mettre au clair ces nouvelles informations. Il était venu à la fête dans une voiture légère, avec des amis du barreau, et il se dirigea vers les écuries dans l'espoir qu'une personne, quittant la réception, pourrait le raccompagner.

Il trouva là de vieux carrosses campagnards, des demi-fortunes – petites voitures à un seul cheval –, des coupés à deux sièges avec ces caisses oblongues reposant sur de longs ressorts, des phaétons à quatre places et, partout, des valets galonnés qui s'activaient.

Déjà, quelques groupes se préparaient au départ, se saluant et se proposant de prochains rendez-vous. Son attention fut attirée par un élégant cabriolet à deux roues à la caisse peinte en rouge et jaune et recouvert d'une capote de cuir noir.

En vérité, plus que la voiture, ce fut le cocher qu'il remarqua : un personnage digne d'une pièce de ce jeune Beaumarchais dont Portalis lui avait longuement parlé alors qu'il était avocat de La Blache contre « l'insolent ».

Le cocher en question était vêtu d'un gilet de cuir rouge et sa chevelure rousse était rassemblée dans une unique tresse nouée avec un ruban tout aussi écarlate. Il portait un curieux chapeau droit et des culottes de soie blanches, comme n'importe quel noble de la ville. L'homme affichait un visage rubicond éclatant de santé et d'insolence, il faisait claquer son fouet avec une rare virtuosité en chantant un air d'opéra italien, enroulé dans une longue redingote jaune vif.

Comme d'autres curieux, Portalis se rapprocha de l'extraordinaire individu quand il entendit dans son dos une voix accablée lui déclarer :

— Hélas, c'est mon cocher !

Il se retourna pour reconnaître le marquis de Simiane en compagnie d'un jeune homme. C'était ce dernier qui avait parlé.

— Mon cher Pascalis, dit le marquis, permettez-moi de vous présenter mon cousin Charles-François de Simiane, marquis de Miremont. Cousin, monsieur Pascalis est un de nos plus éminents avocats.

Ils se saluèrent d'une inclinaison de tête.

— Marquis, je vous félicite pour votre cocher…

L'autre eut un geste de la main. Un geste accablé.

— Inutile… mon cocher est malade depuis quelques jours, cet homme était disponible, il sait conduire les bêtes et je l'ai engagé. Mais je me demande si je n'ai pas eu tort. Rentrez-vous à Aix, monsieur ?

— Oui, et je cherche une bonne âme pour me ramener. J'ai encore beaucoup de travail.

— Moi de même, je suis appelé à la Cour et je quitte Aix après-demain. Montez, je vais vous reconduire, je loge chez mon cousin.

Tirée par deux chevaux, la voiture était fort étroite. Un valet en livrée leur ouvrit la porte et baissa le marchepied. Ils s'installèrent pendant que le valet restait debout à l'arrière du véhicule, chantonnant à mi-voix.

Le jeune marquis de Miremont se pencha par l'ouverture qui communiquait avec le conducteur.

— Arrangiarsi[1] ! Vous pouvez y aller.

La voiture bondit brusquement en avant et Pascalis crut un instant qu'elle allait se renverser. Très vite le trot, puis le galop du véhicule furent infernaux, l'homme encourageait ses chevaux à grands cris et hurlait aux passants qui ne se levaient pas assez vite :

— *Befana ! Pernacchio ! Scetavasse*[2] *!*

Simiane, très calme malgré l'affolante vitesse, expliqua à un Pascalis livide qui regrettait déjà son voyage :

— C'est un Napolitain. Il se fait appeler « La Débrouille » mais nous ignorons son véritable nom. Il a quitté sa ville, semble-t-il à cause de quelques ennuis avec des maris jaloux. Pour ma part je le soupçonne d'avoir été aussi bandit de grand chemin. Mais il n'est pas totalement inculte, je l'ai surpris l'autre jour en

1. La Débrouille.
2. « Sorcière ! Pet ! Réveille belle-mère ! »

train de déclamer Dante à haute voix. Et il est vrai qu'il est débrouillard. Cela étant, je ne l'emmène pas à la Cour, il est inutile que je me fasse par trop remarquer. Il me quittera donc dans deux jours et trouvera un travail ailleurs.

La voiture pencha dangereusement et il cessa de parler. Le véhicule n'ayant pas versé, il poursuivit :

— Je suis gentilhomme d'honneur de Monsieur[1] et je dois prendre mes fonctions de lieutenant du roi en Saintonge où je suis aussi mestre de Camp du régiment du Limousin. Je n'étais à Aix que pour quelques jours, mais c'est le berceau de notre famille et j'y reviens souvent.

Pascalis n'écoutait guère, cramponné à la lanière de la portière, il essayait de conserver un équilibre dans cette voiture infernale qui volait au-dessus des ornières de la route. Cependant, le discours du marquis était arrivé jusqu'à son cerveau et il essayait de le lier à d'autres informations qu'il avait reçues. Quel était le rapport entre elles ? Dans la violence de la course, il n'arrivait pas à le formuler.

Enfin il reconnut l'immense terre-plein de gravats qui devait former la nouvelle entrée de la ville. La voiture s'y précipita au lieu d'entrer par la porte d'Orbitelle et il demanda à son hôte :

— Pouvez-vous me laisser aux Augustins ? J'aimerais marcher un peu.

Le marquis eut un sourire carnassier et se pencha vers le cocher :

— Arrangiarsi, arrête-toi aux Augustins ! lui cria-t-il.

La voiture allait maintenant plus lentement à cause des gravats sur lesquels elle roulait, pourtant, quasiment

1. Le comte de Provence, frère du roi.

devant l'hôtel des Princes, le cocher fit brusquement virer les chevaux et Pascalis s'écrasa sur le marquis tandis que le véhicule s'arrêtait net.

L'avocat poussa un soupir de soulagement. Il s'en tirait bien, rien de cassé ! Déjà le valet avait sauté au sol et lui ouvrait la porte.

Ce à quoi il avait songé lui revint alors clairement.

— Monsieur le marquis, je vous remercie de ce voyage si rapide et si agréable, dit-il. J'aimerais vous rencontrer avant votre départ.

L'autre prit un air maussade.

— Je ne sais pas si j'aurai le temps…

— Vous êtes, je crois, lié aux Castellane… insista Pascalis.

Simiane haussa un sourcil interrogateur.

— En effet, mon cousin en est un, par la petite-fille de monsieur de Grignan, mais pourquoi cette question ?

— Il s'agit de la mort de madame d'Entrecasteaux. Je dispose peut-être d'informations qui pourraient aider à innocenter son époux.

Le jeune marquis – Simiane avait vingt-cinq ans – le dévisagea un instant avec hésitation, sa conclusion dut être positive puisqu'il lâcha :

— Demain, à neuf heures à l'hôtel de Simiane. Cela vous convient-il ?

Pascalis hocha la tête avec un fin sourire.

— Merci, monsieur le marquis.

Le lendemain, Pascalis se présenta à neuf heures à l'hôtel de Simiane, en bas de la rue du Collège Royal-Bourbon. Un valet perruqué de blanc et en livrée brodée l'attendait.

Il le conduisait lentement et gravement au premier étage dans le bureau qu'occupait monsieur de Miremont.

— Ce départ à Paris est un enfer, lui expliqua son hôte en l'installant sur une large radassière tapissée. Vous ne pouvez vous imaginer tous les problèmes à régler. J'ai tant d'instructions à donner à mes fermiers et mes métayers qui sont là à attendre.

Pascalis comprit, à ce discours, qu'il devait être bref.

— Monsieur le marquis, j'ai appris incidemment quelques faits singuliers qui pourraient me permettre d'expliquer cet horrible assassinat. Mais ces faits sont si ténus, si immatériels, et même si invraisemblables, qu'il m'est difficile de vous les expliquer en totalité, néanmoins, je suis confronté à une difficulté quasiment insurmontable : certaines personnes liées à cette affaire sont actuellement en Italie, à Rome exactement. Pourquoi s'y sont-elles rendues ? Je ne peux quitter la ville en ce moment. Or vous avez un cocher italien fort débrouillard dont vous n'avez plus besoin. En un mot, me le prêteriez-vous et accepterait-il de réaliser une courte enquête pour mon compte ?

C'était un discours très brutal. Simiane l'avait écouté avec attention mais sans expression aucune. Quand Pascalis eut terminé, il se saisit d'une clochette sur son bureau et l'agita. Un valet entra aussitôt.

— Va chercher La Débrouille !

L'autre disparut et Simiane reprit la parole :

— Qu'espérez-vous découvrir ?

— J'ai besoin de savoir si ceux que je soupçonne se trouvent à Rome et s'ils ont transporté là-bas un coffre volumineux. Qu'Arrangiarsi m'apporte ces réponses et je pourrai transmettre ce que je sais à monsieur de Castillon. L'enquête prendra une autre direction.

Arrangiarsi entra à cet instant. Son chapeau à la main et un sourire éclatant sur son visage rubicond.

— La Débrouille, acceptes-tu de te rendre à Rome pour moi ?

Le visage de l'Italien s'illumina encore plus et ce fut d'une voix chantante qu'il s'exprima :

— Certainement, monsieur le marquis.

Simiane ouvrit un tiroir de son bureau et en sortit une bourse.

— Voilà cent louis. Tu vas prendre tes instructions de monsieur Pascalis. J'entends que tu m'envoies un rapport écrit à la Cour. Mon intendant te donnera mon adresse.

Il se tourna vers Pascalis.

— Arrangiarsi restera à mon service. C'est moi qui le paierai et c'est moi qu'il tiendra informé. Mais je vous enverrai copie de tous ses courriers, et je ne manquerai pas de vous voir lors de mes passages à Aix. Je tiens à savoir ce qu'il découvrira *avant* monsieur de Castillon et c'est moi qui déciderai ce qui peut être transmis au procureur. Cela vous convient-il ?

Pascalis hésita, mais il comprenait la position du marquis. Quelles éclaboussures pouvaient ressortir de cette enquête ? Simiane ne pouvait prendre de risque et, au demeurant, lui n'avait pas le choix.

— J'accepte vos conditions, monsieur le marquis.

— Très bien, il y a un petit cabinet au bout du palier. Allez vous y enfermer et expliquez à Arrangiarsi ce que vous attendez de lui.

Il leur fit signe que l'entrevue était terminée.

Pascalis et Arrangiarsi se retrouvèrent dans la minuscule pièce qui contenait une écritoire haute avec quelques feuilles, de l'encre et un pot plein de plumes nouvellement taillées.

— Tu sais lire, m'a dit le marquis.

C'était une affirmation mais l'Italien hocha la tête.

— Trois hommes sont peut-être arrivés à Rome au début du mois de juin. Voici leurs noms et une description de chacun. J'ai besoin de savoir s'ils sont réellement là, quand ils sont arrivés, ce qu'ils ont fait, et qui ils ont vu. J'ai aussi besoin de savoir quels bagages ils transportaient.

Et il écrivit le nom des trois hommes avec quelques lignes sur leur physionomie.

Il fit relire le document à l'Italien qui serrait les cent louis dans ses doigts avec un curieux sourire.

— Tu as bien tout compris, écris au marquis dès que tu les as trouvés.

— Rome est une grande ville, déclara le Napolitain avec emphase.

— Je le sais, d'ici une heure je te ferai porter l'adresse d'une auberge où ils sont peut-être descendus. Tu n'auras qu'à t'y rendre…

— Dans ce cas, monseigneur…

Arrangiarsi eut une éclatante mimique d'approbation qui ne plut guère à Pascalis. Puis il s'inclina respectueusement.

Pascalis le quitta, doutant déjà du résultat au vu de son attitude de brigand de comédie.

Durant deux années, il n'entendit plus parler d'Arrangiarsi.

15

1784-1785

À ce point de notre histoire, ouvrons une parenthèse et parlons un peu de la France. En 1784, la guerre d'indépendance américaine venait de se terminer et ce conflit avait coûté cher au pays, même s'il lui apportait quelques territoires nouveaux. Or, depuis des années, les impôts rentraient mal dans les caisses de l'État. Les causes en étaient diverses : d'abord les mauvaises conditions climatiques, mais plus encore les détournements commis par ceux qui collectaient la taille. De surcroît, les prélèvements directs pesaient sur la population la moins fortunée et n'avaient donc qu'un faible rendement.

Or, les dépenses du royaume augmentaient sans cesse. Pour combler les trous du budget, la France empruntait.

Turgot fut l'un des premiers à proposer une réforme tant de la fiscalité que du fonctionnement de l'État. Cependant, il mécontentait trop de monde et il avait été disgracié dès 1776.

Necker lui avait succédé, mais ce Suisse, incapable

de mener à bien ses réformes financières, avait été finalement limogé en 1781.

Calonne accéda alors aux finances et proposa, comme ses prédécesseurs, de résoudre la crise financière, chaque jour plus aiguë, par l'emprunt.

C'est lui qui se trouvait au pouvoir en 1784 et il dépensait sans compter un argent qui devrait bien être remboursé un jour prochain. Jamais la devise de Louis XV : *Après moi le déluge !* n'avait été aussi vraie. Seulement le déluge se rapprochait, au propre comme au figuré car il faisait de plus en plus froid durant l'hiver, et des pluies diluviennes détruisaient chaque année les récoltes.

Dans le Midi, le climat était tel que les vendanges se faisaient de plus en plus tard, commençant parfois à la mi-octobre. Même si l'année 1784 avait été plus chaude et moins pluvieuse que les précédentes, les récoltes restaient insuffisantes, aussi les spéculateurs faisaient monter les prix et les gens protestaient contre la cherté excessive des grains.

Mécontentement et agitation gagnaient progressivement toutes les couches de la population. À partir de 1784, des émeutes éclatèrent un peu partout en France. Qui pouvait assurer qu'elles ne dégénéreraient pas ?

En Provence, l'affaire Entrecasteaux alimenta beaucoup d'animosité et de jalousie entre les classes sociales. Les injustices jusqu'à présent tolérées étaient rejetées. Ainsi les paysans qui ne possédaient pas de terre devaient pourtant payer des impôts à la place des propriétaires. Tant que les récoltes étaient suffisantes, les ressentiments ne se montraient qu'en parole, mais maintenant que la misère menaçait les gens de peu, ceux-ci commencèrent à ne plus payer des droits qu'ils considéraient iniques.

Or, parmi les grands propriétaires fonciers se trouvait la famille Bruni avec ses nombreux rameaux : les Bruni d'Entrecasteaux ou les Bruni de la Tour d'Aigues. Ces nouveaux nobles – tous sortaient de la roture négociante – étaient procéduriers et fervents défenseurs d'un ordre féodal dont ils n'étaient pourtant pas issus. Sans cesse en conflit avec leurs laboureurs et leurs métayers, ils gagnaient d'autant plus facilement leurs procès qu'ils étaient magistrats !

C'est dire la satisfaction, l'allégresse, la jubilation que ressentit la population rurale en apprenant qu'un de leurs plus impitoyables ennemis n'était en réalité qu'un vulgaire criminel qui venait d'égorger son épouse !

Mais les paysans n'étaient pas seuls à s'agiter. Les ministères réformateurs de Necker, et même de Turgot, avaient suscité beaucoup d'espérances dans la population des avocats, des négociants, des bourgeois, des médecins. De tous ces gens qui avaient fait des études longues et coûteuses, qui étaient imprégnés de l'idéal de liberté répandu par Voltaire, Rousseau et les Encyclopédistes, qui espéraient obtenir sinon pour eux, du moins pour leurs enfants, une parcelle de ce pouvoir qui appartenait uniquement « à ceux qui s'étaient donné la peine de naître », comme le clamait cet insolent de Caron de Beaumarchais que tout le monde applaudissait à Paris.

Or les Entrecasteaux étaient liés par des mariages à des familles plus anciennes, dont la plupart tenaient les rênes du pouvoir local. Depuis près de cinquante ans, cette aristocratie-là tentait par tous les moyens de rendre impossible l'entrée des roturiers au parlement, et plus encore l'entrée dans la classe nobiliaire.

Pour la bourgeoisie active et industrieuse, cette

noblesse provençale prétentieuse et parasite devait disparaître.

Ainsi, non seulement il fut impossible d'étouffer l'affaire d'Entrecasteaux mais les rumeurs et les turbulences populaires devaient empêcher tout enlisement du procès. Finalement, il apparut plus simple pour tout le monde que le président fût déclaré coupable.

Même s'il ne l'était pas.

Plusieurs fois, à l'automne 1784, le parlement demanda l'extradition du suspect, mais sans aboutir. Aussi, sous la pression populaire, un procès par contumace eut lieu où Entrecasteaux fut défendu par un mémoire de Portalis, Siméon et Barlet.

Il fut pourtant condamné à mort le 17 novembre 1784 dans les conditions suivantes : « avoir les deux mains coupées, puis les bras, jambes, cuisses et reins rompus et brisés et ensuite être mis sur une roue ».

Autrement dit, il devait être roué vif, la mort ignominieuse des brigands.

Cependant, le coupable présumé étant toujours enfermé dans sa prison de Lisbonne, le parlement de Provence décida que le châtiment ne serait réalisé qu'en effigie.

Le soir du 17 novembre, vers quatre heures, un cortège mené par l'exécuteur de la haute justice se transporta devant la cathédrale pour que soit lue l'amende honorable, puis sur le Cours déserté de ses promeneurs.

La sinistre procession s'arrêta devant l'hôtel d'Entrecasteaux, clos et vidé de ses occupants depuis le crime. Là, le bourreau se saisit d'un mannequin de paille revêtu de la robe rouge et de la toque à mortier du président. L'épouvantail fut accroché aux grilles d'une fenêtre à l'aide de ficelles et reçut quatre fort méchants et douloureux coups de bâton !

La pièce était jouée et les Aixois, déçus et amers, furent ainsi privés de ce spectacle qu'ils aimaient tant, sur cet échafaud qu'ils avaient fait construire avec leur propre argent devant l'ancien Palais.

Pascalis avait assisté à la grotesque cérémonie, révolté que l'on n'ait pas suivi son ami Portalis qui avait mis en avant l'absence de preuves, et encore plus songeur sur l'efficacité de la justice parlementaire.

Beaucoup plus haut, sur le Cours, Marius, Auguste et Antoine s'étaient cachés pour assister de loin au sinistre spectacle.

— Et moi je te dis qu'il n'y est pour rien, assura Marius à Auguste. Je suis sûr que tout ça est arrivé à cause du coffre.

Auguste de Forbin eut une moue dubitative.

— Ce n'est pas ce qu'affirme ma gouvernante : il a tué sa femme pour se remarier avec une autre.

— En tout cas, il laisse beaucoup de mystères : qu'est devenu le grand bonhomme à un seul bras qui dirigeait le chantier ? Et où est passé le coffrc qu'ils avaient transporté ? murmura Antoine.

En 1785, Jean-Antoine Constantin fut nommé enseignant à l'école de dessin d'Aix. En juin de la même année, la nouvelle de la mort du président d'Entrecasteaux, dans sa prison de Lisbonne, se répandit dans la ville. Cette information souleva pourtant peu d'émotion car, pour l'aristocratie et le monde judiciaire, Jean-Baptiste Bruni n'existait plus depuis longtemps. Pour les autres, son décès n'était qu'une étape vers la disparition inéluctable de l'ancienne société.

Mais pour Pascalis, le décès du président sonna comme un échec. Que les Entrecasteaux aient commis des injustices et qu'ils soient les représentants d'une société féodale dépassée ne l'intéressait pas. Avant tout se posait un problème de justice, et plus encore, de vérité. Il se fit donc de vifs reproches. Avec ce qu'il savait, avait-il réellement tout tenté ?

Après mûre réflexion, l'avocat décida qu'il ne pouvait plus garder par-devers lui ce secret qui le torturait et, à la première occasion, d'en parler à Jean Étienne Marie Portalis, un des défenseurs d'Entrecasteaux.

Les deux hommes étaient de vieux camarades, souvent liés par des luttes communes contre l'injustice et l'intolérance. Leur dernier combat avait été livré – et gagné – contre Mirabeau. C'était une curieuse histoire.

En 1772, treize années plus tôt donc, le jeune Mirabeau, qui avait alors vingt-trois ans, menait une vie tellement dissolue qu'il s'était vu privé de toutes ressources par son père. Il avait alors décidé d'épouser une riche héritière et, pour y parvenir, jeté son dévolu sur Émilie de Marignane, une jeune fille qui sortait d'un couvent et avait été promise à un autre. Repoussé par les parents d'Émilie, et pour arriver malgré tout à ses fins, Mirabeau s'était fait enfermer une nuit dans l'hôtel de Marignane. Le lendemain, sur un balcon donnant dans la rue, le libertin s'était montré demi-nu aux passants en racontant qu'il venait de coucher avec la belle.

Le scandale avait été immense et le mariage s'était imposé puisque Émilie de Marignane avait été apparemment déshonorée.

Seulement, monsieur de Marignane avait pris la précaution de supprimer la dot de sa fille et Mirabeau s'était retrouvé aussi pauvre qu'avant. Pour comble de malchance, il avait vite découvert qu'Émilie était encore plus libertine que lui et le trompait allègrement en dépensant un argent qu'elle n'avait pas.

Mirabeau abandonna alors le domicile conjugal pour d'autres aventures (galantes). De maris trompés en femmes séduites, de prisons en lettres de cachet, le temps passa.

En 1781, Mirabeau ruiné, mais célèbre autant par ses frasques que par les procès qu'il avait plaidés comme avocat, avait décidé de se remettre en ménage avec Émilie et de livrer un combat judiciaire pour bénéficier (enfin) de la fortune de son épouse.

Émilie refusa et demanda à Portalis et à Pascalis de la défendre.

La lutte devait durer deux ans, Portalis et Pascalis recrutèrent la quasi-totalité des avocats de la ville pour défendre Émilie alors que Mirabeau combattait seul.

Et il perdit son procès.

Pourtant, curieusement, la population aixoise s'enthousiasma pour les vibrants discours que plaidait le futur tribun de la Révolution et, si Mirabeau fut vaincu judiciairement, il triompha devant la populace.

Ce paradoxe avait beaucoup marqué Pascalis. Il s'était alors rendu compte qu'il ne suffisait pas d'avoir une cause juste pour être vainqueur, encore fallait-il avoir un vrai soutien populaire.

Ce fut à la fin de l'année 1785 qu'il fut invité par Portalis alors que l'avocat donnait une petite réception. Après le départ des convives, les deux anciens assesseurs purent se parler seul à seul.

Jean Étienne Marie Portalis avait quarante ans. Fils d'un professeur de droit à Aix, il avait été reçu au barreau de la ville à dix-neuf ans et il s'était imposé autant par son éloquence et par sa verve que par la profondeur de ses réflexions juridiques toujours au service de la justice. Son obsession restait le respect absolu du droit, quel qu'en soit le prix, et son ennemi était l'oppression.

En 1770, il n'avait pourtant à cette époque que vingt-quatre ans, sa renommée était telle qu'il avait été consulté par Choiseul au sujet du mariage des protestants : depuis la révocation de l'Édit de Nantes, les réformés n'avaient pas d'existence et ne pouvaient contracter que des unions incomplètes aux yeux de la loi. Dans le mémoire qu'il avait rendu au ministre, le jeune avocat avait nié la valeur juridique d'un sacrement religieux, le mariage constituant selon lui un contrat civil, donc indépendant de la croyance et des rites. Et chacun y avait droit, quelles que soient ses idées et sa religion.

Ce texte, avait déclaré Voltaire, était un vrai traité de législation et de morale, et le mémoire de Portalis devait, en 1787, servir de base à la création d'un état civil pour tous les Français.

En 1771, Portalis avait plaidé contre Caron de Beaumarchais. L'écrivain n'avait pas le droit pour lui mais était soutenu par l'opinion publique. Une situation similaire à l'affaire Mirabeau quelques années plus tard.

Somme toute, par deux fois, le peuple avait jugé contre le droit et avait donné tort à l'avocat, pourtant vainqueur judiciairement. Portalis en était resté profondément troublé, révolté aussi, mais surtout prudent.

Après ces deux affaires, il avait donc décidé de choisir ses causes avec circonspection.

Assesseur de la ville comme Pascalis en 1779 et en 1780, Portalis avait ensuite été représentant à Paris des États de Provence (c'est-à-dire député) tout en restant avocat à Aix.

En vérité, leurs idées sur la justice et l'équité rapprochaient beaucoup les deux avocats, mais alors que pour Portalis le droit prônait sur la vérité, c'était l'inverse pour Pascalis.

— J'ai appris avec tristesse la mort du président d'Entrecasteaux, commença Pascalis qui cherchait à tâter le terrain.

— Il est cependant mort *integri status*, puisqu'il n'a pas pu être jugé de son vivant. C'est un point de droit important pour sa famille.

Ce détail juridique ne présentait aucun intérêt pour Pascalis, il en vint donc directement au fond :

— Avez-vous songé qu'il aurait pu être innocent ?

Portalis ne répondit pas tout de suite. Après un moment de réflexion, il expliqua :

— J'y ai songé. Nous en avions déjà parlé tous les deux, vous vous en souvenez ? Mais tant de faits étaient contre lui, à commencer par sa fuite.

— Tant de faits, ou tant de gens ? demanda cyniquement Pascalis.

Portalis soupira.

— En tant qu'avocat, je considère que je n'avais pas à prouver son innocence, j'avais à le défendre, ce qui est totalement différent, vous le savez bien.

Il s'interrompit, les yeux dans le vague, sachant qu'il lui était difficile de soutenir cette position contre un avocat aussi brillant que Pascalis.

— Pourtant, vous avez raison. J'ai toujours conservé des doutes. Il y avait cette explication, certes absurde, sur la présence d'un bossu dont je vous avais parlé. À ma demande, un avocat de mes amis est allé voir Bruni dans sa prison de Lisbonne. Là, Entrecasteaux lui a raconté que sa femme avait été tuée par des rôdeurs qui auraient volé un coffre chez lui. Qu'il n'avait pas parlé plus tôt pour protéger ses filles mais qu'ayant appris qu'elles étaient maintenant en sécurité, il se sentait plus libre de s'expliquer. J'ai gardé cela par-devers moi car c'était sans valeur. Vous me voyez utiliser un tel argument devant le parlement ? Pis encore, devant l'opinion publique ? J'en ai fait la malheureuse expérience dans le passé, le droit peut être sans valeur si le peuple juge en obéissant à ses sentiments ou à ses inclinations.

Il se tut un moment, se souvenant avec amertume des affaires Beaumarchais et Mirabeau.

— Mais au fond de moi, il est vrai que parfois je me pose cette question : et si Entrecasteaux avait dit la vérité ? Si des rôdeurs avaient tué la marquise ?

— Je partage votre point de vue. Bruni a-t-il donné plus de détails à votre ami ?

— Non, il était déjà malade et affaibli par les fièvres si fréquentes dans ces prisons. Parfois, m'a-t-on raconté, il délirait durant des jours.

— Et si je vous affirmais que ce coffre existe, qu'il y a un trésor et que les choses se sont passées exactement ainsi qu'il le rapportait ?

Portalis dévisagea Pascalis avec une soudaine froideur.

— Expliquez-vous ! Vous auriez eu des informations que vous auriez gardées par-devers vous ?

Pascalis eut un geste las.

— Ce n'est pas ce que vous croyez. Je n'ai aucune preuve. Mais voici l'histoire du crime comme je l'ai devinée.

» Un homme qui travaillait comme contremaître sur le chantier de démolition du Palais, et qui était en même temps jardinier pour le marquis, découvrit un coffre dans les ruines. Flairant la bonne affaire, et voulant garder pour lui le bénéfice de l'opération, il en informa le président. Tous deux récupérèrent discrètement ce coffre une nuit.

Portalis secoua la tête dans un mélange de tristesse, d'incrédulité et de déception.

— C'est un roman de monsieur Voltaire que vous me contez là ! lui reprocha-t-il.

— Ce n'est pas un roman, plusieurs témoins ont assisté à cette dernière scène, affirma sèchement Pascalis.

— Ah !

Le ton restait sceptique mais Portalis paraissait maintenait intéressé.

— Malheureusement ces témoins sont inutilisables en justice : l'un d'entre eux avait sept ans. C'était le jeune Forbin.

— Auguste ? Comment savez-vous ça ? demanda Portalis, soupçonneux.

Pascalis eut un geste évasif, il ne voulait pas parler de ses relations avec la gouvernante du jeune garçon.

— Je ne peux vous le révéler. Le lendemain, Entrecasteaux demanda à Fauris de Saint-Vincens son avis sur des pièces de monnaie se trouvant dans le fameux coffre. Vous pourrez vérifier ce point auprès de lui. Fauris lui conseilla un archiviste-bibliothécaire qu'il connaissait à Paris.

Maintenant Portalis était tout ouïe.

— Le bibliothécaire en question serait arrivé fin mai à Aix. Je crois l'avoir rencontré, par hasard, avec un bossu et deux autres scélérats bien connus ici, deux jours avant le crime.

— Il y aurait donc vraiment un bossu ? hasarda

Portalis qui se souvenait de la défense du président d'Entrecasteaux.

— Oui. Ces quatre individus ont tous quitté la ville le lendemain du crime. Or seule cette personne venue de Paris pouvait être au courant du coffre, elle avait dû rencontrer le président quelques jours avant la mort de son épouse.

— Je dois reconnaître que votre histoire est assez troublante et vos hypothèses sont élégantes, mais sont-elles vraies ? J'ai des questions à vous poser : qui est ce mystérieux archiviste parisien ? Et connaissez-vous ce bossu et ses acolytes ?

— Permettez-moi de ne pas encore vous donner de noms. Je connais effectivement certains de ces personnages mais je me refuse à proférer des accusations sans preuve. Tout ceci n'est que conjecture comme vous le dites. Trois des scélérats, dont le bossu, sont partis pour Rome. Ont-ils emporté le coffre là-bas ? Je l'ignore. Pourquoi auraient-ils agi ainsi ? Je l'ignore tout autant. J'ai cependant envoyé en Italie un homme à moi pour se renseigner.

— Et alors ?

— Alors, rien ! Mon agent est parti voici plusieurs mois et je n'ai jamais reçu de ses nouvelles.

— En conclusion, et si je comprends bien, vous n'avez aucun élément de droit ?

Il secoua la tête.

— Pourquoi êtes-vous venu me raconter cela ?

— Aucune preuve effectivement, je vous l'ai dit, seulement des présomptions, ainsi que ma profonde conviction à partir de témoignages sans valeur.

Il s'interrompit un instant pour considérer Portalis avant de marteler :

— Pourquoi suis-je venu ? Parce que je ne peux

garder ce que je sais pour moi. J'avais besoin de le partager avec quelqu'un, avec un juriste, un avocat. Et vous êtes le seul qui puisse comprendre mes interrogations.

— Vous vous rendez bien compte que vos éléments sont insuffisants pour se battre contre un jugement, et plus encore contre l'opinion publique. Pourtant, je ne peux nier que vous m'avez ébranlé. Pourriez-vous me remettre un mémoire avec ce que vous savez ? Il pourrait m'être utile, un jour…

— C'est ce que j'avais prévu de faire.

16

1786-1788

En ce milieu de l'année 1786, l'abbé Rive survivait dans des conditions difficiles. *Vit-on à Paris avec quinze cents livres par an ?* écrivait-il déjà à son ami le libraire David quelques années plus tôt. Après avoir été renvoyé par madame de Châtillon, la fille du duc de La Vallière, le Dogue avait dû essuyer de lourdes dépenses en frais de justice contre la fille de son ancien employeur qui le poursuivait pour avoir gardé le catalogue de la bibliothèque de son père.

Outre une médiocre rente, l'abbé vivait chichement de la rédaction d'ouvrages et de mémoires qu'il arrivait difficilement à vendre par l'intermédiaire de trop rares libraires et imprimeurs. Une grande partie de son temps restait cependant occupée à l'écriture de pamphlets virulents contre madame de Châtillon et ses remplaçants à la tête de la bibliothèque La Vallière.

Beaucoup croyaient que cette extraordinaire violence trouvait son origine dans la jalousie, l'amertume et le ressentiment. Ce n'était pas le cas : le principal fondement de cette animosité était parfaitement rationnel et tenait au comportement de madame de Châtillon envers lui.

En effet, lorsque l'abbé avait envoyé Desorgues, Aiguillon et Jouve à Rome pour cacher le trésor du Temple et assurer ainsi, quoi qu'il arrive, leur sécurité à tous, il avait adressé une lettre à un cardinal proche du duc de La Vallière afin qu'il accède à sa demande de laisser aux trois hommes le libre accès à la crypte d'une vénérable église romaine dans le but d'y faire des recherches sur d'antiques inscriptions paléochrétiennes. Ses complices étaient présentés comme des collaborateurs qui devaient réaliser une étude préliminaire.

Pour assurer la crédibilité de son discours, il avait longuement argumenté sa demande, l'avait signée de son titre de bibliothécaire du duc et l'avait authentifiée avec un cachet de cire provenant du bureau de monsieur de La Vallière, cachet qu'il avait pris soin de conserver après son limogeage.

Arrivés à Rome, les trois complices avaient donc aisément accédé à la fameuse crypte, après que Desorgues se fut présenté comme le premier adjoint de l'abbé Rive. Théodore était cultivé, convaincant et on ne pouvait que le croire. Les trois hommes avaient ensuite discrètement enterré le trésor dans un endroit où personne ne le chercherait, après avoir cependant gardé par-devers eux quelques objets de valeur qui leur permettraient de mener grande vie dans la Ville éternelle.

Six mois après la mort d'Angélique de Castellane, Jouve avait finalement rejoint Rive à Paris où il s'était acheté un cabaret. Desorgues, lui, était resté en Italie. Quant à ce pauvre Aiguillon, nous expliquerons plus loin ce qu'il était devenu.

Au début de 1785, Rive jugea qu'en aucune manière il ne pourrait être inquiété pour le crime d'Aix. Il n'existait aucune trace de sa visite et nul, à sa connaissance, n'en avait parlé dans la ville. C'est ce qui ressortait en tout cas de sa correspondance avec David, son ami libraire à Aix. L'abbé se félicitait de ne pas lui avoir rendu visite la semaine du crime.

Rassuré, Rive écrivit donc au cardinal auquel il s'était déjà adressé pour ses recherches dans la crypte. Sa lettre était très élégante et même un peu pédante. Il y annonçait son arrivée prochaine pour terminer cet important travail sur les inscriptions paléochrétiennes, une étude qui serait prochainement publiée et dans laquelle il louerait le rôle éminent du cardinal en question.

Alors même qu'il préparait son voyage, il reçut un courrier fort méchant – et totalement inattendu – de madame de Châtillon l'avisant qu'elle avait été mise au courant de ses manigances par un ami de son père à Rome, lequel s'étonnait que Rive fasse toujours état de sa fonction auprès du duc de La Vallière mort depuis cinq ans. Elle savait que l'abbé travaillait à une étude sur des inscriptions paléochrétiennes et, puisqu'elle n'avait pu obtenir de lui, ni à l'amiable ni judiciairement, le catalogue de la bibliothèque de son père, elle avait exigé qu'en aucune façon le Dogue ne puisse avoir accès à ladite crypte pour ses recherches !

Cette bécasse, songea amèrement le bibliothécaire, croit fermement à la sornette des recherches paléochrétiennes.

Rive en avait été consterné. Ainsi, à moins qu'il ne trouve moyen de pénétrer dans la crypte, désormais close, il ne pourrait plus jamais récupérer ce trésor qui lui avait tant coûté.

Toute l'année 1785, avec son ancien complice Jouve qui l'effrayait toujours autant par son comportement de plus en plus violent et pervers, il avait imaginé des solutions. En désespoir de cause, au printemps 1786, ils avaient envisagé de tenter malgré tout un voyage à Rome. Ils s'apprêtaient à partir lorsque Rive reçut une lettre glaciale et menaçante du fameux cardinal lui annonçant que son imposture avait été découverte et qu'il avait donné l'ordre de murer définitivement la crypte.

À la lecture de cette lettre, Rive fut atteint d'un accès de démence. Durant un instant, la fureur l'étouffa. Sa tension atteignit une pression si forte qu'elle provoqua une attaque d'apoplexie, laquelle le laissa mourant et partiellement paralysé.

Deux mois plus tard, on était le 26 octobre 1786, alors qu'il commençait à peine à surmonter les terribles séquelles de son attaque, il reçut une visite dans son minuscule appartement. L'homme se présenta comme Jean de Dieu de Boisgelin. C'était l'archevêque d'Aix, par ailleurs premier président des États de Provence.

Méfiant, et surtout inquiet en apprenant qu'il arrivait d'Aix, l'abbé Rive le fit asseoir dans son unique fauteuil.

Boisgelin s'installa confortablement, prenant le temps d'examiner le logement, le médiocre mobilier et les vêtements, propres mais usés jusqu'à la trame, de son interlocuteur. On lui avait présenté l'abbé comme un homme élégant, soigné et soucieux de son allure. Il avait devant lui un homme visiblement malade, sans cravate, vêtu d'une jaquette démodée et de bas rapiécés. Il en fut troublé.

Boisgelin l'ignorait mais toutes les économies de Rive avaient fondu en dépenses d'avocats et en frais d'imprimeur pour ses pamphlets.

— Monsieur Rive, lui expliqua le président des États, j'ai beaucoup entendu parler de vous…

Voilà qui commence mal, songea l'abbé avec inquiétude.

— … Votre travail considérable chez le duc de La Vallière a impressionné tous ceux qui comptent dans le milieu de la librairie et toute la gent bibliographique, aussi j'ai à ce sujet une proposition à vous faire…

Ouf ! se rassura Rive, voilà qui n'est pas en rapport avec ma venue à Aix. Mais ce hautain frocard vient certainement me proposer un emploi de domestique. Il prépara donc une réponse cinglante pour chasser l'importun qui poursuivait :

— … Je crois savoir que vous êtes provençal, je ne vous ferai donc pas l'injure de vous expliquer comment fonctionnent les États de Provence. Vous savez que notre communauté dispose de larges pouvoirs sur notre terre et d'une certaine, sinon totale, autonomie par rapport au pouvoir royal…

Chère lectrice et cher lecteur, peut-être avez-vous oublié comment fonctionnait administrativement la Provence de la fin de l'Ancien Régime. Nous nous permettrons donc ici un petit rappel important pour la suite de notre histoire.

Deux institutions disposaient du pouvoir : le parlement, chargé d'exercer la justice mais aussi d'enregistrer les lois, et l'administration royale dirigée par un intendant, d'office premier président du parlement.

Mais, à côté de ces deux organisations, se trouvaient les États.

Le royaume était alors partagé en deux sortes de provinces : les pays d'États qui disposaient d'une constitution d'usages et qui, en théorie, s'administraient eux-mêmes avec des représentants des trois États[1], et les pays d'élection qui ne disposaient pas de droits locaux. La Provence, comme le Languedoc, le Dauphiné ou encore la Bretagne, était un pays d'États.

Les États constituaient le conseil de la province. À l'origine, il rassemblait des députés de la noblesse, des représentants du clergé, et enfin le tiers état qui n'était nullement le peuple mais des délégués des communautés et des vigueries, c'est-à-dire la riche bourgeoisie et les plus importants titulaires d'offices tels les assesseurs ou les procureurs.

Selon la coutume, les États de Provence auraient dû voter la levée et la répartition des impôts, mais en pratique ils n'avaient plus été réunis depuis 1639 et l'administration fonctionnait avec des représentants des communautés, des vigueries et des agents venant des services de l'intendant. Tous ces gens travaillaient sous la présidence de l'archevêque d'Aix.

C'était évidemment une extrême marque de courtoisie que le président des États de Provence rende visite à un petit abbé bibliothécaire. Mais le caractère ombrageux de Rive était connu autant que ses compétences remarquables, et l'archevêque tenait à ce qu'il accepte le poste qu'il allait lui proposer.

— Peut-être le savez-vous, poursuivit le prélat, l'un de nos plus illustres collectionneurs, le marquis de Méjanes, vient de quitter ce monde au début de ce mois. Il lègue aux États de Provence sa bibliothèque de soixante mille volumes à condition qu'elle soit ouverte au public. En un mot comme en cent, voulez-vous prendre la direction de cet illustre dépôt ?

1. La noblesse, le clergé et le tiers état.

Rive resta un instant suffoqué par la surprise. Il crut même avoir une nouvelle attaque. Cette bibliothèque était équivalente à celle du duc de La Vallière ! Ce pouvait être un poste prestigieux pour un bibliothécaire, d'autant qu'il la connaissait bien : combien de fois avait-il envoyé à Joseph David des livres rares pour que ce dernier les vende au marquis de Méjanes !... Mais il y avait aussi les risques...

— L'emploi est-il à Aix ? s'enquit-il à voix basse.

— Évidemment ! Une bibliothèque sera érigée pour accueillir ce dépôt et vous en serez le responsable, l'unique conservateur. J'ajoute que les émoluments versés par les États de Provence se monteront à deux mille livres par an, plus quatre cents livres de chauffage.

Rive réfléchissait à toute allure. Il n'avait aucune envie de retourner dans cette ville pour deux mille quatre cents livres. Même trois ans après le crime, on pouvait encore se souvenir de lui, et il ne se souciait guère du poste. Cependant une formidable idée venait de germer dans son cerveau : conservateur d'un tel illustre dépôt, il n'aurait certainement aucun mal à obtenir de poursuivre ses travaux dans la fameuse crypte romaine, tout au moins dans quelques années. Boisgelin pourrait certainement intervenir à ce sujet directement auprès du Vatican.

Cette solution à ses difficultés le décida.

— J'accepte avec reconnaissance, déclara-t-il avec beaucoup d'humilité.

Rive savait être obséquieux lorsque cela se révélait nécessaire.

En cette soirée de début janvier 1787, Charles de Simiane, marquis de Miremont et gentilhomme d'honneur de Monsieur, recevait dans son hôtel du quartier

Saint-Germain. Il était tard et les invités commençaient à partir. Venant de la rue, on entendait les valets et les aboyeurs appeler les voitures et les cochers. Monsieur le frère du roi – le comte de Provence – avait déjà quitté la réception après avoir félicité le marquis pour son mariage, quand le majordome s'approcha discrètement du maître de maison et lui murmura :

— Une drôlesse insiste pour vous parler, monsieur le marquis. Je l'ai menacée de la chasser mais elle m'a assuré que si elle ne pouvait vous voir, elle ferait un scandale public. Compte tenu de sa tenue et de ses manières, j'ai préféré vous avertir.

— Quelle tenue et quelle manière ?

— Hum, vulgaire et dépoitraillée, monsieur le marquis. Une catin de basse extraction, si vous voyez ce que je veux dire.

Simiane sourit en songeant à ce qui pourrait se murmurer à la Cour si un scandale avait lieu chez lui et demanda encore :

— Vous a-t-elle expliqué ce qu'elle désire ?

— Oui, monsieur le marquis, elle m'a parlé d'un certain La Débrouille.

Le visage du marquis changea d'expression. Enfin ! Il n'avait plus eu de nouvelles d'Arrangiarsi depuis son départ deux ans plus tôt. Il fit un signe rapide au majordome pour qu'il l'attende et se rapprocha de son épouse en grande conversation avec madame la duchesse de Lamballe qui partait elle aussi. Dès qu'il le put, il lui murmura dans l'oreille :

— Ma très chère, je dois m'éloigner un moment. Excusez-moi auprès de nos invités, c'est réellement important.

Malgré le regard surpris de sa conjointe, et sans attendre sa réponse, il se retira derrière le majordome.

Le domestique le guida jusqu'aux cuisines. Là, dans un coin et sous la surveillance de quelques servantes, une femme entre deux âges, aux manières effectivement grossières et impudiques, attendait. Vêtue de façon provocante avec des vêtements usés qui dévoilaient sa poitrine jusqu'aux tétons, elle dévisagea le marquis avec une expression de maquignon.

— Est-ce vous, mademoiselle, qui désirez me parler d'Arrangiarsi ? interrogea délicieusement monsieur de Simiane.

— Je suis sa régulière, déclara l'autre avec grossièreté en lui jetant une œillade. Enfin presque. Il a été blessé ces jours-ci et il m'a demandé de vous faire venir.

Simiane croisa les bras en levant les sourcils.

— Il serait donc à Paris ? Depuis longtemps ?

L'autre haussa les épaules, ce qui fit sortir ses seins de sa robe trop décolletée. Elle en replaça un, sous le regard stupéfait du majordome qui avait porté une main à sa bouche pour retenir son indignation.

— Je ne sais pas, en tout cas il est avec moi depuis trois mois.

Trois mois ? Et il ne lui avait donné aucune nouvelle ?

— Vous allez m'amener auprès de lui, décida Simiane après une courte hésitation.

Il se retourna vers le majordome :

— Faites préparer ma voiture avec deux solides valets à l'arrière. Qu'ils prennent des falots pour nous éclairer.

L'autre comprit que les laquais devraient être armés.

— Où vit-il ? s'enquit-il encore auprès de la femme.

— Rue Saint-Antoine, devant la Bastille, répliqua la gagneuse.

— Très bien, conduisez-moi, s'il vous plaît.

Dix minutes plus tard, ils se trouvaient dans le véhicule qui filait à vive allure sur les pavés enneigés en ce mois de janvier. Ils formaient un curieux couple, songeait Simiane. Lui, habillé entièrement de soie noire (culotte et bas assortis), avec son tricorne de castor brodé d'or décoré d'un plumet blanc et son grand manteau de laine, et elle, vêtue d'une robe de toile sale avec seulement un châle usé qui la protégeait médiocrement du froid.

Il manipula machinalement les deux chaînes de montre attachées à son gilet, comme c'était la mode, et demanda :

— Comment avez-vous connu Arrangiarsi ?

— Bof, un client régulier. Puis comme on se plaisait, on s'est mis en cheville. C'est tout. Il me laissait tranquille, toujours dehors à fureter ou à guetter je ne sais quoi. Il me répétait que bientôt nous serions riches.

— Il vous parlait de son passé ?

— Non, pas trop, je sais juste qu'il venait d'Italie.

En bas de la rue Saint-Antoine, la femme se pencha à la fenêtre et indiqua une traverse sombre au cocher. La voiture s'y engagea et s'arrêta au bout. Un laquais aida le marquis à sortir, un autre assistait la femme de La Débrouille comme si elle était une marquise.

Elle lui indiqua la porte qu'elle poussa d'un coup de pied. Il la suivit dans un escalier d'une saleté repoussante. Un laquais restait dans ses pas, armé d'un pistolet à silex. L'autre attendait devant la porte.

Ils grimpèrent deux paliers, l'immeuble sentait la misère, le chou, l'urine et le vomi. Parfois on entendait un enfant pleurer ou une femme hurler.

Elle ouvrit une porte et ils pénétrèrent dans une petite pièce sombre qu'ils traversèrent. Il y avait là un lit en désordre. C'était apparemment dans cette chambre que la ribaude exerçait ses activités. Dans la seconde pièce, plus petite, un homme était couché sur une paillasse à même le sol. Dans un coin, un pot empli d'excréments.

Simiane ne reconnut guère l'épave décharnée qui gisait devant lui. Maigre, son ancien cocher blessé ressemblait à un vieillard. À côté de lui, un homme à genoux l'examinait à la lueur d'une bougie de suif. Un médecin, d'après son comportement et ses vêtements noirs et simples.

L'Italien eut un rictus en reconnaissant son ancien maître.

— Marquis, bredouilla-t-il, je ne pensais pas que vous viendriez. Laissez-nous, demanda-t-il sourdement à l'homme en noir.

L'homme se leva pour partir. Il était âgé et avait un visage épuisé.

— Attendez-moi un instant, le supplia Simiane en le dévisageant. Je vous rejoindrai dès que j'aurai terminé.

— Faites vite, fit l'autre sèchement. J'ai encore des malades à voir et la mort, elle, n'attend pas.

Dès qu'ils furent seuls, le marquis s'assit sur l'unique tabouret, face au mourant. Car il y avait peu de doute, La Débrouille était en train de mourir.

— Pourquoi ne m'avez-vous pas donné de nouvelles plus tôt ?

L'autre haussa les épaules, puis murmura :

— La malchance, et l'argent aussi. L'or… Il vaut mieux que vous me laissiez parler, il faut que je puisse tout vous dire avant de passer de l'autre côté.

Il soupira et commença son récit.

— Je n'ai eu aucune peine à retrouver les hommes que cherchait votre ami d'Aix. Un bossu français, c'était facile. Rome n'est pas si grande. Ils étaient encore dans leur auberge quand je suis arrivé, en août, et je me suis installé avec eux. C'était une erreur... J'ai très vite appris qu'ils étaient venus avec quelque chose que le bossu avait fait porter dans une église. Hélas, j'ignore laquelle... Mais ils parlaient souvent du contenu d'un coffre, de bijoux, de pierres et d'or. De beaucoup d'or. Je les entendais en rire. Ils s'exprimaient dans un patois provençal que je comprenais bien. Je les suivais souvent, croyant qu'ils me mèneraient à leur trésor, mais ils prenaient seulement du bon temps, allant de salles de jeu en bordels. Ils semblaient avoir des ressources inépuisables...

Il reprit son souffle après cette trop longue tirade.

— ... Et puis un jour, j'ai observé qu'un autre individu les filait. Une sorte de géant manchot. Je suis devenu prudent, j'ai quitté leur auberge et je me suis déguisé.

» Un soir, on devait être en septembre ou en octobre, ils faisaient encore la fête, le manchot perpétuellement dans leur ombre. Ils étaient allés chez Vitali, une maison de filles pas chères. Ils s'y trouvaient depuis une heure quand l'un d'entre eux est sorti. Il semblait malheureux et s'est assis sur une borne en soupirant. Alors, le manchot s'est approché de lui et, brusquement, d'un seul geste, il l'a égorgé avec une lame. Le sang a giclé partout et il a crié : "C'est pour mon président et pour madame !"

» J'étais stupéfait, paralysé, et aussi plein de sang. Je me suis bêtement rapproché à l'instant même où les autres sortaient. Ils ont crié et des soldats qui étaient derrière eux se sont jetés sur moi. Avant que je n'aie pu m'expliquer, j'ai été garrotté pendant que le bossu et son acolyte disparaissaient dans la nuit. Tout s'était déroulé si vite !

» On m'a jeté en prison. Tout m'accusait même si on

n'avait pas retrouvé l'arme. J'ai expliqué que je ne faisais que passer mais ils m'ont torturé. J'ai finalement avoué. Heureusement la justice est longue à Rome. En prison, j'ai retrouvé des cousins de Naples, eux m'ont cru. Ils m'ont soigné, j'avais perdu mes dents et mes cheveux…

Il ricana, montrant sa bouche vide.

— … Le scorbut ! J'ai un peu repris des forces alors que je m'attendais à être pendu. Ils ont finalement réussi à me faire sortir dans une charrette de linge sale.

» J'avais passé un an en prison. Mes cousins m'ont caché à Rome, le temps que je reprenne des forces. À la fin de 1785, je suis retourné à l'auberge avec eux. L'hôtelier a bien voulu nous parler, il n'avait guère le choix, mes cousins sont désagréables quand ils veulent.

Il eut un nouveau ricanement et cracha un peu de sang.

— L'homme se souvenait bien des Français. Le bossu était parti pour Bologne faire des études de médecine et l'autre était rentré à Paris. Il avait beaucoup d'argent et parlait d'acheter une auberge ou un café.

» Je me suis alors rendu à Bologne et j'ai cherché le bossu, sans succès. Finalement je suis parti pour Paris. Je suis arrivé ici voici six mois et je me suis mis en quête de mon bonhomme que j'ai retrouvé. Il était bien cabaretier. J'ai commencé à le suivre mais j'avais perdu la main et je crois qu'il m'a repéré et reconnu. C'est lui qui m'a fait poignarder…

Il eut une quinte de toux.

— Voilà, vous savez tout, monsieur le marquis. Pourquoi je n'ai pas écrit ? Je n'ai pas pu, et puis en réalité, je voulais retrouver cet argent, ce trésor qu'ils avaient… Et peut-être le garder… Pardonnez-moi et priez pour moi.

— Dis-moi le nom de cet homme, celui qui t'a fait poignarder.

— Il se fait appeler Jourdan, mais son vrai nom est Jouve.

— Je vais te laisser un peu d'argent et je ferai prendre de tes nouvelles.

L'autre eut un rictus hideux et secoua lentement la tête. Puis il ferma les yeux.

Simiane se leva et rejoignit le médecin en serrant son manteau autour de lui. Il prit conscience qu'il faisait atrocement froid. La fille n'était plus là.

— Va-t-il s'en tirer ? s'enquit-il en remettant une pièce d'or à l'homme de l'art.

L'autre hocha négativement la tête avec une sorte de rage.

En remontant dans sa voiture, Simiane ne remarqua pas l'individu caché derrière une borne. Quelques instants auparavant, cet inconnu avait demandé à son cocher à qui appartenait le carrosse.

— Au marquis de Miremont ! Passe donc ton chemin si tu ne veux pas recevoir quelques coups de bâton, avait répondu le domestique avec arrogance.

L'homme avait eu une grimace suivie de spasmes qui avaient curieusement déformé sa mâchoire et secoué sa chevelure hirsute.

Jouve, car c'était lui, était satisfait en voyant la voiture repartir. Il avait déjà fait disparaître ce Napolitain trop curieux qu'il avait si souvent aperçu à Rome en train de les suivre. Maintenant, il savait quelle devait être sa prochaine victime.

Rentré chez lui, Simiane écrivit une longue lettre à l'avocat Pascalis pour lui annoncer ce qu'il avait appris et le prévenir de sa venue à Aix. Il essayerait de le voir le 28 février 1787, après un spectacle auquel il devait se rendre. Il lui précisa qu'il descendrait à l'hôtel des Princes.

17

Le 28 février 1787, tard dans la nuit, Pascalis attendait donc Charles de Simiane. À la fin de l'année précédente, pour la seconde fois, il avait été élu assesseur de la ville. Sa tâche était désormais écrasante mais la lettre de Simiane avait ravivé de tels souvenirs qu'il avait été incapable de travailler depuis le jour où il l'avait reçue.

Ainsi le fantasque Napolitain avait retrouvé les hommes qu'il recherchait et il avait à son tour trouvé la mort. Cependant la lettre de Simiane laissait de grands pans d'ombre. Qu'était devenu Desorgues ? Qui avait tué Aiguillon ? Sans doute ce Fulques, car le manchot avait disparu avec les autres, et ce cri vengeur : « C'est pour mon président et pour madame ! », impliquait à coup sûr qu'il s'agissait d'un châtiment. Par contre, Rive n'apparaissait pas dans l'histoire, il est vrai qu'à l'époque il vivait à Paris, mais Arrangiarsi ne semblait pas en avoir entendu parler. Ce point devrait être discuté et éclairci avec Simiane.

Pourtant, un fait inquiétait terriblement Pascalis : quelles étaient les raisons de la mort du Napolitain ? Celui qui l'avait tué, Jouve certainement, était-il sur ses traces désormais ? Les chasseurs allaient-ils devenir les proies ?

Simiane avait promis sa venue au plus tard à onze heures.

Minuit sonna à Saint-Sauveur.

Il ne viendra plus, conclut l'avocat. Demain, j'irai voir à l'hôtel des Princes, peut-être n'est-il pas encore arrivé à Aix…

Dès le départ de Paris du marquis de Miremont, Jouve s'était lancé sur sa piste. Dans la capitale, il avait déjà essayé de se rapprocher de lui, mais toujours sans succès. Simiane était toujours entouré de laquais solides et vigilants.

Il l'avait donc suivi depuis Paris, ayant vite compris où il se rendait. Pourquoi allait-il à Aix ? s'inquiétait pourtant le tueur. Faire ressortir cette vieille affaire ? Relancer l'enquête ? Disposait-il de preuves ou d'éléments que lui aurait donnés l'Italien avant de mourir ? Celui-là, quel dommage qu'il n'ait pas réussi à le tuer d'un seul coup ! Maintenant, il lui fallait se débarrasser de Simiane avant qu'il ne rencontre d'autres magistrats ou même le lieutenant criminel.

Arrivé à Aix, le marquis de Simiane était descendu à l'hôtel des Princes et non à l'hôtel de Simiane. C'était fréquent de sa part quand il n'était que de passage et cela arrangeait Jouve. Le tueur prit une chambre dans l'auberge en présentant un passeport au nom de Jourdan et resta à rôder autour de sa future victime. Le soir, alors que le marquis se préparait à sortir, Jouve avait même réussi à subtiliser une clef de l'hôtellerie. Un plan avait germé dans son esprit pervers.

Simiane sortit finalement pour se rendre au théâtre, suivi de ses laquais, mais aussi, et il l'ignorait, de Mathieu Jouve.

Malheureusement pour ce dernier, aucune occasion

de trucider le marquis ne se présenta durant toute la soirée. Pourtant, après le spectacle, la chance sourit à l'assassin : le marquis donna congé à ses domestiques.

— J'ai un rendez-vous important, leur déclara-t-il. J'irai seul, je n'ai plus besoin de vous.

Les laquais retournèrent donc directement à l'hôtel des Princes et, un peu avant onze heures, Simiane était en route vers le domicile de Pascalis. La nuit était froide et il marchait rapidement sans aucune crainte. La ville était sûre et il y était chez lui. Il connaissait chaque recoin de la capitale de la Provence. À cette heure-là, une population encore nombreuse se pressait dehors. Il prit le Cours et se dirigea vers la maison de l'assesseur.

Il passait l'angle avec la rue Saint-Sauveur quand il se sentit brutalement bousculé par-derrière. Choqué d'une telle brutalité, il allait vivement protester quand il fut poussé contre le mur de la rue, très sombre car non éclairée. Un homme couvert d'un manteau noir se dressait devant lui.

— Pour qui…

Il n'eut pas le temps de terminer, un flot de sang l'étouffa et il ne se rendit même pas compte que la dague lui avait percé les poumons et l'aorte.

Avant qu'il ne s'écroule, Jouve le plaqua contre le mur et regarda autour de lui. Nul ne l'avait remarqué.

Il avait minutieusement préparé son coup. Abandonné sur place, le corps serait trop tôt découvert et, pour la police le crime serait évident. Or si crime il y avait, Jouve savait qu'on le retrouverait facilement. Il fallait donc qu'il n'y ait aucune enquête.

Il s'était souvenu d'une anecdote entendue dans son cabaret à Paris : un homme avait été retrouvé mort dans son lit percé d'un coup d'épée. La police avait conclu à un duel et à un retour de la victime rentrée mourir chez elle. Cette histoire avait donné à Jouve l'idée d'un subterfuge.

Il chargea le corps sur son dos. Le criminel était très vigoureux et Simiane léger. Jouve descendit la rue avec son paquet encore chaud et atteignit la rue Mazarine particulièrement sombre.

Il la suivit, s'arrêtant de temps en temps pour reprendre son souffle. À l'une de ses haltes, il entendit des pas et distingua une lanterne qui approchait. Un laquais précédait un couple. Il appuya le corps contre une borne et se mit à lui parler d'une voix avinée. Le couple passa sans regarder les deux supposés ivrognes.

Il poursuivit ensuite sa route avec son cadavre et atteignit la voie remblayée qui s'étalait en bas du Cours. Là, plus d'éclairage, mais il apercevait les lanternes de l'hôtel des Princes. Il resta sur place une bonne heure. Le corps commençait à se raidir. Finalement, les lanternes s'éteignirent et il reprit son chemin vers l'hôtel.

Devant la petite porte de service dont il avait volé la clef dans le bureau d'Imbert, il posa le cadavre, ouvrit, puis trouva l'escalier. Un homme sommeillait en bas. Jouve monta discrètement, Simiane toujours sur son épaule. Une heure sonna aux Augustins.

Atteignant la chambre, il ouvrit la porte qui heureusement n'était pas fermée à clef. Une chance, songea-t-il, sinon j'aurais dû l'abandonner sur place.

Essoufflé, il installa le cadavre dans le lit. Le corps était déjà rigide et il eut beaucoup de mal à l'allonger à peu près correctement.

Finalement satisfait, il jeta un dernier regard à la scène et partit.

Il avait laissé son cheval dans une des nombreuses maisons de roulage et de charrons qui bordaient le chemin des Cordeliers[1]. L'écurie était ouverte jour et nuit. Il s'y rendit en longeant le chemin d'Avignon.

Une heure plus tard, il chevauchait sur la route de Paris et, huit jours après – il ne s'était pas pressé –, il atteignait la capitale.

Sa première visite fut rue du Cherche-Midi, chez l'abbé Rive.

Quand l'abbé apprit ce qu'avait fait le monstre, il fut saisi d'un sentiment de terreur qui l'alita plusieurs jours. Il n'était plus possible désormais pour lui de se rendre à Aix.

Lorsque l'assesseur Pascalis se rendit ce matin-là à l'hôtel des Princes, il trouva l'auberge en pleine agitation.

Monsieur Imbert se précipita vers lui, livide et tremblant.

— Qu'avez-vous, mon ami ? interrogea l'assesseur.

— Une horreur, monsieur Pascalis ! Et dans mon auberge ! On vient de découvrir monsieur de Simiane mort dans son lit !

— Simiane ? Mort ? Où est-il ?

— Là-haut, montez donc, monsieur de Saint-Suffren se trouve dans sa chambre avec monsieur de Castillon.

Pascalis grimpa quatre à quatre. Se pourrait-il que ce fût un crime ? Ses adversaires, car c'est ainsi qu'il les nommait maintenant, auraient-ils osé s'attaquer au descendant de la plus vieille famille de Provence ? À un gentilhomme du roi ?

Plusieurs servantes et domestiques s'étaient regroupés dans le couloir pour jacasser. Ils s'arrêtèrent de parler en l'apercevant. Il se dirigea vers Annette dont le regard brillait. C'est elle qui avait découvert le corps.

1. Notre actuel cours Sextius.

— Où est-il ? lui demanda-t-il avec fièvre.

Elle lui désigna la porte ouverte avec une fausse expression affligée.

Il entra sans frapper. Charles de Simiane était allongé sur le lit, livide et encore habillé. Le docteur Baudier examinait le corps en silence et Castillon parlait tout bas à monsieur Lange de Saint-Suffren.

— Que s'est-il passé ? interrogea l'assesseur d'une voix rauque.

Castillon eut un geste d'impuissance, ou d'ignorance.

— À mon avis, il s'agit d'un duel. Il a été percé d'un coup d'épée, par-devant. Soit il a pu rentrer seul, soit son adversaire l'a ramené. Une histoire tristement banale.

Il se tourna vers le lit.

— À quelle heure est-il mort, monsieur Baudier ?

Le médecin se releva et fit une moue :

— Je dirai onze heures hier au soir ou peut-être minuit, c'est approximatif. Mais…

Castillon le coupa vivement :

— D'après ses laquais que j'ai interrogés tout à l'heure, Simiane s'est rendu au spectacle et il leur a dit qu'il rentrerait seul à l'hôtel. Il était onze heures, il devait savoir où aller et ne désirait visiblement pas leur présence. C'est pour cela que je penche pour un duel.

Il regarda Lange de Saint-Suffren, recherchant son approbation. Ne remarquant rien, il affirma, péremptoire :

— Il aura été gravement blessé et sera rentré pour que son adversaire ne soit pas inquiété. L'attitude d'un homme d'honneur…

Pascalis ne répondit pas et se tourna vers le docteur :

— Vous sembliez apporter une nuance, monsieur ?

L'autre hésita un bref instant :

— Oui, j'ai trouvé des bleus sur le corps, comme si on l'avait transporté et placé dans son lit après sa mort.

Castillon haussa les épaules.

— Absurde ! Qui aurait fait chose pareille ?

Saint-Suffren interrogea à son tour :

— Un suicide serait-il vraisemblable ?

— Non ! répliqua Castillon. Les domestiques sont formels, Simiane était très heureux. C'est un duel, je vous dis. Inutile de chercher plus loin, nous perdons notre temps.

Pascalis hocha la tête et sortit. Il savait où se rendait Simiane : chez lui. Et ce n'était pas pour un duel. Quelqu'un l'avait donc suivi et l'avait tué.

Il retrouva Imbert en bas de l'escalier. L'aubergiste était toujours aussi agité. Avant qu'il n'ait pu s'exprimer, Pascalis le prit cordialement par l'épaule et lui demanda :

— Pouvons-nous parler un instant dans votre bureau ?

Sans attendre de réponse, il le guida vers la petite pièce, et une fois tous deux à l'intérieur, referma soigneusement la porte.

— J'ai besoin de vous, monsieur Imbert. Je suppose que, conformément aux règlements de police, vous notez le nom et la raison du déplacement de tous vos clients ?

L'hôtelier opina en tremblant.

— Pourriez-vous me montrer vos registres ?

— Certes, tout de suite. Il y a d'ailleurs une bizarrerie à ce sujet…

Il s'était précipité vers son bureau et tendait déjà un gros livre à l'avocat.

— Une bizarrerie ?

— Oui, un de mes clients, arrivé et reparti le même

jour, s'est inscrit sous le nom de Jourdan, cabaretier à Paris, là, vous voyez…

Il indiquait la ligne.

— Et alors ?

— Son passeport était en règle, cependant, je connaissais cet homme. Il y a quelques années, je le voyais souvent chez Sturmi, le cabaret en face. À l'époque, il ne s'appelait pas Jourdan. Il vivait à Aix et son nom était Jouve. Mathieu Jouve.

Pascalis reçut l'information comme un coup de massue. Pourtant, il ne broncha pas tant il s'attendait à découvrir quelque horreur de ce genre. Restant totalement maître de lui, il reposa le livre et déclara à Imbert d'une voix blanche :

— Merci, monsieur Imbert. Vous m'avez aidé plus que vous ne le pensez.

Sans lui donner le temps de réagir, il sortit en essayant de cacher ses tremblements.

Il n'apprendrait rien de plus, songeait-il. Pouvait-il aller raconter que Simiane avait été tué par ce Jouve ? Qui le croirait ? Il serait contraint de tout révéler et il n'avait finalement que des présomptions…

Il quitta l'hôtel, anxieux et désabusé. L'affaire serait classée, comme pour le crime de l'hôtel d'Entrecasteaux.

On ne sut jamais comment était mort Charles de Simiane.

Rive n'arriva finalement à Aix que durant l'été 1787. Il y avait à cela plusieurs raisons. En premier lieu, l'assassinat de Simiane par son ancien complice l'avait horrifié et désorienté.

Horrifié, car Jouve, qui tuait si facilement, devenait de plus en plus incontrôlable.

Désorienté, car la mort de Simiane laissait trop de questions sans réponse. Qui était et d'où venait cet Italien que le marquis semblait si bien connaître ? Que faisait-il à Rome en 84 ? En quoi Simiane était-il lié à son affaire ? Qui était son partenaire à Aix ?

Toutes ces inquiétudes firent qu'il ne se pressa pas de se rendre dans cette ville, « peuplée de singes qui gambadent au son des tambourins[1] ».

Il préférait que l'on oublie la mort de Simiane avant de se présenter.

La seconde raison de son retard était due à la controverse sur l'érection d'un bâtiment pour abriter le don du marquis de Méjanes. De nombreux notables refusaient de payer la construction de la Bibliothèque de Provence et Boisgelin devait dépenser beaucoup d'énergie pour que son projet ne soit pas enterré.

En résumé, l'abbé arriva à Aix à la fois empreint d'inquiétude et furieux de l'accueil qu'on lui réservait.

À peine installé dans la capitale de la Provence, il reçut pourtant une visite : celle de l'assesseur de la ville.

Pascalis avait en effet appris avec stupéfaction la proposition de Boisgelin et l'acceptation de Rive. L'abbé allait donc revenir ! C'était pour l'avocat une occasion unique de le rencontrer et de savoir à quoi s'en tenir.

On était en début de soirée et pourtant la chaleur restait écrasante en cette fin d'été de 1787. Pascalis montait lentement l'escalier qui menait au petit appartement que l'abbé avait loué rue du Trésor[2]. La veille, il

1. Rive, *Lettre de Monseigneur l'archevêque...* publiée en 1789.

2. L'actuelle rue Paul-Doumer.

lui avait envoyé son secrétaire porteur d'une longue et flagorneuse lettre dégoulinante de louanges. Il y précisait qu'en tant qu'assesseur de la ville, il s'était toujours déclaré pour l'installation d'une bibliothèque dans la capitale provençale et qu'il aurait aimé le rencontrer, ses amis Fauris de Saint-Vincens et le regretté Joseph David lui ayant beaucoup parlé de lui.

La bouffonne et obséquieuse lettre caressa la vanité du célèbre bibliothécaire car, s'il était talentueux dans l'étude des travaux des autres, il perdait toute réserve et tout jugement dès qu'il s'agissait de ses propres vertus.

Rive le reçut dans un logis en désordre et en chantier. Un menuisier préparait et installait des étagères, deux laquais vidaient des malles en étant régulièrement abreuvés d'insultes par l'abbé qui, visiblement, se retenait difficilement de les égorger. Seul son domestique personnel, qui surveillait les travaux d'aménagement, semblait ne pas subir l'ire du grand homme.

Pascalis reconnut difficilement la personne qui se tenait devant lui. Le fin visage qu'il connaissait était ruiné, vieilli, et toute sa partie droite semblait paralysée. L'élégante personne qu'il avait aperçue à Aix avait maigri et se négligeait : son gilet de soie était taché et ses bas déchirés. Il manquait aussi une boucle à l'un de ses souliers et surtout son regard méprisant et sceptique s'était transformé en une expression fiévreuse accentuée par la rigidité partielle des lèvres.

— Ils finiront par me tuer, glapit Rive, hagard, en désignant les domestiques. Impossible d'obtenir d'eux le respect nécessaire à ces ouvrages et ces parchemins. Savez-vous que certains d'entre eux remontent aux croisades ? expliqua-t-il à Pascalis avec des yeux déments.

Ne parvenant pas à faire cesser la trémulation de ses paupières, il se passa une main sur le visage.

— Les États seraient-ils prêts à me racheter ma bibliothèque personnelle ? s'enquit-il soudain.

L'abbé n'attendit pas la réponse et guida son visiteur dans un petit réduit où il avait installé une table et deux chaises.

L'assesseur ne savait que penser. Pourrait-il tirer quelque chose de ce malade ? songea-t-il.

L'esprit de Rive était cependant en meilleur état que son agitation semblait le faire croire. Il fit un grand geste enveloppant les lieux :

— Ici sera ma thébaïde. C'est là que j'écrirai et que je ferai connaître mes idées. Mais parlez-moi de vous, monsieur Pascalis, ajouta-t-il brusquement en s'asseyant. Un assesseur est chargé de l'intendance de la ville, n'est-ce pas ? Vous pourriez certainement m'aider à faire aboutir ce projet de bibliothèque auquel certains ici font stupidement obstacle.

Le ton redevenait violent, haineux et menaçant.

Pascalis mit les mains en avant en s'efforçant de rire.

— Hélas, je ne suis pas seul à décider, mais soyez assuré que je suis de tout cœur avec vous. J'en parlerai à mes anciens camarades assesseurs, comme Portalis, par exemple, qui occupait ce poste il y a six ans et qui va certainement le redevenir.

Il se composa un air volontairement songeur.

— J'y pense soudain. Un ancien assesseur aurait pu vous aider par ses relations, malheureusement, il est mort. Mais son fils pourrait intervenir…

— De qui s'agit-il ? s'enquit Rive avec curiosité.

— Monsieur Desorgues. Une bien triste histoire, il est tombé par sa fenêtre. Son fils appartient à la cour des Comptes et pourrait parler de vos affaires à monsieur d'Albertas dont il a l'oreille ; le président d'Albertas fait la pluie et le beau temps ici.

— … Son fils… à la cour des Comptes… Je ne comprends pas, bredouilla l'abbé qui avait perdu toute trace de Théodore.

Pascalis fit celui qui n'avait pas remarqué le bouleversement de son interlocuteur.

— Oui, Jean-Joseph, l'avez-vous rencontré ? Vous paraissez troublé. Ah ! Je crois comprendre, vous devez confondre avec son frère Théodore. Le connaissiez-vous ? Un drôle de bonhomme…

— N… Non… pas du tout.

Pascalis dévisagea alors l'abbé avec une apparente jovialité mêlée de curiosité.

— Mais plus je vous vois, plus je pense vous connaître, ne vous aurais-je pas déjà croisé ?

— Je ne crois pas, répliqua Rive, soudain sur la défensive.

— Si, si, certainement, je n'oublie jamais un visage… chez monsieur de Saint-Vincens peut-être ? Il semble beaucoup vous estimer…

Il secoua la tête.

— Non ? Chez Joseph David, sans doute ? J'étais avec Émeric, hier, et il me parlait de vous comme du dieu de la bibliophilie.

Il leva la main en ouvrant de grands yeux.

— Attendez ! Je sais maintenant : c'était chez monsieur d'Entrecasteaux.

Rive devint livide.

— Je me souviens maintenant, je vous ai vu sortir de chez lui, voici deux ou trois ans. Je m'y rendais pour une affaire avec ses fermiers. Oui, j'en suis certain, c'était d'ailleurs quelques jours avant ces terribles événements…

— J'ai effectivement été consulté par monsieur d'Entrecasteaux, balbutia Rive.

— Effroyables événements, n'est-ce pas ? insista Pascalis avec méchanceté. Vous êtes au courant, je suppose… pour madame…

— Hum, je ne sais…

— L'assassinat ! L'assassinat de la présidente, bien sûr, et la fuite du président. Le pauvre homme ! Savez-vous que j'ai toujours pensé qu'il était innocent ?

— Ah ?

Rive n'arrivait plus à se maîtriser et ne répondait plus que par onomatopées. Un tremblement compulsif agitait sa mâchoire et il bavait faiblement.

— Oui, poursuivit l'avocat, impitoyable. J'ai toujours pensé que la piste des voleurs n'avait pas été explorée correctement.

Il déplia sa grande carcasse en se levant et reprit nonchalamment son tricorne posé sur une desserte.

— Je vais vous quitter, j'ai un autre rendez-vous pour la préparation de la prochaine réunion des États de Provence. Il est d'ailleurs possible que le financement de votre bibliothèque soit à l'ordre du jour de cette session, ainsi que vos émoluments.

Il s'arrêta un instant et leva une main comme s'il avait oublié quelque chose :

— Oui, à propos des voleurs de monsieur d'Entrecasteaux, j'ai changé de sujet, excusez-moi, mais figurez-vous – et je vous le dis sous le sceau du secret – que je suis sur leur piste : ils étaient quatre. L'un d'eux est mort, les autres, je les connais. Je vais les retrouver, je les ferai juger et ils seront roués sur la place des Prêcheurs.

Il salua amicalement l'abbé toujours tremblant sur sa chaise et sortit.

— Il sait, murmura Rive au bout d'une longue minute. Il sait !

Le soir même Pascalis ajouta dans le dossier du crime le détail de son entrevue et les réactions de Rive.

Alors que l'abbé venait d'être choisi pour diriger la prestigieuse bibliothèque Méjanes (à venir), un autre homme éminent était distingué : Jean Antoine Constantin était nommé professeur titulaire à l'école de dessin d'Aix qui avait été fondée par le duc de Villars. Cette école était gratuite et Marius Granet obtint de ses parents leur accord pour y poursuivre ses études. L'enfant l'avait annoncé à sa mère, désespérée : plus tard, il serait peintre !

Le marquis de Forbin inscrivit aussi son fils à l'école de dessin, mais Constantin était chargé de lui donner des cours particuliers à l'hôtel de Forbin.

18

En cette même année 1787, l'ordre politique et financier de la France vacillait. Après quatre années d'emprunts et placé devant la banqueroute certaine du pays, Calonne, le ministre des Finances de Louis XVI, proposa – enfin ! – une réforme fiscale basée à la fois sur un impôt universel et un nouveau mode de perception.

Convaincu cependant de l'opposition des parlementaires à son projet, il tenta de passer en force en proposant ces changements à une assemblée réduite : l'assemblée des notables, une ancienne institution composée en majorité de princes de sang, de ducs et de pairs. Il y fut pourtant mis en minorité et perdit son poste (avril 1787), lequel échut à son ennemi : Loménie de Brienne.

Le changement de ministre ne modifiait cependant en aucune façon l'état désastreux du Trésor public et Brienne ne put que reprendre à son compte le projet de Calonne d'un impôt universel. Il se heurtait pourtant à la même difficulté : comment le faire accepter ?

Un des notables du comité, le jeune La Fayette, tout auréolé de ses victoires en Amérique, proposa alors à ses pairs et au roi la seule solution viable : réunir les États généraux – ce qui n'avait pas été fait depuis Henri IV –, car seuls les États pouvaient, selon lui, modifier profondément les lois fiscales du royaume de France.

Évidemment, réunir les États, c'était ouvrir la boîte de Pandore et Brienne sentit le danger ; il proposa plutôt la mise en place d'assemblées provinciales. En quelque sorte des États généraux dans chaque province. Ceux-ci n'étant pas centralisés à Paris, et sans coordination entre eux, il jugea facile de les surveiller et de les manipuler.

L'expérience avait pourtant déjà été tentée par Necker qui espérait, avec de telles assemblées provinciales, neutraliser les parlements de province. Or, l'opération avait été un échec.

Les pays d'États disposaient déjà d'assemblées provinciales, c'était le cas de la Provence. Mais ces institutions ne fonctionnaient plus, il fallait donc les réanimer.

En Provence justement, la noblesse réclamait depuis plus de trente ans, et sans succès – il fallait pour cela une décision royale –, le rétablissement effectif des États car elle y aurait été majoritaire. En effet, les nobles disposant de fiefs y étaient d'office représentés en totalité. Pour obtenir un soutien du Tiers à leur revendication, certains membres de la noblesse avaient même proposé un projet où la représentation de leur classe aurait été limitée à vingt-deux députés, le clergé de même, et le Tiers aurait, lui, quarante-quatre membres.

Mais cette proposition n'avait pas eu de suite.

En juin 1787, un édit royal rétablit donc les États là où il y en avait et créa des assemblées provinciales dans les pays d'élection. L'édit précisait que la représentation du Tiers serait égale à celle des deux autres ordres.

Pour la Provence, Brienne proposa que les trois ordres se mettent d'accord *ensemble* sur leur propre représentation.

C'est pourquoi, ce 1er juillet 1787, nous retrouvons l'assesseur Pascalis en conférence avec plusieurs présidents du parlement et de la cour des Comptes, de syndics de la noblesse et des anciens assesseurs de la ville pour définir un accord sur la représentation des ordres aux États de Provence.

— Je crois, messieurs, fit tristement Pascalis à ses interlocuteurs, que nous n'aboutirons pas. Puisque la noblesse ne veut pas renoncer à sa surreprésentation, il ne peut y avoir d'accord entre nous. Je vous propose donc une autre négociation, un autre débat. Laissons de côté la composition de notre assemblée et mettons-nous plutôt d'accord sur la contribution de chacun aux charges financières de la province. C'est certainement plus important.

— Que voulez-vous dire ? demanda froidement un des syndics de la noblesse.

— Simplement ceci : l'impôt doit être universel et chacun doit y contribuer. Vous comme les autres.

Les représentants des nobles fieffés se regardèrent et d'un commun accord se levèrent.

— Il n'en est pas question, déclara l'un d'eux avant de sortir.

La réunion se terminait par un échec.

Durant le mois d'août, Pascalis oublia Rive et se consacra, avec ses collègues assesseurs et les représentants du Tiers, à une requête de convocation des États qui préciserait que les trois ordres participeraient désormais en commun aux charges de la province. Cette demande fut envoyée au roi et Pascalis s'appuya sur l'opinion publique en publiant, chez Émeric David, un Mémoire sur la contribution des trois ordres aux charges publiques.

La guerre était déclarée entre lui et la noblesse.

Le 1er octobre 1787, le roi rétablit officiellement le fonctionnement des États de Provence et l'automne fut consacré à la préparation de la session de ce conseil. Comme assesseur, Pascalis devait être chargé de l'un des discours de séance. Il avait décidé d'y consacrer toute son énergie.

Pour lui, les États allaient devenir l'assemblée qui réformerait leur société. L'avocat voulait prouver que, trois siècles plus tôt, tout le monde payait des impôts, y compris l'ordre nobiliaire. L'égalité devant l'impôt et la confirmation des droits de la Provence face à l'État royal, la mise en forme d'une véritable constitution provençale, voilà quelles seraient les grandes lignes de son discours. Il était convaincu qu'une grande partie de la bourgeoisie et de la petite noblesse l'appuierait.

Seulement, partout en France, les parlements provinciaux réclamaient des États généraux à Paris, et non des assemblées locales impuissantes. Celles-ci ne devaient être réunies que pour préparer l'élection des députés dans la capitale.

À Paris, les conflits étaient incessants entre le Parlement et Loménie de Brienne. Le ministre avait même tenté un coup de force en exilant les parlementaires à Troyes. Le soutien du parlement Aixois aux parlementaires parisiens était d'ailleurs resté bien faible alors que le désordre gagnait progressivement le pays.

À la fin de l'année, Pascalis compléta son mémoire par de nombreuses interventions sur le thème suivant : la Provence, en se liant à la France, avait eu la liberté de conserver ses propres lois, sa propre constitution et ses droits à voter l'impôt. Ces textes constitutionnels primaient sur les lois nationales et ne pouvaient en aucun cas être abrogés.

Quant à ses relations avec l'abbé Rive, elles se dégradèrent. Alors que l'on manquait d'argent et que le peuple criait famine, la majorité des parlementaires et des fonctionnaires des États de Provence ne voulaient pas engager de dépenses dans la construction d'une bibliothèque, et encore moins racheter la bibliothèque de l'abbé.

Pascalis, de son côté, n'envisageait nullement de l'aider. Enragé, le Dogue du duc de La Vallière se mit à inonder la ville de pamphlets et de mémoires attaquant tout le monde et principalement le président des États, monseigneur de Boisgelin : ce furent les *Lettres purpuracées... contre le mitrophore*. Rive fut rapidement détesté par toute l'administration provençale.

La session des États ouvrit finalement fin décembre dans l'église du collège Royal Bourbon[1]. Le roi avait demandé qu'elle se tînt dans « la forme ancienne ». Les nobles fieffés étant très nombreux, la noblesse se retrouva à 128 représentants contre 19 membres du clergé et 62 membres du Tiers ! Une telle infériorité du Tiers n'étant pas acceptable, ces derniers se retirèrent.

Il se tint d'autres réunions en janvier 1788 dans la salle du premier étage de l'hôtel de ville[2] et, finalement, la noblesse accepta le principe d'une réduction de ses effectifs et surtout d'une représentation du Tiers égale à la moitié du conseil. Le clergé et la noblesse s'opposèrent cependant à une égalité de chacun devant l'impôt.

1. L'église du Sacré-Cœur.
2. Dans la salle des États de Provence.

Les États se séparèrent sur ce demi-échec et plusieurs commissions furent mises en place pour aboutir à un accord.

Une nouvelle session des États fut prévue pour l'année 1789.

Durant les sessions de janvier fut aussi abordé le legs du marquis de Méjanes. Le don de la bibliothèque fut finalement voté, mais non la construction d'un bâtiment. En outre, l'assemblée décida que l'administration choisirait elle-même les adjoints de Rive.

Partout en France, une presse contestataire et des sociétés de citoyens s'illustrèrent et s'affichèrent dès le début de 1788. Toutes réclamaient des États généraux dans la capitale et refusaient les assemblées provinciales. Le Parlement de Paris publia alors un recueil de textes : *Déclaration sur les lois fondamentales du royaume*, véritable ébauche d'une constitution française. En mai, Loménie de Brienne fit arrêter les parlementaires meneurs de cette nouvelle fronde.

À l'approche de l'été, l'agitation gagna tout le pays et en juin des émeutes éclatèrent partout. À Grenoble, après une échauffourée où des tuiles avaient été lancées contre les représentants de l'autorité, les représentants des États provinciaux demandèrent à leur tour les États généraux à Paris.

Loménie de Brienne céda et, en juillet, il annonça la réunion des États généraux à Paris pour 1789.

En août, l'État français fut déclaré en faillite et le Trésor cessa ses paiements. Brienne fut limogé par le roi qui rappela Necker.

À Aix, Pascalis préparait âprement la seconde session des États de Provence prévue pour janvier 1789. Pour ce faire, l'intendant l'autorisa à organiser une assemblée générale des gens du tiers état. Ceux-ci demandèrent à nouveau l'égalité devant l'impôt, réclamèrent la suppression des privilèges des autres ordres et exigèrent une profonde réforme égalitaire de l'administration de la province.

Ils proposaient en fait la mise en place d'une véritable et complète constitution provençale. C'était quasiment un retour à l'indépendance du comté de Provence.

Quant à Rive, il comprit qu'il n'aboutirait pas à ses fins. Ses pamphlets se succédaient, chaque fois plus caustiques, plus menaçants, plus violents. Il se battait sur tous les fronts : la noblesse, le haut clergé et l'administration bourgeoise du Tiers.

Il avait compris que la lutte entre les trois ordres le protégeait contre les risques d'une dénonciation de Pascalis. Et comme il avait besoin d'alliés, il s'appuya sur le peuple ou plus exactement sur la classe des paysans, c'est-à-dire sur ceux qui ne possédaient rien, les exclus du débat qui ne disposaient d'aucun représentant dans les assemblées. Dans ses pamphlets, Rive proposa la suppression du parlement.

Pour les parlementaires, c'en était trop. À la fin de l'année 1788, l'abbé fut avisé de la suspension de ses appointements et de son poste de responsable de la bibliothèque Méjanes.

Au même moment, les États de Provence furent de nouveau convoqués par le roi, cette fois pour préparer l'élection des députés aux États généraux. L'ordonnance précisait qu'ils devaient se réunir dans leur forme traditionnelle. Le Tiers serait donc sous-représenté et Pascalis et ses amis avaient finalement perdu.

19

1789-1790

La seconde session des États de Provence eut lieu le 25 janvier 1789 dans l'église du collège Royal Bourbon. Une fois encore le Tiers y fut minoritaire (66 représentants contre 104 nobles fieffés), mais il ne s'agissait plus désormais de trouver une solution pour faire fonctionner les États.

L'unique raison de cette assemblée était la préparation des États généraux à Versailles.

Mirabeau, représentant de la noblesse, y intervint pour mettre en avant la Nation provençale. Cependant, discernant parfaitement les aspirations populaires, il ne défendit pas les vues de Pascalis – qu'il exécrait depuis son procès contre Émilie de Marignane – et s'appuya au contraire sur les idées radicales que répandait l'abbé Rive, lequel avait désormais de nombreux partisans.

La Nation provençale n'était nullement réunie dans l'assemblée des États de Provence, expliqua-t-il, puisqu'il n'y avait aucun représentant du vrai peuple, c'est-à-dire des artisans, des valets, des paysans ou du bas clergé.

Pascalis comprit rapidement que ses propositions constitutionnelles étaient dépassées et que les idées de

Mirabeau allaient vite enflammer ceux qui avaient été, jusqu'à présent, exclus du débat.

Effectivement, en mars des émeutes éclatèrent à Marseille, à Aix ou encore à Toulon. Si toutes trouvaient leur origine dans la cherté des grains, elles avaient aussi un fondement politique puisque les émeutiers s'appuyaient sur les discours révolutionnaires de Rive et de Mirabeau. Les pamphlets de l'abbé circulaient dans les villes et dans les campagnes et ceux qui les lisaient, ou qui en parlaient, affirmaient l'existence d'un droit naturel à contester l'ordre établi.

Pourtant, beaucoup d'aristocrates refusaient encore ces idées nouvelles. Ainsi à Aix, le 25 mars, le premier consul de la ville repoussa avec mépris les demandes du peuple affamé. Mal lui en prit et il ne fut sauvé d'une mort particulièrement sauvage que par l'intervention de la troupe arrivée à temps. Pour éviter d'être écharpé, il dut céder à toutes les demandes populaires. Deux jours plus tard, terrorisée par cette sédition, la noblesse provençale assemblée renonçait à tous ses privilèges pécuniaires et féodaux.

Mirabeau et Pascalis furent tous deux élus députés d'Aix aux États généraux. Cependant, l'assesseur refusa cet honneur. Le combat du Tiers dans la capitale parisienne n'était pas le sien. Il avait pris conscience que la lutte qu'il menait serait perdue s'il s'éloignait. Il défendait une société et une constitution qui visaient seulement à une égalité entre la haute bourgeoisie et la noblesse alors que ses adversaires, comme l'abbé Rive, proposaient une société égalitaire.

Pascalis avait constaté, avec dépit puis avec crainte, que le redoutable abbé était devenu très populaire dans le prolétariat le plus déshérité. Il paraissait désormais intouchable et donc encore plus dangereux.

Pour faire triompher ses idées, l'avocat avait choisi de rester en Province. Mais il craignait aussi d'avoir perdu la partie.

De plus, l'adversité le poursuivait. À la fin de l'été, sa maîtresse, Antoinette, lui avait expliqué, en larmes, que des amis du marquis de Forbin, le duc et la duchesse de Montmirail, lui avaient proposé une place de gouvernante pour leurs quatre enfants à Paris. Elle avait accepté. Elle accéderait ainsi à un rang social qu'elle ne pouvait obtenir à Aix.

On sait quels troubles marquèrent la réunion des États généraux à Versailles et le rôle fondamental qu'y joua Mirabeau. Celui-ci logeait à Paris chez un jeune avocat, Camille Desmoulins. La capitale bruissait alors de rumeurs folles. On rapportait même que le roi allait lancer ses régiments de Suisses et d'Allemands sur Paris pour rétablir l'ordre. Partout se tenaient des réunions populaires pour organiser une résistance à la tyrannie.

Le 14 juillet au matin, Jouve se trouvait dans son cabaret et considérait, maussade, sa salle vide. On ne trouvait plus ni nourriture ni vin dans la ville. La famine s'était installée dans la capitale car les négociants qui alimentaient les marchés l'avaient désertée. Le même mouvement avait lieu dans toutes les grandes villes et des affamés rôdaient dans les campagnes.

Les maraîchers ne venaient plus vendre leurs produits, les halles étaient vides, les commerces étaient abandonnés et toute une population de commis, de commerçants, de petits boutiquiers se trouvait à la rue sans ressources.

Que faire ? se demandait Jouve. Certes des troubles et des violences, parfois profitables, avaient éclaté dans

Paris et il y avait participé. Mais chaque fois, avocats, parlementaires et notables avaient dirigé l'agitation et la foule leur avait obéi.

Finalement, il n'y avait guère de pillage possible et encore moins de profits, de viols ou de meurtrerie. Alors, après quelques échauffourées contre des gardes suisses puissamment armés, Jouve restait désormais dans son cabaret vide.

Non, il n'avait rien à gagner dans de telles émeutes sinon un mauvais coup.

— Jourdan ! Viens avec nous ! Ils sont tous à la Bastille !

Quatre hommes et une femme, tous vêtus de guenilles et excités au plus haut point, venaient de pénétrer dans la salle. La femme – avinée – était pendue au cou de deux des hommes. Elle se dirigea en titubant vers le cabaretier tout en faisant des gestes obscènes :

— Viens donc, hurla-t-elle en le tirant à elle, ils sont des milliers, rien ne peut les arrêter. On va s'amuser toute la nuit !

Rien ? Jouve les dévisagea. Tous étaient des compagnons de beuverie, ils étaient déchaînés, prêts à tout et l'envie lui vint de participer à la bacchanale, à la débauche, à l'émeute et aux meurtres qui s'ensuivraient. Il se saisit d'un large et solide coutelas dans sa cuisine et se précipita avec eux.

Lorsqu'ils arrivèrent rue Saint-Antoine, la rue dégorgeait de milliers, de dizaines de milliers de Parisiens en liesse. Au loin, des fumées montaient sinistrement de la Bastille. Les gens chantaient, riaient, s'embrassaient. Une extraordinaire communion semblait les lier : l'amour de la liberté.

— Nous ne passerons pas ! cria l'un des hommes

qui accompagnaient Jouve, en essayant de surmonter le vacarme infernal.

— Nous passerons ! hurla Jouve en se jetant en avant, frappant et donnant des coups de pied aux pauvres gens qui le gênaient.

Ils se frayèrent ainsi violemment un chemin au milieu de la marée humaine. À mesure qu'ils se rapprochaient de la Bastille, la foule semblait plus organisée, plus respectueuse, plus motivée aussi. Un peu partout des gardes-françaises, en habit bleu à revers blanc, reconnaissables aussi à leur culotte rouge et leur chapeau de chamois orné d'une cocarde, canalisaient les manifestants. Parfois, les soldats étaient assistés par des représentants de l'Hôtel de Ville. Tous étaient armés d'épées, de fusils et de baïonnettes et parfaitement disciplinés.

Jouve et ses amis ne purent aller plus loin.

Il était cinq heures et un grand et sourd murmure qui devenait progressivement un cri unique se rapprocha comme un tonnerre d'orage :

— La Bastille est prise !

Les gardes-françaises expliquaient maintenant que la prison était à eux, que la poudre qu'ils recherchaient venait de passer entre leurs mains. Les Parisiens pouvaient donc se disperser, tout en restant vigilants, ou encore rejoindre les sections municipales et les comités publics qui enrôlaient des volontaires pour sauver la Patrie.

Si la plupart obéissaient, d'autres, affamés, enragés armés de piques ou de morceaux de bois, rugissant et écumant, demandaient du sang.

— Mon homme est mort devant la Bastille, sanglotait une femme, tuons-les tous ! Tuons ces aristos de malheur !

Jouve l'apprit un peu plus tard, Launey, le gouverneur de la forteresse, avait fait tirer sur la foule avant de se rendre, provoquant quatre-vingt-trois morts.

Hésitant sur la conduite à tenir, le fou criminel et ses amis revinrent sur leurs pas puisque la fête était terminée. Ils aperçurent alors, devant l'arcade Saint-Jean, deux hommes qui en soutenaient un troisième vêtu d'un habit à la française en soie grise avec de hauts parements de manche brodé d'argent.

La victime, ou le blessé, avait perdu son tricorne et portait sa perruque poudrée de guingois. Son habit était taché à plusieurs endroits et ses bas de soie blanche déchirés. Le malheureux avait même perdu un de ses petits souliers à boucle, aussi marchait-il en boitillant. Visiblement les trois hommes tentaient de se retirer discrètement de l'émeute.

Jouve comprit qu'il avait enfin trouvé une victime. Il regarda les alentours : aucun garde-française n'était visible à proximité immédiate et, derrière lui, la plèbe vociférante et haineuse ne lui ferait pas défaut.

— Qui est cet aristo ? hurla-t-il en montrant du doigt le pauvre homme à moitié évanoui.

L'un de ceux qui aidaient l'apparente victime, un jeune colosse à la mâchoire carrée, leva son propre chapeau et le posa sur la tête de celui qu'il soutenait.

— Je me nomme Hulin, cria-t-il à la foule qui s'approchait, je suis domestique et j'arrive de Genève.

Il croisa les bras dans une fière attitude.

— J'étais le premier à entrer dans la Bastille et c'est moi qui ai reçu la reddition du gouverneur.

La foule hurlante se tut un instant, impressionnée par le calme de cet homme et ce qu'il avait fait.

— Et lui ? cria Jouve, désignant celui qui était soutenu et dont l'expression du visage ne dissimulait pas la terreur qui l'étreignait.

— C'est le gouverneur de Launey. Nous lui avons promis la vie sauve. Il est sous la protection des patriotes. Personne n'y touchera…

Il n'avait pas terminé que Jouve s'était jeté sur lui, entraînant ses compagnons au carnage. Hulin fut assommé et s'écroula.

Quand le jeune Suisse reprit ses sens, il vit que Jouve plantait la tête du gouverneur sur une pique et qu'il riait et pleurait à la fois. La femme qui l'aidait dans sa besogne se barbouillait le visage et la poitrine du sang de la victime. D'autres femmes en délire, autour d'eux, découpaient des morceaux du cadavre pour les manger !

— Qui est cet… homme ? murmura-t-il, hagard, devant cette bacchanale d'une bestialité monstrueuse.

Personne ne répondit. Autour de lui certains étaient pétrifiés, d'autres, les plus nombreux, participaient à l'effroyable débauche.

Hulin répéta machinalement sa question et une femme l'entendit. Elle s'approcha de lui. Il remarqua sa chemise au corset lacé entrouvert et ses seins dégoulinant de sang. Les yeux de la mégère étaient brillants de joie. Elle essuya ses mains rougies au tablier qui couvrait sa jupe et lui fit :

— Il se nomme Jourdan, citoyen. Jourdan Coupe-Tête ! C'est notre chef !

À Aix, l'annonce de la prise de la Bastille, puis l'abolition des privilèges en août avaient constitué l'acte fondateur du passage à l'âge adulte pour Auguste de Forbin, Marius Granet et Antoine de Puylaurens.

Granet avait maintenant quatorze ans et prenait conscience que l'ordre établi dans la société était fondé sur l'injustice. Il avait toujours faim. Mais c'était le cas pour tous les pauvres de la ville. Son père se trouvait sans travail. La misère guettait.

Singulièrement, c'est lui maintenant qui faisait vivre sa famille sans ressources. Depuis déjà plus d'un an, et sous la direction de Constantin, son maître dont il suivait les cours à l'école de dessin gratuite d'Aix, il faisait des croquis, et parfois des dessins complets, des curiosités antiques de la ville dont Fauris de Saint-Vincens voulait conserver une image[1]. Certes, il ne gagnait pas grand-chose, puisqu'il n'avait que quatorze ans. Mais ce qu'il apportait chez lui leur permettait de manger. Et surtout, il aimait peindre et dessiner ces vieux monuments d'origine romaine que Fauris lui montrait.

Aussi, quel bonheur éprouva-t-il lorsque celui-ci l'amena dans les ruines des antiques thermes. Il découvrit des fûts brisés de colonnes qui gisaient sur le sol, des piscines encore intactes, des voûtes en coupole à demi effondrées.

Marius Granet avait trouvé le bonheur.

Pour Auguste de Forbin, âgé de douze ans, l'insouciance avait laissé la place à une sourde inquiétude. Chaque jour son père rentrait tard de ses terres car, partout, ses paysans contestaient ses titres et sa richesse. Les Forbin étaient arrivés en Provence au treizième siècle. Ses ancêtres avaient construit ce pays et pour-

1. L'ouvrage parut en trois volumes sous le titre : *Description des Antiquités, Monuments et Curiosités de la ville d'Aix*. On peut le consulter à la bibliothèque Méjanes. Certaines estampes sont signées Granet.

tant leur univers s'écroulait. Auguste se rendait compte qu'il devait choisir son camp, et que sa place serait au côté de ceux que le père de son ami Granet appelait avec mépris : les aristos.

Antoine de Puylaurens terminait ses études au collège de Bourbon. Il serait médecin et il travaillait dur pour le devenir. La prise de la Bastille lui était apparue, ainsi qu'à son père, comme la fin d'un monde de privilèges iniques. Désormais, la science et la connaissance, expliquait-il à Auguste et à Marius, primeraient sur la naissance. Le droit serait juste et les hommes enfin libres et égaux.

Marius ne savait trop que penser, seule la peinture l'attirait, mais il savait Constantin et son père plus radicaux ; tous deux fréquentaient des assemblées qui demandaient un changement complet de la société. Et son ami Auguste se taisait, malheureusement certain qu'Antoine avait raison.

Pourtant, il lui paraissait impossible que ceux issus d'une race aussi ancienne que la sienne ne comptent plus à l'avenir.

Nous avons laissé Jouve le 14 juillet 1789 alors qu'il venait de couper la tête du gouverneur de la Bastille. Ce geste fit de lui un héros et un paria.

Dans l'agitation, la colère et la peur de la formidable journée, il apparut aux yeux de beaucoup comme celui qui avait osé défier et vaincre l'Ancien Régime. Mais, dès le lendemain, cette réputation disparut et il devint le monstre, le massacreur Jourdan Coupe-Tête, comme il se faisait dorénavant appeler.

Progressivement ses amis, même les plus radicaux, l'abandonnèrent. La raison en était simple : Jourdan leur faisait peur. Le dément passait de périodes d'abattement, où il pleurait comme un enfant en se remémorant ses crimes, à des phases de rage durant lesquelles il pouvait, en riant, égorger n'importe qui, femme, enfant ou même son meilleur compagnon.

Son minable cabaret perdit peu à peu sa clientèle et, au bout de quelques mois, Jourdan Coupe-Tête se retrouva dans la misère. Il décida alors de quitter Paris pour retourner à Aix.

Pourquoi Aix, me direz-vous ? Simplement parce qu'il voulait maintenant sa part du trésor du Palais Comtal. Or, s'il avait perdu toute trace de Desorgues, il savait que Rive était allé s'installer dans la capitale provençale. C'était là qu'il le retrouverait pour réclamer son butin.

Il le rencontra au début de 1790. L'abbé le reçut très froidement. Il craignait Jourdan, car il savait ce dont il était capable, et le souvenir de l'effroyable crime commis six ans plus tôt lui faisait encore faire des cauchemars.

— Tu ne peux rester dans cette ville, lui expliqua-t-il. Un homme est sur nos traces, un avocat qui en sait beaucoup trop. Il te connaît, s'il apprend ta présence ici, il n'hésitera pas à te faire arrêter et je ne pourrai rien pour toi. Il est trop puissant.

— Qui est-ce ? s'enquit la brute d'une voix rauque et menaçante. J'en fais mon affaire…

Il se mit à ricaner horriblement, découvrant de prodigieuses canines avariées.

— Non ! Il est intouchable, te dis-je ! Mais rassure-toi, je tends mes filets autour de lui. J'en viendrai à bout seul sans qu'il puisse nous nuire. Seulement, il me faut du temps. Pour l'instant, tu dois t'en aller.

— Je veux ma part, grogna le névropathe avec férocité.

Rive frémit. Il fallait rassurer la bête, d'autant qu'il se trouvait seul dans l'appartement, son domestique étant sorti.

De la main, il lui fit un signe amical agrémenté de son plus fin sourire.

— Tu l'auras, n'aie crainte. Dès que je me serai débarrassé de cet avocat, nous partirons ensemble à Rome. Et nous partagerons en deux parts égales puisque nous ne savons pas ce qu'est devenu Desorgues.

En réalité, Rive le savait très bien car il avait rencontré Jean-Joseph, le frère de Théodore, quelques jours auparavant, lequel lui avait raconté que son frère vivait désormais à Paris et qu'il envisageait de le rejoindre.

Le monstre dévisagea l'abbé avec un rictus féroce qui n'annonçait rien de bon.

— Mais maintenant, où puis-je aller ?

Rive réfléchit un instant. Que faire de ce tueur ? Après tout, pourquoi ne pas l'utiliser pour ses propres affaires ?

Partout en France des sociétés de citoyens s'étaient organisées, et Aix en comptait plusieurs. Pour se venger de ceux qui l'avaient chassé de sa charge, l'abbé en avait fondé une et avait passé l'année 1789 à y rassembler les mécontents les plus pauvres de la société : les paysans, les laboureurs, les journaliers de la campagne. Ces gens-là travaillaient la terre et ne la possédaient pas, ils n'avaient pas de représentants, ils haïssaient les aristos. Ils étaient donc prêts à entendre le discours de l'abbé.

Désormais, on venait le voir de toute la Provence pour lui demander conseil : il organisait des sections et des comités et avait des fidèles partout, même dans le Comtat. En y réfléchissant bien, il pourrait envoyer Jouve là-bas. Un homme comme lui y ferait certainement des merveilles.

Alors il expliqua son plan à l'ancien cabaretier, un plan qui prenait en compte la curieuse situation du Vaucluse en Provence.

Avignon et ses environs ne faisaient pas partie de la France, c'était le domaine privatif de la papauté. L'Inquisition était sa forme de justice, le clergé occupait tous les postes d'autorité, les décrets pontificaux étaient sa Loi.

Une telle situation blessait et exaspérait les forces vives du Comtat : les commerçants, les bourgeois ou encore les hommes de loi de la ville papale. La plupart d'entre eux se considéraient comme français et refusaient cette séparation, cette discrimination, anormale et choquante. Rive le savait.

Mais il n'ignorait pas ce à quoi ces notables aspiraient. Leurs désirs d'égalité, de liberté et de participation au pouvoir n'étaient pas ceux que l'abbé souhaitait. En revanche, il y avait là-bas un sous-prolétariat miséreux d'artisans sans emploi, de portefaix sans travail et de vignerons sans terre qui voulaient des changements plus radicaux. C'est sur ces gens-là qu'il voulait s'appuyer et c'est avec eux qu'il mit Jourdan en relation[1].

1. Durant cette période, on sait que Jourdan logea au 23, rue de la Campane, à Avignon.

20

Quelques semaines après cet entretien, Jouve, redevenu Jourdan, avait rassemblé quelques scélérats qui, sous le couvert de la révolution, s'attaquaient aux papistes, n'hésitant devant aucune violence pour les terroriser. Jouve retrouvait la vie qu'il aimait.

En juin 1790, les avocats et les plus riches négociants de la ville papale se réunirent et décidèrent le rattachement de leur ville à la France. Les papistes refusèrent cette décision et des émeutes éclatèrent un peu partout. Mal leur en prit car les hommes de Jourdan répliquèrent avec une férocité incroyable : quatre partisans du pape, ou accusés de l'être, furent arrachés à leur maison et pendus sous les risées de la populace excitée.

L'affaire était grave et remonta à Paris. Ne voulant pas de conflit avec Rome, l'Assemblée constituante abandonna Avignon. Le pape, confirmé dans ses droits, rétablit les privilèges du clergé et restaura l'Inquisition.

La situation devint intenable. Un chef local, Duprat[1], prit la tête du parti français. Il décida de lever une armée de volontaires pour reconquérir le Comtat et en faire don à la France, que les ministres et les députés

1. Il y avait alors deux frères Duprat. Nous parlons de l'aîné.

parisiens le veuillent ou non. Jouve et sa bande furent les premiers enrôlés dans cette troupe.

Le 30 octobre 1790, Rive réussit à réunir ses partisans à Aix pour leur annoncer que leur société s'appellerait désormais les Frères Anti-Politiques. Ceux-ci prirent l'habitude de se retrouver dans l'ancienne église des Bernardines.

Ce nouveau club était essentiellement composé de laboureurs et de cultivateurs. Les Aixois l'appelaient plus simplement le club des paysans. Rive lui donna un second nom plus pompeux : le club des hommes vrais, justes et utiles à la Patrie.

Durant l'année 1790, l'abbé s'imposa comme le maître incontesté des Anti-Politiques. Si cette révolution qui avait éclaté satisfaisait ses inclinations profondes et réelles – enfin les hommes allaient devenir égaux et libres –, il était cependant continuellement taraudé par une affreuse angoisse : que savait exactement Pascalis de son crime ? Depuis que Jouve avait fait disparaître Charles de Simiane, l'abbé était certain que l'avocat le surveillait et que, tel un chien de chasse, il n'abandonnerait jamais. Quelles preuves pouvait-il réunir contre lui ? Que lui avait fait savoir Simiane ? Pouvait-il retrouver Desorgues – maintenant à Paris –, ou encore Jouve, qui avait changé de nom pour s'appeler Jourdan et qui terrorisait le Vaucluse par ses atrocités ?

Il ne lui paraissait guère possible que l'avocat puisse le mettre en accusation. Cependant même une simple dénonciation serait dangereuse. Jusqu'à présent, il avait été relativement préservé par les troubles qu'il avait orchestrés, mais que l'agitation retombe et il pourrait se trouver à la merci de l'intègre avocat.

Il ne voyait qu'une solution à ce dilemme : faire disparaître Pascalis.

Chose peu facile. L'homme était aimé et respecté et si l'entourage de l'abbé était constitué de brutes incultes et de laboureurs bornés qu'il pouvait manipuler aisément, ce n'étaient cependant pas des assassins.

Alors, trouver quelqu'un qui tuerait l'avocat un soir au coin d'une rue ? Idéal, mais compliqué. Où trouver un assassin discret (et capable) dans cette ville où chacun se connaissait ? Et puis l'avocat ne sortait guère. Ah ! Comme Jouve lui manquait ! C'est vrai que le fou était imprévisible, pourtant Rive regrettait de ne pas avoir accepté sa proposition : le monstre aurait égorgé Pascalis avec joie et sans scrupule.

Petit à petit, une idée lui vint après qu'il eut pris connaissance des incidents d'Avignon que nous avons relatés plus haut ainsi que d'atrocités similaires commises à Marseille.

Dans le port provençal, le 1er mai 1790, une foule de patriotes avait envahi le fort Saint-Jean, jugé menaçant pour les habitants et alors occupé par des régiments royalistes. Le major commandant la place n'avait opposé aucune résistance, refusant de laisser couler le sang pour un motif qu'il jugeait inexistant. Les meneurs s'en prirent malgré tout à lui, le mirent en pièces et lui arrachèrent la tête qu'ils promenèrent au bout d'une pique.

Des meurtres rapides et sans condamnation commis par une foule en folie. Voilà qui avait séduit Rive, voilà le sort qu'il réserverait à l'ancien assesseur ! Mais encore fallait-il disposer d'un prétexte et d'une foule sanguinaire.

Il y avait cependant le risque que Pascalis quitte la ville comme l'avait fait son ami Portalis. En effet, en juillet, le célèbre avocat avait plaidé pour défendre des dragons du roi qui avaient tué un paysan. Fidèle à lui-même, il avait rappelé le droit qu'avait chacun à être jugé et à être défendu. La foule haineuse avait voulu l'écharper !

Après cet incident, Portalis s'était retiré dans la campagne varoise qu'il n'abandonnerait que pour un exil à Lyon, lorsqu'il ne serait plus en sécurité en Provence.

Heureusement pour l'abbé, Pascalis ne voulait pas s'enfuir et c'est lui-même qui devait fournir au Dogue un motif qui exciterait le peuple contre lui.

En septembre 1790, le parlement de Provence devait tenir sa dernière séance et Pascalis, dans un discours enflammé, avait défendu une fois de plus l'ancienne constitution de Provence. Il avait précisé qu'il resterait toujours citoyen provençal et bon sujet du roi de France. Ceci n'avait rien de provocateur car, à cette époque, les Français étaient pour leur quasi-totalité toujours royalistes.

Rive jugea cependant le motif suffisant. Après ce discours, il publia pamphlet sur pamphlet et fit prêche sur prêche contre le scélérat, le traître, le monstre, l'incendiaire, le forcené, le *fameux énergumène* : Pascalis !

Ces discours boursouflés faisaient souvent rire. À tort, car jour après jour, le sinistre abbé y appelait ses troupes de paysans, de laboureurs et de journaliers au pillage et à la violence, imitant en cela ce nouveau club des Cordeliers qui s'était installé à Paris, en face de l'école de médecine, avec à sa tête Marat, Camille Desmoulins, Hébert, Danton et Fabre d'Églantine.

L'évangile et la foi de ces révolutionnaires étaient simples : « Quand un homme manque de tout, il a le droit d'arracher à un autre le superflu dont il regorge[1]. »

1. Marat.

Leurs partisans étaient des ouvriers illettrés et ignorants, des gens qui ne possédaient rien et à qui on promettait les biens abandonnés par les aristos émigrés.

À Aix, Rive avait lui aussi un public de paysans et d'agriculteurs démunis. Il leur avait donc promis des terres, celles des aristos, bien sûr. Cet activisme avait même été récompensé par une lettre d'approbation de Camille Desmoulins le nommant son ami.

Pascalis avait d'abord été surpris par ce déferlement de haine envers lui, mais il avait aussi vite compris la tactique de celui qu'il considérait comme l'assassin de la présidente d'Entrecasteaux. Il décida de faire preuve de prudence, d'autant plus que Rive devenait puissant : ne venait-il pas d'obtenir de la municipalité que l'hôtel des Princes – un nom bien trop aristocrate – soit rebaptisé hôtel des Quatre Nations ?

En ce mois de décembre 1790, un mistral glacial soufflait sur la ville et chacun restait au chaud chez soi. Les plus courageux se regroupaient dans les cafés et les clubs, mais l'agitation y régnait.

Pascalis avait finalement quitté la ville sans s'en être malgré tout éloigné. Son ami le pâtissier Mignard lui avait laissé sa belle bastide après avoir insisté pour qu'il le suive en Italie (mais finalement, lui-même n'était pas parti).

— Je vous en conjure, mon ami, lui avait-il dit, quittez cette ville. Trop d'agitateurs vous en veulent. Voyez Marseille et Avignon où ont été commis ces crimes affreux. Ici aussi de telles horreurs sont possibles !

— Mais qui peut m'en vouloir ? répondait naïvement l'avocat. Je n'ai que des amis à Aix. J'ai toujours défendu la Provence, j'ai protégé le Tiers, j'ai demandé que chacun participe à l'impôt, ce qui ne peut que soulager les plus pauvres. Je crois toujours avoir été juste et honnête. Non, réellement, je ne risque rien et, au demeurant, je saurai me défendre. Ne suis-je pas avocat ?

— Craignez au moins le froid, ma maison est faite pour l'été, l'hiver seuls les courants d'air y sont à leur aise. Durant la mauvaise saison, partez vers le sud, vers l'Italie, avait insisté le pâtissier.

— Ne vous inquiétez pas, je ferai des flambées et de grandes promenades dans votre parc. Tout se passera bien.

Et Pascalis s'était installé à la Mignarde, comme on nommait la bastide, avec ses livres et ses papiers. Il écrivait, il se promenait dans le vent d'hiver si revigorant et il était heureux, même s'il regrettait de ne plus voir Antoinette.

À Aix, avec le froid, les cafés étaient pleins. Ce samedi 11 décembre, chacun commentait la décision du maire, Espariat, qui venait de démissionner sous la pression des Anti-Politiques de l'abbé Rive.

Au Cercle de Guion, l'actuel café des Deux-Garçons, les officiers du Lyonnais, en garnison à Aix et quelques aristocrates qui étaient restés dans la capitale provençale commentaient aussi les récents événements de Paris : Charles de Lameth, le héros de Yorktown, l'un des chefs du club des Amis de la Constitution qui regroupait la plupart des députés de l'Assemblée constituante, avait été provoqué et blessé par le duc de Castries. La foule en délire avait alors attaqué et pillé l'hôtel du duc. Chacun ici s'échauffait devant ce forfait et faisait des propositions plus absurdes les unes que les autres pour un retour à cet Ancien Régime béni, à cette monarchie absolue où la haute noblesse avait tous les droits. Un an plus tôt, le pillage de l'hôtel d'un duc ne serait pas resté impuni !

Et qu'allait devenir la ville, sans municipalité ? s'inquiétaient d'autres. Seuls les régiments cantonnés à Aix pouvaient désormais assurer la sécurité, affirmaient les officiers présents dans la salle.

La porte s'ouvrit brusquement et une dizaine de nouveaux venus entrèrent. Ils n'étaient ni nobles ni soldats. Leurs vêtements simples et leurs cheveux ni frisés ni noués indiquaient que l'on avait affaire à quelques artisans ou boutiquiers. Leur place n'était pas au cercle ! Ce genre de besogneux se réunissait à côté, au café Casati[1]. Ils subirent donc des regards provocateurs des dragons et des aristocrates présents.

Un gros homme semblait diriger le groupe. Vêtu d'une jaquette noire et d'un vieux tricorne gris sale, il affichait un visage glabre et résolu. Un observateur attentif aurait reconnu Frochot, le serrurier de monsieur d'Entrecasteaux. Il prit la parole d'une voix forte et d'un ton très calme :

— Messieurs, je vous salue. Vous avez devant vous une délégation des Amis de l'Ordre et de la Paix et nous désirons parler à ceux d'entre vous qui se regroupent sous le nom d'Amis de la Religion et du Roi.

Un officier du régiment de Lyonnais s'approcha en traînant ostensiblement son sabre et en lissant sa moustache avec un air de matamore. Sa jaquette à brandebourgs blancs était ouverte sur son hausse-col, cette plaque de métal en demi-cercle que portaient les dragons et les Suisses. Il tenait son casque à aigrette à la main.

1. Le café Casati avait été le premier café ouvert sur le cours à carrosses en 1748. Il servait des chocolats et des glaces.

— Que voulez-vous aux Amis du Roi ? s'enquit-il dans un mélange d'ironie et de mépris.

Frochot parut ne pas remarquer le ton insultant de l'officier et poursuivit :

— Nous représentons les artisans de cette ville. Nombre d'entre nous sont ruinés par tous ces événements et le départ des plus nobles familles de la cité. Nous désirons le retour à l'Ancien Régime. Pourquoi ne pas faire alliance entre votre société et la nôtre ? Nous appartenons à des États différents, certes, mais nous poursuivons le même but. Allions-nous et nous serons plus forts !

Un silence de stupéfaction s'installa, puis les conversations reprirent dans l'agitation et la polémique.

Il y avait là le chevalier de Guiramond, un homme âgé et très respecté, royaliste fervent et chevalier de Saint-Louis. Il y avait aussi le procureur Darbaud, des maîtres d'armes tels Pons et plusieurs aristocrates en gilet et bas de soie brodés. Presque tous portaient des cravates à jabot nouées à l'ancienne et arboraient des manchettes en batiste. Chacun défendait ses idées et ses opinions, mais très vite ils se mirent d'accord, reconnaissant les avantages évidents d'une telle alliance. L'un d'entre eux leva alors son chapeau et cria brusquement :

— Vive le roi !

Tous l'imitèrent. L'alliance était scellée. Des délégués se rendirent à la mairie et déposèrent rapidement les statuts de la nouvelle société d'union.

Le lendemain, un dimanche donc, des avocats, des marchands, des artisans, tous favorables à cette Assemblée constituante issue des États généraux, se retrouvèrent dans le club des Amis de la Constitution qui s'était installé dans une chapelle du collège de Bourbon.

Cette société était une émanation des Amis de la Constitution qui se réunissait aux Jacobins à Paris, club dirigé par les frères Lameth, Duport et surtout par Barnave dont nos Aixois se sentaient proches. Ce matin-là, les premiers arrivants commentaient le discours d'un nouveau venu aux Amis de la Constitution à Paris : un avocat inconnu du nom de Maximilien Robespierre qui prêchait un discours différent des premiers Jacobins : les Chénier, David, Vernet ou Choderlos de Laclos. En effet, si tous étaient monarchistes constitutionnels, ce Robespierre prêchait la morale et surtout les droits des hommes. Le citoyen, selon lui, ne devait pas être une espèce *rare*. Il critiquait ainsi implicitement Mirabeau ou Barnave qui proposaient des citoyens *actifs*, des votants dont le nombre serait limité par leur richesse. Ce discours nouveau était soutenu par quelques-uns des Amis de la Constitution comme le docteur de Puylaurens, père d'Antoine, un des plus fervents constitutionnalistes d'Aix.

Leurs vifs débats furent interrompus par l'arrivée d'un avocat qui venait d'apprendre les événements du Cercle de Guion et la création de la nouvelle société royaliste. Un brouhaha confus envahit rapidement la salle. Tous étaient inquiets, l'alliance des plus réactionnaires partisans de la royauté absolue avec l'immense population des petits artisans mécontents du départ des émigrés pouvait devenir dangereuse. Les constitutionnalistes seraient facilement balayés par ces monarchistes bien trop nombreux.

— Puisqu'ils ont fusionné les Amis de l'Ordre et de la Paix et les Amis de la Religion et du Roi, agissons de même ! proposa l'avocat qui avait annoncé la nouvelle.

— Mais avec qui fusionnerons-nous notre club ? interrogea un riche négociant.

— Avec les Amis du Vrai, les Anti-Politiques !

Dans un premier temps, la proposition ne souleva pas un grand enthousiasme. Puylaurens y était opposé, les Amis du Vrai étaient menés par ce dangereux abbé Rive dont chacun craignait la violence et le fanatisme alors qu'eux étaient des modérés. Mais il est vrai que cette société, proche des idées de Marat et de ses Cordeliers, était très active et puissante en ville. Une fusion de leurs deux clubs aurait un poids bien supérieur à celui de leur adversaire. Le débat fit rage et finalement, dans l'après-midi, une délégation fut constituée et se rendit dans l'église des Bernardines pour proposer l'union des deux sociétés.

Ils y furent accueillis avec surprise et satisfaction. Les cultivateurs et les laissés-pour-compte des Amis du Vrai étaient forcément flattés que ces riches notables leur demandent de l'aide. Quant à l'abbé Rive, il se vit soudain propulsé chef d'une troupe nombreuse et prête à tout. Il les harangua aussitôt, monté sur une table :

— Mes amis ! Pour sauver la Révolution, il faut montrer à ces aristocrates, à ces contre-révolutionnaires, que nous ne les laisserons pas détruire notre belle Révolution. Affichons notre force et défilons ensemble sur le Cours. Qu'ils mesurent ainsi notre puissance et notre volonté.

Ovationné jusqu'au délire, sept ou huit cents personnes transportées d'enthousiasme le suivirent. L'atmosphère était à la liesse et à la bonne humeur. Dans le cortège, Rive était entouré de plusieurs membres des Amis de la Constitution, il y avait là un avocat, un négociant, et le père d'Antoine.

— Demain, il faudra nous organiser, expliquait l'un d'eux. Il faut que ces aristocrates comprennent qu'un nouvel ordre est né, qu'ils n'y ont pas leur place et qu'ils n'ont pas le droit de nous défier ainsi.

— Rien ne sera plus facile, lui assura Rive. Il suffira d'arrêter les meneurs et les empêcher de nuire.

— Ces gens du Cercle de Guion ? demanda Puylaurens.

— Non. Les vrais coupables, ceux qui dans l'ombre tissent leurs toiles pour nous égorger une prochaine nuit, répliqua l'ancien abbé avec emphase.

— Mais connaissez-vous ces traîtres ? intervint le marchand, inquiet du ton de leur nouveau chef.

— Bien sûr ! Tout le monde les connaît, l'avocat Pascalis par exemple…

— Pascalis ? L'ancien assesseur ? Mais il a toujours été avec nous, c'est lui qui a demandé que le Tiers soit majoritaire dans les assemblées, c'est lui qui a demandé l'égalité des impôts pour tous, s'insurgea Puylaurens.

— On le dit, mais ce n'était que pour mieux vous endormir. Il complote avec les royalistes les plus réactionnaires. Je le sais…

— Je n'en crois rien, répliqua froidement l'avocat. Pascalis est un patriote et un honnête homme. De plus, c'est un de mes amis.

Rive comprit qu'il avait provisoirement perdu la partie, mais il savait qu'en renouvelant régulièrement ses accusations, il finirait bien par ébranler les amis de Pascalis.

21

Accompagné d'Antoine, Marius Granet était passé cet après-midi-là à l'hôtel de Forbin pour montrer à Auguste ses nouveaux dessins des thermes de Sextius. Tous trois entendirent la foule bon enfant qui chantait le *Ça ira !* et criait : « Vive la Révolution ! Vive la Nation ! Vive le roi ! » Ils se mirent au balcon – ce même balcon où quelques années plus tard Pauline Borghèse s'installerait à son tour pour regarder les jeux de la Fête-Dieu organisés par son amant Auguste de Forbin – et ils les applaudirent. Après tout, les manifestants criaient : « Vive la Nation ! Vive le roi ! » Même si parfois on entendait aussi quelques : « À bas les aristocrates ! »

Ils virent le cortège remonter le Cours sous les regards amusés des passants et souvent sous leurs applaudissements.

C'est alors qu'ils entendirent les premiers coups de feu.

Personne ne put déterminer la vérité. Pour certains, les officiers du Cercle de Guion avaient tiré les premiers. Pour d'autres, c'étaient les sbires de l'abbé Rive. Quoi qu'il en soit, la débandade et la confusion furent totales.

Les clameurs changèrent, les extrémistes menaçaient : « Les aristocrates à la lanterne… *foou toutei leis esgourgea*[1]. » De cinq à six heures, l'émeute battit son plein et le désordre s'étendit partout en ville. Le chevalier de Guiramand se trouva pris au piège dans le Cercle de Guion, blessé à la cuisse par un assaillant. Il parvint cependant à regagner son hôtel par la petite porte du Cercle qui donnait sur la rue des Grands-Carmes. Les officiers revinrent à leurs casernes à grands coups d'épée, se débandant dans la rue Saint-Jean où ils furent pourchassés par les hommes de Rive. Les combats se poursuivirent à coups de pierres une grande partie de la nuit alors que le vent soufflait de plus en plus fort et de plus en plus froid.

Désespérée et impuissante, décapitée par l'absence d'un maire, ne pouvant compter sur les officiers des régiments qui prenaient parti pour la monarchie, ni sur les soldats qui s'étaient rebellés contre leurs chefs durant l'émeute, la municipalité décida de faire appel à la Garde nationale de Marseille et au régiment suisse d'Ernest.

Le lendemain de cette terrible journée de guerre civile dans la ville, le mistral était toujours aussi violent et énervant.

Ce matin-là, deux hommes méditaient.

Pascalis s'était levé tard et, installé à une table de travail au rez-de-chaussée de la Mignarde, il travaillait à un ouvrage à venir sur la constitution provençale. Une nouvelle journée de calme, de tranquillité et d'étude commençait pour lui. Il songea tristement à son ami Mignard qui avait tout abandonné sottement et se féli-

1. « Il faut tous les égorger ! »

cita de son choix d'être resté dans cette ville où il ne comptait que des amis.

À une lieue de là, Rive nouait sa cravate après une courte nuit. Ces troubles l'avaient comblé, quelle enivrante exaltation à manipuler ces imbéciles ! Maintenant, il savait que ces gens-là le suivraient. Le temps était venu de faire disparaître toute trace de cette tragédie de 1784. Pascalis était condamné à mort et le chef des Anti-Politiques n'attendait que les bourreaux pour agir.

Car tard dans la nuit, l'ancien abbé avait aussi envoyé quelques fidèles à Marseille. Ceux-ci devaient enrôler des drôles sans emploi, prêts à tout contre quelques pièces d'argent, et les faire venir à Aix mêlés à la Garde nationale.

Les assassins arrivèrent effectivement dans l'après-midi, hurlant cette terrible chanson :

Pissa ! Pissa senso façoun
Entro lou nas et lou mentoun
De touti leis aristocrato[1].

C'était un mélange de Grecs, de Génois et de Piémontais, tous des scélérats et des tueurs. À Marseille où ils étaient connus, on les nommait les *bachins* ou encore les *mouzabis*.

En tout début de matinée, Rive convoqua les représentants de sa nouvelle société révolutionnaire. Il leur expliqua que les violences allaient reprendre si on n'arrêtait pas les meneurs royalistes et en particulier Pascalis ainsi que le chevalier de Guiramand, le marquis de La Roquette et quelques autres dont il donna la liste.

1. « Pisse ! Pisse sans façon, entre le nez et le menton de tous les aristocrates. »

Dans sa maison de la rue du Trésor, l'abbé avait reçu plusieurs des brutes venues de Marseille. Une vingtaine d'autres, armées jusqu'aux dents, attendaient dans la rue. Entourés de ces massacreurs, les représentants des Amis de la Constitution s'inclinèrent, la rage au cœur. Ils avaient parfaitement compris qu'en cas de refus, les hommes de Rive les écharperaient.

Ayant les mains libres, l'abbé donna ses ordres et un groupe de *bachins* partit pour la Mignarde enlever « l'incendiaire Pascalis de la campagne enragée où il s'était retiré ». Pendant ce temps, l'abbé faisait porter à son imprimeur un mémoire préparé dans la nuit. Le texte, diffusé le soir même, s'intitulait : *Lettre des Vénérables Frères Anti-Politiques, c'est-à-dire des hommes vrais... à Monsieur le président du département*.

Dans ce texte, Rive expliquait que Pascalis était mis aux fers, qu'il était un criminel… un sanguinaire… un monstre et qu'il devait être conduit à Paris pour y être jugé. Mais il précisait aussi qu'on devait sacrifier la vie de ce scélérat *sous une lanterne* !

Pendant ce temps, l'insouciant avocat se promenait dans la tèse[1] de la Mignarde. En fin de matinée, il entendit un bruit confus sur le chemin qui menait à la bastide, il remonta donc le parc vers l'allée qui arrivait à gauche du bâtiment.

Intrigués, les quelques domestiques avec lui étaient aussi sortis pour voir.

Brusquement, ils virent débouler sur eux une troupe d'une trentaine d'hommes, dont plusieurs ivres, pour

1. La tèse est un petit bois « artificiel » dans lequel les propriétaires de bastides tendaient des filets pour capturer de petits oiseaux qu'ils mangeaient ensuite à la broche.

la plupart armés de gourdins, de piques et parfois de fusils.

Une des brutes, qui semblait être le chef, cria :

— Où est le scélérat Pascalis ?

— Je suis Pascalis, fit l'avocat avec un sourire ironique, mais je ne suis pas un scél…

Il ne put terminer sa phrase. La brute lui asséna un coup sur le visage, il perdit conscience et fut aussitôt garrotté et emmené.

Heureusement, ses amis ne l'oubliaient pas. Sitôt le bruit répandu dans la ville que des Anti-Politiques venaient d'arrêter Pascalis, de nombreux avocats et constitutionnalistes se rendirent à la mairie. Là, ils réussirent à convaincre les autorités terrorisées que si l'on ne pouvait, dans l'immédiat, exiger la libération de l'ancien assesseur, il était cependant nécessaire de le protéger de la foule en délire.

Une troupe de soldats fut envoyée à la rencontre des hommes de Rive, dès lors contraints de leur remettre le prisonnier.

Le féroce abbé dut ainsi céder et Pascalis fut enfermé aux casernes après toutefois une traversée de la ville abominable. À chaque pas, des inconnus lui crachaient au visage en hurlant : « À la lanterne ! »

Certes emprisonné, mais aussi protégé par quatre cents hommes du régiment d'Ernest, ses amis le jugèrent provisoirement en sécurité.

Cependant, si l'abbé Rive avait fait profil bas, il ne s'avouait pas vaincu. Il fit réunir le tribunal de district et, entouré de ses Anti-Politiques, il organisa une instruction sur les événements de la veille. Monsieur de Guiramand, principal accusé, fut aussitôt décrété de prise de corps ainsi que le marquis de La Roquette, détesté par le bas peuple depuis que son cocher avait tué un enfant dans un accident. Quant à Pascalis, il fut inscrit dans le procès-verbal que son procès aurait lieu le lendemain et que l'avocat serait ensuite pendu.

En même temps, Rive faisait circuler sa lettre contre lui. Simultanément, dans un autre mémoire, l'abbé exigeait de faire fouiller la maison de son ennemi et de saisir toutes les pièces et les documents qui prouveraient, selon lui, sa trahison et ses relations avec le frère du roi, réfugié en Italie.

Dans la soirée, on porta au Dogue les précieux documents. Parmi eux, rien ne pouvait incriminer l'avocat, mais Rive cherchait en réalité des écrits ou des lettres pouvant l'accuser, lui, du meurtre de la présidente d'Entrecasteaux.

Constatant l'absence de papiers accusateurs, l'abbé fut rassuré. Il ignorait que, depuis plusieurs mois, Pascalis avait remis le dossier complet sur l'affaire d'Entrecasteaux et le trésor du Palais Comtal à son ami Portalis. Seulement Portalis avait quitté la ville précipitamment, abandonnant le précieux document dans sa maison, sans même le lire.

Le mardi 14, dès huit heures, un rassemblement des Anti-Politiques se constitua sur le cours à carrosses et, conduit par la trentaine de Marseillais soudoyés par l'abbé, il se dirigea vers les casernes pour en tirer Pascalis.

Heureusement, les portes étaient fermées. La populace partit donc à la recherche d'échelles pendant que d'autres allaient chercher un canon pour ouvrir une brèche dans les murs. Terrorisés, des officiers tentèrent de parlementer avec les assaillants. Ils furent saisis, molestés, et, sous la menace, écrivirent finalement l'ordre de livrer l'avocat.

Aucun soldat, aucun officier ni du régiment suisse d'Ernest ni des gardes nationaux ne bougea. Pascalis, entravé et muselé, fut emmené sur le Cours jusque devant sa maison où l'attendait l'abbé Rive.

Pourtant, ses amis n'étaient pas restés inactifs. Sitôt qu'ils avaient appris que les Anti-Politiques voulaient pendre l'ancien assesseur. Mignard, Fauris de Saint-Vincens et d'autres s'étaient précipités à la mairie. La municipalité envoya immédiatement des représentants pour calmer la foule.

Lorsque ceux-ci arrivèrent sur le Cours, Pascalis, vêtements déchirés et couvert de crachats, était déjà pendu à un réverbère. Il avait essayé de parler, d'expliquer qui était vraiment Rive mais n'avait pu le faire.

Un peu plus bas sur le Cours, pendu aussi, se balançait monsieur de La Roquette. Le marquis avait exigé un confesseur avant de mourir. Rive, qui surveillait les exécutions, lui avait jeté avec ironie : « Cela ne se fait plus ! »

Les municipaux arrivés trop tard ordonnèrent aussitôt de couper les cordes car Pascalis remuait encore et était peut-être toujours vivant.

— Oui ! approuva un Marseillais un couteau à la main, faites-le descendre pour que nous portions sa tête à Marseille.

Ainsi fut fait, l'ignoble individu trancha la tête du grand homme sous les regards horrifiés de ses amis. Puis les assassins la mirent sur une pique et s'éloignèrent en chantant.

Un peu plus tard, malgré sa blessure et son âge (il avait soixante-dix-sept ans), ils pendirent aussi le chevalier de Guiramand qu'ils étaient allés chercher à Meyreuil où il s'était réfugié.

Le soir, les Marseillais rentrèrent chez eux en emportant avec eux la tête de Pascalis. Dégrisés et honteux, ils l'enterrèrent finalement à mi-chemin entre les deux villes.

Après ces abominables crimes, l'émotion et la panique furent prodigieuses. De nombreuses familles abandonnèrent Aix dès le lendemain.

Mais justice devait pourtant être faite. Alors que l'abbé Rive menaçait les autorités d'autres pendaisons et répandait ses écrits séditieux de plus en plus violents, une instruction criminelle avait commencé sur les troubles du dimanche 13 décembre et sur le meurtre de Pascalis.

L'Assemblée nationale elle-même décida d'enquêter et envoya à Aix trois commissaires avec des troupes fidèles.

Rive, lui, continuait à répandre injures et provocations. C'en était trop ! En avril 1791, l'Assemblée nationale le décréta de prise de corps. Le terrible abbé s'enfuit à Marseille d'où il continua à lancer son venin contre les autorités, expliquant à ses Anti-Politiques marseillais que l'administration était devenue un refuge d'aristocrates.

Dans l'un de ses derniers textes, il se présentait comme un martyr de la Liberté.

22

1791-1793

Si l'hiver 1790-1791 fut long et glacial, ce ne fut pas seulement à cause du froid mais surtout à cause de la peur qui rongeait chacun.

L'horrible mort de Pascalis et de ses présumés complices avait terrorisé les Aixois, d'autant que l'enquête ordonnée par Paris n'avait pas abouti. Les assassins s'étaient réfugiés à Marseille et les autorités municipales, impuissantes, restaient désemparées.

Les trois enfants, Antoine, Marius et Auguste, seraient bientôt des hommes mais ne se voyaient plus guère.

Au début de l'année 1791, Granet poursuivait ses études dans la classe de Constantin dont il était un des élèves les plus doués. Simultanément son professeur donnait, à l'hôtel de Forbin, des leçons particulières à Auguste. En effet, les enfants Forbin n'avaient plus le droit de sortir. D'ailleurs, à la suite des troubles, le marquis avait engagé des hommes armés et l'hôtel était désormais défendu comme une forteresse assiégée.

Quant à Antoine, il terminait ses classes à Bourbon

et se préparait à devenir médecin. L'année suivante, il devait entrer à la faculté de médecine de la ville[1].

Ce jour de mars 1791, il pleuvait comme parfois en Provence : un déluge d'eau glaciale. Granet venait de terminer un lavis représentant un paysage de campagne, et il complotait à mi-voix avec Antoine, venu le rejoindre, quand Constantin s'approcha d'eux, son doux sourire aux lèvres.

Le maître tenait des feuilles à la main.

— Marius, peux-tu me rendre un service ? J'ai annoté ces dessins pour Auguste, il pleut trop fort et je n'ai guère envie d'aller chez lui. Je sais que toi, tu seras heureux de ce prétexte pour le voir.

— Avec joie, monsieur.

Marius regarda Antoine l'œil brillant.

— Tu viens avec moi ?

— Bien sûr ! acquiesça l'autre avec enthousiasme, ça fait trois ou quatre mois que je ne l'ai plus vu.

Il s'arrêta brusquement et pâlit légèrement en se souvenant que la dernière fois avait été ce terrible jour de l'émeute, prétexte de la mort de Pascalis.

Pendant ce temps, Constantin faisait un solide paquet des dessins pour le leur remettre.

Les deux adolescents, Marius avait seize ans et Antoine dix-sept, coururent jusqu'à l'hôtel de Forbin en n'épargnant aucune flaque d'eau. Le portier les reconnut mais les fit pourtant attendre dans l'entrée.

— Je vais avertir monsieur le marquis de votre visite, expliqua-t-il gravement. Ce sont ses ordres. Personne ne doit entrer sans son accord.

Il les quitta par une seconde porte ferrée qui séparait désormais le vestibule du reste de la maison.

1. La ville avait alors une faculté de médecine réputée. Le premier docteur en médecine d'Aix avait été reçu en 1562.

Tous deux attendaient depuis quelques minutes lorsque cette porte s'ouvrit : c'était Auguste accompagné du portier. Au même instant, deux autres personnes entraient dans l'hôtel : une femme entre deux âges et une jeune fille.

La femme était encore fort belle mais son visage fatigué et tourmenté témoignait des malheurs qu'elle avait connus. La jeune fille, bouclée et souriante, lui ressemblait. Elle devait avoir quatorze ans. Antoine la dévisagea et resta figé.

Auguste, lui, était hilare comme à son habitude :

— Venez vite vous réchauffer, mes amis. Mon Dieu ! Je manque à tous mes devoirs, laissez-moi vous présenter madame de Forbin-Tonnerre, une cousine de mes parents, ainsi que sa fille Clotilde, ma petite cousine.

Il fit une petite révérence fort élégante.

— Ma tante, voici Marius Granet, qui sera un grand peintre, et Antoine de Puylaurens, un futur médecin. Mes meilleurs amis.

Il s'inclina de nouveau avec son charmant sourire et les fit passer devant lui.

Une fois dans l'hôtel, il supplia la mère :

— Ma tante, Clotilde peut-elle rester avec nous ? Nous avons tant à nous dire et je suis certain qu'elle a envie de connaître mes amis.

Madame de Forbin-Tonnerre hésita un instant, n'étant nullement certaine de l'intérêt pour sa fille de fréquenter deux garnements trempés jusqu'aux os et couverts de boue. Pourtant elle opina de la tête en décidant toutefois de rester à portée de vue.

Tous les quatre se retrouvèrent dans un petit salon sous le regard suspicieux de la mère de Clotilde qui s'était installée dans la pièce voisine et les observait par l'enfilade.

Après avoir ôté leurs jaquettes dégoulinantes, les jeunes Aixois s'assirent près d'Auguste, Marius défit le paquet et expliqua à Forbin qu'il s'agissait de ses dessins. Constantin avait noté ses remarques sur chacun et parfois fait des corrections à la plume ou au crayon.

Auguste regarda un instant les appréciations puis haussa les épaules et écarta le tout.

— Je verrai ça plus tard, décida-t-il avec insouciance. Parlez-moi plutôt de vous, que devenez-vous depuis tous ces mois ?

Si Marius fut volubile, ce ne fut pas le cas d'Antoine. Il n'ouvrit d'ailleurs pas la bouche et ne fit rien d'autre que regarder discrètement Clotilde chaque fois qu'il le pouvait, la jeune fille restant assise devant lui dans un sofa, tout aussi silencieuse que lui.

Au bout d'une demi-heure, madame de Forbin-Tonnerre vint chercher sa fille pour une leçon de musique. Ce ne fut qu'après son départ qu'Antoine bégaya d'un ton ému :

— Qui… qui… est-elle ? Tu… tu nous avais caché cette cousine ?

Auguste haussa les épaules avec indifférence.

— Ses parents habitent dans le Roussillon, habitaient, devrais-je dire. Ils ont eu beaucoup de malheurs. Monsieur de Forbin-Tonnerre était le cadet de sa famille, il avait épousé la mère de Clotilde en 73, je crois. Elle était fille d'un avocat. Sans fortune et sans titre, il est parti en Amérique dans l'escadre d'Estaing afin de se faire un nom. Lors de l'attaque de Newport, il a été blessé, puis il a attrapé le scorbut et il est finalement mort à Boston.

» Je crois que Clotilde avait alors deux ans et sa mère est retournée vivre chez ses parents. Mon père, en tant que chef de la famille des Forbin (il déclama cette phrase avec fierté), gardait quelques relations épistolaires avec elle. Ensuite, il y a eu ces fâcheux événements (c'est ainsi qu'il nommait ce qui se passait en France depuis la prise de la Bastille), les Forbin-Tonnerre ont quitté la France, comme beaucoup, et, voici trois mois, les grands-parents de Clotilde sont morts. Elles restaient donc seules, sans famille ni soutien. Mon père leur a donc proposé de venir habiter chez nous pendant qu'il tentait de vendre les derniers biens qu'elles possédaient afin qu'elles puissent acheter une maison par ici. Voilà, vous savez tout.

Durant le printemps, Antoine utilisa les prétextes les plus saugrenus pour se rendre à l'hôtel de Forbin. Son manège ne passa pas inaperçu au point que l'espiègle Auguste avait demandé au portier de faire prévenir Clotilde pour qu'elle puisse le saluer à chacune de ses visites.

L'été vint.

Antoine avait maintenant commencé sa médecine et travaillait sous la direction de son père et de ses professeurs. Clotilde et sa mère avaient quitté l'hôtel de Forbin pour loger dans une petite maison près de la Plate-Forme. Antoine, qui pourtant habitait rue Neuve, ne put désormais la rencontrer que lorsque Auguste lui faisait savoir, par un petit billet, qu'il allait rendre visite à sa tante. Chose trop rare pour l'adolescent.

En ville, la situation devenait chaque jour plus difficile, plus pesante, et les nouvelles de Paris n'incitaient pas à l'optimisme pour les gens de l'aristocratie comme Auguste et sa famille.

À la fin du mois de juin, une nouvelle éclata comme un coup de tonnerre : le roi Louis XVI, qui tentait de quitter la France, avait été arrêté à Varennes[1]. Dans les jours qui suivirent, les dépêches se précipitèrent : le roi était suspendu, les sections demandaient sa déchéance – les Marseillais avaient été les premiers à l'exiger –, enfin la loi martiale avait été décrétée à Paris et La Fayette avait fait tirer sur la foule qui manifestait.

Les semaines suivantes furent celles des départs en masse vers l'étranger, pour ceux qui en avaient les moyens.

Au milieu de ces troubles, les Aixois avaient été un temps rassurés par l'élection d'Émeric David à la mairie, en février 1791. Le nouveau maire était estimé et n'appartenait à aucune faction, seulement il avait été l'élève de l'abbé Rive et, très vite, la municipalité qui recherchait pourtant l'apaisement fut placée sous la surveillance et la dictature des Anti-Politiques dirigés toujours par l'ancien conservateur de la bibliothèque du marquis de Méjanes qui, même réfugié à Marseille après les molles poursuites diligentées par l'Assemblée constituante, continuait à terroriser l'ancienne capitale de Provence.

De là-bas, le sinistre abbé rendait la vie impossible à ses ennemis et, en avril, monseigneur Dieu de Boisgelin, le dernier président des États de Provence, émigra à son tour. Les nouvelles de la tuerie d'Avignon que nous allons conter précipitèrent les départs.

En janvier 1791, l'armée avignonnaise conduite par Duprat marcha sur Cavaillon car cette petite bourgade avait sottement juré allégeance au pape. Jourdan et sa bande de scélérats prirent la ville et la pillèrent. Ses

1. Le 21 juin 1791.

féroces troupes commirent les pires atrocités dans la cité mise à sac.

Après de tels excès, Jourdan devint le chef d'une redoutable bande d'assassins avec qui les révolutionnaires devaient désormais compter. Or, Coupe-Tête plaisait fort à Duprat par son absence de morale et sa férocité envers les papistes.

En face de cette compagnie constituée de bandits sanguinaires et de sincères révolutionnaires, une autre compagnie ravageait les campagnes : c'était l'armée de l'Union de Sainte-Cécile, une troupe constituée d'aristocrates et de papistes. Les deux hordes attaquaient à tour de rôle villages ou hameaux, l'objectif de chacune étant le rattachement du Vaucluse, dans un cas à la France, dans l'autre à la papauté. Violences, pillages, meurtres et viols se succédaient et Jourdan était désormais le plus heureux des hommes.

Cependant, le monstre et sa meute échouèrent dans leur tentative pour soumettre Carpentras. D'aucuns s'inquiétaient aussi du comportement de ces brigands qui déconsidéraient la Révolution. La situation de Jourdan aurait même pu devenir précaire si des papistes n'avaient pas égorgé quelques patriotes à Vaison.

Duprat rassembla alors trois mille hommes afin de venger ces victimes de la liberté. Il appela cette compagnie l'armée du Vaucluse et en proposa le commandement à Jourdan.

La nouvelle armée allait dès lors vivre de brigandages et de pillages. Elle était accompagnée d'une troupe de femmes qui se chargeaient – elles s'en vantaient – de manger (au sens propre !) les papistes. De telles horreurs obligèrent l'Assemblée constituante à protester et, finalement, l'armée du Vaucluse fut licenciée.

La bande de Jourdan, désormais inoccupée, se réfugia

dans Avignon et s'appela elle-même les brigands du Vaucluse. Duprat ayant besoin d'argent pour la payer se décida à vendre les biens ecclésiastiques pendant que Coupe-Tête multipliait les exactions dans l'ancienne cité papale.

Devant ces atrocités, les habitants d'Avignon, pourtant favorables à la Révolution, changèrent de camp. Le peuple avait faim, or il voyait seulemcnt les églises saccagées et la misère s'installer. Il désirait le retour à l'ordre ancien.

L'hiver s'annonçait terrible et le grain faisait défaut partout. Pourtant le parti profrançais restait encore puissant dans la ville et, sous la pression de son entourage, le roi accepta finalement que le Comtat se donne définitivement à la France.

Dans Avignon, des rumeurs les plus invraisemblables circulaient, des histoires de massacres, des bruits d'impositions forcées, et surtout des récits de miracles. Le plus répandu était le suivant : la Vierge saignait dans l'église des Cordeliers et demandait le retour des valeurs catholiques, le retour des prélats et de l'Inquisition.

En octobre 1791, dans un de ces mouvements de colère terrible qui caractérisent la Révolution française, la populace s'en prit à un administrateur de la ville. Cette foule était constituée de partisans du pape et menée par quelques illuminés se disant aux ordres de la Vierge Marie.

L'administrateur fut saisi, garrotté et égorgé par ces fanatiques religieux.

Jourdan, aussitôt informé par les patriotes, décida avec Duprat des représailles exemplaires : dans un premier temps, ils réunirent deux cents hommes et quelques pièces de canon avec lesquelles ils tirèrent sur les rares manifestants encore dans les rues.

Tout le monde s'enferma chez soi. Chacun était terrorisé.

Alors, Jourdan et Duprat organisèrent une rafle durant laquelle des dizaines de suspects furent emprisonnés ainsi que des habitants qui se trouvaient encore dehors. La plupart des prisonniers n'étaient que des pauvres gens, des ouvriers, des boulangers, des artisans. Il y avait là aussi des femmes, dont plusieurs enceintes, ainsi que des enfants. Évidemment, la majorité d'entre eux n'avaient rien à voir avec le meurtre de l'administrateur de la ville.

Une fois les prisons emplies, Jourdan Coupe-Tête décida que les suspects devaient être jugés et punis.

Jouve participa-t-il personnellement au massacre ? L'opinion des historiens reste partagée. En tout cas il approuva la tuerie et donna ses ordres tout au long du carnage qui dura deux jours.

Les suspects furent amenés l'un après l'autre devant des « juges » et massacrés sauvagement à l'aide de gourdins, de barres de fer ou de lames. Très vite, la tuerie s'étendit aux escaliers dans lesquels les prisonniers attendaient, puis aux prisons mêmes. Les séides de Jourdan devinrent ivres de sang et, après avoir massacré les hommes, ils se rendirent à la prison des femmes. Plusieurs d'entre elles étaient jeunes, jolies ou enceintes. Après avoir subi toutes sortes de violences, elles furent égorgées, éventrées et tuées sans pitié.

Au matin de l'horrible nuit, environ quatre-vingts corps furent jetés dans une tour[1] du Palais des Papes

1. La tour de la glacière.

que Jourdan fit recouvrir de chaux vive alors que de nombreuses victimes râlaient encore.

Après ce massacre, le monstre devint le maître incontesté de la ville[1].

La nouvelle de l'épouvantable tuerie provoqua à Aix une vague de terreur. Depuis Marseille, l'abbé Rive, qui approuvait son protégé avignonnais, se sentait invulnérable et envoyait ses hommes tourmenter les notables et les nantis de l'ancienne capitale provençale qu'il exécrait.

Pourtant, la fin de l'année apporta une bonne nouvelle : la mort de l'abbé, en octobre 1791. Le premier conservateur de la bibliothèque Méjanes avait succombé à un accident cardiaque.

Mais ses disciples demeuraient nuisibles. En février 1792, une expédition des Anti-Politiques marseillais sur Aix obligea les Suisses et plusieurs régiments royalistes à quitter la ville. Désormais sans militaires et sans police, l'ancienne capitale de la Provence tomba sous la coupe de bandes de sans-culottes qui s'octroyaient tous les droits. Ils s'installèrent d'autorité dans les casernes vides qui devinrent leur quartier général.

Après l'assassinat à Aix d'un prêtre, l'abbé Vigne, pendu sur le cours à carrosses en août aux cris du *Ça ira !* puis celui d'un officier de gendarmerie, la plupart des familles aristocratiques qui étaient restées émigrèrent à leur tour. Ce n'était pas seulement la

1. Fortement enrichi par ses pillages, Jouve prit un logement au 11 rue de la Bancasse avec un loyer de cent cinquante livres par an. Il ne devait y rester que peu de temps pour s'installer ensuite dans les appartements du légat d'Avignon, dans le Palais des Papes !

mort qui effrayait les fuyards, c'était surtout le comportement des assassins qui souvent traînaient les corps encore palpitants et les mutilaient joyeusement (et dans quelques cas les mangeaient !).

Désormais, pas une semaine ne passait sans que l'on découvre un hôtel particulier fermé, vidé de ses meubles et abandonné de ses habitants. Ce fut le cas de celui des Forbin qui partirent pour Lyon. Auguste, qui n'avait pourtant que quinze ans, expliqua gravement à ses amis que, dès qu'il en aurait l'âge, il rejoindrait l'armée du prince de Condé qui bataillait sur le Rhin contre les armées françaises. Antoine et Marius qui penchaient ouvertement pour les Jacobins en eurent le cœur serré. Non seulement leur ami risquait désormais sa vie alors qu'il n'était qu'un enfant, mais ils sentaient qu'un fossé les séparait définitivement.

Après le départ d'Auguste, tous deux se jurèrent de rester amis et de ne pas laisser les idées révolutionnaires les éloigner l'un de l'autre.

Madame de Forbin-Tonnerre avait décidé de rester. Que risquait-elle ? avait-elle déclaré avec une ironie mordante au marquis de Forbin. Elle n'était que la fille d'un avocat et son époux était mort pour défendre la liberté des Américains. Cette révolution ne pouvait lui apporter d'autres malheurs.

Secrètement, Antoine s'était réjoui de sa décision et, chaque fois qu'il le pouvait, il allait rendre visite aux deux femmes pour leur proposer ses services qu'elles acceptaient toujours, n'ayant d'autre ami en ville.

23

À l'automne 1792, une nouvelle assemblée fut élue par les Français et proclama la République. La Convention, c'était son nom, fut dans un premier temps dominée par les modérés qui exerçaient déjà le pouvoir politique dans la précédente assemblée. Autour des anciens constituants Pétion et Brissot, ces parlementaires plaidaient pour un retour à l'ordre et aux idéaux révolutionnaires. On les appelait les Girondins.

En face se dressaient les radicaux des clubs des Jacobins et des Cordeliers : principalement Camille Desmoulins, Danton, Saint-Just, Carnot et surtout l'avocat Maximilien Robespierre.

Ces querelles paraissaient bien lointaines pour les Aixois. Pourtant, l'une des premières tâches de la Convention fut de juger Louis XVI.

Le samedi 26 janvier arriva, au soir, la nouvelle de la mort du roi. Les sans-culottes et les Anti-Politiques se livrèrent alors à une démonstration de joie. Un avocat, Verdet, suspect de complaisance envers la contre-révolution, fut arraché des casernes où il était détenu et pendu en haut du Cours, devant la fontaine d'eau chaude.

Ensuite, et régulièrement durant les trois premiers

mois de l'année 1793, les réverbères du cours à carrosses et ceux de la rue de l'Official[1] furent ornés de pendus. Quelques victimes plus chanceuses furent seulement guillotinées sur la place des Prêcheurs. Si une quinzaine d'aristocrates trouvèrent ainsi la mort, ce fut surtout le Tiers, les avocats, la petite bourgeoisie qui payèrent le prix fort de la révolution locale.

Début mars, alors que les arrestations arbitraires menées par les sections révolutionnaires se généralisaient dans la ville et que les pendus décoraient les rues, Antoine se trouvait chez lui avec sa mère, son père étant parti visiter plusieurs malades qu'il ne pouvait en aucune manière guérir puisqu'ils se mouraient de malnutrition.

En fin d'après-midi, leur vieille domestique, la seule qu'ils avaient pu conserver, introduisit une sorte de géant crasseux, barbu et couvert de haillons. Antoine le reçut, jugeant peu convenable que sa mère paraisse. C'est en pénétrant dans l'antichambre où l'attendait son visiteur qu'il remarqua l'absence de son bras gauche. Une vague réminiscence lui traversa l'esprit, puis s'effaça.

Malgré son apparence de brute, le manchot ôta respectueusement son chapeau déformé avant de s'exprimer, d'une voix égale :

— Citoyen Puylaurens, je m'excuse de vous déranger mais j'ai une pénible et importante commission à vous transmettre.

Antoine eut une bouffée d'inquiétude. S'agissait-il de son père ? Il fit signe à l'homme de poursuivre.

— J'habite rue de la Plate-Forme, une petite chambre

1. La rue Aude.

au troisième étage. Au premier logent une dame et sa fille qui ont toujours été très bonnes avec moi. Je suis sans ressources et bien qu'elles ne soient pas riches, elles m'ont souvent aidé…

D'une grosse main calleuse, il écarta une mèche de cheveux qui le gênait.

— … Ce matin, des membres du comité sont venus les arrêter. Madame de Forbin-Tonnerre m'a supplié de venir vous avertir alors qu'on l'emmenait.

— Clotilde ? Sa mère ? Ce sont elles qui ont été arrêtées ?

Sa voix était cassée par l'émotion et l'incrédulité. Puis il sentit la peur le glacer en entendant la suite.

— Oui, confirma le géant. On les a emmenées au cours Sainte-Anne.

— Aux casernes ? Mais que leur reproche-t-on ? C'est certainement une erreur. On va les libérer… affirma-t-il alors que son cœur battait à se rompre.

L'homme prit un air mi-craintif mi-fataliste.

— Il s'agit certainement d'une erreur… Comme pour Paisse, Ravel et Curnier…

— Qui sont ces gens ?

— Des jeunes messieurs, comme vous. Même pas des aristocrates. Des ouvriers. Le comité les a arrêtés voici quinze jours. Ce sont eux qu'on a pendus sur le cours à carrosses quelques heures après les avoir emmenés aux casernes…

Il s'arrêta un instant, les yeux vagues, comme s'il se remémorait une pénible vision.

— … Et la semaine précédente, il y avait eu ce pauvre Lieutaud, un marchand qui n'avait fait de mal à personne, et Patin, un maçon de mes amis. Eux aussi ont été pendus.

Antoine cria et ne reconnut pas sa voix tant elle était aiguë :

— Mais elles ! Ce sont des femmes !

— Oui… ce sont des femmes ci-devant qui se nomment Forbin.

— On ne condamne pas à mort pour s'appeler Forbin, s'insurgea Antoine.

L'autre baissa les yeux et ne répondit rien.

S'installa un silence que l'inconnu ne paraissait pas vouloir briser.

— Attendez-moi un instant… dit alors Antoine.

Il quitta la pièce pour aller parler à sa mère. Lorsqu'il revint, vêtu de sa redingote et coiffé d'un tricorne, il affichait un visage fermé.

— Pouvez-vous m'accompagner ? Au fait, je ne vous ai pas demandé votre nom ?

— Fulques, répondit le manchot.

Ils sortirent et remontèrent la rue Neuve vers la rue du Puits-Juif. Antoine désirait, sinon l'aide, tout au moins les conseils de Marius.

— Votre visage m'est familier, demanda Antoine alors qu'ils se pressaient dans la rue presque déserte. Vous habitez Aix depuis longtemps ?

— Non, répliqua tristement le géant. Je suis arrivé de Rome il y a quelques semaines. Auparavant, j'étais en Amérique où je me battais avec les insurgents.

Antoine resta un moment plongé dans ses pensées avant de reprendre :

— Racontez-moi ce qui s'est passé, cette arrestation…

— Ils étaient une dizaine. À leur tête un petit bonhomme hargneux qui s'est présenté comme le président de la section révolutionnaire. Il avait avec lui trois ou quatre gardes nationaux et quelques brutes.

Ils ont pénétré chez madame de Forbin alors que nous étions sur les paliers à cause du bruit qu'ils faisaient en brisant les portes. Un voisin s'est interposé, ils l'ont arrêté aussi. Je suis descendu voir et, en passant près de madame, elle m'a supplié d'aller vous avertir.

— Personne n'a rien fait ?

L'autre secoua la tête en murmurant :

— Nous avons peur. Ceux qui s'opposent aux sections ou au comité sont vite saisis et encore plus vite pendus. Hier, ils ont arrêté un cabaretier, Gavaudan, qui disait que la révolution lui enlevait des clients. Un groupe de sans-culottes l'a garrotté et accroché aussitôt à un lampadaire de la rue de l'Official.

Antoine prit conscience qu'il ignorait tout cela. Il travaillait sans cesse et ne s'intéressait pas à l'agitation de la ville. Il se rendait compte qu'il avait eu tort. Mieux informé, peut-être aurait-il pu avertir madame de Forbin-Tonnerre. La protéger…

Ils tournèrent dans la petite rue du Puits-Juif. Antoine héla Marius d'en bas. Quelques secondes plus tard, la porte s'ouvrait et son ami apparut, un pinceau à la main.

Marius regarda Fulques et fronça les sourcils. Ce visage, cette attitude… cela lui rappelait un vague souvenir, puis il découvrit la blancheur cadavérique d'Antoine et oublia.

— Que se passe-t-il ? Tu as l'air malade.

— Clotilde, souffla son ami. Ils l'ont arrêtée avec sa mère.

Granet eut un recul de surprise.

— Qui ?

Antoine fit un geste de colère.

— Le comité, les sections, le tribunal. Je ne sais pas. Elle et sa mère ont été emmenées aux casernes.

— Mais pourquoi ? Ça n'a aucun sens ! s'insurgea Granet.

— Parce qu'elles s'appellent Forbin, expliqua doucement Fulques.

— Il faut les sortir de là, décida Marius. Mon père a des amis à la Société Populaire. Je les connais, ils nous aideront. Allons les voir.

Durant deux heures, ils firent le tour de toutes leurs connaissances, mais les réponses restaient les mêmes et les yeux demeuraient désespérément baissés. Personne ne voulait sortir ou intervenir. Les pendaisons des jours précédents avaient ôté tout courage et chacun cherchait à se faire oublier.

Tous trois se retrouvèrent vers six heures devant les casernes qui servaient de prison. Il faisait nuit.

— Si je rentrais dans la cour, proposa Marius, ils me laisseraient peut-être les rencontrer.

— Non, répliqua Fulques. Ils pourraient vous garder vous aussi. Je vais y aller, moi. J'ai été soldat et j'étais en Amérique. Ils me respectent pour cela.

Avant d'entendre leurs réponses il se dirigea lentement vers l'entrée. Ils le virent parler avec les deux factionnaires et pénétrer dans la cour.

— Je n'ai pas encore osé te le demander, interrogea Marius, mais qui est cet homme ?

— Il s'appelle Fulques. Il vit dans la même maison que Clotilde et sa mère. Ce sont elles qui lui ont demandé de m'avertir. Je n'en sais pas plus.

— C'est bizarre, il me fait penser à quelqu'un…

— Moi aussi, répondit Antoine sans regarder Marius. À cause du bras, non ?

— Sans doute…

Ils n'en dirent pas plus. Tous deux se souvenaient de

cette nuit, dans les ruines du Palais. Ils en ressentaient une trouble appréhension.

— Je regrette qu'Auguste ne soit pas avec nous, déclara Marius au bout d'un moment, lui saurait quoi faire.

Antoine ne répondit pas, songeant, le cœur serré, qu'Auguste était peut-être mort.

Une heure passa, ils étaient gelés et ils avaient faim.

Soudain, ils virent la lourde silhouette de Fulques sortir et se diriger vers eux. Antoine courut dans sa direction.

— Alors, les avez-vous vues ? Comment vont-elles ?

Il remarqua la grimace et sentit son corps se glacer un peu plus. Il répéta la question d'une voix rauque qui lui fit peur.

— Ça pourrait aller mieux, répondit finalement le manchot.

Voyant le jeune homme au bord des larmes, il ajouta :

— Ne vous inquiétez pas. Elles sont dans une cellule avec deux autres femmes. Elles ne risquent rien, pour l'instant.

— Que va-t-il leur arriver ? Pouvez-vous les faire sortir ?

Le manchot secoua tristement la tête.

— Sortir ? Non. J'ai vu un soldat que je connais, un garde-française. Ce n'est pas un mauvais bougre. Il m'a appris que ce ne sont pas des Aixois qui les ont arrêtées, il s'agit d'un bataillon venu de Marseille. Ils disposaient de listes dressées par les Anti-Politiques.

Granet frémit. Les pires atrocités commises dans la ville l'avaient été par ces sans-culottes marseillais qui n'étaient nullement motivés par la pureté révolutionnaire. Il s'agissait de brutes sanguinaires et il avait assisté à leurs exploits l'été dernier.

Une chaleur étouffante couvrait alors la ville. Depuis quelques semaines, on avait appris l'assaut donné aux Tuileries par les hommes de Danton ainsi que l'arrestation et la déchéance du roi. À ce moment-là, Marius avait approuvé les décisions des conventionnels. Les gens mouraient de faim ici et que faisait le roi pour eux ? Il devait être jugé, au moins pour son indifférence.

En ce jour d'août, alors qu'il traînait en ville avec Antoine, il avait vu arriver une bande de Marseillais. Une cinquantaine d'hommes armés de piques, vêtus de pantalons rayés et coiffés de bonnets rouges à cocarde tricolore. Pensant qu'ils venaient fêter la fin de la royauté, les deux amis les avaient suivis dans la mairie où ils les avaient vus lacérer les peintures, détruire les meubles, saccager et brûler tout ce qui avait de la beauté.

Tous deux s'étaient enfuis, terrorisés et horrifiés. Ce n'était pas la révolution qu'ils appelaient de leurs vœux.

Le lendemain, ils avaient appris que la municipalité avait abdiqué tout pouvoir au profit des clubs, que les commissaires de sections dirigeraient désormais la cité qui serait placée sous la tutelle de Marseille, que le comité ferait la loi.

Mais pour les Aixois, rien n'avait changé, sinon le prix du blé qui avait encore augmenté. Et durant l'hiver, bon nombre d'habitants étaient encore morts de faim et de froid.

Fulques poursuivait :

— Elles devraient être transférées demain matin à

Marseille avec les autres qu'ils ont arrêtées. Là-bas, elles seront jugées par le tribunal révolutionnaire comme aristocrates.

Antoine et Marius se regardèrent. Ils savaient ce que cela signifiait. Ceux qui étaient jugés comme ci-devant étaient exécutés quelques heures après. Sur la guillotine.

— Il faut les faire sortir, murmura Antoine. Ce sera cette nuit ou jamais.

24

Le verger qu'ils traversaient était à l'abandon. Les arbres n'avaient pas été taillés depuis plusieurs années et beaucoup étaient enlacés par les lierres. Orties, chardons, renoncules et folles-avoines avaient tout envahi.

La lune les éclairait à peine alors qu'ils se dirigeaient avec précaution vers le mur qui fermait l'arrière de la cour principale des casernes.

Il n'était pas loin de minuit. Ils devaient faire sortir les deux femmes de leur prison avant le matin, sinon il n'y aurait plus d'espoir. Le tribunal révolutionnaire n'acquittait jamais les suspects et n'appliquait qu'une sanction : le *rasoir national*[1].

Pourtant, libérer les prisonnières paraissait impossible. Certes, Fulques savait exactement où elles se trouvaient : dans l'un des casernements désormais vide depuis que les régiments fidèles au roi avaient quitté la ville. Mais pour réussir une évasion, il fallait entrer dans la caserne, réduire les geôliers à l'impuissance, délivrer les prisonnières, les faire sortir et enfin les cacher.

Une entreprise insurmontable qu'ils avaient pourtant décidé d'accomplir.

1. La guillotine.

Il est vrai que, seuls, Antoine et Marius en auraient été incapables. Heureusement, il y avait Fulques. Fulques prêt à risquer sa vie pour faire sortir madame de Forbin-Tonnerre de sa prison.

Quelques heures plus tôt, ils s'étaient retrouvés dans la soupente qu'il occupait dans la maison de Clotilde. Marius et Antoine restèrent interloqués quand il leur expliqua son plan. Ce n'était plus le miséreux venu les prévenir qui parlait, c'était l'ancien soldat, l'ancien partisan, l'insurgent qui avait fait le coup de feu avec les rebelles américains. Il leur expliqua :

— On va entrer dans la caserne. Évidemment pas par l'entrée principale. Le plus facile sera certainement de passer par le mur d'enceinte, à l'arrière. Cette clôture donne sur des jardins abandonnés. Pour y parvenir, il faut une corde et un grappin. J'ai ces deux instruments mais, avec mon bras, je ne pourrai pas grimper. Donc ce sera votre rôle. Voici où se situe le baraquement dans lequel elles sont prisonnières.

Il leur fit un plan sommaire en s'aidant de quelques objets qui traînaient dans son bouge, marquant les limites de la caserne avec des morceaux de bois et indiquant leur objectif de son index. Il poursuivit après un temps de réflexion :

— Je peux vous prêter un pistolet. J'en ai un ici, mais saurez-vous vous en servir ?

Les deux gamins secouèrent négativement la tête.

— Je m'en doutais. Au demeurant, cela vaut mieux. Si vous tirez, vous réveillerez tout le monde et vous n'aurez pas le temps de vous enfuir. Le mieux est que vous (il montra Antoine du doigt) portiez cette veste que j'ai sortie. C'est une jaquette de garde-française, ils sont encore quelques-uns là-bas. De nuit, on croira que vous appartenez à la caserne. Vous emporterez aussi ce sabre. Présentez-vous avec assurance à la baraque où elles sont enfermées – il n'y aura qu'un ou deux gardiens – et demandez qu'on vous remette les prisonnières. Par exemple, vous pourriez expliquer qu'elles doivent être interrogées par le commissaire. Avec un peu de chance, ils vous croiront.

— Et si ça ne marche pas ? objecta Marius, toujours pessimiste.

L'autre haussa les épaules avec fatalisme.

— À vous de voir. Effectivement, c'est vous qui prenez tous les risques.

— Cela me convient, approuva froidement Antoine en se saisissant de la veste et du sabre. Allons-y maintenant.

Fulques le retint par l'épaule.

— Non, pas tout de suite. Attendons onze heures. Il n'y aura personne dehors et les gardiens seront ensommeillés. Avant, je dois vous montrer deux ou trois choses que j'ai apprises avec les insurgents. Ces gens-là avaient un culot monstre et vous garrottaient un homme sans qu'il s'en rende compte.

Alors il leur expliqua patiemment comment saisir quelqu'un par-derrière, comment l'attacher ou l'assommer, et même un peu plus. Ils écoutaient, mimant les gestes entre eux et espérant secrètement ne pas avoir à utiliser le sabre et le large couteau qu'il leur avait aussi conseillé d'emporter.

L'entraînement avait duré une couple d'heures et maintenant ils se trouvaient au pied du mur.

Pendant que Fulques examinait l'enceinte, Antoine songeait à la discussion qu'il avait eue avec son père, plus tôt dans la soirée. En effet, avant de se retrouver chez Fulques, chacun était allé prévenir sa famille.

Marius avait simplement déclaré qu'il dormirait chez Antoine, mais ce dernier avait préféré dire la vérité à ses parents. Il comptait délivrer les deux femmes et il aurait besoin d'eux ensuite.

Son père l'avait écouté avec gravité. Pour la première fois, il prenait conscience que son fils de dix-huit ans était devenu un homme.

— Je vais vous accompagner, décida finalement le médecin. Nous ne serons pas trop de quatre pour les libérer.

— Non ! refusa Antoine avec autorité. Si je me fais prendre, tu pourras encore m'aider. Et il ne faut pas laisser ma mère et ma sœur Alice seules. Fulques sera avec nous, il a l'expérience de ce genre d'opération et nous réussirons. J'en suis certain.

— Et après, que ferez-vous ? demanda sa mère, folle d'inquiétude.

Il fit un geste d'impuissance avec ses mains.

— Après ? Je ne sais pas. Je n'ai rien prévu. C'est trop tôt et nous verrons bien.

Il s'arrêta un instant, ému par les visages décomposés de ses parents.

— La seule perspective dont je suis certain est que si je les délivre, et si madame de Forbin-Tonnerre ne me rejette pas, alors j'épouserai Clotilde.

Les deux parents se regardèrent. Oui, décidément leur fils avait bien grandi.

Le mur faisait deux bonnes cannes[1] de haut. Fulques jeta adroitement le grappin qui s'accrocha au faîte sans bruit.

— Allez-y, ordonna-t-il.

1. Donc deux toises environ, c'est-à-dire quatre mètres.

Antoine grimpa le premier, gêné par l'énorme sabre de soldat qu'il avait attaché à un baudrier de cuir. Puis ce fut le tour de Marius. Il avait été convenu que Granet resterait en bas du mur à attendre pendant qu'Antoine irait chercher les prisonnières. Entre-temps, il aurait fait passer la corde de l'autre côté et, ensuite, il aiderait les femmes à monter. C'était une entreprise folle, songeait-il avec inquiétude. Mais il devait pourtant aider Antoine.

Au sommet du mur, Puylaurens sauta avec l'inconscience de la jeunesse, il fut rejoint par Marius qui avait fait passer la corde de l'autre bord.

Il faisait noir et la cour était silencieuse. Ils cherchèrent à se repérer. Le bâtiment des prisonnières semblait être à une cinquantaine de cannes vers leur droite. Du côté gauche, ils distinguèrent un amoncellement d'objets. Intrigués, ils s'approchèrent. C'était un outillage de maçon posé sur un tas de sable et de pierres. On avait commencé à refaire les enduits du mur, mais le travail avait été abandonné.

Marius repéra l'échelle. Abîmée, pourrie par endroits même, mais encore suffisamment solide pour quitter la caserne rapidement.

— Je vais l'installer ici, décida-t-il. En cas de problème, reviens en courant et nous aurons le temps de fuir. Enfin, j'espère…

Antoine hocha la tête et, le cœur glacé, se dirigea lentement vers la prison.

De près, elle semblait bien grande. Combien étaient-ils à l'intérieur ? La porte était fermée. Il rajusta sa veste et son baudrier, respira un grand coup et poussa l'huis.

Il découvrit une grande pièce obscure avec une porte de chaque côté. Dans un coin se dressaient une table et deux bancs. Un homme assis dormait, affalé sur la table. Une bougie presque terminée l'éclairait à peine. Un autre était couché sur un banc. On distinguait vaguement son corps. Il ronflait bruyamment. Aucun des deux ne portait d'uniforme.

La pièce puait la sueur, la crasse et la vinasse. Des sans-culottes, songea-t-il, de pauvres gens qui font ce travail de guichetier pour survivre.

Celui qui était assis leva la tête. Un broc et deux verres étaient posés sur la table.

— Que veux-tu, citoyen ? glapit-il dans un bâillement.

À l'évidence aucun soupçon. D'ailleurs, qui aurait pénétré ici sans y être convié, dans l'antichambre de la mort ?

— Je suis envoyé par le commissaire de section, expliqua Antoine d'un ton las. Pour chercher les prisonnières.

L'autre leva un sourcil interrogateur et visiblement dubitatif.

— À cette heure ? Lesquelles ? Il y en a quatre !

Au bruit de la discussion, le second geôlier s'était réveillé.

— L'aristocrate Forbin et sa fille, citoyen, répondit Antoine en se plaçant dans l'ombre protectrice de la porte.

Il sentait qu'il mentait mal.

— Qu'est-ce que c'est que cette histoire ? grommela le second geôlier avec irritation. On nous a dit de les emmener demain à Marseille. Le commissaire n'a rien à demander, ça ne le regarde plus.

Antoine haussa les épaules avec une feinte insouciance.

— Comme vous voulez… Je vais aller le lui dire. Vous vous arrangerez avec lui.

Il soupira et fit demi-tour.

— Attends !

Celui qui était assis s'était maintenant levé.

— On va aller ensemble s'expliquer avec le commissaire.

Il se retourna vers son collègue et lui déclara sur un ton de matamore :

— Comme ça, je tirerai cette affaire au clair !

L'autre bâilla et approuva.

Ils sortirent tous les deux. Antoine se sentit perdu. Vers où aller ? Il eut alors une inspiration.

— Citoyen, tu entends ce bruit ?

— Quoi ?

— Là-bas !

Il montrait le mur par où il était arrivé.

— Il y a une sorte de frottement… Écoute…

L'autre haussa les épaules et prêta l'oreille.

— J'entends rien. Ah si ! Un chat, ou des rats certainement…

— Peut-être. Mais j'en aurai le cœur net ! répliqua Antoine d'un ton fanfaron.

D'autorité, il se dirigea vers le mur. L'autre le suivit en maugréant.

Antoine continua à parler volontairement très fort :

— Et si c'était autre chose, hein ! On me ferait des reproches. Moi, je suis un soldat, j'ai des comptes à rendre à mon officier…

Pourvu que Marius m'entende, priait Antoine.

— … Nous irons voir le commissaire après. Si nous découvrons quelque chose, il nous en saura gré.

Ils s'arrêtèrent près des outils de maçonnerie. L'autre éructa :

— Tu vois, citoyen, il n'y a rien et il fait froid.

— Ne bouge pas, citoyen, interpella une voix

sourde. Tu as un couteau dans le dos. Un geste et je l'enfonce en silence.

L'autre se figea.

— Mets tes mains en avant, demanda Antoine en se plaçant devant lui.

Le sans-culotte s'exécuta sans résistance. Antoine avait déjà tiré de sa poche une cordelette que Fulques lui avait remise pour cet usage. Il attacha solidement les mains de l'homme, puis sortit un garrot que l'ancien soldat lui avait aussi remis. Fulques en avait préparé plusieurs en même temps que les cordelettes.

Antoine allait aussi vite qu'il le pouvait, il serra de toutes ses forces, faisant gémir son prisonnier. Sitôt terminé, il sortit son sabre de l'étui et sentit le sans-culotte se contracter d'épouvante. Malgré lui, il le rassura :

— Ce n'est pas pour toi.

Il tendit alors l'arme à Granet qui jeta la truelle dont il enfonçait la pointe dans le dos de l'ex-geôlier. Heureusement, tout s'est bien passé, songea Marius qui n'avait pas emporté le couteau de Fulques. Qu'aurais-je pu faire avec une truelle ?

— À plat ventre maintenant, ordonna-t-il d'un ton sévère.

Dès que ce fut fait, Antoine lui lia les jambes et passa le reste de la corde autour du cou en tendant les jambes en arrière. Dans cette position avait expliqué Fulques, aucun prisonnier ne pouvait se libérer seul.

— Tente de fuir et tu es mort, lui murmura Antoine.

Il fit signe à Marius de s'éloigner de quelques pas avec lui et lui expliqua :

— Il en reste un dans la salle. Ils ne m'ont pas cru et lui (il montra l'homme) voulait aller vérifier auprès du commissaire. Si j'y retourne, l'autre va se douter de quelque chose. Que faire ?

— Je t'accompagne, décida Marius. Voilà ce que je propose…

Après l'avoir écouté, Antoine revint auprès du prisonnier et vérifia qu'il ne pouvait réellement pas bouger. Satisfaits, ils partirent tous deux vers le bâtiment prison. Un observateur attentif aurait alors remarqué que Marius portait maintenant la veste de garde-française d'Antoine. Et qu'elle était trop grande pour lui.

Arrivé à la porte, Granet pénétra avec assurance dans la salle.

— Mais qu'est-ce qui se passe ce soir ? grogna le gardien en levant la tête. Et qui tu es, toi ?

Il l'examina avec attention.

— D'abord tu as quel âge, gamin ? Ils prennent des nourrissons aux gardes ?

— Dix-sept ans, répliqua Marius, réellement vexé. Et il n'y a pas d'âge pour défendre la République. Tu devrais savoir ça, citoyen, à moins que tu ne doutes de la Révolution…

— Ça va, te fâche pas, s'excusa l'autre, inquiet du ton perfide du jeune garçon. Que veux-tu ?

— Le commissaire m'envoie. Le soldat Mourret est resté avec votre compagnon chez lui. Le commissaire m'a dit qu'il ne répéterait pas son ordre. Il veut les quatre prisonnières.

— Holà ! Mais c'est qu'on s'énerve ! Ça suffit, on va y aller avec ces dames.

Il se leva lourdement et se dirigea vers la porte de droite. Marius l'accompagna. La clef se trouvait sur la porte.

L'autre manœuvra la serrure et ouvrit. La cellule était dans le noir complet.

— Que voulez-vous ? interrogea une voix féminine apeurée.

— Ah ! Ah ! Moi, rien, mais le capitaine s'ennuie. Il veut de la compagnie. Hé ! Quatre femmes ! Je le comprends, il est bel homme ! ricana-t-il, égrillard. Debout, vite, et suivez-moi, citoyennes, la république a besoin de vous !

— Non ! cria l'une d'elles, terrorisée.

Marius, contrarié par la façon dont les choses se passaient, s'avança :

— Madame de Forbin ? Ne craignez rien, le commissaire désire seulement vous parler.

Madame de Forbin ainsi que sa fille reconnurent la voix et la silhouette de Marius, elles allaient l'interroger quand le geôlier demanda avec méfiance :

— Tu les connais ? Tu connais des aristos, toi ?

— Bien sûr que non ! répliqua Marius à voix haute en haussant les épaules. Mais le commissaire m'a donné leur nom. De toute façon, je ne suis pas d'ici, je suis d'Aubagne.

Que fait Marius dans la prison ? se demanda madame de Forbin. Venait-on les délivrer ? Elle se leva et s'approcha lentement de la porte. Marius lui fit un clin d'œil dès qu'il la vit.

C'est bien lui, reconnut-elle, rassurée. Elle se retourna :

— Viens, Clotilde. Madame Curnier et madame Ravel, venez avec nous. Nous devons obéir à ce jeune homme.

Deux autres femmes se levèrent et s'approchèrent à leur tour. Elles étaient encore jeunes mais leur visage tiré et leurs cheveux emmêlés laissaient transparaître les souffrances qu'elles avaient endurées.

Elles sortirent toutes, lentement.

Le geôlier les laissa passer et dit à Marius :

— Conduis-les, je reste derrière à les suivre.

Marius sortit donc le premier et attendit. Les femmes suivirent, puis le gardien. Au moment où il passait la porte, le sans-culotte sentit la pointe d'un sabre s'enfoncer dans son dos.

— Aïe ! Que...

— Silence ! Retourne dans la prison, lentement. Un souffle, et ce sabre te passe au travers du corps.

— Madame de Forbin, expliqua Marius, attendez-nous ici. Restez contre le mur pour qu'on ne vous remarque pas.

Il suivit Antoine qui entraînait le prisonnier à l'intérieur.

— Les mains dans le dos ! ordonna Marius pendant qu'Antoine gardait l'épée pointée maintenant sur le ventre de l'homme.

À son tour, le sans-culotte fut entravé et muselé. Ils le poussèrent ensuite dans la pièce où avaient été enfermées les quatre prisonnières et fermèrent la porte à clef.

Quelques instants plus tard, ils se retrouvèrent au pied du mur. Chaque femme franchit l'obstacle avec l'échelle et Antoine passa le dernier. De l'autre côté, Fulques se rongeait d'angoisse.

— Fulques ! J'aurais dû me douter que c'était vous qui aviez organisé notre évasion, murmura avec émotion madame de Forbin-Tonnerre en le reconnaissant. Antoine, Marius... mes enfants...

Elle n'arrivait plus à parler et sanglotait en serrant les trois hommes contre elle.

Ce fut l'ancien soldat qui fit cesser les effusions.

— Il faut maintenant vous cacher. Savez-vous où aller ?

L'une des deux femmes s'avança. Antoine n'avait jusque-là guère prêté attention aux autres prisonnières.

— Madame Ravel et moi pouvons aller dans notre

famille. Nous préférons vous laisser, merci pour tout ce que vous avez fait.

Elles paraissaient terrorisées et il comprenait qu'elles désiraient les quitter le plus vite possible. Il hocha la tête et, son assentiment donné, elles s'éloignèrent à vive allure dans le verger ruiné.

Ils se taisaient tous. Que faire maintenant ? Il fallait prendre une décision. Antoine proposa :

— Vous pourriez venir chez mes parents…

Fulques secoua la tête.

— Dès demain, avant peut-être, ils lanceront des recherches, vous seriez vite dénoncés. Non, j'ai aussi prévu où vous cacher, expliqua-t-il en regardant madame de Forbin-Tonnerre. Seulement…

Visiblement, il hésitait à poursuivre. Il ferma et ouvrit son unique main nerveusement.

— … Je vous demanderai de ne me poser aucune question. Et d'oublier le lieu où je vais vous conduire.

Antoine, Marius et les deux femmes se regardèrent, interloqués. Ce fut Antoine qui répliqua en tant que chef apparent de leur petite communauté.

— Nous te le jurons. Peut-on y aller tout de suite ?

— Oui, suivez-moi.

25

Ils rentrèrent en ville. Les rues désertes n'étaient plus éclairées. Ils remontèrent la rue de Toulon, puis prirent la rue Longue-Saint-Jean[1]. Antoine comprit aussitôt où ils se rendaient et sut qu'il ne s'était pas trompé. Pourtant, près de dix ans s'étaient écoulés depuis la fameuse nuit dans le Palais Comtal. Les souvenirs lui revinrent par vagues.

Quelques minutes plus tard, ils se trouvaient devant l'entrée des écuries de l'hôtel d'Entrecasteaux. Fulques sortit une clef de sa veste et les fit pénétrer rapidement. Il referma la porte derrière lui et les fit avancer.

— Cet hôtel est abandonné depuis des années, expliqua-t-il à voix basse. Personne ne viendra jamais ici, j'avais la clef et j'ai amené hier soir un pain et une bouteille. Vous trouverez aussi deux couvertures. Vous y serez en sécurité… seulement… je ne sais que faire de plus.

— Tu as fait beaucoup, Fulques, remercia Antoine doucement. Maintenant c'est à moi d'agir. Je vais demander à mon père de nous trouver une voiture et nous partirons la nuit prochaine. Où pourrions-nous

1. Aujourd'hui rue Roux-Alphéran.

aller, madame ? Avez-vous une idée d'un endroit où vous seriez en sécurité ?

— Mon cousin m'avait proposé son aide. Je sais où il habite à Lyon, nous pourrions le rejoindre... mais c'est bien loin.

Antoine regarda Marius.

— Pourquoi ne pas en profiter pour voir Auguste ? Tu viendrais avec nous ?

Granet sourit.

— Oui, mes parents accepteront si nous y allons ensemble.

— Fulques, vous nous accompagneriez ?

Le géant approuva de la tête, presque heureux.

— Alors, c'est décidé. Il va nous falloir de l'argent pour une voiture assez grosse pour quatre.

— J'ai un peu de bien chez mon notaire... proposa madame de Forbin-Tonnerre.

— Mais vous ne pouvez y aller, ce serait trop dangereux. Je demanderai à mon père de nous prêter le nécessaire. Puisque nous sommes d'accord, je crois qu'on peut se quitter.

Il ajouta un peu plus bas à l'intention de madame de Forbin-Tonnerre :

— Madame, protégez bien Clotilde !

Madame de Forbin-Tonnerre le dévisagea un long moment, puis regarda sa fille qui s'était approchée d'Antoine et lui avait pris affectueusement la main. Alors, elle murmura avec gravité :

— J'ai maintenant un fils.

Et elle fondit en larmes.

Les trois hommes se dirigèrent en silence vers la porte. Avant de sortir, Fulques leur lança à voix basse un dernier avertissement :

— Madame, quoi qu'il arrive, ne sortez pas de l'écurie. Et surtout n'allez pas dans l'hôtel.

Il ajouta d'une voix cassée par l'émotion :

— Il est maudit.

Fulques raccompagna Antoine et Marius chez les Puylaurens. Il était plus de trois heures. Le médecin et son épouse attendaient leur fils avec angoisse. Antoine présenta Fulques à ses parents et ils racontèrent leur expédition devant un repas froid.

— Qu'allons-nous faire maintenant ? demanda monsieur de Puylaurens quand ils eurent terminé.

— Il faut une voiture pour cinq personnes, qui nous permette d'emmener madame de Forbin à Lyon chez monsieur le marquis. Pour cela, nous avons besoin d'argent.

— Pas seulement, répondit le père d'Antoine. Le plus difficile sera de trouver une voiture. Mais j'en fais mon affaire, j'irai demain chez Roux, au chemin des Cordeliers, je suis certain qu'il m'en proposera une correcte. Seulement, on a aussi besoin d'un cocher, une voiture à quatre chevaux ne se conduit pas aisément.

Marius regarda Antoine avec inquiétude, puis dévisagea Fulques. Mais le soldat secoua négativement la tête en déclarant cependant :

— Je peux essayer…

— Non, répliqua le médecin en levant une main. J'irai avec vous car, moi, je sais conduire ce genre de véhicule.

— Mais si ça se sait… objecta Antoine.

— De toute façon, nous ne pourrons rester à Aix plus longtemps, intervint alors sa mère. La situation devient trop dangereuse et on nous a rapporté que certains voulaient nous placer sur la liste des suspects.

Nous ne t'en avions pas parlé jusqu'à présent pour ne pas t'inquiéter, mais nous pensons rentrer à Puylaurens, le temps que la situation se calme. Tu pourrais poursuivre tes études de médecine à Montpellier.

Antoine ne répondit pas. Il savait qu'il serait bientôt séparé de Clotilde. À Montpellier, c'était son ami Marius qu'il ne verrait plus, après avoir déjà perdu Auguste.

Monsieur de Puylaurens eut plus de difficulté qu'il ne l'avait prévu pour trouver une voiture. Car si rien n'avait filtré des événements de la caserne – il ne fallait pas donner des idées à d'autres ! – la ville était quadrillée de patrouilles de sans-culottes qui posaient des questions à tout le monde. À coup sûr, on recherchait les évadées.

Il se rendit chez différents louageurs, carrossiers ou relais de poste, expliquant qu'il avait un malade à aller chercher et qu'il lui fallait une berline à quatre roues pour le transporter allongé.

Finalement, un carrossier lui proposa un vieux véhicule auquel il fallait refaire une roue. Fulques trouva un charron et se procura quatre chevaux capables de marcher ensemble (il en aurait fallu six, mais il fut impossible d'en dénicher autant). Il fut convenu avec le charron que le médecin viendrait chercher la voiture le lendemain, vers quatre heures du matin, une heure habituelle pour le départ d'un long voyage.

Dans la nuit, Fulques, Antoine et Marius – ce dernier avait averti ses parents de son absence pour quelques jours, et monsieur de Puylaurens l'avait accompagné pour les convaincre – retournèrent au sinistre hôtel d'Entrecasteaux. Entre eux, les deux amis n'avaient pas parlé de Fulques ni évoqué les souvenirs de cette terrible nuit dans le Palais Comtal.

Les deux femmes les attendaient avec angoisse. Ils leur donnèrent de la nourriture et de l'eau et leur expliquèrent qu'ils resteraient avec elles le reste de la nuit, ne devant quitter leur cachette qu'un peu avant quatre heures pour rejoindre le père d'Antoine qui les attendrait sur le terre-plein, en bas du cours à carrosses.

Antoine ne dormit pas cette nuit-là. Alors que Marius et Fulques sommeillaient, ainsi que Madame de Forbin qui s'était isolée, il veilla toute la nuit avec Clotilde, faisant ensemble à voix basse des plans sur un avenir qui s'annonçait pourtant bien sombre.

Le court trajet entre l'hôtel d'Entrecasteaux et la voiture se fit sans difficulté. La ville dormait et tous les réverbères étaient éteints. Ils se serrèrent dans la berline trop étroite. Fulques monta sur le siège du conducteur, à côté de monsieur de Puylaurens, et les chevaux prirent leur course.

Le voyage fut lent et long, sauf pour Antoine et Clotilde. Marius boudait un peu car il voyait bien que son ami s'était détaché de lui. Durant les cinq grands jours, monsieur de Puylaurens ménagea les chevaux car ils n'en trouvaient pas toujours aux relais. Plusieurs fois, ils furent arrêtés par des patrouilles de sans-culottes, qui surveillaient les départs d'émigrés, et parfois aussi par des soldats. Mais le passeport du médecin levait chaque fois tous les obstacles.

Arrivés à Lyon, ils eurent quelques difficultés pour trouver la maison du marquis de Forbin. Finalement, la nuit était déjà bien avancée quand la voiture s'arrêta devant le petit logement.

Les retrouvailles des trois amis furent merveilleuses. La marquise de Forbin et son époux accueillirent leur cousine avec un réel soulagement, mais, très vite, les visiteurs comprirent que la situation sur place était grave. Monsieur de Forbin songeait maintenant à quitter la France car sa position n'était plus sûre dans la ville. Il fut convenu que, s'ils partaient pour la Savoie, madame de Forbin-Tonnerre et sa fille les accompagneraient.

Alors Fulques proposa ses services :

— Je n'ai pas de lien à Aix, monsieur le marquis, et je risque d'être suspect dans l'évasion de madame. Je sais que je n'ai qu'un bras mais je peux encore me rendre utile. Laissez-moi rester à son service.

Madame de Forbin-Tonnerre vivait depuis si longtemps seule et sans soutien qu'elle ressentit brusquement une montée de gratitude et – disons-le – d'amour à la demande de l'ancien insurgent. Fulques avec elle, elle devinait – non, elle était certaine – qu'elle pourrait désormais protéger sa fille. Elle regarda misérablement le père d'Auguste en hochant légèrement la tête pour qu'il approuve la requête. Et intérieurement, elle priait.

Le marquis de Forbin garda un instant un visage fermé. Cet homme, ce soldat, ce manchot, d'où venait-il ? Pourquoi voulait-il rester avec sa cousine ? Puis, il prit conscience de sa propre situation précaire, du monde nouveau qui naissait et il oublia cette ancienne société qui avait disparu. Il prononça lentement ces mots :

— Je serai heureux que Fulques reste avec nous, nous aurons effectivement besoin de lui.

C'est ainsi que Fulques entra au service des Forbin, somme toute à la satisfaction d'Antoine. Sans trop savoir pourquoi, il avait confiance dans cet homme. Il prit même conscience qu'il avait toujours eu confiance en lui. Il lui vint le souvenir de ce jour où il était venu à leur aide alors que ce chien les attaquait dans le Palais Comtal.

Oui, Fulques s'occuperait de Clotilde comme un père.

Le retour vers Aix fut pourtant maussade – ils ne pouvaient rester longtemps chez les Forbin sans attirer l'attention – et pour la première fois les deux amis parlèrent du manchot.

— Crois-tu que nous saurons un jour le rôle qu'il a joué dans la mort de la présidente ? demanda Marius.

— Nous avons promis de ne pas l'interroger, et d'ailleurs, le reverrons-nous un jour ? Si c'est le cas, il faut seulement souhaiter qu'il ait suffisamment confiance en nous pour nous le dire.

— Nous pourrions lui avouer que nous étions dans les ruines, cette nuit-là.

— Peut-être, peut-être. Mais enfin, est-ce vraiment important pour nous de connaître la vérité ?

— Tu oublies ces coffres. Que contenaient-ils ? Et surtout que sont-ils devenus ?

Antoine ne répondit pas à ces questions. Pour lui, il y en avait une plus grave. Qui avait sauvagement égorgé Angélique de Castellane ?

Durant cinq années, Théodore Desorgues avait vécu heureux à Bologne. Il y avait terminé ses études de médecine et, parlant désormais italien comme Dante, il songeait à s'installer dans cette ville qui ressemblait à Aix et où il oublierait facilement l'affreux crime dont il avait été complice.

Il ne s'était pas pour autant rangé et, avec l'argent que lui envoyait son frère et le pécule tiré de la vente de quelques bijoux pris dans le trésor enterré dans la crypte, il menait toujours une vie de débauche qu'il étendait souvent aux grandes villes avoisinantes, Florence et Venise, où il était bien connu des habitants – et surtout des habitantes – des bas-fonds.

Si sa difformité éloignait de lui beaucoup de femmes honnêtes, l'argent permettait de faire oublier cet inconvénient aux autres.

Plusieurs fois il était retourné à Rome pour tenter de reprendre le coffre mais la crypte était désormais murée, inaccessible. Que s'était-il passé ? Qui avait donné cet ordre de fermeture ? Cela avait-il un rapport avec leur enfouissement ? Il l'ignorait, mais il avait une certitude : Rive en était le responsable.

L'abbé était bien trop intrigant pour leur avoir fait confiance, se persuadait le bossu. C'était lui aussi qui avait fait assassiner Aiguillon, comme il devait avoir tenté de les faire tous disparaître. D'ailleurs, lui-même avait appris que deux hommes étaient à sa recherche : un Napolitain du nom d'Arrangiarsi et un géant manchot. Certainement des tueurs à ses trousses.

Heureusement ses relations avec les souteneurs et les bagasses, ainsi que quelques pièces d'or adroitement distribuées, avaient clos les langues et les deux inconnus ne l'avaient jamais retrouvé.

Pourtant, en l'absence d'information sur ses autres complices – étaient-ils encore vivants ? –, il préférait rester en Italie. Ici, avait-il décrété, il ne risquait rien. Qui sait si, en France, Rive ne le ferait pas arrêter ? Avec ce diable d'homme…

C'est donc à Bologne qu'il apprit un jour d'août 1789 la prise de la Bastille.

Dans les semaines qui suivirent, il comprit que la grande Révolution à laquelle Aiguillon et lui croyaient tant dans cette ancienne vie qu'il avait presque oubliée, là-bas à Aix, commençait.

Ne songerait-il donc qu'à devenir un petit médecin de Bologne ? Impossible ! Il ne pouvait rester sur le bord de la route de l'Histoire.

Il fit donc ses bagages et rentra en France où il choisit Paris pour s'installer.

Il arriva dans la capitale à la fin de 1789.

De là, il écrivit à son frère en lui expliquant les raisons de son retour en France :

... Le monde va changer et je dois y participer. Mais pourquoi ne me rejoindrais-tu pas ? Tu seras plus en sécurité à Paris qu'à Aix où notre père avait beaucoup d'ennemis. Ici la vie est douce et les femmes ne sont point farouches. Je t'en conjure, prends un homme de confiance pour gérer tes biens et donne procuration à ton notaire. Tu ne vas pas t'enterrer dans cette ville !

En tant que poète, il lui avait rappelé ces vers acides du comte de Villeneuve-Vence :

Dans Aix l'ennui, dès le lundi,
Vous mène jusqu'au samedi.

Théodore agissait uniquement par intérêt car son frère, seul héritier de l'immense fortune de son père, était sa seule source de revenus. Or, seul à Aix, il pouvait lui arriver malheur, ou pire, il pouvait rencontrer quelque femme qui lui prît sa fortune ! Alors qu'à Paris, lui, Théodore, pourrait le surveiller et le conseiller, car il savait Jean-Joseph facilement influençable.

Il se trouve que la lettre de Théodore tomba à pic pour le conseiller à la cour des Comptes. Si Jean-Joseph avait réussi à vendre facilement la charge de secrétaire du roi de son père peu de temps après sa mort, et à faire à cette occasion un substantiel profit – il l'avait vendue quatre-vingt-trois mille livres –, les temps avaient changé et le conseiller découvrait que sa propre charge ne valait plus rien puisqu'on parlait de supprimer toutes les institutions de l'Ancien Régime !

Les affrontements de mars 1789, lors de l'assaut de la populace contre l'hôtel de ville d'Aix pour obtenir des farines ou des grains, l'avaient inquiété ; les décisions prises à la fin de cette année-là pour une redéfinition des institutions, en particulier le découpage des départements qui sonnait le glas de la cour des Comptes, avaient accentué son anxiété ; l'agitation conduite par les femmes des Milles pour se procurer du pain au printemps de 1790, au moment même où il venait de recevoir la lettre de son frère, l'avait affolé ; lorsqu'en mai de la même année, le régiment monarchiste du Royal-Vexin s'était opposé au Royal-Marines, républicain, venu de Marseille – un affrontement qui n'avait pas tourné au carnage uniquement grâce à l'intervention de monsieur Espariat, le nouveau maire –, Jean-Joseph Desorgues avait été terrorisé.

Dès lors sa décision fut prise : il rejoindrait son frère dès qu'il aurait réglé ses affaires. Il décida pourtant de hâter son départ quand il apprit l'assassinat de son protecteur, monsieur d'Albertas, poignardé par un homme qui voulait venger son père. Ce dernier ayant été chassé de ses terres pour inconduite par le président de la cour des Comptes.

Ce crime avait eu lieu le 14 juillet alors que le président fêtait la Fédération dans son parc de Gémenos. Pour Jean-Joseph, cet attentat odieux marquait la fin de sa vie de magistrat aixois.

Le meurtrier – nommé Anicet Martel – ayant été arrêté, Desorgues décida pourtant de rester encore quelques jours uniquement afin d'assister au jugement, puis à l'exécution du coupable.

Albertas était un aristocrate aimé et estimé. N'avait-il pas été un des premiers possédants fieffés de Provence à renoncer à ses privilèges ? L'assassin devait donc être châtié avec une sévérité exemplaire. Il fut condamné à être roué vif sur la place des Prêcheurs.

Le 2 août, Jean-Joseph Desorgues se trouvait au premier rang quand – de façon incompréhensible – une partie du public prit la défense du supplicié et lapida les soldats ainsi que le bourreau. Blessé dans la bousculade par des pierres perdues, le conseiller Desorgues réussit pourtant à gagner sa maison et décida aussitôt de quitter cette effroyable ville[1].

1. Le bourreau parvint à s'enfuir, ainsi que le condamné. Un capitaine du régiment qui assurait l'ordre réussit néanmoins à rattraper l'assassin. On retrouva ensuite le bourreau terrorisé, caché dans une église, et on le força, sous la contrainte, à rouer Anicet Martel qui fut le dernier condamné ainsi traité à Aix.

26

À Paris, pendant ce temps, Théodore se faisait une place dans les cercles poétiques de la capitale.

Lors de son arrivée, il avait approché les clubs révolutionnaires mais les avait vite jugés trop austères, trop exigeants, trop sinistres même. Il préférait les dîners fins et la débauche avec les hétaïres littéraires.

Cultivé, poète et littérateur, médecin qui plus est, Théodore s'installa donc dans des milieux littéraires de second ordre où sa difformité plaisait aux bas-bleus. Sa rouerie et ses mœurs dépravées le faisaient adorer d'une société de littérateurs qui aimait s'encanailler. Très vite, il fut le compagnon festif de quelques citoyens et citoyennes plus ou moins engagés dans la littérature officielle et anticléricale du nouveau régime, mais qui préféraient la luxure à l'ascétisme révolutionnaire.

Après l'arrivée de son frère qui logeait chez un nommé Soldano, rue de Richelieu, l'argent ne manquait plus à Théodore et il avait pu mener quelques recherches discrètes pour retrouver trace de ses anciens complices. Ces tentatives ayant échoué, il était persuadé d'être définitivement débarrassé d'eux.

Quant au meurtre de son père, c'était peu de chose et le fils indigne l'avait complètement oublié.

Un soir de décembre 1791, son frère l'avait invité au café Procope et ils parlaient à voix basse dans un coin de la salle, ignorant superbement Camille Desmoulins qui discourait bruyamment, non loin d'eux, avec quelques compagnons de lutte.

Pour ce dîner, c'est Théodore qui avait choisi le célèbre café de la rue de l'Ancienne-Comédie fréquenté jadis par les Encyclopédistes, par Voltaire et Beaumarchais, et maintenant par les citoyens Marat, Danton et Fabre d'Églantine. Dans ce lieu chargé d'histoire, le poète aixois se sentait l'égal de ces géants.

Jean-Joseph était en train de lui raconter comment il avait failli être assommé par les jets de pierres de la populace lors de l'exécution de l'assassin de son protecteur. Il en tremblait encore alors que l'anecdote faisait impudemment rire son cadet.

L'ancien magistrat de la cour des Comptes en fut vexé et signala avec acrimonie :

— Je n'aurais été que le suivant d'une longue liste de victimes de cette ignoble révolution. Je pense même que j'étais visé par les Anti-Politiques en tant que fils d'un ancien assesseur. Avoir tué Pascalis ne leur suffisait pas. C'est clair.

— Pascalis ? demanda Théodore, subitement intéressé. L'assesseur Pascalis ? Il est donc mort, enfin ! Raconte-moi comment…

L'autre leva les yeux au ciel et soupira :

— Tu l'ignorais ?

— Je dois t'avouer que je ne suis pas très informé de ce qui se passe à Paris, alors à Aix ! s'excusa-t-il avec ironie.

L'autre prit une bouchée et parla en postillonnant :

— Les sans-culottes l'ont pendu voici pas mal de

temps. Fin 1790. À la suite d'une émeute fomentée par Rive…

Cette fois, Théodore se figea et un froid glacial l'envahit :

— Rive ? L'abbé Rive ?

— Oui. Un fameux scélérat. Tu le connaissais ? demanda son frère en avalant un énorme morceau du civet.

Théodore s'entendit répondre d'une drôle de voix :

— Pas du tout. J'en ai simplement entendu parler, comme beaucoup. Mais que faisait-il à Aix ?

— Je ne connais pas tous les détails car je suis parti – Dieu merci ! – avant l'assassinat de ce pauvre Pascalis. Ce que je sais tient essentiellement aux courriers que m'envoie Pierre Bonnet, qui s'occupe de mes terres…

Et Jean-Joseph raconta tout ce qu'il avait appris. L'arrivée du nouveau conservateur du legs de Méjanes, introduit dans la ville par ce pauvre Boisgelin qui avait payé cher son erreur. La haine étrange et outrancière de cet abbé envers Pascalis. Son implication au sein des Anti-Politiques. L'effroyable journée de décembre 1790 avec la pendaison de l'assesseur et les atrocités qui avaient suivi. Enfin, la mort du monstre à Marseille deux mois auparavant.

— … Divine justice, conclut péremptoirement le frérot en vidant son verre.

Théodore avait écouté dans le silence le plus total. Si la salle avait été mieux éclairée, son frère aurait constaté que le sang s'était retiré de son visage durant toute l'histoire.

Ils étaient quatre lors de la dramatique expédition chez le président d'Entrecasteaux. Aiguillon avait disparu le premier, tué sans doute par un dément. Rive n'était plus, lui aussi. Ne restait donc que Jouve. Qu'était-il devenu ? Peut-être avait-il aussi été emporté par cette révolution. Théodore songeait à ses compagnons alors que son frère lui expliquait qu'il travaillait d'arrache-pied à une mystérieuse invention, laquelle révolutionnerait l'humanité.

Si Jouve était mort, Théodore restait donc seul détenteur du secret de la mort de la présidente d'Entrecasteaux. Et il était aussi le seul à savoir où se trouvait le fabuleux trésor.

Seulement, cette fortune restait inaccessible. Durant les jours qui suivirent le dîner avec son frère, il songea plusieurs fois au coffre empli d'or. Mais concluant qu'il ne pouvait le reprendre, et qu'il n'en avait pas besoin, il l'oublia.

Le plus important restait à ses yeux qu'on ignore sa participation au meurtre de la présidente d'Entrecasteaux.

Cependant, la Révolution ne devait pas oublier Théodore Desorgues.

Durant toute cette année 1791, Théodore s'était désintéressé de la vie politique. Alors qu'il emmenait des femmes vénales dans de bucoliques et coquins séjours aux environs de Paris, le club des Cordeliers, avec à sa tête Marat, ameutait les foules pour demander la déchéance du roi. Desorgues n'y avait prêté aucune attention.

Il ne s'était pas plus captivé pour les élections législatives d'octobre 1791 qui avaient pourtant modifié le rapport des forces politiques. En effet, les constitutionnels de 1789, autour de La Fayette et des Feuillants, étaient désormais minoritaires face aux Girondins de Brissot et de Roland qui demandaient une république.

Seulement ces derniers étaient eux-mêmes attaqués par des Jacobins plus radicaux – les Montagnards –, certes marginaux dans la nouvelle assemblée, mais tout-puissants dans la rue grâce aux sections révolutionnaires qu'ils avaient mises en place et qui tenaient la Commune de Paris.

Compte tenu de la flambée des prix et de la spéculation, très vite les sections disposèrent du véritable pouvoir : celui de la rue.

Inquiet des violences qui s'étendaient, Théodore s'éloigna de Paris avec ses amies et ne revint que lors de la prise du pouvoir par les Girondins, au printemps 1792. Il apprit alors seulement que les Autrichiens marchaient sur la capitale et que, face à ce danger, les révolutionnaires modérés s'effaçaient. Théodore découvrit aussi qu'on ne parlait plus que de Danton, Robespierre, Couthon. Tous ces gens demandaient un pouvoir implacable et souhaitaient la guerre avec l'Europe entière. Ils avaient même décrété *la patrie en danger* !

Le poète replongea pourtant dans ses cercles de littérateurs de café et se remit à écrire d'aimables et lamentables poésies qu'il dédiait aux demi-mondaines dont il achetait les charmes.

Les repas fins succédèrent aux ébats champêtres alors que le peuple en colère forçait les portes des Tuileries et coiffait le roi d'un bonnet rouge. Le club des Jacobins lança finalement l'assaut contre le palais des Tuileries en août 1792 et fit arrêter le roi le jour même où Desorgues écrivait à l'une de ses belles :

Votre absence a refroidi ma veine, je ne fais plus de madrigaux depuis que vos beaux yeux…

Pendant ce temps, la lutte faisait rage entre les Girondins, secrètement soutenus par quelques monarchistes modérés, et les Montagnards appuyés par la Commune. Le dessein de chacun étant de remporter les élections à la nouvelle assemblée, la Convention, prévues au début de septembre.

À la fin du mois d'août, pour écarter les Girondins, Fréron appela le peuple à l'émeute : « Les prisons regorgent de scélérats, il est urgent d'en délivrer la société sur-le-champ ! »

Du 2 au 6 septembre, mille trois cents détenus et ci-devant furent tués dans des conditions atroces. Madame Roland écrivit : « Les femmes [étaient] brutalement violées avant d'être déchirées par ces tigres, les boyaux coupés, portés en rubans, des chairs humaines mangées sanglantes… »

Parmi eux, la princesse de Lamballe fut découpée en morceaux, sa tête et ses seins promenés ensuite dans Paris.

Les élections pour la Convention, qui suivirent ces massacres, apportèrent une fragile majorité aux Girondins, essentiellement grâce aux voix de la province, alors qu'à Paris les députés furent surtout des Montagnards, partisans de Marat, de Danton ou encore de Robespierre.

La république fut proclamée et le roi condamné à mort. Mais comme les Girondins gardaient le pouvoir, les frères Desorgues furent persuadés que la Révolution était enfin terminée. Finalement, expliquait Jean-Joseph à son frère, ces Girondins sont de notre classe sociale : avocats, négociants, bourgeois, ils désirent tous le retour à l'ordre. Nous pouvons leur faire confiance.

En novembre 1792, lors d'un repas au café Procope, les deux frères commentèrent même ironiquement la façon dont le conventionnel Barère avait pris la défense de Robespierre, alors mis en accusation par les Girondins :

« Ne faisons pas des piédestaux à des pygmées… pour accuser un homme de dictature, il faut lui supposer du génie ! » avait ironisé le député.

L'humiliant propos envers le chef des Jacobins les avait fait rire de bon cœur, comme il avait fait sourire tous les conventionnels. D'ailleurs, la méchante phrase avait sauvé la vie de Maximilien Robespierre.

Au printemps 1793, lors d'un dîner bien arrosé, les deux frères apprirent la création d'un Comité de Salut public qui comprenait ce même Barère, mais aussi Danton et plusieurs dantonistes. Ces gens allaient enfin rétablir l'ordre. D'ailleurs, Danton ne venait-il pas de se marier avec une royaliste ?

La fin des illusions fut donc terrible pour les deux Desorgues lorsqu'ils furent informés que des proches de Robespierre demandaient à la Convention un arsenal de mesures répressives contre les anciens nobles, mais aussi contre tous ceux qui avaient usurpé un titre nobiliaire – tel celui de secrétaire du roi.

Au début, ils n'y crurent guère. Hélas, très vite, on leur rapporta cette terrible phrase de Maximilien : « Ces gens-là doivent être traités avec la plus grande sévérité puisqu'ils ont cherché à s'élever au-dessus du peuple… »

Désormais les Desorgues, enfants d'un homme ayant acheté une charge en vue d'être anobli, pouvaient être considérés comme des aristocrates et, à ce titre, risquaient d'être arrêtés. Après les massacres de septembre, une telle arrestation signifiait tout simplement la mort.

Théodore abandonna sa vie dissolue et demanda à être réquisitionné par le Comité de Salut public comme homme de lettres patriote et poète révolutionnaire. Ce fut le député Barère qui le reçut.

Revenu à Aix, monsieur de Puylaurens constata au printemps 1793 une véritable amélioration dans la sécurité des biens et des personnes. Ceux qui avaient forcé les prisons en février et s'étaient rendus coupables des pendaisons sauvages étaient enfin poursuivis et plusieurs d'entre eux emprisonnés.

Rassurés, les Puylaurens décidèrent donc de rester et songèrent même à ne pas envoyer leur fils à Montpellier.

Ce calme tenait au fait qu'en Provence les sections révolutionnaires avaient été infiltrées par les négociants, les armateurs et les professions libérales. La bourgeoisie disposait du droit de vote et souhaitait la fin des exactions, des insurrections et des violences.

En mai, le club des Anti-Politiques avait à son tour basculé du côté des modérés, sinon de celui de la réaction. Une cérémonie civique avait même eu lieu à Aix pour fêter le retour de la concorde.

À Marseille, les sections conservatrices se heurtèrent aux Jacobins qui soutenaient les positions de Marat et de Hébert. Si durant deux ans, impuissante, la bourgeoisie pro-girondine avait assisté à sa ruine avec la fin des échanges maritimes à cause du blocus de la flotte anglaise, elle réclamait désormais l'arrestation des pendeurs jacobins. Elle y parvint finalement en déposant la municipalité et en faisant fermer le club des Jacobins.

Ces Girondins étaient pourtant d'authentiques révolutionnaires – leurs députés avaient d'ailleurs condamné le roi, même si beaucoup s'étaient opposés à sa mort.

Mais ils étaient aussi soutenus par une puissante réaction monarchiste lasse de la dictature des sans-culottes.

Toutes les conditions étaient donc réunies pour qu'une contre-révolution apparaisse. Cette réaction se répandit dans le Midi et dans l'Ouest. À Lyon, Bordeaux, Toulouse, Grenoble, Nîmes, Marseille ou encore Toulon, les révolutionnaires modérés et les monarchistes s'alliaient pour rétablir l'ordre, la sécurité, le commerce et la subsistance des plus pauvres.

C'est donc avec stupéfaction qu'au début du mois de juin 1793 les Provençaux apprirent la mise en accusation, puis l'arrestation des députés girondins, la fuite de leur chef Brissot et la proscription de tous leurs amis.

La Commune, dirigée par les Enragés d'Hébert et de Marat, et soutenue par Robespierre et le Comité de Salut public, venait de prendre le pouvoir à la suite d'une violente insurrection.

La municipalité marseillaise girondine et le comité général des sections refusaient pourtant un retour au désordre. Ils décidèrent de lever une armée de volontaires pour délivrer la Convention de ses nouveaux maîtres extrémistes et abattre ceux qui avaient usurpé le pouvoir par l'insurrection populaire.

Les Aixois les approuvèrent, comme les habitants de la plupart des villes et villages de Provence.

Monsieur de Puylaurens s'engagea bien sûr du côté des Girondins aixois. En juillet, l'armée des Bouches-du-Rhône, comme on l'appelait, décida de rejoindre la révolte lyonnaise afin de marcher sur Paris et délivrer les députés emprisonnés.

C'était compter sans la détermination de Robespierre et de ses amis. Alors que Danton était marginalisé par son récent mariage avec une jeune royaliste, Maximilien fit alliance avec Barère et le Comité de Salut public ordonna à l'armée des Alpes, les Allobroges, comme on nommait les soldats du général Carteaux, de faire mouvement contre les séditieux provençaux. Ces Allobroges constituaient une troupe de deux mille vétérans patriotes, violents et sans pitié.

Après quelques escarmouches, Carteaux écrasa l'armée des Bouches-du-Rhône à Salon le 19 juillet 1793. Les Jacobins pouvaient revenir au pouvoir.

Le père de Marius avertit monsieur de Puylaurens fin août : il savait que l'armée de Carteaux allait entrer dans la ville, que des suspects seraient arrêtés et qu'il en faisait partie. Carteaux, disait-on, serait sans pitié pour les Girondins.

Le 20 août, dans la nuit et par de petits chemins de campagne, Antoine et sa famille quittèrent une ville terrorisée et partiellement désertée par ses habitants.

Le 21, l'armée de Carteaux et les représentants en mission entrèrent dans Aix. Durant les semaines suivantes, cinq cents personnes furent arrêtées par le comité de surveillance et une soixantaine d'Aixois guillotinés.

27

De 1793 à 1795

Aix était désormais une ville morte. Certes, seulement un tiers de ses habitants l'avaient désertée, mais ce tiers-là était sa force vive : l'aristocratie, le parlement, l'administration des États de Provence, la bourgeoisie, la plupart des professions libérales. Presque tous les officiers, les gros négociants ou encore les magistrats s'étaient enfuis. Les beaux hôtels étaient déserts et les rues vides. Plus de carrosses ou de chaises à porteurs sur le Cours abandonné, plus de boutiques d'artisans, de perruquiers, de tailleurs ou d'orfèvres. Ceux qui restaient étaient pauvres ou ruinés et ils avaient faim et froid.

La ville semblait avoir été de nouveau décimée par la peste comme en 1629.

Des notables que nous avons croisés, qui était encore présent dans la capitale provençale ? Fauris de Saint-Vincens avait été arrêté alors qu'il tentait de sauver les œuvres rares et les témoignages artistiques de l'Ancien Régime. Son fils l'avait rapidement rejoint en prison[1].

1. Ils seront sauvés de l'échafaud par Barras, qui pourtant multiplia les exécutions à Toulon et à Marseille, mais qui fut aussi

Le Blanc de Castillon croupissait aussi en cellule. Le père du président d'Entrecasteaux avait été exécuté à Orange où il s'était réfugié. Portalis s'était enfui.

Marius Granet se sentait bien seul à Aix. Antoine poursuivait ses études à Montpellier et il n'avait aucune nouvelle de lui depuis son départ. De même, il ne savait pas ce qu'étaient devenus Auguste, Clotilde et sa mère. D'ailleurs, que se passait-il à Lyon ? Son père lui avait vaguement parlé d'une révolte, d'émeutes de la faim comme à Marseille, et surtout de sanglantes représailles conduites par un féroce conventionnel nommé Fouché.

Plus de travail dans la ville déserte. L'arrivée des troupes de Carteaux avait fait cesser toute activité et provoqué une nouvelle vague de départs. Les parents de Marius étaient maintenant dans la misère et lui, à dix-huit ans, ne savait rien faire d'autre que dessiner. Quant à son maître Constantin, il avait dû quitter la ville après la fermeture de son école.

Ce jour-là, il s'apitoyait sur son sort en dessinant sur une planchette de bois finement rabotée que son voisin menuisier lui avait préparée. Le dessin prenait forme, il ne disposait que d'une mine de charbon qu'il utilisait au mieux pour faire ressortir des zones d'ombre et de lumière.

On frappa à la porte. Délaissant son dessin, il alla ouvrir. Peut-être était-ce son père qui était sorti tôt afin de tenter de se faire embaucher.

Devant l'huis se tenait Constantin avec un soldat. Un garde-française. Constantin souriait comme à son habitude.

— Vous… ? murmura le jeune homme, interloqué.

---

capable de défendre certains de ses amis. Barras était provençal et né vicomte. Ses parents avaient rejoint l'armée de Condé !

— Pouvons-nous entrer, Marius ? demanda le peintre. Tu as bien changé en un peu plus d'un an. Tu es un homme maintenant.

Marius les guida jusqu'à la cuisine. Une simple table avec un banc de pin et deux tabourets meublaient la pièce. Ils s'assirent.

— Montre-moi, poursuivit Constantin en désignant la planchette que Marius avait machinalement gardée à la main.

Le jeune homme la lui tendit. Son maître examina le dessin avec attention, puis il leva les yeux vers son élève :

— Bien ! Très bien ! Pourtant, je vois une petite erreur ici. Regarde…

Il sortit une mine de sa poche et corrigea la perspective. Puis, il lui sourit de nouveau.

— Surtout, n'oublie pas : la lumière ! C'est ce qui est le plus important ! La lumière ! Je suis heureux… non, je suis fier que tu continues à dessiner. Comment vont les choses ici ?

Marius eut un pauvre sourire. Il écarta les mains en signe de dénuement.

— Mal. Plus d'argent, plus de travail. Je me sens inutile. Mes parents et mes sœurs sont désespérés.

Constantin hocha la tête avec compassion.

— C'est justement pour ça que je suis là. Dans le but de te proposer un travail.

— Mais je ne sais rien faire… juste dessiner.

— Tu es trop modeste. Mais j'ai justement besoin de toi pour dessiner. Sais-tu ce qui se passe à Toulon ?

Granet hésita :

— À Toulon ? Oui… non… j'ai entendu parler de troubles, d'émeutes… comme à Marseille, à Lyon.

Il faillit ajouter : comme partout, mais il se retint car

il ignorait tout du soldat qui accompagnait Constantin et les événements qu'il avait vécus l'avaient habitué à la prudence.

— Non !

C'est justement cet homme qui venait de prendre la parole et de le couper dans son hésitation.

— C'est plus grave, ajouta le garde-française d'une voix sévère. À Toulon, c'est la Révolution qui est en cause.

— Il a raison, approuva Constantin doucement. Il a raison. Au fait, je ne t'ai pas présenté Pignan, il est garde-française à Toulon et je lui ai demandé de m'accompagner car il pourra mieux que moi t'expliquer la situation.

Il lui laissa la parole.

— Beaucoup d'erreurs et beaucoup d'excès ont été commis à Toulon, comme ailleurs, expliqua le soldat en soupirant. L'année dernière, les Jacobins se sont divisés, quelques-uns ont libéré les forçats dans la ville. La population a été terrorisée et les Jacobins les plus modérés ont éliminé les extrémistes. Déjà, après la mort du roi[1], il y avait eu des massacres inutiles, des exécutions sommaires, des arrestations incessantes. Les gens en avaient assez. Et surtout, comme partout, ils avaient faim.

Marius hocha la tête. Lui aussi savait à quelle extrémité un estomac vide pouvait conduire. D'ailleurs, il ne se souvenait plus à quand remontait son dernier vrai repas. Avant la Révolution, le pain valait un à deux sous. Il en valait six à présent ! Ils avaient gagné leur liberté mais perdu leur bien-être.

— Bref, poursuivit Pignan, des sections de citoyens

1. Janvier 1793.

se sont réunies et se sont armées. Il y a eu des affrontements avec les Jacobins approuvant Hébert et Marat, et la Commune s'est finalement libérée de la dictature montagnarde. Comme à Marseille, les nouveaux maîtres étaient des négociants et des armateurs, ils ont mis en place une nouvelle administration soutenant les Girondins. Mais très vite, plus ou moins ouvertement, les partisans de l'Ancien Régime les plus réactionnaires se sont joints à eux. En outre, la nouvelle municipalité a commis des excès en exécutant les meneurs jacobins. Même moi, qui comprenais les raisons de ces troubles, j'ai dû m'enfuir car j'étais devenu suspect et j'aurais fini comme les autres sous le rasoir national.

Il soupira à nouveau.

— Ensuite, hélas, il s'est produit l'irréparable…

— L'irréparable ?

— Le mois dernier, les sections ont demandé l'aide de l'amiral Hood qui bloque le port avec la flotte anglaise. À leurs yeux il ne s'agissait que d'une aide alimentaire. Il fallait les comprendre : la population crevait de faim, il n'y avait plus ni chien ni rat à manger. Seulement les négociations avec Hood ont vite évolué vers la libre utilisation du port par nos ennemis. Et donc vers la trahison…

Il serra les lèvres dans une sorte de rictus fataliste.

— … Maintenant, la ville appartient aux Anglais. Il nous faut donc la reprendre. Et le prix à payer sera terrible.

Granet avait soutenu de tout son cœur cette révolution qui voulait abolir les privilèges, pourtant le massacre de Pascalis et les violences de l'année précédente avaient refroidi son enthousiasme patriotique. Lui aussi comprenait ceux qui en avaient assez. Cependant donner la ville aux Anglais ! C'était une telle infamie.

— Mais que voulez-vous exactement de moi ? murmura-t-il avec inquiétude.

— Tu sais que je suis membre de la Société Populaire, lui expliqua Constantin. Nous avons constitué une section afin d'aider les deux armées qui se dirigent vers Toulon : celle de Carteaux et celle de Fréron. Je suis revenu à Aix pour enrôler des volontaires.

Marius s'inquiéta encore plus.

— Mais… mais… je ne connais rien aux armes…

— Rassure-toi, citoyen Granet, expliqua le soldat avec condescendance. Nous avons déjà beaucoup de combattants et Robespierre a pris l'affaire en main. Il nous envoie un capitaine artilleur qui commandera les canons pour bombarder le port occupé par Hood. Son propre frère, Augustin, sera aussi sur place ainsi que le conventionnel Barras, nous ne manquerons pas d'hommes. Cependant, la Convention désire que la prise de Toulon reste dans la mémoire de la Révolution et, pour cela, elle recrute des dessinateurs et des peintres. C'est la tâche de Constantin.

— Eh oui ! fit béatement le maître de Marius en écartant les mains. Nous avons besoin de toi, non pour te battre, mais afin de rapporter l'histoire. Alors, la Révolution peut-elle compter sur toi, citoyen ?

— Je suis prêt ! répliqua solennellement Granet en se levant. Mes parents ne tarderont pas à rentrer. J'ai besoin de leur accord, mais je sais que je l'aurai. Nous pouvons partir dès demain.

— Ce serait parfait, approuva Constantin. À la Société Populaire, nous avons rassemblé une vingtaine d'hommes qui nous accompagneront. Il y a même quelques anciens soldats qui s'y connaissent en artillerie. Je suis certain que Buonaparte les utilisera.

Ce nom italien surprit Granet.

— Buonaparte ?

— Oui, c'est le capitaine de l'artillerie dont Pignan vient de te parler. Un Corse. Son frère a fait ses études de droit à Aix.

La situation à Toulon était pire que celle à laquelle il avait songé. Granet n'avait jamais assisté à une guerre et celle-ci était horrible, bien plus affreuse que ce à quoi il s'était attendu. À peine arrivés, les conventionnels Barras et Fréron avaient arrêté huit cents personnes prises autour de la ville les armes à la main. Le capitaine Buonaparte, l'homme de Barras, était, paraît-il, d'une férocité sans pitié. Les fusillades et les exécutions se succédaient et les bombardements à partir des hauteurs de la ville ne cessaient jamais. Noël approchait et, depuis trois mois, la ville était continuellement en flammes. La fumée et les odeurs de mort pénétraient partout.

Il faisait froid malgré les incendies et Granet avait encore plus faim qu'à Aix. Pignan les avait quittés. Ils logeaient dans un taudis non chauffé, sur les hauteurs de la ville, en dehors des fortifications. Ils étaient trois à occuper ce logement : lui, Constantin, et un ancien prêtre qui avait fait ses études à Aix. Il se nommait Fesch et on le disait parent du capitaine Buonaparte.

Curieux homme que ce Joseph Fesch. À peine la trentaine et parlant peu de lui. Constantin avait juste appris qu'il avait été prêtre, archidiacre d'Ajaccio même, mais qu'il avait dû fuir la Corse quelques mois plus tôt, depuis que les Paoli, les ennemis de sa famille, avaient pris le pouvoir. Sans ressources, il survivait difficilement à Toulon.

Granet avait beaucoup appris au contact de cet homme, non seulement en peinture, sujet dans lequel ses compétences étaient fort vastes, mais aussi en politique. Fesch semblait tout savoir et tout comprendre. Il lui avait expliqué que la Révolution était menacée de tous côtés. À Marseille, à Lyon, à Bordeaux, des troubles similaires à ceux de Toulon avaient éclaté. Les gens étaient affamés et prêts à tout, ils étaient terrorisés par les exécutions sommaires. Aussi, dès qu'ils le pouvaient, ils se retournaient contre les Jacobins seuls coupables à leurs yeux de leur misère.

Fesch expliqua patiemment à Granet comment les modérés Girondins, après avoir écarté les Feuillants constitutionnels de La Fayette, avaient gouverné la France durant l'année 1792 et pourquoi les élections de septembre – faites au milieu des massacres – avaient amené une Convention plus radicale. Certes, les Girondins avaient dirigé le pays au début, mais trois autres factions s'opposaient à ces négociants, ces avocats modérés qui souhaitaient la fin de la Révolution. Le premier groupe était composé de Danton, Fabre d'Églantine, Camille Desmoulins et leurs amis – ceux-là, on les suspectait désormais d'être monarchistes ! – ; le deuxième, qu'on appelait les Enragés, était mené par Hébert et le club des Cordeliers ; le troisième était celui de Maximilien Robespierre.

Ces trois partis avaient réussi à éliminer la Gironde quelques mois auparavant. Mais ce coup d'État avait entraîné une réaction de rejet de la part des provinces qui ne se reconnaissaient pas dans la Montagne, comme se nommaient les extrémistes de la Convention.

Tous ceux qui s'opposaient à l'élimination de Brissot et de ses amis girondins s'étaient alors dressés contre les conventionnels jacobins.

Ce soir-là, Fesch leur rappelait ce qui s'était passé à Marseille ou à Aix et leur expliquait que les événements de Toulon n'étaient que la poursuite de ce mouvement de refus.

— Mais ces Enragés, demandait Constantin, ne vont-ils pas entraîner le pays dans un gouffre ?

— C'en est terminé pour eux, expliquait Fesch. Après la mort de Marat en juillet et avec l'alliance entre Barère et Robespierre, les partisans d'Hébert ont tous été éliminés en septembre dernier.

— Et Danton ? C'est tout de même lui qui nous a sauvés en lançant nos armées sur l'ennemi. Que faut-il penser de lui ?

— Oh ! Il a encore ses partisans, comme les représentants Barras et Fréron qui sont ici. Mais, croyez-moi, celui qui va bientôt détenir tous les pouvoirs est l'avocat Robespierre.

— Pourtant, à ce qui se dit, ce serait Barère qui dirigerait le Comité de Salut public…

— Non ! Barère n'est qu'un lâche qui se ralliera au plus fort. Il est vrai que c'est lui qui a fait entrer Carnot au Comité de Salut public, parce que Carnot tenait l'armée. Mais les soldats ont maintenant juré allégeance à Robespierre, car Robespierre tient les Jacobins d'une main de fer. Et puis, on murmure aussi à voix basse que Barère aurait beaucoup trop d'amis dans le gouvernement de monsieur Pitt[1]. Plus personne ne lui fait confiance.

— Ce serait un traître ?

— Je ne dis pas cela, ce ne sont sans doute que des racontars, rectifia Fesch. Je vous explique seulement que seul Robespierre est incorruptible.

— Ici, l'armée serait donc avec Robespierre ?

— Certainement. Et en particulier le capitaine Buo-

1. Le Premier ministre anglais.

naparte qui vient de nous arriver. On le disait homme de Barras alors qu'il est en réalité tout dévoué au frère de Robespierre qui vient surveiller les opérations militaires.

— Vous semblez connaître le capitaine Buonaparte, constata Constantin. En tout cas, c'est ce qu'on raconte ici.

— Gardez-le pour vous, mais je le connais effectivement. Je suis le demi-frère de sa mère Letizia.

— Croyez-vous que Robespierre peut devenir ce dont on l'accuse à voix basse : un tyran ou un dictateur ?

Fesch eut un mouvement de la tête, mélange d'inquiétude et d'incertitude.

— En vérité, j'en ai un peu peur, fit-il après une hésitation. Je crois que lorsqu'il détiendra tous les pouvoirs, sa réaction envers ceux qui l'ont défié sera sanglante.

Le discours de Fesch avait ébranlé Granet. Déjà il avait appris avec inquiétude qu'après la révolte de Lyon, le conventionnel Joseph Fouché, un ancien oratorien dépravé, impitoyable et prévaricateur, avait procédé à une vague d'exécutions sans précédent. Or, c'est dans cette ville que se trouvaient Auguste et sa famille ainsi que madame de Forbin-Tonnerre.

Marius se souvenait aussi avoir aperçu le général Carteaux, un ancien peintre transformé en brute sanguinaire. Le commandant des Allobroges prenait à cœur de remettre de l'ordre en Provence quel qu'en soit le prix. Déjà Granet avait assisté au martyre d'Aix, maintenant il craignait pour les habitants de Toulon.

Quelques jours auparavant, sur une esplanade dominant le port, Marius avait aussi croisé Barras et Fréron, tous deux fort élégants dans leur costume à franges d'or de conventionnels en mission. On les disait proches de Danton, réputé modéré, et pourtant ils voulaient raser la ville parce que c'était le souhait de Robespierre. Jusqu'où pouvait aller cet homme dans sa frénésie révolutionnaire ?

Jour après jour, Marius songeait à cette cité dont il dessinait le port ruiné et les navires embrasés. Devenu le refuge de tous les royalistes de Provence qui espéraient l'aide des Anglais pour fomenter une contre-révolution, Toulon n'était plus qu'un cul-de-sac pour ceux qui cherchaient à fuir la France.

Seulement, il n'y avait pas que des royalistes. Les Toulonnais étaient toujours là. Ceux-là se moquaient de la révolution ou de la contre-révolution. Ils voulaient seulement vivre sans la peur et la faim. Mais pour ne pas mourir, ces malheureux étaient contraints de défendre leur maison, leurs biens et leur famille contre les armées de la Convention. C'est ce qu'ils faisaient depuis trois mois avec une vigueur et un courage surprenants.

Le siège tirait pourtant à sa fin.

Plusieurs fois, Granet avait aussi croisé le jeune capitaine Buonaparte. Un petit homme un peu débraillé, au visage émacié, avec une étrange lueur dans le regard. C'est lui qui commandait l'artillerie qui faisait tant de ravages. Il avait la réputation d'être sans pitié, sans état d'âme. Un jour, il était passé près de lui, alors qu'il peignait les quais canonnés et les murailles en ruine. Buonaparte était accompagné d'un groupe de conventionnels superbement vêtus et qui l'avaient ignoré.

Le capitaine ne portait qu'un simple uniforme mal coupé, sans grade et couvert de poussière. Il avait longuement regardé la peinture de Marius, puis avait lâché sobrement dans un terrible accent corse :

— C'est bien ! Bon travail ! Comment t'appelles-tu, citoyen peintre ?

— Granet, citoyen capitaine, je viens d'Aix.

— La République n'a pas besoin de peintre, avait lâché avec mépris un conventionnel élégant qui s'était approché pour écouter la conversation.

Granet avait ensuite appris le nom de cet homme : Augustin. C'était le frère de Robespierre.

28

Ce dernier mois, les bombardements s'étaient poursuivis avec encore plus de violence, détruisant toute la rade. Les pertes civiles étaient considérables et Granet avait des nausées tant les odeurs douceâtres de la mort et des incendies envahissaient tout. Partout où il portait les yeux, il apercevait des cadavres déchiquetés qui pourrissaient.

La veille, il avait appris que Buonaparte avait été blessé à la cuisse durant l'un des derniers assauts. Maintenant, les troupes se glissaient dans la ville comme des meutes de loups, massacrant les survivants, pillant et brûlant les maisons encore debout. « Cette ville doit être rasée », avait férocement rappelé le conventionnel Fréron.

— Tu ne manges pas ? lui demanda Constantin.

Ils se tenaient dans la petite pièce qui leur servait de cuisine et de salle commune. Fesch avalait sa bouillie – de quoi ? – goulûment.

— Je n'ai pas faim, répondit Marius en repoussant son assiette.

Constantin le dévisagea avec un triste sourire.

— Tu en as assez, toi aussi.

Granet hocha la tête en silence. Il avait vu tant

et tant d'horreurs durant ces trois mois qu'il pensait ne plus jamais pouvoir dormir, ou tout simplement vivre.

— Le siège est fini, expliqua Fesch en essuyant son assiette avec un petit bout de pain noir. D'ici une semaine, au plus tard, nous pourrons rentrer à Aix.

Il y eut un bruit de bottes et de ferraille. Puis des voix, des cris, cela venait de la rue. Ils se regardèrent avec surprise, crainte aussi, et se tournèrent vers la porte lorsqu'elle s'ouvrit brusquement. Un jeune homme en haillons, tenant un fusil à la main droite et un sabre ébréché de l'autre entra en même temps qu'un vent glacial. Marius sentit son cœur s'arrêter.

C'était Auguste de Forbin.

— Auguste ! s'exclama-t-il en se levant si brusquement que le tabouret se renversa, mais d'où sors-tu ? Je te croyais à Lyon…

Constantin aussi s'était dressé, blême, il s'avança vers la porte, aidant le garçon qui chancelait, blessé peut-être. Son visage était sale, noirci par la fumée et la poudre. L'enfant semblait épuisé.

Fesch le dévisageait en silence. Remarquant que la porte était restée ouverte, il se leva, contourna le banc et se dirigea vers l'entrée.

Il regarda longuement dehors. La nuit était éclairée par les flammes, vers le port, mais il ne remarqua rien d'anormal, sinon ces bruits de bottes qui se rapprochaient, des cris aussi. Quelques fusillades.

Il referma la porte et donna un tour de clef.

Auguste était maintenant assis et avalait goulûment l'infâme pâtée de Marius. Lui qui avait été si raffiné, songea Marius en le regardant avec stupéfaction.

Les trois occupants entouraient l'adolescent en silence.

Quand l'assiette fut vide, Auguste eut fugitivement ce regard jovial qu'il avait quand il était petit. Il murmura comme pour s'excuser :

— Cela faisait trois jours que je n'avais rien mangé. C'était drôlement bon !

Ils sourirent.

— D'où sortez-vous ? Et dans cet état ! interrogea alors doucement Constantin.

Auguste les dévisagea avec une curieuse expression de méfiance, puis demanda d'une voix rauque :

— Pouvez-vous me cacher ?

Fesch avait eu un vague doute quand il avait vu le garçon entrer – Auguste n'avait que seize ans –, il en était maintenant certain, ce jeune homme se battait dans l'autre camp. Celui des contre-révolutionnaires.

Il se rapprocha de lui et posa sa main sur son épaule.

— Vous étiez dans la ville ? Avec les royalistes ?

— Mais je suis royaliste ! éclata Auguste en se tournant vers lui avec un ton que Marius ne lui avait jamais connu.

Il eut un rictus et ajouta d'une voix aiguë :

— À l'heure qu'il est, je suis certainement le nouveau marquis de Forbin !

— Le marquis ? murmura Granet, effondré.

Auguste le regarda, les larmes aux yeux.

— Mon père a été arrêté voici deux semaines, à Lyon[1]. Ma mère et moi avons fui avec madame de Forbin-Tonnerre. J'ai d'abord rejoint l'armée de Condé, ensuite, je suis venu ici avec des compagnons. Eux sont tous morts. J'avais appris hier que vous étiez dans ce quartier, j'ai réussi à sortir et à obtenir votre adresse.

1. Auguste se trompait. Son père ne sera guillotiné que le 26 décembre.

Pouvez-vous m'aider ? Ils me recherchent, il faut que je sorte de ce piège.

À cet instant, des claquements de bottes retentirent plus fort, puis ce furent des éclats de voix, des cliquetis et des grincements de serrures, des bruits de fusil.

— Ouvrez !

On frappait à la porte. L'ordre se répéta :

— Ouvrez ! Ordre de la Convention. Ouvrez, ou nous enfonçons la porte.

Granet ôta sa jaquette et la passa à son ami.

— Mets ça et continue à faire semblant de manger, vous autres restez assis.

Il alla à la porte, tourna la clef et ouvrit. Un soldat le bouscula et entra, suivi de deux officiers. Un quatrième homme se tenait dans l'ombre.

— Que voulez-vous ? demanda Marius, je suis peintre et…

— Ah ! Granet !

L'ombre s'avança en boitillant. Dès que son visage fut visible, Marius reconnut le jeune capitaine corse.

— Je connais cet homme, fit-il au soldat avec un geste de la main, continuez à fouiller les autres maisons.

Il s'avança un peu plus, dévisageant avec soin les trois personnes assises. Il salua Fesch d'un sourire amical, familier même, puis s'arrêta longuement sur Forbin.

— Vous mangiez, citoyen ?

— Oui, citoyen capitaine.

Forbin baissa les yeux.

— Continuez. Nous perquisitionnons partout. On recherche un groupe de royalistes qui nous a échappé. Enfin, plusieurs ont été repris, on est en train de les fusiller.

On entendit effectivement le crépitement d'une fusillade. Ils se regardèrent, livides.

— Je crois que c'est terminé, ajouta sévèrement le Corse avec son terrible accent. (Son regard ne quittait pas Forbin.) Au fait, vous n'avez vu personne, monsieur Constantin ? Il y en a un que l'on recherche toujours. Un jeune ci-devant, très dangereux, un Aixois comme vous.

— P... Personne, bredouilla le doux homme.

Malgré le froid, de grosses gouttes coulaient sur son visage.

— Et vous, qui êtes-vous ? Vous êtes le seul que je n'ai jamais rencontré ici.

La question s'adressait à Auguste.

Un silence mortel tomba sur la pièce glaciale. Tous restaient figés. Au bout d'une longue minute, Forbin se leva, écarta les mains en montrant ses paumes ouvertes et déclara d'une voix blanche pourtant pleine de majesté.

— Je suis celui que vous recherchez. Je suis le chevalier Auguste de Forbin[1].

Buonaparte fit une grimace et plaça nerveusement ses mains dans son dos, sans répondre. S'il aimait qu'on le craigne, il admirait le courage.

— Si vous l'arrêtez, arrêtez-moi aussi, jeta froidement Granet qui s'avança.

— Moi aussi, déclara simplement Constantin. Ce sont mes élèves.

De nouveau le silence plana, entrecoupé de quelques coups de fusil.

Le capitaine d'artillerie les dévisagea tous trois lon-

1. Ce titre de chevalier appartenait à la famille Forbin. Auguste sera plus tard comte de Forbin, puis baron.

guement. Son regard s'arrêta un instant sur celui de son oncle qui opinait lentement. Brusquement, Buonaparte eut un sourire de carnassier :

— Castor et Pollux ? Pourquoi pas, après tout ? (Il haussa les épaules.) De toute façon, je ne fais pas la guerre aux peintres. Amitiés, Fesch…

Il tourna alors les talons et sortit en claquant la porte.

Granet crut que son cœur allait sortir de sa poitrine tant il battait fort. Ce fut Fesch qui rompit le silence :

— Je crois que vous avez une dette envers…

Un soldat entra brusquement et l'interrompit :

— Avez-vous vu le général ?

— Le général ?

— Oui, le général Buonaparte.

— Le capitaine, vous voulez dire ?

L'autre haussa les épaules :

— Mais non, blessé hier, il a été nommé général par les représentants de la Convention.

— Il vient de sortir, murmura Forbin.

Fesch le regarda et ajouta, songeur :

— … Oui, une dette, une dette envers le général Buonaparte. Et il vous faudra bien l'acquitter un jour. Nous entendrons encore parler de lui.

Une semaine plus tard, ils quittaient le port en ruine et les fusillades de suspects pour rentrer à Aix. Forbin ne les accompagnait pas, il devait retrouver sa mère et quelques survivants de sa famille ainsi que madame de Forbin-Tonnerre pour tenter de leur fournir un refuge sûr. Derrière eux, la ville et les navires encore à quai brûlaient.

Quinze mille habitants purent quitter Toulon sur des embarcations de fortune, mais il y eut six cents fusillés dans la population. On ne sut pas combien de bateaux surchargés coulèrent en mer et on ignorera toujours le nombre de victimes.

Rentré à Aix, Granet connut une certaine notoriété à la suite de son séjour toulonnais. On lui commanda plusieurs tableaux, dont un représentant la fête de la Fédération sur le cours à carrosses[1].

Au printemps 1794, Desorgues et son frère firent état partout de leur fervent patriotisme révolutionnaire. La Convention venait de voter ces fameux textes mettant hors la loi les nobles de l'Ancien Régime, ainsi que tous ceux qui avaient voulu être anoblis ou qui avaient usurpé un titre nobiliaire.

Les deux Aixois insistèrent tant que Barère les rassura quelque peu. Après tout, c'était leur père qui avait souhaité devenir un ci-devant. Eux n'avaient jamais cherché à faire état d'un titre. De surcroît, ils avaient régulièrement payé les impôts révolutionnaires. Robespierre et Couthon eux-mêmes jugèrent la mesure trop sévère : ceux qui n'avaient gardé qu'un instant les privilèges d'une charge qui anoblissait ne devaient pas être assimilés à ceux qui depuis des siècles outragent le peuple, avaient-ils décrété.

Et puis, Jean-Joseph n'avait-il pas revendu la fameuse charge dès le décès de son père ?

Mais d'autres, tel Tallien, perduraient dans la mesure : « Les hommes qui ont voulu s'allier avec d'autres hommes qui faisaient profession de mépriser le peuple ne méritent aucune considération », martelait-il.

Finalement, suivant une idée de Barère, le Comité de Salut public proposa une exemption pour les artistes et les gens de lettres qui, par leur talent, rendaient service

1. Ce tableau est au musée Granet.

à la République. Théodore se précipita dans la brèche et écrivit en quelques heures un *Hymne à l'Être Suprême* qu'il offrit à Robespierre.

Pénétrons justement ce jour de mai 1794 dans la salle où se réunissaient les membres les plus influents du Comité de Salut public. Quatre hommes étaient présents, ce matin-là.

Le premier arborait un visage avenant mais sévère. Son menton carré laissait deviner une volonté inflexible et une autorité certaine. Il était habillé d'une jaquette grise, boutonnée jusqu'à sa cravate immaculée, et était coiffé d'une étonnante perruque bouclée poudrée à l'ancienne.

Cet homme, c'était le maître de la France, l'incorruptible Maximilien Robespierre.

À côté de lui se tenait un individu vêtu comme un sans-culotte. Celui-ci affichait le nez rouge et couperosé des tempéraments sanguins ainsi qu'une vilaine bosse sur la joue gauche. C'est lui qui, trois mois plus tôt, avait dirigé le tribunal chargé de condamner à mort le poète – ami de Danton – Fabre d'Églantine. Malgré son aspect vulgaire et débraillé, c'était le président de la Convention et l'un des plus grands peintres du siècle : il se nommait Jacques-Louis David.

La troisième personne dans la pièce était vêtue de façon à la fois excentrique et très élégante. Elle portait l'habit de cérémonie des conventionnels : bleu avec des revers rouges et une large écharpe tricolore. Les broderies y étaient cependant plus larges et plus nombreuses que nécessaire. Ce luxe tapageur faisait ressortir son visage gris, fatigué, comme l'ont souvent ceux qui ont beaucoup profité de la vie. Il s'agissait de Bertrand Barère de Vieuzac, qui avait présidé la

Convention durant le procès de Louis XVI. Comme David, il avait bien sûr voté la mort du roi.

C'est lui qui avait sauvé la vie de Robespierre, ce fameux jour où les Girondins voulaient le mettre en accusation. Membre influent du Comité de Salut public, Barère était aussi vénal, corrompu et l'on sait maintenant qu'il émargeait secrètement auprès du gouvernement anglais.

Une quatrième personne, falote, se tenait serrée dans un coin. Le musicien Bernard Sarrette était le responsable des musiques révolutionnaires.

David venait d'être nommé maître d'œuvre de la fête de l'Être Suprême qui devait se tenir la semaine suivante, Barère était chargé par le comité de l'organisation des festivités. Sarrette composerait la musique. Voilà la raison de leur présence auprès de Robespierre.

— Le peuple français tout entier croit à l'Être Suprême et à l'immortalité de l'âme, expliquait Maximilien d'un ton sec et sans réplique. Cette fête sera la première d'une longue série et chacun devra se sentir en communion avec ce que vous avez organisé. Êtes-vous prêts ? Je ne veux ni faute ni erreur.

— Voici mes plans détaillés, citoyen, expliqua servilement le peintre David. Vous y trouverez les croquis de toutes les scènes. Nous avons des chœurs de femmes et d'hommes qui chanteront, d'abord séparément, puis à l'unisson. Plusieurs répétitions ont déjà eu lieu sous la responsabilité du citoyen Sarrette.

Robespierre saisit les documents, y jeta un œil distant et les posa sur une desserte.

— Je veux – non, j'exige – des paroles fortes, des textes puissants. Qui s'en est occupé ? demanda-t-il insolemment à Barère.

L'autre répliqua, flegmatique :

— J'ai fait le nécessaire, citoyen. Le plus grand poète de la République s'est attaché à ce travail depuis quelques semaines. Son *Hymne à l'Être Suprême* est merveilleux.

Il gardait un ton las et ennuyé, légèrement arrogant aussi.

— Bien ! Très bien ! Mais vous avez oublié de me donner son nom.

— Il s'agit du conventionnel Chénier, citoyen.

Un lourd silence tomba dans la pièce.

Robespierre se tourna vers la fenêtre et regarda un moment à l'extérieur. Puis il reprit la parole après s'être retourné et avoir longuement dévisagé les trois hommes. Un frémissement nerveux, une sorte de tic sur son visage, témoignait de son agitation et de son indignation.

— Chénier ? Celui de *Thimoléon*[1] ?

Tout était dit.

Quelques jours plus tôt, Marie-Joseph Chénier, conventionnel et ancien Girondin, avait été convoqué au Comité afin de s'expliquer sur sa pièce *Thimoléon*. Dans celle-ci, un homme tuait son frère devenu un tyran. N'était-ce pas une incitation à l'assassinat de Robespierre ? lui avait-on reproché. Chénier avait reconnu ses torts et annoncé qu'il brûlerait son œuvre. Mais sur le fond, beaucoup savaient que le poète était, comme son frère, opposé à la Terreur et qu'il avait personnellement demandé l'arrêt des exécutions massives conduites par Robespierre et Barère.

De nouveau, Robespierre s'attarda sur Barère. Brusquement, il lâcha entre ses dents :

1. Marie-Joseph Chénier était le frère d'André Chénier qui sera exécuté en juillet 94.

— Je ne veux pas de cela ! Comprends-tu, citoyen ? Fais faire d'autres paroles.

Barère, maintenant livide car il craignait les colères de Maximilien, lesquelles conduisaient souvent au rasoir national, objecta dans un murmure :

— En si peu de temps…

Les autres s'étaient reculés, essayant de disparaître dans un coin face à la rage froide et mortelle du tyran.

Robespierre ne dissimula pas une grimace de dégoût devant leur abjecte peur. Il se retourna, fouilla sur une table et en sortit quelques feuilles qu'il tendit – non, qu'il jeta – au conventionnel.

— Tiens, j'ai reçu ça. C'est excellent. Trouve l'auteur et qu'il adapte le texte à la musique.

Barère prit humblement les papiers et fit un geste d'approbation plein d'une fausse humilité.

Robespierre leur fit comprendre que la réunion était terminée. Ils sortirent tous trois en silence. Tous avaient en tête l'exécution de Danton et de Camille Desmoulins le mois précédent. Deux hommes qui, se croyant invulnérables, s'étaient opposés à Maximilien Robespierre.

Dehors, Barère regarda les textes que lui avait remis Robespierre, puis le nom de l'auteur : Théodore Desorgues. Il eut une grimace ironique. N'était-ce pas celui venu lui proposer ses services ? Après tout pourquoi pas ? se dit-il. Il tendit l'ensemble à David qui les lut à son tour, puis qui leva les yeux au ciel, effondré par la médiocrité du poème.

La fête de l'Être Suprême ne se déroula pas comme Robespierre l'avait désiré. Dans le jardin des Tuileries, le maître du pays devait mettre le feu à un groupe de monstres en carton qui représentaient l'Athéisme et le Néant. Mais après avoir allumé les mannequins, une fumée noire et grasse s'en dégagea et obscurcit tout. Mécontent, Maximilien prit la tête d'un cortège vers le champ de Mars et s'installa sur un siège plus haut que ceux des autres conventionnels. La foule gronda, ses ennemis s'émurent. « Il n'est pas content d'être le maître ! Il lui faut encore être Dieu ! » murmuraient ceux qui le haïssaient.

Déjà une nouvelle conspiration couvait. Après la réunion avec Robespierre que nous venons de narrer, Barère avait été approché par Barras, Fréron et d'anciens amis de Danton. Serait-il avec eux si… ?

Barère les avait assurés de son appui à condition qu'ils s'occupent de tout.

À compter de ce jour de fête, Desorgues devint le poète officiel de Robespierre. À trente et un ans, il était le plus grand homme de lettres français vivant, supérieur même à Chénier. Poète de la République, sa fortune était faite et il avait oublié son médiocre passé.

Il écrivit un autre hymne pour le 14 juillet et ne remarqua même pas les murmures et les grondements hostiles dans l'assistance.

En juillet, Robespierre perfectionna la Terreur. Dans les procès, avait-il décidé, les défenseurs étaient désormais inutiles, tout comme les interrogatoires ou même les témoins. Le suspect passait désormais directement de l'état de prévenu à celui de mort.

Barère l'approuva et, inquiet, lâcha les dantonistes.

À la fin du mois de juillet, le tyran fit un discours d'une violence extrême contre ses nouveaux ennemis. Cette fois Barère comprit qu'il en faisait partie. Le 26 juillet (8 Thermidor), il rejoignit les conjurés pour les quitter de nouveau le lendemain. Mais les adversaires de Robespierre ne pouvaient plus reculer et la Convention donna l'ordre d'arrêter le dictateur ce même jour.

Le 10 Thermidor, Robespierre, gravement blessé à la mâchoire durant l'insurrection, fut libéré par ses partisans. Sa liberté ne dura que quelques heures et, de nouveau arrêté, il fut exécuté avec son frère et ses plus proches partisans.

Théodore Desorgues pouvait retourner au néant.

Partout en France, la réaction fut immédiate à la mort du tyran : même si les Jacobins restaient au pouvoir, les exécutions cessèrent et les poursuites contre les royalistes devinrent de plus en plus molles. De nouveau, les Français retrouvèrent le goût de vivre.

De retour à Aix avec Constantin, Granet avait repris ses cours à l'école de dessin, mais celle-ci fut de nouveau fermée et le maître de Marius dut quitter la ville pour un poste à Digne.

Forbin avait retrouvé sa mère, ses sœurs et madame de Forbin-Tonnerre dans le Dauphiné. Après le 9 Thermidor, il les ramena à Aix où il jugeait qu'elles ne risqueraient dorénavant plus rien.

Madame de Forbin-Tonnerre s'installa dans sa maison de la rue de la Plate-Forme. À la fin de 1794, Marius put écrire à Antoine qu'elles étaient désormais en sécurité. Il ajouta que Fulques était toujours avec elles.

Quant à Auguste de Forbin, il était entre-temps reparti pour Paris et, finalement, Marius resta seul à Aix durant toute cette année 1795 marquée par une puissante agitation contre-révolutionnaire.

29

1796-1799

Depuis quelques jours déjà, Marius Granet habitait à Paris chez Auguste de Forbin.

Au début de l'année 1796, Auguste lui avait en effet écrit de la capitale :

... *Tu ne peux rester dans cette ville, si tu veux percer comme peintre, c'est ici qu'il faut être. C'est ici que tu dois te faire connaître. Je travaille dans l'atelier du peintre Demarne*[1]. *Nous avons beaucoup de commandes et tu pourrais déjà gagner ta vie avec ta peinture tout en continuant à apprendre avec les meilleurs. Et puis il y a le Louvre et tant d'autres collections que je te ferais visiter...*

Marius n'avait pas résisté longtemps à cet appel d'autant que la situation à Aix lui faisait chaque jour plus peur.

En effet, après la chute de Robespierre, les monarchistes, qui semblaient pourtant avoir disparu du paysage politique, étaient revenus. Certes, les Jacobins

1. Jean-Louis Demarne ou de Marne, peintre en vogue à cette époque.

et la Convention dirigeaient toujours la France mais, en Provence, les autorités judiciaires, municipales ou départementales laissaient libre cours à une réaction contre-révolutionnaire. Les prisons étaient vidées et les plus extrémistes des sans-culottes se voyaient à leur tour mis en accusation, emprisonnés et souvent condamnés par des tribunaux parfois ouvertement réactionnaires.

Apparemment, il y avait là une certaine justice. En général, c'étaient les plus coupables qui étaient traités ainsi, mais malheureusement les revanches, les haines et les jalousies restaient de fréquentes causes de poursuites devant des magistrats monarchistes. Lorsqu'on avait été Jacobin, sans-culotte, donc terroriste, on était plus facilement coupable.

L'arbitraire – et souvent la corruption – régnait. Une nouvelle terreur, la Terreur blanche, apparut à la fin de l'année 1794. De mystérieuses bandes de jeunes aristocrates qui se surnommaient les Compagnons du Soleil battaient la campagne, attaquaient les diligences transportant les fonds de la République, terrorisaient et massacraient ceux qui avaient repris, souvent de bonne foi, les terres abandonnées par l'ancienne aristocratie.

Marius s'était toujours senti proche des Jacobins pour leur idéal de liberté et d'égalité même s'il avait réprouvé leurs excès. Il assistait donc avec effroi à cette nouvelle Terreur, sauvage vengeance de royalistes fanatiques envers les révolutionnaires.

Les premières atrocités avaient été commises à Aix en 1795 quand les Compagnons du Soleil avaient incité la population à s'attaquer aux prisons où se trouvaient enfermés des Jacobins marseillais. Tous les prisonniers avaient été massacrés et en particulier trois femmes retrouvées dénudées et égorgées, dont l'une avec son enfant[1].

Ensuite, les horreurs n'avaient plus cessé et avaient même augmenté. Les Compagnons du Soleil, ou des bandes de brigands qui se faisaient passer pour tels, attaquaient les malles-poste, les fermes isolées ou encore les auberges. Chaque fois, les hommes étaient torturés à mort, les femmes et les filles violentées, les enfants assassinés.

Marius voulait fuir ces abominations en rejoignant Auguste. Seulement, s'il était plein d'espoir et de projets, il avait aussi quitté ses parents et ses sœurs le cœur serré. À nouveau, il les abandonnait et, cette fois, il ignorait quand il reviendrait.

Sa première difficulté avait été le manque d'argent nécessaire à un si long voyage dans un pays ravagé par le brigandage. Heureusement, le facétieux Auguste avait pensé à tout. Sa sœur devait le rejoindre à Paris et il avait proposé à Marius de faire partie de son escorte, un équipage indispensable compte tenu des troubles qui agitaient les campagnes.

À Paris, le jeune Aixois ne savait pas comment il vivrait, mais une fois encore Auguste avait tout prévu. Marius logeait chez lui et le peintre Demarne l'avait pris dans son atelier. Son ami l'avait aussi introduit dans un atelier qui faisait des copies de Teyniers.

Seulement, habiter chez les Forbin était une contrainte. Bien sûr, une grande partie de la fortune familiale avait disparu, mais ces aristocrates vivaient toujours dans un monde que Granet ne comprenait pas. Tout lui paraissait obscur. Comment se comporter avec

1. Cette histoire est contée dans *Le Duc d'Otrante et les Compagnons du Soleil*, du même auteur.

les dames ? Comment s'habiller ? Comment parler en public ? Il devait tout apprendre. Ses pauvres et vieux vêtements de toile, même régulièrement brossés et nettoyés, lui faisaient honte, surtout devant les jolies sœurs d'Auguste, toujours élégantes et habillées à la dernière mode.

L'une d'entre elles venait justement de le saluer dans sa longue robe de crêpe toute droite qui traînait jusqu'au sol. C'était un vêtement « à la romaine », celui que portaient désormais toutes les Merveilleuses et qui non seulement mettait en évidence leur gorge soulevée par une brassière de toile, mais aussi montrait presque entièrement leurs seins, à peine voilés par une fine gaze.

Lui et Auguste se tenaient dans le grand salon de l'hôtel des Forbin. La jeune femme sortit et ils restèrent seuls.

— Ce soir, lui expliqua son ami confortablement installé sur une bergère à deux places, nous avons un grand repas avec de nombreux invités. Je te prêterai une veste et une chemise si tu en as besoin.

Marius examina avec un mépris feint l'habit à revers d'Auguste, avec son col si haut et si droit qu'il lui serrait presque les oreilles. Quant à sa cravate, ce n'était qu'un linge croisé plusieurs fois qui emprisonnait son col jusqu'au menton.

— Suis-je obligé d'y assister ? protesta-t-il faiblement. Je ne comprends pas comment tu peux supporter ces costumes. Autant tes sœurs ont des robes et des camisoles souples et confortables, un peu trop d'ailleurs, autant tu sembles t'ingénier à porter des collets et des spencers si ajustés et si étroits que tu ne peux plus bouger. Tes bottines à haute tige t'écrasent les pieds et, quant à manger, ou même respirer, je suis certain que c'est impossible…

Auguste soupira avec affectation.

— Tu es décidément impossible…

Il leva les mains en signe d'accablement avant de poursuivre :

— Mais la mode ! Que fais-tu de la mode ? Pour en revenir au repas de ce soir, tu ne le regretteras pas. C'est un repas d'Aixois.

Ce le fut réellement. Parmi les nombreux convives, Granet reconnut avec plaisir monsieur Fesch, qu'il n'avait pas revu depuis le terrible siège de Toulon. Cependant, et à son grand regret, ce ne fut pas lui son voisin de table mais une jeune Merveilleuse aux cheveux courts et bouclés. Elle portait une robe de crêpe blanc garnie de rubans roses avec un foulard serré sous les seins qui soulevait sa jolie poitrine. Il ne la connaissait pas.

Quant à son vis-à-vis, un homme à l'aspect rigide et sévère, il s'agissait aussi d'un inconnu. Auguste l'avait présenté comme le conseiller Portalis, membre éminent du conseil des Anciens. Ce fut lui qui monopolisa l'attention des convives.

À la fin de l'année 1795, une nouvelle constitution avait été écrite par la Convention épurée de ses extrémistes. On avait même réintégré dans l'assemblée les Girondins ayant échappé à la guillotine.

Le pays serait désormais dirigé par deux conseils – les Cinq-Cents et les Anciens –, dont la majorité devait avoir appartenu à la Convention, et par un Directoire dont les membres devaient être choisis parmi les conventionnels ayant voté la mort du roi.

Les clubs et les sections avaient été fermés et l'assemblée avait favorisé le retour des émigrés. C'est que la France était alors déchirée entre deux factions rivales de puissance équivalente : les monarchistes, d'une part, et les Jacobins ou conventionnels de l'autre. D'ailleurs les royalistes avaient failli prendre le pouvoir en Vendémiaire. Ils auraient à coup sûr réussi si Buonaparte n'avait fait mitrailler leur insurrection dans la rue Saint-Honoré[1].

Grâce à une constitution sur mesure, les anciens conventionnels avaient conservé le pouvoir dans ce Directoire composé de cinq personnes et dirigé par le vicomte de Barras, celui qui avait organisé l'atroce répression contre Toulon et Marseille en 1793, à la demande de Robespierre, avant de changer de camp pour participer à la conjuration du 9 Thermidor.

Seulement autant Robespierre était vertueux, autant Barras était corrompu et dépravé. En vérité, tous les membres du Directoire l'étaient. Les gouvernants de la France ne cherchaient qu'à s'enrichir et jouir des avantages de leur fonction.

La réaction monarchiste se présentait donc comme un retour à l'ordre moral. Face à des dirigeants débauchés, mais se disant jacobin, les royalistes se montraient de plus en plus actifs dans les assemblées des Anciens et des Cinq-Cents.

L'ancien avocat aixois Jean Étienne Marie Portalis, élu au conseil des Anciens, menait un courant constitutionnel à égale distance des Jacobins et des contre-révolutionnaires. Incorruptible autant qu'un Robespierre, mais libéral et tolérant, on murmurait qu'il serait le prochain président des Anciens.

1. 5 octobre 1795.

30

— … Le conseil des Anciens doit avant tout défendre les libertés, expliquait-il à ses voisins de table : liberté de la presse, mais aussi du culte – ainsi un prêtre qui refuse le serment ne doit pas être exposé au bannissement –, enfin liberté d'accès aux fonctions publiques : ceux qui ont émigré et sont rentrés volontairement doivent retrouver toute leur place dans la Nation.

— Comment voyez-vous l'avenir de notre pays ? lui demanda la jolie voisine de Granet.

Le jeune peintre l'examinait discrètement alors qu'elle parlait. Il se pâmait devant elle et il apprit le lendemain qu'elle se nommait Rosalie-Mélanie de Dortans. Son père, comte du même nom, était aussi présent à ce repas car proche des Forbin. Rosalie-Mélanie devait épouser Auguste trois ans plus tard.

— D'abord les lois s'imposent à tous, répondit Portalis. Elles doivent être justes et préparées par des législateurs. Il faut en finir avec les clubs, les sections, les comités, tous ces groupuscules qui visent à se substituer aux élus librement choisis par les électeurs. Il nous faut aussi arrêter de révolutionner tout le temps sinon rien ne pourra s'établir et nos décrets ne seront que des piliers flottants sur une mer orageuse.

Évidemment, à ce dîner les royalistes étaient majoritaires et tous approuvaient en souriant le discours de l'ancien avocat. Mais même Granet, franc-maçon et ancien membre de la Société Populaire, n'y trouvait rien à redire. Il y songeait quand le grand homme s'adressa à lui. De saisissement, il fit tomber sa fourchette par terre et s'attira tous les regards.

— J'apprécie beaucoup vos peintures et je désirerais pouvoir vous parler en privé à la fin de ce repas, lui dit le conseiller. Si cela était possible, avec monsieur de Forbin, lui aussi peintre fort talentueux.

Marius resta interloqué. Il ne connaissait pas ce Portalis. Que pouvait-il lui vouloir ? Lui commander un tableau ? Mais dans ce cas, pourquoi avec Forbin ?

Il perdit toute contenance durant la suite du dîner, mélangeant les verres et les fourchettes sous le regard désapprobateur des valets poudrés qui le servaient.

Le repas s'étira sans fin, fort tard dans la soirée. De temps en temps, il considérait Auguste, toujours souriant et jovial avec ses invités et qui ne lui prêtait aucune attention. Était-il au courant avant ce dîner de la curieuse requête de Portalis ? En tout cas, il ne laissait rien paraître.

Enfin, les convives se levèrent pour passer au salon et l'avocat aixois se rapprocha de Forbin. Granet les vit échanger quelques mots brièvement dans une embrasure de porte.

Les invités confortablement installés, les discussions se poursuivirent dans le salon, principalement sur les sujets politiques du moment. Le Directoire demeurait au centre des débats mais on dissertait aussi des positions de Barras, de son collègue Carnot ainsi que des futures élections de 1797. On parlait de la campagne militaire en Allemagne sous la direction de Jourdan, mais surtout de celle d'Italie où Buonaparte – qui se faisait appeler Bonaparte, désormais – allait de victoire en victoire, envoyant en France d'innombrables œuvres d'art confisquées.

Granet, brusquement intéressé, oublia un temps l'étrange demande de Portalis. L'Italie ! Il rêvait de s'y rendre après tout ce que lui avait raconté Constantin. Le Colisée ! Rome…

C'était Fesch qui parlait le plus. Il avait accompagné Bonaparte en qualité de commissaire des Guerres et avait été chargé de rapporter en France les plus belles œuvres. Portalis intervenait aussi parfois. Lui aussi semblait bien connaître le général corse. Ce général qui lui avait sauvé la vie, ainsi que celle de Forbin, trois ans plus tôt à Toulon. Le croiserait-il à nouveau ? Peu vraisemblable, songea-t-il en remarquant qu'Auguste restait silencieux, sans aucune expression, tandis que chacun racontait son anecdote sur Buonaparte.

Il se laissa à nouveau bercer par le brouhaha.

Brusquement – s'était-il assoupi ? – Forbin lui tapa sur l'épaule :

— Tu rêvais, Marius ? Mes invités sont partis, il ne reste que monsieur le conseiller Portalis. Tu te souviens qu'il veut nous parler ?

Portalis toujours assis le dévisageait avec un sourire bienveillant malgré un visage raviné par la fatigue.

Les domestiques s'étaient éclipsés. Ils n'étaient plus que trois dans la pièce.

Forbin reprit en riant :

— Je ne t'ai jamais parlé de monsieur Portalis ? Avec son beau-frère, monsieur Siméon, nous avons créé cette année une société poétique : la Société Philomatique, mais ce n'est pas à ce sujet qu'il voulait nous voir tous les deux.

Se tournant vers l'avocat aixois, il ajouta :

— Nous sommes à vos ordres, monsieur le conseiller.

Portalis joignit l'extrémité de ses mains et chercha un instant ses mots :

— Mes jeunes amis, vous permettez que je vous appelle ainsi ? Cela fait longtemps que je désirais vous rencontrer ensemble.

Diable, songea Marius, mais que nous veut-il donc ?

— Vous êtes bien jeunes, mais peut-être vous souvenez-vous de ce terrible événement survenu dans notre ville, tout au début de cette révolution qui nous a tant apporté mais qui nous a aussi tant coûté. Je veux parler de l'assassinat de mon ami Pascalis.

Il y eut un court silence de recueillement, coupé finalement par Auguste :

— Nous y avons plus ou moins assisté. C'était horrible.

Portalis hocha la tête pour approuver.

— Effectivement. Je n'étais pas à Aix à l'époque, mais j'en connais tous les détails. Cependant, ce que vous ignorez sans doute, c'est que ce crime fut peut-être prémédité.

Granet et Forbin ouvrirent de grands yeux. Les questions fusèrent :

— Prémédité ? Mais par qui ? Et pourquoi ?

— Par l'abbé Rive. Celui qui dirigeait alors le club des Anti-Politiques. Cet homme était venu à Aix pour prendre la tête de la bibliothèque que le marquis de Méjanes avait léguée aux États de Provence. Pascalis enquêtait sur lui depuis plusieurs années et il m'avait assuré à plusieurs reprises que l'abbé Rive voulait sa mort.

— Mais pourquoi ?

— J'y viens. L'origine de l'histoire se trouverait, selon Pascalis, dans un trésor découvert dans le Palais Comtal en 1784.

Forbin, hébété de surprise, se tourna vers Marius qui avait blêmi, puis il regarda Portalis et murmura :

— Comment le savez-vous ? Qui vous a parlé des coffres ?

Portalis les considéra à son tour en plissant les yeux. Ces jeunes gens ne savaient pas mentir. Il hocha la tête et leur demanda avec bienveillance :

— Ce serait donc vrai ? Vous avez assisté personnellement à la découverte de ces coffres ?

— Oui. Je m'en souviens encore, reconnut Auguste qui avait repris son air jovial. J'étais mort de peur, diable ! J'avais six ans. Marius était avec moi ainsi qu'Antoine.

— Antoine ?

— Antoine de Puylaurens. C'était notre aîné. Il étudie la médecine à Montpellier.

— Et ces coffres, savez-vous qui les a sortis de terre ? C'est très important.

— Bien sûr, c'était le président d'Entrecasteaux. Je l'avais parfaitement reconnu. Il s'est enfui un mois plus tard après avoir tué son épouse.

Portalis resta comme figé, ne disant rien durant un moment. Granet et Forbin le regardaient, devinant que leur révélation avait ébranlé le conseiller.

Finalement, ce dernier laissa filtrer un soupir avant de demander :

— Savez-vous ce que contenaient ces coffres ?

Forbin secoua la tête négativement et Granet haussa imperceptiblement les épaules.

— Voyez-vous, cette affaire me concerne personnellement, car j'étais l'avocat du président d'Entrecasteaux, poursuivit Portalis. Il a fait une fois allusion à un vol, chez lui. Les voleurs se seraient emparés d'un coffre qu'il possédait. Mon ami Pascalis était persuadé que, d'une façon ou d'une autre, Rive était lié au vol et au crime. Il avait écrit un long mémoire à ce sujet et il m'avait parlé de vous, ainsi que de Marius, comme témoins de la découverte de ces coffres.

Auguste s'était levé, saisi d'une grande agitation. Que de souvenirs lui revenaient d'un seul coup : réminiscences d'une époque à jamais disparue, images de son père et de sa gouvernante…

Il fit quelques pas dans la pièce, puis desserra son gilet qui l'étouffait.

— Comment l'a-t-il su ? demanda-t-il à Portalis avec une brusquerie qui ne lui était pas coutumière.

L'ancien avocat eut un triste sourire :

— Je peux dévoiler son secret maintenant puisqu'il est mort. Votre gouvernante, Antoinette Billon, avait une relation privilégiée avec lui et c'est vous qui lui avez raconté cette histoire le soir où vous étiez sorti en lui demandant le secret. Elle-même est morte depuis.

— Morte ?

Pour Auguste, c'était finalement une affreuse soirée. Tout ce passé qui revenait, sa gouvernante… Comme il avait été malheureux lorsqu'elle était partie à Paris !

— Elle a été guillotinée en 1794 avec toute la famille chez laquelle elle travaillait. Ce qui est terrible, c'est que Pascalis me racontait toujours qu'Antoinette était une femme entière, rigide dans ses idées. Pour elle, un homme accusé d'un crime horrible n'avait pas à être défendu. On devait l'exécuter directement, sans jugement. Et, ironie tragique, elle a été condamnée par des lois qui lui ont refusé tout avocat, toute défense…

Il soupira et joignit l'extrémité de ses doigts.

— Décidément, il semble qu'il y ait eu beaucoup trop de morts autour de cette découverte. Peut-être ces coffres sont-ils maudits ?

— Pascalis savait-il ce qu'était devenu le trésor… si c'était bien un trésor ?

Portalis opina du chef.

— En partie. En partie seulement. En fait, je ne me souviens pas de tout ce qu'il m'avait raconté. Heureusement, il avait rédigé un document qu'il m'avait confié avant que je ne quitte la ville où j'étais moi aussi menacé. Je me suis réfugié à Lyon comme vous, puis j'ai voyagé et je suis venu m'installer à Paris. Je n'ai jamais eu l'occasion de revenir à Aix pour chercher ce mémoire.

On ne pouvait guère lui en faire le reproche, Forbin songea aussi à la fuite de sa famille, à la terrible mort de son père. Mais Portalis poursuivait :

— Je désire pourtant répondre à votre sous-entendu. Il s'agissait bien d'un trésor. Pascalis en avait eu une confirmation indirecte de Fauris de Saint-Vincens qui avait examiné des pièces d'or datant des croisades qu'Entrecasteaux lui avait montrées le lendemain de la découverte. Si les coffres en étaient emplis, ils contenaient une immense fortune. Et maintenant, quand je vois l'État en banqueroute, je me dis qu'un tel pactole pourrait le renflouer.

Seulement Portalis n'était pas franc avec nos deux amis. Ce n'était pas à l'État qu'il pensait mais seulement à un homme.

Marius, lui, faisait confiance au conseiller.

— Que pouvons-nous faire ? Nous ne savons rien de plus. Qu'est devenu ce trésor ? Nous l'ignorons.

Portalis fit un vague geste de la main.

— Rien, rien pour l'instant. Je souhaitais seulement en savoir plus. Si l'un de vous retourne à Aix, je lui remettrai une lettre pour mon intendant qui lui permettra de fouiller dans mes papiers afin de retrouver le dossier de Pascalis. Nous pourrons alors l'étudier ensemble. On y découvrira peut-être des informations permettant de retrouver cette fortune.

Granet hésita. Quelqu'un en savait davantage : Fulques. Fulques qui avait déterré le trésor avec le président d'Entrecasteaux. Fulques qui avait disparu et qui était curieusement revenu à Aix quelques années plus tard avec madame de Forbin-Tonnerre. Où était-il durant son absence ? Se pouvait-il qu'il sache quelque chose ? Jamais ni lui ni Antoine n'avaient raconté à Auguste que Fulques possédait la clef de l'hôtel d'Entrecasteaux. Pourtant, Forbin avait rencontré le manchot depuis, mais il ne l'avait pas reconnu.

Depuis l'évasion de Clotilde et de sa mère, Marius et Antoine avaient respecté la promesse faite à l'ancien insurgent. Mais maintenant, Granet s'interrogeait.

— Vous semblez songeur ? interrogea le conseiller qui ne l'avait pas quitté des yeux. Pensiez-vous à quelque fait que vous auriez oublié ?

— Non… Non, c'est juste l'émotion, répliqua Marius. Tous ces souvenirs douloureux…

Portalis se leva pour prendre congé.

— Très bien, je vous ferai donc parvenir cette lettre.

Hélas, rien ne se passa comme l'avocat l'avait prévu car la tourmente révolutionnaire n'avait pas fini de secouer les vies de nos personnages.

Aux élections de mars 1797, quelques mois après ce fameux repas, les monarchistes obtinrent la majorité aussi bien aux Cinq-Cents qu'aux Anciens et Portalis perdit ce poste de président obtenu en juillet de l'année précédente.

Le général Pichegru, un royaliste affirmé, devint président du conseil des Cinq-Cents. Sous son impulsion, la liberté de culte fut rétablie et les émigrés réintégrés dans l'administration. Dans les assemblées, on parla alors ouvertement du retour du roi, le prétendant Louis XVIII, et de l'arrestation des cinq directeurs pour régicide. En particulier de leur chef, l'ignoble, le débauché, le corrompu Barras.

Les directeurs, terrorisés à l'idée du retour au pouvoir des royalistes et craignant d'être mis en accusation pour la mort de Louis XVI, demandèrent le renfort du général Buonaparte, alors en Italie. Celui-ci envoya un de ses officiers, le général Augereau.

Le 18 Fructidor, sous la menace des canons d'Augereau et de ses douze mille hommes, les Cinq-Cents et les Anciens votèrent malgré eux la déportation de plus de cinquante de leurs membres jugés royalistes. Parmi eux se trouvait Portalis, considéré comme trop tiède envers les anciens conventionnels ! Décidément, l'avocat aixois n'avait pas de chance.

Pour éviter la déportation, le conseiller s'enfuit en Allemagne d'où il ne devait rentrer qu'à la fin de 1799, après le coup d'État du 18 Brumaire.

Or, quelques semaines après ce mémorable repas qui, rappelons-le, s'était tenu en 1796, Granet apprit coup sur coup la mort de son père, puis celle de sa mère. À ce moment, il ne pouvait rentrer pour les pleurer autant parce qu'il n'avait pas d'argent qu'à cause d'un important tableau à terminer. Il ne put revoir ses sœurs que quelques mois plus tard et, en revenant à Aix, il tenait évidemment de Portalis cette précieuse lettre dans laquelle celui-ci demandait à l'intendant qui s'occupait de sa maison de laisser Marius rechercher le dossier de Pascalis.

Le jeune peintre retrouva sans peine le précieux document encore à sa place depuis huit ans. Il eut un pincement de cœur en songeant au fidèle et généreux avocat qui avait sans doute perdu la vie en tentant d'élucider cette terrible affaire d'Entrecasteaux. Tout était donc résumé dans cette grosse enveloppe qu'il tenait à la main.

Évidemment elle était scellée et il ne tenta pas de l'ouvrir.

À Aix, à ce moment-là, la réaction royaliste battait son plein, les émigrés revenaient et poursuivaient les anciens Jacobins. Si Marius y était mal à l'aise, son ami, le jeune chevalier de Forbin, ne risquait rien. Aussi rejoignit-il à son tour l'ancienne capitale provençale pour y retrouver sa mère et sa famille.

Mais après le coup d'État de Fructidor, les royalistes tentèrent à nouveau de s'imposer par la force. L'armée les mit en déroute et Forbin dut s'enfuir car la purge organisée par les directeurs avait entraîné, localement, le retour au pouvoir des conventionnels radicaux et sa tête, comme celles de nombreux monarchistes, fut même mise à prix quelque temps.

Réfugié dans la capitale, Auguste put enfin obtenir une place d'élève dans l'atelier du peintre David qui cherchait désormais à oublier, et à faire oublier, son passé de Jacobin et d'ami de Robespierre. David avait d'ailleurs été mis en accusation pour être finalement acquitté.

Granet rejoignit son ami quelques mois plus tard, en 1798. Il apportait évidemment le dossier de Pascalis. Cependant, en arrivant à Paris, il apprit que Portalis ne s'y trouvait plus, puisqu'il était parti en exil pour éviter le bannissement.

Il confia alors la précieuse enveloppe à Forbin et l'oublia.

Jusqu'en 1799, Granet resta l'élève de David. Il fréquenta assidûment l'atelier avec Auguste, sauf durant la deuxième moitié de 1799 où Forbin, après son mariage célébré en juin, avait été incorporé dans les chasseurs à cheval[1].

Mais pour Marius, l'argent manquait toujours et il dut quitter l'atelier pour gagner sa vie. C'est à cette époque qu'il peignit le *Cloître des Feuillants*. Ce tableau disparu fit l'objet d'une élogieuse critique alors que Granet et Forbin revenaient à nouveau à Aix en 1799 pour revoir leur famille. Ils l'apprirent en cours de route. Granet fit aussitôt demi-tour, rentrant dans la capitale alors même que le général Bonaparte prenait le pouvoir.

Fin 1799, Bonaparte devint Premier consul[2], il rappela Portalis et, en 1800, celui-ci devint commissaire du gouvernement.

En août de la même année, l'avocat aixois fut chargé de l'œuvre de sa vie : la rédaction du Code civil.

Granet ne put finalement le rencontrer qu'à cette époque et il lui remit en main propre la précieuse enveloppe restée plusieurs mois en dépôt chez Auguste. C'est lors de cette entrevue qu'il apprit que Portalis, atteint de la cataracte, devenait aveugle.

1. Puis dans les dragons d'où il sortit capitaine en mai 1800.

2. Bonaparte, Granet et Forbin auraient encore pu se croiser : en effet le futur Premier consul s'arrêta à Aix en octobre 1799, à l'hôtel des Princes, alors qu'il rentrait d'Égypte. Le mois suivant, il faisait son coup d'État.

31

1800-1801

En cette brûlante journée d'août 1800, Marius Granet et Auguste de Forbin s'étaient fait excuser auprès de David. Ils ne se rendraient pas dans l'atelier du grand peintre où Marius, après des mois humiliants de sarcasmes et de rebuffades de la part du maître, avait enfin, la veille, reçu un compliment.

— De qui est celui-là ? avait demandé l'ancien conventionnel en examinant longuement son dessin.

Il avait alors affiché un rictus de satisfaction, faisant ressortir la difformité de sa joue, et poursuivi :

— Il n'est pas mal, vraiment pas mal !

Oui, ces premiers mois dans l'atelier avaient été difficiles pour le jeune Aixois. Les autres élèves avaient retenu les meilleures places et il ne pouvait voir les modèles et suivre les leçons qu'en les pinçant pour qu'ils s'écartent. Surtout, les permanents « Recommencez ! » du maître qui rejetait ses dessins avec mépris avaient usé sa confiance.

Ce n'était pas le cas de Forbin qui surmontait les critiques avec une parfaite insouciance et une jovialité infinie. De plus, avec un autre élève de l'atelier, il utilisait son temps libre à écrire une comédie[1]. Quoi qu'il arrive, le comte de Forbin gardait une aisance, une ironie distante et un humour qui le faisaient aimer de tous.

La veille, tous deux avaient reçu un billet du secrétaire de Portalis qui les convoquait pour le lendemain. Granet avait rejoint Forbin chez lui afin de prendre ensemble un fiacre à trente sous, une boîte infecte, sale et puante – surtout avec cette chaleur –, mais relativement rapide.

Le législateur, qui venait d'être nommé membre de la commission de rédaction du Code civil et dont le temps était compté, les reçut pourtant sans les faire attendre. Il se tenait assis à son bureau quand ils entrèrent dans l'immense pièce et il leur fit un signe pour qu'ils s'installent.

Dès qu'ils eurent pris place dans deux grandes bergères face à sa table de travail, le conseiller commença :

— Mes amis, j'ai commencé à étudier les documents que Pascalis nous a fait parvenir du delà de sa mort. Les voici, regardez-les et étudiez-les à votre tour.

Il leur fit passer des feuillets jaunis avant de s'expliquer :

— J'ai eu beaucoup de mal à les décrypter avec ma mauvaise vue, et encore j'ai dû utiliser une loupe. Habituellement, un secrétaire me prépare le travail mais ce dossier est trop confidentiel. Seuls vous et moi devons le partager et l'étudier, c'est pourquoi je vous ai convoqués. Lisez, ce n'est pas très long, et faites-m'en un résumé oral. Je saurai ainsi si je l'ai complètement appréhendé.

1. Elle sera jouée à l'automne de cette même année 1800.

Portalis les laissa travailler quelques minutes et, lorsque Forbin leva les yeux, il reprit la parole.

— Ma première impression est que ces documents confirment ce que m'avait raconté mon ami Pascalis, mais il demeure encore bien des interrogations et peut-être allez-vous éclairer ces zones d'ombre par vos souvenirs.

Il fit un signe à Forbin pour l'inciter à parler en premier.

— Le premier document décrit longuement l'affaire de l'assassinat de la présidente. Monsieur Pascalis a rassemblé tous les détails du dossier de police, expliqua Auguste.

— C'est ce que j'ai constaté, confirma Portalis en opinant du chef. M'étant déjà occupé de ce dossier, je n'y ai rien appris de plus. Il s'agit uniquement de faits.

Forbin prit un autre feuillet.

— Dans le second texte, Pascalis évoque ses doutes sur la culpabilité du président et les points obscurs de l'enquête. Je dois dire qu'il est assez convaincant dans ses arguments.

L'ancien avocat aixois eut une moue dubitative.

— Pour ma part, il ne m'avait guère convaincu. Là encore rien de nouveau.

— Dans ce document, expliqua Marius à son tour sans cacher son amusement, il s'exprime sur toi, Auguste : il raconte ce que lui a rapporté ta gouvernante et les constatations qu'il a faites ensuite dans les ruines du Palais Comtal. Il était allé voir les travaux de démolition le lendemain de notre fameuse nuit et avait constaté l'existence d'un trou à l'emplacement d'une dalle. Étonnant, non ?

Il tendit les deux feuilles à Auguste qui s'en saisit avec avidité pendant que Granet poursuivait :

— Le quatrième document est plus intéressant. Il y narre sa rencontre fortuite, quelques jours avant le crime, avec l'abbé Rive et trois autres personnes dont deux seront nommées plus loin. Il rapporte ensuite une rencontre qu'il a eue avec Fauris de Saint-Vincens au sujet de Rive.

Granet leva les yeux et expliqua à Portalis :

— J'ai une dette envers monsieur de Saint-Vincens. Il est le premier à m'avoir donné une chance comme artiste ; grâce à lui et à Constantin j'ai pu faire plusieurs dessins pour le livre qu'il a publié et les quelques pièces qu'il m'a données m'ont bien aidé, ainsi que ma famille. Et surtout, il ne me refusait jamais la visite de sa collection de tableaux…

— Un autre point intéressant dans le document ? le coupa Portalis d'un ton agacé.

— Oui, excusez-moi. Fauris lui expliquait avoir recommandé l'abbé Rive à monsieur d'Entrecasteaux pour traduire de vieux manuscrits que ce dernier avait en sa possession, et pour étudier aussi des pièces d'or datant des croisades.

— Dans mon document, ajouta Forbin, qui avait terminé avec tendresse la lecture des feuillets concernant sa gouvernante, Pascalis explique qu'avec l'accord du marquis de Simiane, il a envoyé à Rome un nommé Arrangiarsi pour rechercher trois Aixois ayant quitté notre ville après l'assassinat de la présidente. Rive n'étant pas parmi eux. Et dans ce papier, deux sont nommés : un certain Jouve et un certain Aiguillon. Le troisième, un bossu, est présenté comme le fils d'un notable aixois si important que son nom ne peut être porté par écrit, une telle accusation étant trop grave…

— Pascalis m'avait parlé de ce mystérieux Aixois,

intervint Portalis. Un individu effectivement bossu. Comment faire pour l'identifier ?

Forbin poursuivit :

— Il y a ensuite un trou de deux ans, puis une lettre de Simiane racontant l'expédition à Rome d'Arrangiarsi et la cache d'objets dans une église par les trois Aixois. Dans ce même document, monsieur de Simiane annonce la mort d'Arrangiarsi assassiné à Paris, apparemment par l'un des trois hommes. Pascalis y a joint cette courte note :

Aujourd'hui, je viens d'apprendre l'assassinat du marquis de Simiane. C'est Jouve, qui se fait appeler Jourdan et qui est maintenant cabaretier à Paris, qui l'a tué. Mon tour viendra-t-il ?

Portalis eut une expression tout autant étonnée que soucieuse :

— J'ignorais cette note, elle a dû m'échapper. C'est pour moi un choc terrible… Je n'avais jamais songé que la mort, certes inexpliquée, de Simiane aurait pu être liée à cette ténébreuse affaire…

— Comment est mort monsieur de Simiane ? demanda Granet.

Portalis se passa la main sur le menton, hésitant à répondre.

— Une curieuse histoire… on l'a retrouvé sans vie dans son lit à l'hôtel des Princes. Percé d'un coup d'épée. On a parlé d'un duel à cette époque. Je me souviens que c'était l'hypothèse retenue par Le Blanc de Castillon.

— Ces mystérieux voleurs sont rudement audacieux pour avoir assassiné un homme aussi important que Charles de Simiane, remarqua Forbin à haute voix.

Un pénible silence s'installa, chacun songeant à cette incroyable succession de meurtres.

— Arrangiarsi aurait précisé à Simiane – c'est toujours dans sa lettre – qu'un inconnu aurait poignardé à mort Aiguillon à Rome. Une sorte de géant manchot qui suivait les Aixois. L'assassin aurait alors crié : « C'est pour mon président et pour madame ! », intervint Forbin.

Granet blêmit en comprenant aussitôt de qui il s'agissait alors que Portalis interrogeait Forbin :

— Qui diable peut être ce justicier ? Décidément nous nageons dans les bizarreries : d'abord un bossu, puis un géant manchot, et tous ces gens s'exterminent les uns les autres à qui mieux mieux !

Forbin avait les sourcils froncés. Il se concentrait sur ce qu'il venait d'entendre et Portalis nota son comportement étrange :

— Qu'avez-vous, mon ami ?

Auguste secoua la tête :

— Rien. Simplement, je connais un géant manchot…

Il haussa les épaules en faisant une moue.

— Non ! Ça n'a aucun rapport…

— De qui s'agit-il ? demanda l'ancien avocat, subitement intéressé.

— Un homme au service de ma famille. De ma tante, en fait. Il l'a aidée à s'évader durant la Terreur. Avec toi, d'ailleurs…

Il désigna du doigt Granet qui était resté livide.

— Vous le connaissez aussi, ce manchot ? s'enquit Portalis très lentement, tout en regardant sévèrement Marius.

— Effectivement, à cette époque, c'était un voisin de madame de Forbin-Tonnerre. Il nous a aidés à la faire évader.

— Nous ?

— Avec Antoine, je vous ai déjà parlé d'Antoine. Il était amoureux de la fille de madame de Forbin-Tonnerre.

Portalis sentait confusément qu'on lui cachait quelque chose.

— Ah ! Et d'où venait ce manchot ? Quel est son nom, d'ailleurs ?

Granet haussa les épaules avec une feinte indifférence. Même s'il avait désormais tout compris, il tenait à respecter la promesse faite à Fulques le soir de l'évasion.

— C'était un soldat… Il se nomme Fulques Gaillard. Il avait vécu en Amérique et s'était battu avec La Fayette, je n'en sais pas beaucoup plus.

— Donc aucun rapport avec notre histoire ? demanda gravement Portalis.

— Aucun ! affirma Granet, maintenant devenu tout rouge.

Auguste l'examina. Il savait que son ami mentait, mais il ne comprenait pas pourquoi. Il décida pourtant, lui aussi, de ne rien dire.

Granet reprit en montrant un document et sur un ton faussement indifférent :

— Le dernier papier que j'ai sous les yeux traite d'une longue discussion que Pascalis avait eue avec l'abbé Rive, nommé à Aix conservateur de la bibliothèque du marquis de Méjanes. Pascalis y confirme ses soupçons envers l'abbé.

Il leva les yeux et conclut :

— Puis plus rien.

Portalis le considéra de nouveau. Il avait toujours le sentiment que le jeune homme ne lui avait pas tout dit.

— Mon ami Pascalis a été assassiné sur les ordres de Rive en décembre 1790… dit-il.

Un bref silence s'installa et, cette fois, ce fut Granet qui l'interrompit en comptant sur ses doigts :

— Nous savons qu'Aiguillon est mort à Rome et Rive à Marseille. Mais nous ignorons qui est cet Aixois mystérieux, bossu et fils de notable, nous ignorons aussi ce qu'est devenu Jouve qui est un redoutable assassin. Ces deux-là sont les seuls à savoir dans quelle église de Rome est caché le trésor. Car on ne peut douter que ce soit le trésor du Palais Comtal, volé à Entrecasteaux, que ces gens ont dissimulé dans cette église.

Il eut un geste fataliste.

— Mais retrouver ces gens après tant d'années ?

— Le géant, expliqua doucement Portalis. Le géant manchot. Lui aussi doit savoir où se trouve le trésor. Il faut le retrouver.

— Difficile, objecta Auguste. Ce sera peut-être plus facile de retrouver Jouve, ou Jourdan, s'il est encore cabaretier.

Portalis ne répondit pas tout de suite, il se leva et leur fit comprendre que la réunion était terminée. En les accompagnant, il dit quelques mots à Auguste au sujet d'un de ses amis, Gabriel de Montfort, à qui il avait obtenu une entrevue auprès du ministre de la Police, Joseph Fouché, pour obtenir la grâce d'un Compagnon du Soleil condamné à mort et emprisonné à Aix[1].

À la porte, il précisa pourtant en s'adressant aux deux amis :

— Pour ce qui est de Jouve, s'il est vivant, je le retrouverai. Faites-moi confiance.

Une fois sur la place du Palais-Royal, Forbin dit à Granet à voix basse :

1. Voir *Le Duc d'Otrante et les Compagnons du Soleil*.

— Tu savais depuis le début pour Fulques…

— Oui, avoua Marius, penaud.

— Antoine aussi ?

— Oui.

— Pourquoi ne m'avez-vous rien dit ?

Le ton était boudeur plus que fâché. Marius prit son ami par le bras et l'entraîna vers les jardins.

— Il est vrai qu'on ne t'a pas tout dit, mais nous avions promis. Désormais, tu seras toi aussi lié à notre promesse.

Il raconta alors comment Fulques les avait conduits à l'hôtel d'Entrecasteaux, leur avait dit être un ancien jardinier et comment ils avaient reconnu en lui celui qui avait sorti les coffres de la tour du Trésor.

Forbin l'écouta sans l'interrompre.

— Que devons-nous faire maintenant ? lui demanda Granet à la fin du récit.

— Rien ! décida Auguste. Ce secret n'est pas le nôtre. Et si Fulques désire le garder, c'est son affaire.

Après le départ des deux jeunes gens, Portalis resta un moment à méditer, puis fit appeler un homme de son service.

Pierre Vauquier était un Provençal que Portalis avait pris avec lui depuis quelques mois. Dans le cadre de la rédaction du Code civil, il lui servait plus ou moins de documentaliste. Vauquier possédait un don pour retrouver jugements, ordonnances ou n'importe quelle pièce dans les archives des différentes administrations parisiennes, surtout celles de la royauté.

— Pierre, lui expliqua Portalis, vous allez arrêter tous vos travaux en cours et me retrouver la trace d'un Mathieu Jouve qui se serait aussi fait appeler Jourdan et qui aurait pu être cabaretier à Paris en 1787 ou 88.

— Ce sera difficile, objecta l'autre. Les registres de déclaration des cabarets, des auberges, bouchons, tavernes et autres gargotes étaient entreposés au Grand-Châtelet, puisque du ressort du lieutenant civil, et la plupart ont été détruits.

— Ah ! Essayez alors du côté des contrôleurs des impôts. Ce sont eux qui surveillaient les fûts en perce, non ?

— Effectivement. J'irai faire un tour aux archives du procureur fiscal. Mais tout cela prendra du temps.

— Prenez-le, lui répliqua Portalis en le rassurant d'un geste. Mais ramenez-moi une bonne nouvelle.

Quelques semaines plus tard, Vauquier était de retour chez l'ancien conseiller.

— J'ai retrouvé votre homme, monsieur expliqua-t-il en lui remettant son rapport. Effectivement à partir des registres du procureur fiscal comme vous me le conseilliez. Il a été cabaretier de 1786 à la fin de 89. Après, sa trace est perdue. Tout est dans mon rapport.

Il tendit quelques feuillets à Portalis.

— Aucun moyen de le retrouver ? s'enquit l'ancien avocat.

L'autre émit une moue dubitative. Portalis soupira en rangeant le dossier dans un tiroir. Il ferait lire ce rapport par son secrétaire, mais il semblait bien que cette voie soit sans issue. En levant les yeux, il constata alors que Vauquier attendait.

Que voulait-il ajouter ? Il lui fit un signe de tête pour l'inciter à parler librement.

— Voyez-vous, monsieur, et je n'en traite pas dans mon rapport, j'ai eu sous les yeux un procès-verbal de l'intendance de la Généralité de Paris où il était fait mention d'un Jourdan, cabaretier à Paris, qui aurait coupé la tête de monsieur de Launey, le gouverneur de la Bastille lors de la prise de la prison.

Portalis fut brusquement intéressé :

— Vous pensez que ce pourrait être notre homme ?

Vauquier eut une grimace mi-dubitative, mi-approbatrice.

— Cela se pourrait bien, d'autant que ce Jourdan ne nous est pas totalement inconnu. Ce serait lui qui aurait dirigé l'armée du Vaucluse en 1792. Une bande qui s'est rendue coupable d'abominables atrocités. On nommait leur chef Jourdan Coupe-Tête.

— J'en ai effectivement entendu parler.

Portalis médita un instant l'information et reprit :

— Poursuivez vos investigations, mon ami. Et tâchez de savoir ce qu'est devenu ce Jourdan et s'il possède toujours sa tête.

Les recherches prirent trois semaines. Puis, à nouveau, Vauquier vint faire son rapport. Cette fois, il arriva triomphant :

— C'est notre homme !

— Jourdan Coupe-Tête serait notre cabaretier parisien, ce serait lui, Jouve ?

— Sans aucun doute. J'ai obtenu plusieurs témoignages venant d'Avignon de la part de ceux qui l'ont connu.

— Très bien. Je vais donner des instructions pour le faire arrêter et transférer à Paris. Je vais l'interroger moi-même.

— Ce sera difficile, monsieur, contesta le secrétaire avec une expression quelque peu narquoise.

Portalis dévisagea Vauquier avec un air agacé.

— Pourquoi donc ? fit-il sèchement.

— Il est mort, monsieur. Guillotiné en avril 94.

— Racontez-moi ça…

— Je vous l'ai dit, cet homme était à la tête d'une troupe de brigands à Avignon. Il avait même organisé un horrible massacre dans le Palais des Papes.

— Celui de la Glacière ?

— C'est cela. Maître de la ville il avait décidé de devenir riche. Pour ce faire, il s'était acoquiné avec de véreux adjudicateurs de biens nationaux. Ses malversations avaient été dénoncées mais il avait riposté en faisant arrêter ses détracteurs. C'est alors qu'est intervenu le représentant de la Convention à Marseille : Maignet.

» Ce dernier, conventionnel incorruptible comme vous le savez, vint à Avignon en personne et fit arrêter Jourdan ainsi que ses amis, puis les fit transférer à Paris ou, après un procès expéditif, le responsable du massacre de la Glacière a été guillotiné.

Ainsi ce fil était coupé, songea Portalis. Il ne restait donc que le bossu. Et peut-être ce mystérieux manchot. Il décida d'écrire à quelques amis d'Aix pour en savoir plus sur Fulques Gaillard.

Théodore Desorgues logeait maintenant dans un garni de la veuve Bernadin pour quatre francs cinquante par mois. Dans ce taudis du Faubourg Saint-Antoine, il occupait l'un des neuf lits d'une grande chambre sale et sombre. Sa couche était constituée d'une paillasse de toile et il se réchauffait l'hiver sous une vieille couverture raide de crasse. Ses pauvres hardes étaient enfermées dans un petit buffet branlant.

Le garni disposait d'une salle commune et, là, il pouvait encore écrire.

Théodore était-il donc tombé dans la misère la plus noire ? Absolument pas ! Il était même presque riche. Mais voici pourquoi il menait cette vie de misérable.

Après la mort de Robespierre, le poète avait été rejeté de tous les cercles littéraires. Tout le monde s'attendait à ce qu'il fasse partie des charrettes qui avaient suivi la chute du tyran et on le tenait à l'écart. Mais, en réalité, il était si médiocre que personne ne s'intéressait à lui.

Il vivotait à cette époque dans un petit logement de la rue de la Loi, ayant pour voisin un jeune couple, les Mery.

Desorgues était très attiré par la plantureuse madame Mery et, un jour, ne se retenant plus, il lui avait caressé un sein alors qu'elle passait devant lui – il faut dire que son corsage était bien échancré ! Après quoi, il avait même essayé de l'embrasser. Mais la dame n'était pas comme ses précédentes et onéreuses conquêtes. Indignée par le comportement libertin de ce bossu, elle s'était jetée sur lui et avait tenté de lui arracher *les parties*. C'est en tout cas ce qu'expliquait le rapport de police qui détaillait la cocasse rixe[1], Desorgues, pour se défendre, ayant ensuite mordu la belle.

Devant le scandale et le risque d'un procès à la fois grotesque et dangereux, le bossu avait été contraint de quitter Paris.

Sans amis ou amies, pouvant à tout moment être arrêté, il avait décidé de retourner à Rome pour tenter de récupérer le trésor qui changerait sa vie.

Le voyage avait été très long et très coûteux. Il était resté trois mois dans la Ville sainte. Presque tous les jours, il s'était rendu dans la fameuse église, sondant la solidité de la grille qui fermait la crypte. Cette dernière semblait indestructible et, même s'il avait pu l'ouvrir, on distinguait derrière l'ouvrage de fer d'énormes moellons qui scellaient l'entrée des anciens thermes romains.

1. L'incident eut lieu le 18 Prairial an IV.

Il avait alors élaboré de nombreux plans, tous plus ou moins réalisables sans trop de risques, mais, finalement, un seul lui paraissait praticable : entrer le soir dans l'église alors qu'elle était encore ouverte ; s'y faire enfermer avec deux ou trois complices après avoir neutralisé le sacristain ; forcer la grille et détruire le mur avec l'aide de ses comparses en leur racontant que la crypte menait à des catacombes jamais visitées et qu'il voulait explorer ; payer ensuite grassement les hommes et les faire partir ; puis récupérer tout ou partie du trésor dans des sacs et les transporter dans un logement qu'il aurait loué. L'affaire était exécutable en une seule nuit, mais il fallait beaucoup d'argent pour une telle entreprise.

Alors, rentré en France, il avait décidé d'économiser sur tout. La faible rente que son père lui avait accordée était pieusement conservée en compte à la Caisse de Perregaux et Récamier, une solide maison de négoce et de banque fondée en 1796. Il y versait aussi la rente que lui donnait son frère. Avec des intérêts de sept pour cent, son pactole gonflait de jour en jour et il avait prévu son expédition à Rome pour l'année suivante.

Deux fois par mois son frère l'invitait à manger au café Procope et là il lui versait encore un peu d'argent que Théodore dépensait pour vivre le plus simplement possible. Un cabaret miteux était sa salle à manger où il se nourrissait de harengs, de pain et d'un maigre fromage parfois arrosé d'un vin vinaigré coupé à l'eau.

32

1801-1802

Le mariage d'Antoine de Puylaurens et de Clotilde de Forbin-Tonnerre eut lieu le 17 septembre 1801 à Aix, en présence d'Auguste et de Marius.

Avec l'aide de ses parents, Antoine acheta, rue de la Miséricorde, une grande maison dans laquelle il s'installa comme médecin. Il en occupait le premier étage alors que madame de Forbin-Tonnerre et Fulques habitaient le second.

Dans la discrétion, Fulques avait en effet épousé la mère de Clotilde deux semaines après le mariage d'Antoine et, si la marquise de Forbin, la mère d'Auguste, en avait été choquée, ce n'avait pas été le cas de son fils qui avait approuvé un mariage mettant fin aux commérages. Au demeurant, avait-il expliqué à sa mère, maintenant que le monde avait changé, Fulques et madame de Forbin-Tonnerre avaient bien gagné leur droit au bonheur.

Ce droit ne devait pas durer bien longtemps.

Le printemps de 1802 fut particulièrement chaud et humide. En avril éclata une épidémie de choléra.

Jusqu'à la mi-mai, Antoine se dépensa sans compter

pour soigner les malades chaque jour plus nombreux. Il n'avait même plus le temps de s'occuper des siens. C'était sa première épidémie et il prenait conscience de l'impuissance du médecin face à de telles calamités.

Il resta donc hébété quand Clotilde lui demanda d'aller voir sa mère alitée et prise de vomissements. Le jeune médecin diagnostiqua aussitôt la terrible maladie, d'abord chez elle, puis chez Fulques.

Il arrêta alors toutes ses visites et consacra ses soins à sa famille. Un traitement énergique assorti d'une forte réhydratation des malades entraîna un mieux chez madame de Forbin, mais l'état de Fulques continua d'empirer. Le 20 mai, l'ancien insurgent fut si mal qu'il demanda à voir un prêtre.

Antoine savait le mari de sa belle-mère condamné et accéda aussitôt à sa demande. Il fut cependant surpris lorsque le curé, après avoir administré l'extrême-onction au malade, lui expliqua que Fulques avait à faire une seconde confession. Et qu'il désirait lui parler sans témoin.

Antoine s'assit au chevet de l'ancien jardinier du président d'Entrecasteaux dont le visage amaigri et livide était déjà marqué par la mort.

Les volets avaient été clos et la pièce se trouvait presque entièrement dans le noir. C'était déjà un tombeau.

— Antoine ? demanda le malade d'une voix d'outre-tombe.

Le médecin lui prit la main.

— Je suis là.

Le malade s'exprima lentement, chaque mot lui coûtait visiblement un effort surhumain.

— Antoine… j'ai déjà confessé mes fautes… mais il y en a encore une que je veux que vous connaissiez…

Je ne voudrais pas que vous l'appreniez après ma mort…

Il se tut un long moment et reprit en soufflant :

— J'ai tué quelqu'un.

Antoine fut étonné autant que rassuré d'une aussi étrange confession. Il savait que Fulques avait combattu six ou sept ans en Amérique. Présent sur tous les champs de bataille, il lui aurait été difficile de ne meurtrir personne.

— Je suppose… répliqua-t-il donc, conciliant. Peut-être même avez-vous tué plusieurs personnes. Je sais que vous avez été soldat, c'était la guerre…

Le malade bougea légèrement la tête en signe de dénégation.

— Non… ce n'est pas cela… Il faut que je vous raconte…

Antoine le fit boire et Fulques reprit difficilement :

— Quand je suis rentré d'Amérique, j'ai souhaité me mettre au service du marquis d'Entrecasteaux. Lui ne voulait pas de moi, et c'est son fils qui a insisté auprès de son père pour que je travaille pour eux. J'avais donc une dette envers lui…

Antoine écoutait avec toute son attention. Il se rapprocha du mourant qui chuchotait de plus en plus faiblement.

— … Un jour, je m'occupais alors de la démolition du Palais, j'ai distingué un coffre en soulevant une dalle. Le soir même, j'ai averti le président et nous sommes allés ensemble le chercher. En réalité, il y avait deux coffres, mais ce n'est pas important. Le plus gros était empli d'or… Pour mon malheur et pour le sien…

— Pour son malheur ? ne put s'empêcher de reprendre Antoine.

— D'autres ont su… ne me demandez pas… je

ne sais pas comment… Une nuit, ils se sont introduits dans l'hôtel… Je les ai vus partir en portant le coffre. Ce n'est que beaucoup plus tard que j'ai appris qu'ils avaient égorgé madame la présidente. À cause de moi. Et puis, j'ai su aussi, encore plus tard, que le président avait été accusé du crime et qu'il était mort en prison, toujours à cause de moi.

— Ce n'était pas à cause de vous, Fulques. C'étaient ces gens, les voleurs. Qui étaient-ils d'ailleurs ? Savez-vous leurs noms ?

Le malade eut un sursaut.

— Je ne sais pas. Je n'ai jamais su. Ils étaient quatre, je les ai suivis jusqu'en Italie mais ils n'étaient plus que trois. Ils sont allés à Rome, j'étais toujours sur leurs traces. Je voulais reprendre l'or et le ramener. Mais je n'ai pas pu. J'ai échoué…

Il s'affaiblissait de plus en plus.

— Qu'ont-ils fait alors ? Où est le coffre ? ne put s'empêcher de demander Antoine.

— Ils l'ont apporté dans une église. Enfin, je suppose, car ils sont entrés dans cette église avec plusieurs sacs en cuir, très lourds. Je n'ai pu les suivre mais, quand ils sont sortis, ils n'avaient plus rien.

Il se tut un instant pour reprendre quelques forces.

— Je suis retourné dans l'église. Je n'ai rien vu, sinon une crypte fermée par une lourde grille. Un sacristain m'a raconté que les visiteurs étaient venus visiter la crypte. Ils travaillaient pour un abbé français. Un nommé Rive.

Il serra la main d'Antoine.

— Je pense que c'est là qu'ils ont caché l'or. Ils ont dû l'enfouir.

— Vous souvenez-vous du nom de cette église ? interrogea Antoine avec fébrilité.

L'autre eut un triste sourire :

— Qui aurait pu l'oublier ? Il s'agit de San Martino, près du Colisée.

— Et ensuite ?

— Je suis resté à Rome pour les surveiller, je pensais qu'ils y retourneraient. Mais quelques semaines plus tard, j'ai appris le crime d'Aix. J'ai tout de suite deviné que c'étaient eux, alors j'ai voulu venger madame d'Entrecasteaux…

Il s'arrêta de nouveau, épuisé.

— Continuez…

— Un jour, j'ai eu enfin une occasion, l'un des trois était seul. Je l'ai tué d'un coup de couteau… Et je le regrette. Qui me dit que c'était lui qui avait égorgé la présidente ?

Antoine resta silencieux quelques secondes, et finalement il rassura le malade :

— Consolez-vous, il avait certainement mérité son sort. Mais les autres…

— Ils se sont enfuis…

Il eut une sorte de ricanement grinçant.

— … Forcément, ils avaient peur ! Ils ont quitté Rome et je ne les ai jamais revus. Pourtant, j'ai cherché. J'ai cherché partout. Je suis resté en Italie pendant de longues années pour essayer de les trouver.

— Mais vous ignoriez leurs noms…

Fulques opina.

— L'un d'entre eux était bossu. D'après l'aubergiste chez qui ils vivaient, il voulait étudier la médecine. Une fois j'ai cru l'avoir trouvé à Bologne, mais c'était une illusion…

» Finalement, je suis rentré à Aix. J'en avais assez de courir le monde. J'ai pris un petit logement et c'est là que j'ai rencontré madame de Forbin-Tonnerre. La suite, vous la connaissez.

Le silence s'installa. Antoine hésitait à parler à son tour. Mais cet homme allait mourir, il devait avoir son accord pour ce qui allait suivre.

— Je connaissais une grande partie de cette histoire, Fulques, lui avoua-t-il doucement. Et vous ne savez pas tout. J'avais dix ans et je jouais avec Auguste de Forbin et Marius Granet dans le Palais Comtal quand vous avez découvert le coffre. Peut-être vous souvenez-vous de nous ? Nous étions trois enfants, toujours avec la gouvernante d'Auguste.

Fulques ferma les yeux et ne répondit pas. Il était plongé dans ses souvenirs alors qu'Antoine poursuivait :

— D'autres à Aix ne croyaient pas à la culpabilité d'Entrecasteaux. L'avocat Pascalis avait même identifié les trois individus partis pour Rome, ceux que vous avez suivis. Lui aussi croyait savoir qu'ils avaient volé un coffre dans l'hôtel. Il l'avait appris par la gouvernante d'Auguste à qui il s'était confié.

Maintenant la surprise se lisait sur le visage émacié du mourant.

— Mais cela, je ne l'ai appris que récemment, poursuivit Antoine. Portalis, l'ancien président du conseil des Anciens, a essayé de renouer le fil de cette enquête, c'est ce que m'a raconté Granet. Il ne lui manquait que deux informations : le nom de l'église, vous venez de me le donner, et le nom du bossu. Ce dernier, nous l'ignorons encore.

Il s'interrompit pour donner à boire au malade.

— Vous n'avez pas à avoir de remords. Grâce à vous, cette affaire sera peut-être élucidée et le président vengé. Ainsi que les autres morts…

Le malade interrogea, les yeux étonnés :

— … D'autres morts ?

— Oui, je vous raconterai tout quand vous serez guéri.

Il lui semblait inutile d'affliger plus le mourant.

— Pourquoi ne m'avoir rien dit ? soupira Fulques.

— C'était votre secret. Nous en avons parlé plusieurs fois avec Marius et Auguste. Depuis le jour où vous nous avez aidés à faire évader madame de Forbin et sa fille, nous savions qui vous étiez mais, souvenez-vous, vous nous avez fait promettre de ne poser aucune question. Nous avons respecté votre demande.

Fulques secoua la tête.

— Vous n'auriez pas dû ! grimaça-t-il. Que de temps perdu ! Peut-être les voleurs sont-ils revenus dans l'église et ont repris ce trésor. Et maintenant ils vivent heureux en le dépensant alors que monsieur d'Entrecasteaux et sa femme pourrissent dans leurs tombes sans être vengés.

Antoine se leva.

— M'autorisez-vous à faire savoir à Portalis où se trouve ce coffre ?

— Vous devez le faire !

Le soir même, Antoine écrivit à Forbin et à Granet qu'il avait une révélation importante à leur communiquer et qu'il se rendrait personnellement dans quelques jours à Paris, avec Clotilde, pour les rencontrer.

Il ne voulait pas quitter la ville tant que Fulques serait vivant.

Antoine et Clotilde arrivèrent à Paris le 1er juin, après un éprouvant voyage en turgotine. Durant huit jours, ils avaient été entassés, secoués et abrutis par les grincements des roues, les claquements des sabots, les gémissements des ressorts et les hurlements des cochers.

Les deux époux devaient loger chez les Forbin. Après s'être reposé et avoir fait un peu de toilette, Auguste envoya un laquais prévenir Marius qui travaillait à l'atelier de David.

Les trois amis se retrouvèrent dans la soirée.

— Antoine n'a rien voulu me dire, plaisanta le chevalier de Forbin en s'adressant à Granet qui venait d'arriver. Je suis aussi impatient que toi de savoir ce qu'il va nous annoncer.

— Mes amis, expliqua Antoine qui cherchait ses mots, encore un peu hébété par son voyage. Une épidémie de choléra s'est répandue sur Aix.

— C'est tout ? plaisanta Auguste.

— Non. Hélas ! La maladie a fait de nombreuses victimes. Ta tante et Fulques l'ont attrapée. Mais rassure-toi, j'ai pu sauver madame de Forbin-Tonnerre. Quant à Fulques, c'est une curieuse histoire…

Il raconta alors la confession de l'ancien jardinier de l'hôtel d'Entrecasteaux.

— Je suppose que tu es parti aussitôt après la mort de ce pauvre Fulques ? demanda Granet.

— Pas exactement, répliqua Antoine. À ce moment-là, je n'avais plus d'espoir pour lui, mais quelques jours plus tôt, j'avais écrit à mon père pour lui demander son aide. Sitôt arrivé, il m'a expliqué que certains de ses amis soignaient le choléra avec un mélange de jus de citron et de vinaigre, l'acidité de ce remède facilitant la réhydratation du malade. J'ai donc tenté cet ultime recours sur Fulques et, soit qu'il fût soulagé de m'avoir raconté ce qu'il appelait son crime, soit que la médication ait été efficace, dès le lendemain il allait mieux. Au bout de deux jours, son état n'étant plus inquiétant, je suis parti pour Paris après lui avoir demandé confirmation que je pouvais informer Portalis du lieu où se trouve notre trésor : l'église de San Martino.

Forbin se leva et fit la grimace.

— Il ne nous reste plus qu'à avouer à Portalis que nous lui avons menti. Ce ne sera pas le plus facile.

Il est vrai que la confession se révélerait délicate. Mais avaient-ils le choix ?

Le lendemain, Forbin écrivit au rédacteur du Code civil pour lui demander une entrevue et, le soir même, ils recevaient une sèche convocation. Antoine décida de les accompagner : si ses amis étaient sanctionnés, il voulait partager leur punition.

— Ainsi, c'est vous le fameux Antoine de Puylaurens ? ironisa Portalis après qu'ils se furent installés dans son grand bureau.

Il s'adressa à Forbin sans attendre la réponse :

— Vous avez une information importante à me communiquer, m'avez-vous écrit. Je vous écoute avec attention car je suppose qu'il s'agit de ce fameux trésor de monsieur d'Entrecasteaux…

Granet prit courageusement la parole :

— Oui, monsieur Portalis. Je dois vous avouer que j'ai gardé par-devers moi une information. Vous vous souvenez de ce manchot qui avait poignardé l'un de nos trois voleurs à Rome. J'ignorais cet incident mais je savais que Fulques Gaillard avait été au service de monsieur d'Entrecasteaux. Je pensais que c'était lui que nous avions vu déterrer les coffres, la nuit où nous nous étions cachés dans le Palais…

Le visage de Portalis, impassible, n'exprimait aucun sentiment.

— J'avais une raison pour me taire, continua Marius. Une promesse que je lui avais faite de garder le secret. Même Auguste n'était pas au courant de l'histoire.

— Et qu'est-ce qui vous a fait changer d'avis ? persifla l'ancien avocat.

Cette fois, ce fut Antoine qui prit la parole :

— Fulques a été mourant. Il a voulu me confier qu'il avait tué un des voleurs. Je lui ai dit que je connaissais l'histoire et que vous cherchiez à résoudre cette énigme. C'est lui qui m'a alors demandé de vous parler.

Il s'arrêta un instant avant de poursuivre :

— Il m'a surtout avoué autre chose : le trésor a été enterré dans la crypte de l'église de San Martino, à Rome.

Ne pouvant maîtriser son agitation, Portalis se leva et fit quelques pas le long de la fenêtre. S'il l'avait pu, il aurait desserré sa cravate de soie. Finalement, il se retourna et les dévisagea sévèrement :

— Vous savez qu'en me disant cela, je vais faire le nécessaire pour le retrouver. Vous n'ignorez pas que ce trésor ira en totalité à l'État. Pourquoi ne pas avoir gardé cette information… et devenir riches ?

Forbin écarta les mains avec un sourire béat :

— Mais cet argent n'est pas à nous ! Peut-être est-il aux Entrecasteaux, ou même à Fulques…

— Non ! décida sévèrement Portalis. Les biens des templiers ont été confisqués par Philippe le Bel en 1308. Depuis, ils appartiennent à la France. Ils lui ont toujours appartenu.

Il fit un geste de la main.

— Vous pouvez disposer maintenant.

Mais regrettant sans doute sa sévère attitude, il ajouta plus aimablement :

— Au fait, je me suis renseigné sur Jouve. Il a été guillotiné.

Il secoua alors la tête et poursuivit sans trop y croire :

— Il nous reste ce bossu mais sans doute est-il mort, lui aussi.

33

Juin 1802

La veille, ils avaient été convoqués par un officier des grenadiers de la garde consulaire en grand uniforme galonné d'or. À huit heures précises, le conseiller Portalis les attendait au Conseil d'État où il partageait son temps entre la rédaction du Code civil et sa position nouvelle de directeur des cultes et de l'instruction.

— En aucun cas vous ne devez être en retard, avait précisé le lieutenant de la garde avec morgue, en lissant sa moustache.

L'avertissement semblait lourd de menaces.

Dès le départ de l'officier de son petit logement – une sortie fracassante : mélange de claquement de bottes ferrées, de tintamarre de sabre et de cliquettement d'éperons –, Marius, le cœur serré d'inquiétude, était sorti de chez lui.

Interloqués par cette inquiétante visite en une période encore troublée, ses voisins d'étage se trouvaient sur le palier pour faire des commentaires et surtout le questionner. N'ayant aucune réponse à leur fournir, Marius les abandonna et courut chez Auguste sans perdre de temps.

Il avait trouvé son ami en grande conversation avec Antoine et Clotilde. Auguste venait lui aussi de recevoir la convocation du matamore chamarré et la racontait avec force détails piquants. Au moment où Marius fut introduit, il expliquait ne pas connaître les raisons de cette menaçante assignation et paraissait surtout amusé par la conduite théâtrale de l'officier des grenadiers. Pourtant, un point l'embarrassait : seul lui, Forbin, était mentionné dans la convocation.

Marius raconta à son tour la visite du militaire. Persuadé que cette sommation était liée au trésor du Palais Comtal, Antoine voulut les accompagner.

Auguste le dissuada.

— Dans ce genre de convocation, on doit respecter les ordres à la lettre. Or, tu n'as pas été requis comme nous. Il doit y avoir une raison à cela, raison que nous connaîtrons bientôt. Mais rassure-toi, quoi qu'il arrive, tu resteras avec nous.

Le lendemain, bien avant huit heures, Marius et Auguste battaient le pavé dans la cour du Conseil d'État où Portalis devait les recevoir. À huit heures précises, ils furent introduits dans le bureau du conseiller.

Auguste entra le premier. Vêtu d'un élégant frac gris souris bien coupé, le cou serré par une large cravate blanche, le torse mis en valeur dans un étroit gilet, chaussé de bottes sans couture, il parut parfaitement à son aise devant un Portalis exceptionnellement habillé de l'uniforme bleu foncé de directeur avec broderies blanches et or sur le col et les poignets.

Devant lui, Forbin se découvrit de son petit chapeau droit qu'il préférait aux bicornes, trop officiels.

Granet, gêné, jeta un regard à ses souliers mal cirés et à sa redingote élimée achetée un mois plus tôt chez un fripier. Décidément, je ne suis pas à ma place dans ce monde, se reprocha-t-il une fois de plus.

Forbin, lui, s'interrogeait sur les raisons pour lesquelles Portalis avait enfilé ce costume de cérémonie que les hauts fonctionnaires arboraient uniquement dans les grandes occasions.

Le nouveau directeur des cultes examina rapidement la vêture de ses visiteurs, puis se laissa aller à un petit sourire dénué d'ironie.

— Assoyez-vous, mes amis…

Il attendit qu'ils soient confortablement installés avant de poursuivre en plaçant une main sur son col brodé :

— … Il s'agit de mon costume de fonction, s'excusa-t-il à l'intention de Granet. Je ne le porte qu'exceptionnellement.

Il rangea distraitement quelques papiers afin de leur donner le temps de méditer ce qu'il venait de dire. Quand ce fut fait, il appuya ses coudes sur la table et reprit avec cet accent provençal chantant qu'il avait gardé :

— Vous vous demandez ce que signifie cette singulière convocation ? Ainsi que ce vêtement d'apparat ?

Il les considéra à tour de rôle en haussant les sourcils. Comme ils ne répondaient pas, il enchaîna :

— Sachez avant tout que l'idée n'est pas de moi. J'exécute ici des ordres et, à compter de ce jour, vous devez vous considérer comme des soldats au service de la France.

Il eut un raclement de gorge et continua en jetant un œil à la pendule posée sur son bureau.

— Après notre réunion, voici quelques jours, j'ai

rédigé un rapport en haut lieu sur toute cette histoire. Bigre ! Un trésor important arrangerait bien les affaires de ce pays. La décision a maintenant été prise. Nous allons envoyer des personnes de confiance rechercher cet or.

— Mais pourquoi ne pas simplement faire fouiller la crypte, récupérer ce trésor puis le rapatrier en France ? interrogea Forbin avec nonchalance en croisant les jambes.

Au même instant, un fracas de cavalerie retentit à l'extérieur. Une voiture accompagnée d'une escorte importante pénétrait dans la cour. Tous trois furent distraits par le vacarme et, curieusement, Portalis se leva pour s'approcher de la fenêtre.

— Nous y avons pensé, répliqua-t-il, le dos tourné, j'attends justement quelqu'un qui va mieux que moi vous en expliquer les raisons. En simplifiant, sachez pourtant que le Premier consul désire traiter cette affaire avec la plus grande discrétion…

Il se retourna.

— … Songez-y, il pourrait bien ne rien y avoir dans cette crypte. Nous nous couvririons alors de ridicule…

Maintenant, un tintamarre de bottes, d'éperons et de sabres retentissait dans les couloirs. Machinalement, ils se tournèrent vers la porte à l'instant où un majordome entrait sans frapper et annonçait d'une voix pontifiante :

— Monsieur le Premier consul !

Granet et Forbin se levèrent aussitôt, stupéfaits autant qu'intimidés.

Un homme de petite taille, aux cheveux mi-courts, vêtu d'un habit bleu à large ceinture rouge brodée d'or, pénétra dans la pièce. Il affichait un masque de sévérité et Marius reconnut sans peine le jeune capitaine de Toulon qui avait refusé de les livrer aux conventionnels.

De près, le visage de Bonaparte lui parut un peu plus empâté mais la même flamme brûlait dans ses yeux noirs.

Le Premier consul les dévisagea tour à tour.

— Capitaine[1], fit-il sèchement à Forbin en hochant la tête.

Il eut ensuite un sourire plus amical pour Granet.

Le majordome avait avancé un profond fauteuil et le consul s'assit. Le valet sortit aussitôt.

— Étrange rencontre, n'est-ce pas ? poursuivit Bonaparte avec une grimace qui se voulait bonhomme. Je crois me souvenir que vous avez tous deux une dette envers moi, et je sais que je peux compter sur vous.

Il les transperça de son regard. Forbin, pourtant toujours prêt à lancer une raillerie et à plaisanter, resta muselé.

— Je n'ai que peu de temps, continua Bonaparte. C'est vous que j'ai choisis afin de retrouver ce trésor dont m'a parlé Portalis. Vous connaissez parfaitement votre mission. J'ai besoin de cet argent. Un besoin urgent, et je ne désire pas raviver certains souvenirs difficiles ou réveiller d'anciennes haines, voire des prétentions inexactes et oubliées. Personne ne doit savoir, ni ne devra connaître, ce que vous allez faire.

» Vous partez donc pour Rome. Officiellement, monsieur de Forbin, vous porterez un message à ma sœur Pauline. Elle revient de Saint-Domingue où son mari, le général Leclerc, a trouvé la mort. Vous serez là-bas en mission officielle de ma part, n'hésitez pas à vous présenter souvent chez elle pour que ce déplacement

1. Forbin était capitaine au 9e dragons.

paraisse naturel. Vous, Granet, vous prétexterez la peinture de la crypte de cette église de San Martino. Je sais que vous aimez les voûtes, vous y prendrez donc du plaisir.

Il considéra un instant Portalis, ensuite son regard revint vers eux.

— Tâchez de sortir discrètement cet or, s'il est toujours là. Forbin le ramènera en France, je le laisse se débrouiller pour y parvenir. Granet, vous rentrerez un peu plus tard avec vos œuvres que vous exposerez au Louvre. Il n'y aura ainsi aucun soupçon quant à ce voyage. Portalis vous donnera tous les détails. Un dernier point : je ne veux pas d'échec. Bonne chance, messieurs !

Il se leva et les dévisagea une dernière fois, comme pour ancrer leurs visages dans ses souvenirs. Forbin se leva à son tour, comme Granet et Portalis, mais il s'adressa au futur empereur.

— Monsieur le Premier consul, nous sommes à vos ordres. Puis-je cependant vous demander une grâce ?

Bonaparte eut un froncement de front de contrariété qu'Auguste interpréta librement comme un consentement.

— Nous étions trois, voici dix-huit ans, lorsque nous avons découvert l'existence de ce trésor. C'est l'un de nous, notre ami Antoine de Puylaurens, qui a découvert le lieu où il est sans doute enterré. Antoine se trouve à Paris en ce moment, chez moi. Il serait juste qu'il puisse nous accompagner.

— Juste ? demanda Bonaparte en haussant les sourcils de surprise. C'est moi qui décide ce qui est juste dans ce pays, vous paraissez l'oublier, Forbin !

Portalis intervint alors :

— Je connais Antoine et sa famille, monsieur le

Premier consul. Il est médecin à Aix. Vous pouvez compter sur lui. Et j'ajoute qu'Auguste a raison. Ce serait *juste*.

Bonaparte foudroya le conseiller et le silence tomba brusquement sur la pièce.

Il se prolongeait péniblement quand le Premier consul lâcha :

— Soit ! Emmenez-le, si vous le souhaitez.

Il tourna les talons et sortit sans un mot de plus.

— Vous l'avez entendu, sourit Portalis. Vous n'avez plus le choix, et vous comprenez certainement le désir de discrétion du Premier consul. Si cette affaire était révélée, trop de questions surgiraient sur l'origine de ce trésor. On pourrait remonter à ceux qui l'ont caché, l'Église pourrait le réclamer et, qui sait, peut-être ferait-on le lien avec l'assassinat d'Angélique de Castellane.

Il soupira :

— Trop de boue en sortirait, les héritiers se manifesteraient, peut-être que la ville d'Aix demanderait sa part. Non ! Agissez seuls et le Premier consul saura s'en souvenir.

Il poursuivit en soliloquant :

— S'il vous a choisis, je crois que c'est par fidélité et loyauté. C'est vous qui avez tout découvert. Il est juste que vous en connaissiez la fin. Et je suis certain qu'il vous apprécie.

Forbin prit alors cet air jubilatoire qui amusait toujours ses interlocuteurs :

— En vérité, nous sommes enchantés d'aller à Rome, aux frais de l'État, et encore plus de rencontrer cette beauté inaccessible et réputée qui est la sœur de notre Premier consul. Que puis-je espérer d'autre ?

Il se tourna vers son ami qui restait silencieux.

— Allons, Marius, ne fais pas cette tête ! Tu as toujours rêvé d'aller à Rome. Nous y allons !

Marius lui sourit tristement.

— Oui, je devrais comme toi être heureux – je le suis d'ailleurs –, mais je me sens écrasé par cette mission…

Il soupira.

— … Enfin, si Antoine et toi êtes avec moi…

Portalis le coupa sèchement :

— Votre interlocuteur à Rome sera le cardinal Fesch, l'archevêque de Lyon. Il vient d'être nommé ambassadeur auprès du Vatican. Joseph Fesch a fait ses études au séminaire d'Aix. Vous serez donc entre Aixois. C'est non seulement un fidèle du Premier consul mais c'est aussi son oncle. Personne ne peut être mieux placé que lui pour traiter cette affaire avec vous. Le connaissez-vous ?

— Nous nous sommes connus au siège de Toulon en 93. Je l'ai beaucoup apprécié.

Portalis hocha la tête.

— Nous lui avons écrit et il vous donnera un guide expérimenté : le conservateur de sa collection personnelle, un prêtre du Carmel qui vient d'Aix lui aussi et se nomme Pouillard. Il a été sacristain de San Martino pendant l'occupation des troupes françaises en 1797. Personne ne connaît mieux cette église que lui.

Il eut un petit rire grinçant avant de préciser :

— Comme vous le constatez, seuls des Aixois seront au courant de l'histoire. Il n'y aura donc aucune fuite.

Portalis avait seulement oublié l'erreur commise deux jours plus tôt, lors d'un repas officiel.

Le soir de cette même journée, deux Aixois dînaient au café Procope. Jean-Joseph Desorgues invitait Théodore comme chaque mois.

Les deux frères s'éloignaient l'un de l'autre. En vérité, ils n'avaient plus grand-chose à se dire. Jean-Joseph dilapidait la fortune de son père et Théodore économisait sou à sou. À trente-neuf ans, le bossu voulait devenir riche. Son voyage à Rome était prévu dans un an mais il avait laissé son frère dans l'ignorance de son projet.

Durant leurs repas, leur conversation portait sur des potins ou des anecdotes politiques mais, cette fois, Jean-Joseph avait une vraie nouvelle. Alors que son frère choisissait un vin, il lui déclara sans préliminaires :

— Tu te souviens de l'assassinat de madame de Castellane ?

Théodore posa lentement la carte des vins sur la table pour cacher son tremblement avant de répondre nonchalamment :

— Vaguement, c'est toi qui m'en as parlé, je crois. Tu dois te souvenir que je n'étais pas à Aix à cette époque.

— C'est vrai. C'est tout à fait vrai.

Et Jean-Joseph se plongea avec avidité dans l'assiette que l'on venait de lui porter : une poularde de quatre livres avec des pois verts.

Théodore commanda le vin. Tandis qu'on le servait, à son tour il interrogea :

— Mais pourquoi me parles-tu de ce sordide fait divers ? Le coupable était son époux, non ? Il a été jugé et condamné.

— C'est bien vrai. La pauvre femme a été assassinée un mois après la terrible mort de notre père.

Le conseiller Portalis était l'avocat de monsieur d'Entrecasteaux qui fut roué en effigie pour ce crime.

Il avala sa bouchée avec un rot.

— Figure-toi que j'étais hier, non, avant-hier, invité à un repas et que j'avais en face de moi le célèbre Portalis ! Il fait partie de la commission de rédaction d'un Code civil. J'ai vaguement saisi la conversation qu'il avait avec son voisin de table. Elle portait sur la justice, sur les preuves et sur la culpabilité. Portalis prenait l'exemple du crime du président d'Entrecasteaux. Forcément, j'ai discrètement prêté l'oreille…

Il se servit un verre de vin pour ménager la suite de son discours.

— Et alors…

— … Selon lui, c'était l'exemple même d'une affaire mal conduite et mal jugée, et comme son compagnon lui disait : « Comment pouvez-vous être certain de ce que vous affirmez ! Cette affaire a eu lieu il y a presque vingt ans. À ma connaissance, il n'y a eu aucun fait nouveau remettant en cause le verdict. » Portalis a pris un air rusé pour déclarer : « Vous avez raison, cette affaire ne sera jamais plaidée à nouveau, mais j'ai des éléments qui me permettent d'affirmer qu'elle a été mal jugée. D'ailleurs, pour ne rien vous cacher, j'envoie à Rome deux personnes de confiance pour confirmer mes soupçons. »

— À Rome ?

Théodore devint livide, mais son frère, tout à sa gloutonnerie, ne remarqua rien. Il poursuivit, la bouche pleine :

— Oh ! Mais ce n'est pas tout. Après le repas, j'étais rudement intrigué et j'ai entrepris de découvrir qui partait à Rome ainsi. Je n'ai pu avoir de réponse mais je sais pertinemment que le chevalier de Forbin est envoyé en mission là-bas auprès de la sœur du Premier consul. Et qu'il est accompagné par un jeune peintre, Marius Granet.

Théodore perdait pied.

— Et alors ? Je suppose que des quantités de gens vont à Rome, pourquoi ces deux-là seraient-ils les envoyés de Portalis ?

Jean-Joseph compta sur ses doigts en s'expliquant :

— Réfléchis un peu : Portalis est aixois, Forbin est aixois et ce jeune Granet est aussi aixois. Cela fait beaucoup de coïncidences, non !

Il gardait trois doigts en l'air pour affirmer ses dires.

Le poète haussa les épaules avec une expression dubitative. Son frère, vexé, n'insista pas et le repas se poursuivit dans une sourde inimitié. Théodore, jouant l'indifférence, s'efforçait de s'intéresser aux convives autour d'eux. Le café Procope était redevenu le lieu privilégié de rencontre des gens de lettres et il se flattait de faire partie de ce monde. N'était-il pas le poète de la République ?

Au dessert, Jean-Joseph reprit la parole :

— Tu ne m'as pas demandé comment j'avais pu être invité à ce repas…

— En effet, répliqua Théodore qui ne tenait aucunement à le savoir.

— C'était un repas d'inventeurs. Il y avait là, autour de la table, de nombreuses personnalités et plusieurs savants cherchant à présenter et à faire connaître leur découverte auprès des autorités.

— Et tu es inventeur, toi, maintenant ? fit sarcastiquement le bossu.

— Parfaitement. J'ai inventé la fosse septique mobile et inodore.

— La fosse septique… murmura Théodore d'abord stupéfait, puis consterné par tant de bêtise.

— Oui. C'est un projet qui m'est cher et je suis certain ainsi de laisser une empreinte dans l'histoire.

— En effet ! Une empreinte, c'est le mot exact ! persifla son frère[1].

1. Jean-Joseph Desorgues consacra en effet toute sa fortune et sa vie à sa fosse septique mobile. Ce fut un échec.

34

Antoine, Auguste et Marius se trouvaient de nouveau réunis comme si souvent avant la Révolution.

Quand Auguste avait raconté à son ami et à Clotilde leur entrevue avec le Premier consul, Antoine avait pris conscience de l'importance de ce qu'il avait révélé. Le trésor du Palais Comtal était maintenant une affaire d'État dans laquelle tous les trois avaient eu un rôle capital, et lorsque Forbin ajouta qu'il devait les accompagner, Clotilde s'inclina, sachant que son époux désirait de tout son être connaître l'épilogue de la ténébreuse affaire.

Ils se tenaient dans le luxueux bureau d'Auguste. Malgré la perte d'une grande partie de la fortune familiale, l'endroit était admirable. Chaque meuble, chaque tableau, chaque tenture avait été choisi avec un goût si juste et si exquis que l'on pouvait rester dans la pièce à ne rien faire, sinon regarder et admirer autour de soi.

Marius ne s'en lassait pas.

Il y avait là une œuvre de madame Vigée Le Brun dont il était amoureux. Jamais, se disait-il, il ne pourrait peindre un visage aussi heureux. Forbin avait aussi accroché un David et un petit Fragonard qui le bouleversait tellement qu'il en tremblait d'admiration.

— Marius, arrête ! lui reprocha Auguste avec impatience. Tu auras d'autres occasions de regarder ces toiles ! Je reprends tout au début puisque tu n'écoutais pas : la voiture est prête. Mon cocher la conduira. C'est un véhicule à quatre chevaux qui nous mènera sans peine à Marseille. De là, nous prendrons le bateau pour Livourne, ensuite ce sera la traversée de l'Italie jusqu'à Rome.

— Nous arrêterons-nous à Pise ? demanda Granet avec appréhension.

Forbin secoua la tête.

— À Florence ?

Même signe négatif.

— À Sienne, au moins ?

— Non ! répliqua Forbin, excédé.

Il martela :

— Nous nous rendons directement à Rome. Notre mission est une opération militaire, ne l'oublie pas. D'ailleurs, voilà ce que je vous ai préparé.

Il se leva pour se diriger vers une desserte en marbre sur laquelle étaient posées trois boîtes et deux épées ainsi qu'un sabre. Il prit deux boîtes et leur en tendit une à chacun. Granet ouvrit la sienne, elle contenait une paire de pistolets de voyage à deux coups, flambant neufs.

Marius leva un regard interrogateur, mais Antoine parla avant lui :

— Pourquoi ça ?

Granet opina.

Auguste de Forbin les dévisagea avec une expression soucieuse bien rare chez lui. Mais c'était le militaire qui parlait. Deux ans plus tôt, il avait fait campagne au 24e régiment de chasseurs à cheval, puis dans un régiment des dragons et n'était retourné à la vie civile qu'après le coup d'État du 18 Brumaire.

— Oubliez-vous ces malheureux morts pour cet argent, mes amis ? Combien peut-il y avoir dans cette crypte ? Dix millions ? Vingt millions ? Plus ? En Italie, nous serons seuls. Pascalis a sous-estimé ses adversaires, Simiane s'est fait surprendre. Voulez-vous finir comme eux ? Moi pas.

Antoine faisait régulièrement de l'escrime, il se leva à son tour et choisit une épée en silence, la soupesa, fit quelques passes rapides et hocha lentement la tête.

— Tu as raison, soupira-t-il.

Granet, lui, serra les lèvres et manifesta son désaccord par une moue dédaigneuse.

— Je suis peintre, déclara-t-il. Après ce que j'ai connu à Toulon, je n'ai aucune envie de massacrer qui que ce soit.

— Peut-être n'auras-tu pas le choix, murmura Forbin.

Puis il se mit à rire, brisant le malaise qui les envahissait.

— Au demeurant, il ne s'agit que d'une assurance. Départ demain, mes amis. À trois heures du matin.

— Excuse-moi d'aborder un dernier problème, lança Antoine. Un médecin n'est pas riche et je vais abandonner ma clientèle pour plusieurs semaines. Ce voyage va aussi coûter très cher, même si tu proposes de loger Clotilde en mon absence. Bref, Portalis a-t-il prévu quelque chose pour nos frais de route ?

— Je suis une bête de ne pas en avoir parlé ! répliqua Auguste. Il m'a effectivement fait porter un peu d'argent, pas beaucoup car l'État est pauvre. Mais cette somme est pour toi, car notre voyage sera financé par ma mère qui veut que les Forbin tiennent leur rang.

Dans la rue, devant l'hôtel des Forbin, un petit homme légèrement bossu marchait de long en large en laissant battre les pans de sa redingote noire élimée. Lui aussi était prêt pour un long voyage. Une petite voiture à deux chevaux et un cocher l'attendaient. Il avait sorti tout son argent de la Caisse de Perregaux et Récamier, environ vingt mille francs en pièces d'or soigneusement cousues autour de sa taille. Pour lui, la dernière partie commençait. Et il avait prévu de la gagner.

Ils mirent cinq jours pour gagner Marseille sans se rendre compte qu'une voiture les suivait, car avec le retour au calme imposé par les consuls, le trafic était de nouveau important sur la route Royale de Paris à Marseille.

Granet s'arrêta quelques heures à Aix pour voir ses sœurs, et Antoine afin de prévenir son intendant et la mère de Clotilde. Forbin, lui, fit quelques visites de courtoisie.

À Marseille, ils purent embarquer pour Livourne au bout de deux jours sur un bateau génois qui acceptait quelques passagers. Ils ne prêtèrent aucune attention au petit homme voûté qui ne monta jamais sur le pont et qui restait le plus souvent enfermé dans sa cabine. Une cabine qui, curieusement, jouxtait la leur.

Ainsi, le voyageur logé à côté d'eux ne perdit rien de leur conversation à travers la fine cloison. Il put noter la route qu'ils avaient prévue : Pise, Florence, Sienne.

Aussitôt débarqués en Italie, ils choisirent des chevaux et un guide. Le voyage se déroula dans une extrême lenteur. Non seulement Granet se montrait mauvais cavalier mais il s'arrêtait sans cesse pour admirer paysage grandiose, couvent fortifié, château fort ou villa à colonnades. Avec régularité, il se lamentait sur les tableaux qu'il aurait pu peindre et il suppliait constamment pour qu'on lui laisse au moins le temps de faire des croquis.

Ils s'arrêtèrent quelques jours à Florence car ils avaient besoin d'un nouveau guide. Il s'agissait en effet de décider s'ils prenaient la route de Sienne, au milieu des bois, plus courte mais moins sûre, ou celle d'Assise, plus longue mais sans risque de brigandage. Pendant que Forbin interrogeait aubergistes et valets, Marius ne savait où donner de la tête entre les visites des palais et celles qu'il rendait aux belles Italiennes.

Desorgues, qui les suivait, avait repéré l'hôtellerie de nos amis avant de se rendre dans les bas quartiers qui longeaient l'Arno. Avec sa maîtrise de l'italien et sa parfaite connaissance de Florence, il n'eut aucun mal à recruter quatre spadassins dans un bouge installé au bord de la boueuse rivière.

Il leur offrit à dîner pour leur expliquer ce qu'il attendait d'eux. Il y avait là Sergio, filiforme lanceur de couteaux au visage émacié, Francesco, sombre brute aussi large que haute avec une tête carrée couverte de cheveux rouge vif, Roberto, à l'expression sournoise accentuée par des petits yeux porcins, et Carlo, Sarde au teint mat complètement édenté.

— Les gens qui m'intéressent sont à l'auberge de Maria Luisa de Fiorentina. Ce sont des Français inoffensifs et ils ne sont que trois. L'un de vous…

Il hésita en regardant successivement les quatre estafiers dont aucun n'inspirait confiance.

— Disons… toi, Roberto. Tu vas te rendre à l'auberge et tâcher de connaître la route qu'ils prendront.

Vous organiserez ensuite une petite embuscade et vous les dépouillerez. Ils ont de l'argent, gardez-le. Je veux seulement les papiers qu'ils transportent.

» S'ils sont un peu amochés, ce n'est pas grave, mais ne les tuez pas. Enfin, essayez…

Les spadassins furent pleinement satisfaits d'un tel discours. Cette affaire était dans leurs cordes et ne présentait aucune difficulté. Ils avaient déjà dépouillé des voyageurs et savaient bien s'y prendre.

Roberto se composa une expression un peu moins mauvaise que celle qu'il montrait habituellement et se rendit à l'hôtellerie de nos amis.

Desorgues lui avait confié un petit bagage ainsi que quelques pièces de monnaie. En prenant une chambre, le brigand expliqua à l'hôtelier qu'il se rendait à Rome. Il ajouta avec un air craintif peu convaincant :

— Si vous connaissez d'autres voyageurs qui font le même voyage, je partirai volontiers avec eux, les routes sont infestées de telles bandes de scélérats !

L'hôtelier le dévisagea quelque peu interloqué. C'était son interlocuteur qu'il trouvait particulièrement redoutable. Puis, il se souvint des *Francesi*. Cela faisait deux jours qu'ils logeaient dans son auberge et l'un d'entre eux, un nommé Marius, avait déjà obtenu un rendez-vous avec sa femme. C'est vrai que la *puttana* avait la cuisse légère, mais tout de même ! Si vite ! Et avec des Français ! Il avait hâte qu'ils s'en aillent. Du coup, il grommela :

— Demandez donc aux Français, ils sont dans la salle.

Antoine attendait Auguste en buvant un verre de vin blanc d'Orvieto quand il se vit accoster par une sorte de scélérat au menton en galoche et aux yeux en bouton de bottine.

— Monseigneur, l'hôtelier m'a affirmé que vous partiez pour Rome, j'y vais aussi et je suis seul. Peut-être pourrions-nous faire route ensemble car les chemins sont dangereux pour nous, pauvres voyageurs…

Puylaurens le considéra avec encore plus d'effarement que l'aubergiste. Qui diable était cet individu à la barbe hirsute avec une tête de sanglier retardé mental ? Peut-être avait-il une maladie étonnante particulière à cette région. Un problème de croisement consanguin, éventuellement… Le médecin prit le pas sur le voyageur et il se jura intérieurement de se renseigner. Il répliqua néanmoins courtoisement :

— Nous nous rendons effectivement à Rome. Connaissez-vous la route ?

En même temps, il cherchait à distinguer chez l'Italien quelque signe clinique d'anomalie intéressante.

— Je l'ai déjà faite, monseigneur. La plus courte est celle de Sienne. Mais il vaut mieux traverser la forêt à plusieurs. On peut y faire de mauvaises rencontres.

Forbin arriva alors et Puylaurens le héla.

— Auguste, cet homme nous propose de nous accompagner. Il connaît la route de Sienne et de Rome.

De la main droite, Auguste brossa quelques grains de poussière de sa jaquette et ôta son petit chapeau droit en étudiant l'autochtone avec attention. Celui-ci ne lui inspirait aucune confiance, cependant il n'avait jusqu'à présent trouvé aucun guide. Il faisait trop chaud et personne ne voulait voyager par cette canicule.

— Pourriez-vous partir demain ? s'enquit-il.

— C'est ce que j'avais prévu, monseigneur.

Les deux amis se regardèrent et Puylaurens soupira alors qu'Auguste annonçait :

— Soit ! Départ demain. Mon nom est Auguste de Forbin. Nous serons trois avec vous.

La route montait dans les bois au-dessus de Florence. Enfin, il ne s'agissait pas réellement d'une route mais plutôt d'un chemin plein d'ornières et de racines. Taciturne, leur guide restait curieusement en arrière. De temps en temps, Antoine se retournait et distinguait deux autres cavaliers, beaucoup plus bas sur la route. Il les avait montrés à Auguste, se souvenant de ce que leur hôtelier leur avait expliqué à Florence sur les bandits de grand chemin.

Forbin avait haussé les épaules avant de plaisanter :

— Les brigands sont *devant* les voyageurs qu'ils veulent dévaliser.

La chaleur était accablante.

Marius, lui, n'avait d'intérêt que pour le paysage grandiose et les sombres futaies qui les entouraient. Par moments, il songeait mélancoliquement à l'ardente Maria qu'il avait abandonnée à Florence dans les mains de son aubergiste d'époux.

Pour ce qui est du retard de leur guide, il n'y avait prêté aucune attention.

— Regardez ! cria-t-il soudain à ses compagnons ensommeillés par l'écrasante fournaise.

Il arrêta son cheval et sauta au sol pour ramasser un caillou.

— Qu'est-ce que c'est ? demanda Forbin d'un ton blasé.

Ce n'était en effet que la dixième ou onzième halte de Marius.

— Magnifique, s'extasia Granet. Entièrement bleu ! Je n'ai jamais vu un minéral si beau.

— Tu vas t'arrêter pour toutes les pierres du chemin ? lui demanda Antoine, excédé. Nous ne sommes pas encore arrivés à Sienne !

— Ignares ! répliqua Marius avec mépris.

Il remonta à cheval, serrant précieusement sa pierre bleue dans sa main gauche alors que ses amis passaient devant lui.

Le guide restait franchement derrière eux. Le chemin serpentait. Forbin et Antoine devisaient à voix basse en tête du cortège. Sans doute se moquent-ils de mes cailloux, songea Granet en les entendant ricaner. Dépité, il haussa les épaules.

Ce furent ses amis qui découvrirent le cavalier barrant la route. Il s'agissait de Sergio qui avait échangé ses couteaux contre un redoutable tromblon à mitraille.

L'Italien était vêtu de haillons et d'un comique chapeau pointu avec une plume de coq écarlate. Son air féroce ne trompait pas sur ses intentions.

— On ne bouge plus ! lança-t-il.

— *Non muovere !* répéta leur guide dans leur dos.

— C'est bien ! reprit Sergio avec un terrifiant sourire. Mes compères arrivent, alors vous allez jeter devant vous votre argent et le contenu de toutes ces belles sacoches de selle.

Les Aixois ne bougeaient pas. Forbin s'était retourné en entendant Roberto parler. L'autre le considérait en brandissant un gros et long couteau de chasse.

— Vite, sinon on les ramassera sur vos cadavres, éructa-t-il en agitant le couteau dans sa direction.

Forbin dénoua lentement les courroies des sacoches dans lesquelles il gardait leur argent et les papiers pour Fesch, puis les laissa tomber par terre.

— Je suis médecin, déclara Antoine, mes sacoches ne contiennent que mes instruments.

— Par terre aussi, *presto*… Je ne répéterai pas une autre fois.

Granet n'avait rien sur sa selle, il ne bougea donc pas, mais son cheval s'était rapproché de ceux de ses amis. Auguste murmura alors à l'intention d'Antoine :

— Souviens-toi du chien. À trois…

Granet cligna des yeux et Antoine remua légèrement la tête en détachant lentement sa sacoche. Simultanément, il compta jusqu'à trois avec ses doigts. Le pouce, l'index, le majeur…

Alors, avec une coordination parfaite, chacun donna un violent coup d'éperon à sa monture et ils se mirent à hurler, lançant leur bête en avant. Antoine à droite et Auguste à gauche de Sergio. Seul Granet n'avait pas bougé.

Le cheval du bandit fit un écart et Sergio, surpris, dut se retenir à la crinière. À l'instant où il se ressaisissait, la (jolie) pierre (bleue) de Granet le frappa au front et il s'écroula ensanglanté. L'affaire n'avait pas duré trois secondes. Roberto vit Sergio tomber et comprit que la partie était perdue. Peureux, il fit faire demi-tour à sa monture et s'enfuit au triple galop, rejoignant ses complices qui arrivaient.

— Filons ! leur hurla-t-il. C'est raté !

Les autres tournèrent bride et ils disparurent dans un virage.

Forbin avait déjà sauté au sol. Le bandit blessé ne bougeait plus.

— Il est… ? demanda Granet en frissonnant.

— Non. Tu l'as assommé. Il lui restera une belle cicatrice. Je vois que tu n'as pas perdu la main.

Avec flegme, il ramassa les sacoches, les rattacha aux selles puis remonta à cheval.

— En route pour Sienne, mes amis, et tâchons de ne pas nous perdre. Maintenant, nous n'avons plus de guide.

Desorgues attendait plus bas sur la route en se rongeant les doigts. Il entendit les cavaliers arriver avant de les voir. Tiens, ils n'étaient donc que trois ? remarqua-t-il avec surprise.

— *Per la madonna !* Payez-nous ! hurla Roberto en se rapprochant, ils nous suivent…

— Qui vous suit ?

— Eux ! Ils nous ont attaqués. Ils sont trop forts. Vous ne nous aviez pas dit ça !

— Trop forts ?

Desorgues était désorienté. Que s'était-il passé ?

— Ils ont tué Sergio ! haleta Roberto. Payez-nous ! Ou c'est vous qui y passez.

Le bossu comprit que l'affaire avait mal tourné. Il avait préparé les douze pièces d'or et il les donna à Roberto, les lèvres serrées. Celui-ci en jeta trois à Francesco et autant à Carlo, puis fila ventre à terre suivi de Francesco.

Carlo resta seul près de Desorgues avec un sourire de mépris.

— C'était bien la somme convenue ? s'inquiéta le bossu.

— Oui. Mais vous n'avez pas les papiers que vous désiriez. Comment allez-vous faire, maintenant ?

— Je trouverai des gens meilleurs que vous, murmura Théodore.

— Personne n'est meilleur que moi ! répliqua le Sarde prétentieusement. Roberto a toujours été un lâche. Si vous êtes d'accord je reste avec vous. Sergio était mon cousin. S'ils l'ont tué, ils le paieront !

Desorgues hésita un instant. Mais après tout pourquoi pas ? Cette brute pouvait lui être utile.

— D'accord. Laissons-les et allons directement à Rome. Je vous expliquerai en route ce que je veux faire.

35

1802-1804

Sous une fournaise écrasante, ils pénétrèrent dans la Ville éternelle au début du mois de juillet. À trois heures de l'après-midi, jamais Marius n'avait eu si chaud, même en Provence. Pourtant, il n'éprouvait aucune peine, aucune fatigue. Au contraire, il ne ressentait que du délice et de l'euphorie devant les antiques vestiges qu'ils longeaient, les aqueducs brisés et les ruines des murailles d'Aurélien.

Forbin lui-même restait muet, déconcerté devant tant de splendeurs détruites et de grandeurs ravagées.

Rome n'était qu'enclos de vignes, plantations d'oliviers, vergers ou campagnes au milieu desquelles jaillissaient des ruines. La ville n'était que débris étouffés par les lierres et les habitations se serraient surtout le long du Tibre.

Antoine les guidait d'après les instructions reçues à Paris. Dans un court mémoire, Portalis leur avait précisé qu'ils devaient se rendre à la Locanda Delle Croce, l'auberge où Fesch devait les rencontrer. La notice que le jeune médecin commentait à haute voix était aussi explicite que prosaïque :

— Au gros tas de pierres en face du pin à deux troncs, tourner à droite. L'auberge se trouve au bout de la rue…

— Un tas de pierres ! s'insurgea Marius avec violence. Mais ce n'est pas un tas de pierres ! Ce sont les ruines d'un palais ou d'une basilique ! Admire donc ces colonnes, ces chapiteaux, ces frontons qui ont vu passer César et Marc Aurèle. Incline-toi devant ces bas-reliefs ! Philistin ignare !

Antoine soupira en haussa les épaules. Puis il essuya son front ruisselant de sueur avec un mouchoir.

— C'est ça ! En tout cas, l'auberge est enfin là.

Il distinguait la fière enseigne avec l'inscription *Locanda Delle Croce* sous laquelle était accrochée une croix de fer peinte en rouge.

Ils entrèrent dans la cour par un porche écroulé autour duquel grimpait une vigne. À peine étaient-ils descendus de cheval que Forbin avisait déjà un jeune garçon d'écurie.

— Sais-tu où loge le cardinal Fesch, petit ? lui demanda-t-il en un mélange d'italien et de patois provençal.

— *Sì, signore*, répliqua l'enfant en tendant avidement une main.

— Cours chez lui et dis-lui que des Français viennent d'arriver. Il nous attend. Je suis le chevalier de Forbin.

Le gamin attrapa la pièce qu'Auguste lui jeta et fila comme une flèche.

Ils venaient de terminer leur toilette et de se changer dans les chambres contiguës qu'ils avaient choisies lorsqu'ils entendirent une lourde voiture pénétrer dans la cour de l'auberge.

Antoine, descendu le premier pour vérifier que l'on s'occupait correctement des bêtes, s'en approcha. Il s'agissait d'une grosse berline à quatre roues et six chevaux conduite par deux postillons chamarrés. L'un d'eux sauta au sol, ouvrit la portière aux armoiries du Sacré Collège et déplia un petit escalier.

Il vit alors descendre un jeune cardinal accompagné d'un moine des Carmes. Il les salua avec respect.

— Je suis Antoine de Puylaurens et je voyage avec mes amis, le chevalier de Forbin et Marius Granet, fit-il. Seriez-vous monseigneur Fesch ?

— Je suis celui que vous attendez, et voici le père Pouillard qui se trouvait justement avec moi lorsque j'ai reçu votre message. Le père Pouillard est le conservateur de ma collection de tableaux…

Il s'interrompit en voyant arriver Marius et Auguste tandis que valets et servantes s'étaient rassemblés aux portes et aux fenêtres pour commenter la visite du cardinal.

— … Ah, Forbin ! Et vous, Granet ! Vous avez bien grossi depuis le siège de Toulon mais je vous aurais immanquablement reconnus !

Fesch s'avança, les saisit chacun par le cou et les serra contre lui en une forte brassée :

— Montez dans ma voiture, sinon tout Rome sera au courant de votre venue d'ici ce soir. Nous allons faire un tour et je vous décrirai la situation.

Ils s'installèrent dans le lourd véhicule abominablement surchauffé et Fesch frappa à la vitre de séparation pour donner l'ordre du départ.

— Nous n'avons pas de temps à perdre, expliqua-t-il alors. Cependant il serait surprenant pour beaucoup que nous nous précipitions à San Martino l'après-midi même de votre arrivée. Mais Marius pourrait s'y rendre dans la soirée avec Pouillard, installer son chevalet, et commencer des croquis de l'église et des ruines environnantes. Antoine en profiterait pour tourner un peu dans le quartier afin d'examiner discrètement si tout paraît normal.

— Et moi ? demanda Auguste en plaisantant. Dois-je rester avec vous ?

— Non, mon ami, votre tâche sera plus plaisante. Nous nous rendons en ce moment même auprès de la sœur du Premier consul. Vous pourrez ainsi la rencontrer et savoir quel sera votre service. Je vous laisserai chez elle et je ramènerai ensuite vos amis à la Locanda. Pouillard les conduira un peu plus tard à San Martino pour leur montrer les lieux.

— Quel est l'état de la crypte ? interrogea Antoine.

— Aussitôt que j'ai reçu les instructions de monsieur Portalis, j'ai fait détruire le mur qui en empêchait l'accès, expliqua Pouillard. Il ne reste que quelques pierres à mettre à bas. En revanche la grille est toujours close et j'ai fait poser devant une porte de chêne. Enfin, par sécurité, l'église est fermée sous prétexte de travaux et moi seul en garde la clef.

— De mon côté, je tiens prêts à partir une voiture à six chevaux et quelques gardes bien armés, ajouta Fesch. Si vous trouviez quelque chose, ce dont je doute toujours.

Il fit la moue.

— Cette histoire est bien fantasque et si je n'avais pas reçu un ordre de mon neveu, je n'aurais jamais accepté de participer à une entreprise qui peut nous couvrir de ridicule.

— C'est vrai, approuva le père Pouillard. Cependant on ne peut nier que la crypte a été murée en 1787, apparemment sans raison, et sur ordre d'un de vos collègues.

— Inutile de poursuivre, nous verrons bien demain ! conclut Auguste qui resta ensuite silencieux.

Quel genre de femme est la sœur du consul ? songeait-il déjà. On la disait fort belle… et peu farouche.

Le lendemain matin, Marius installa de nouveau son chevalet dans les thermes de Titus, comme il l'avait fait la veille au soir. Au milieu des ruines imposantes, il pouvait surveiller l'église de San Martino et, lorsqu'il se retournait, le Colisée emplissait sa vue. Pouillard resta près de lui, assis sur un fût de colonne brisée en lui contant des anecdotes sur la Ville éternelle.

Antoine passa les voir deux fois. Il n'avait rien remarqué d'anormal, sinon un rémouleur qui attendait les clients en haut de la rue et un mendiant bossu devant l'église.

— Les mendiants sont partout, s'affligea Pouillard. Surtout devant les églises.

— Les choses se présentent donc bien. Cet après-midi, je commencerai à peindre la crypte, décida Granet. Inutile de perdre plus de temps, d'autant qu'Auguste a promis de nous rejoindre vers quatre heures.

À trois heures, après une courte sieste dans les ruines des thermes, chevalet et toiles sous le bras, accompagné d'Antoine qui portait sa boîte à peintures, Granet pénétra enfin dans San Martino. Pouillard les précédait en jouant au guide.

— Les bains de Titus occupaient jadis la totalité du quartier. Vous avez vu une partie des ruines devant l'église, mais savez-vous qu'elle a été construite sur les salles des thermes qui en sont devenues les cryptes ?

Il se retourna pour prendre une lanterne à huile et un briquet dans une niche. Il enflamma la mèche et leur désigna du doigt les bougeoirs de terre cuite et la petite caisse de bougies à côté. Marius et Antoine se servirent et allumèrent à leur tour les chandelles.

— … Ces cryptes ont longtemps servi d'ossuaires. Mais c'est très humide, aussi les corps pourrissaient trop vite. Voilà pourquoi on les a abandonnées… faites bien attention, on glisse facilement…

Ils contournèrent l'autel, traversèrent une minuscule salle encore envahie de gravats et fermée par une porte neuve ferrée.

— Il n'y a qu'une clef, expliqua le Carme avec un sourire rusé en brandissant le précieux instrument qu'il venait d'extraire d'une poche de sa robe.

Il ouvrit l'huis sans difficulté. Derrière se dressait la vieille grille toute rouillée. Le Carme sortit une seconde clef qui grinça dans la serrure.

— Par ici, fit-il, montrant du doigt l'escalier. Ah, au fait, prenez quelques outils avec vous.

Antoine choisit deux pics et une pelle déposés dans un coin sombre.

Ils descendirent une volée de marches et débouchèrent dans une enfilade de grandes salles voûtées éclairées faiblement par deux ou trois fenêtres grillagées situées à environ vingt pieds de hauteur et donnant dans un jardin. Le sol était couvert d'une mosaïque qui représentait des dauphins. Ils traversèrent la salle pour atteindre un second escalier.

— Cet endroit a aussi été muré en 87, sous le prétexte que la salle était utilisée comme sépulture. Je l'ai fait dégager, il y a quelques jours. Dès que j'ai été avisé de votre arrivée. Mais personne n'est encore allé au-delà. Même pas moi.

Ils descendirent.

La succession de salles qui s'étendait devant eux était similaire à celle du dessus mais le sol était en terre. Les murs apparaissaient verts de moisissures. Plus de lumière, sinon la faible luminosité de leurs bougies. L'odeur fétide était écœurante. Ils se trouvaient dans un immense sépulcre.

— Installez-vous, proposa le Carme à voix basse, moi je remonte pour attendre monsieur le chevalier.

Granet déplia son chevalet près d'une grosse colonne de briques, pendant qu'Antoine allumait quelques bougies supplémentaires et les disposait sur des pierres.

— Pas très gai, remarqua-t-il. Un vrai tombeau.

— Admirable ! Tu veux dire que ce lieu est admirable ! lui répliqua Marius, excité. Je vais immédiatement en faire un premier croquis.

— C'est ça ! Pendant ce temps, je vais jouer au terrassier. Ce n'est pas pour ça que vous m'avez demandé de vous accompagner ?

Il fit le tour de la salle en examinant le sol pour choisir l'endroit où commencer.

— Viens voir, ici on dirait que la terre a été retournée, elle ne semble pas avoir la même couleur.

Granet abandonna son installation et s'approcha une bougie à la main :

— En effet. Tu veux que je t'aide ?

Antoine haussa les épaules et frotta la terre avec sa botte.

— Tu vois de quoi est fait ce sol, ils ne peuvent pas avoir creusé bien profond. J'espère seulement ne pas déterrer un cadavre.

Il prit le pic et commença à fouiller. Marius s'était reculé et le regardait sans rien faire. Antoine creusait lentement, prudemment. Au troisième coup, l'outil fit entendre un bruit sourd. Il dégagea l'endroit. Un sac de toile apparut.

Ils se jetèrent aussitôt à genoux et le sortirent à la main. La toile avait pourri et les pièces s'échappèrent en tintinnabulant : des pièces d'or.

Ils s'arrêtèrent tous deux, médusés. La main de Marius tremblait.

— Dieu du Ciel ! Je crois qu'on a trouvé ! Il faut tout sortir ! décida Antoine en soufflant.

— Bravo ! sonna une voix moqueuse provenant du haut des marches.

Ils levèrent les yeux. C'était Auguste.

Vêtu d'une élégante jaquette grise, le jeune Forbin tenait d'une main une boîte de duel contenant des pistolets et de l'autre un chapeau droit parfaitement assorti à ses vêtements. Il descendit l'escalier, hilare.

— Je ne pensais pas que ce serait si facile, ajouta-t-il.

Il déposa par terre sa boîte et son chapeau puis, sans façon, s'accroupit pour fouiller lui aussi.

— Où est Pouillard ? interrogea Granet.

— Pouillard ? (Forbin leva des yeux interrogateurs.) Je ne l'ai pas vu… Je croyais qu'il était avec vous. L'église était ouverte à tous vents et j'ai trouvé la crypte sans gardien.

Il reprit sa fouille et continua à dégager d'autres sacs. Antoine extirpa alors un crucifix d'or qui avait percé le fond de l'un d'eux. Il se redressa en le tenant à la main.

— Il te plaît ? fit-il à Marius, toujours hébété par le formidable trésor découvert. Essaye plutôt d'entasser tout ça dans un coin, moi je vais remonter pour tenter de savoir ce que devient notre moine.

Marius prit machinalement le crucifix, le front maintenant soucieux. Il ressentait à son tour une vague anxiété en se demandant où pouvait bien être Pouillard. Il se dirigea vers son chevalet pour poser la croix en or derrière une des colonnes.

Antoine s'était éloigné vers l'escalier, gardant son piochon à la main.

Au niveau supérieur brûlait une seule bougie, il faisait sombre et le médecin avança lentement vers le second escalier. Il venait de passer devant une colonne quand il fut violemment repoussé contre un mur. Trois hommes se tenaient devant lui. Sa vision nocturne était suffisante pour qu'il reconnût la face de cochon de Roberto. Le séide italien tenait un fusil français avec une baïonnette emmanchée au bout.

— Carlo, surveille-le. S'il bouge, tue-le !

Antoine distinguait maintenant clairement celui qui parlait, un petit bonhomme d'une quarantaine d'années qui tenait un pistolet dans chaque main. Il eut un frisson en constatant qu'il était bossu. Quant au troisième, le dénommé Carlo, il tenait un sabre à la main.

Le bossu s'éloigna avec Roberto.

Antoine resta seul avec son agresseur, celui-ci se rapprocha et eut un horrible sourire édenté.

— C'est toi qui as frappé mon cousin ?

Que diable veut-il dire ? se demanda Antoine sans répondre.

L'autre se rapprocha encore, le sabre menaçant. Antoine prit conscience qu'il tenait toujours le piochon. Un manche de bois massif avec une pièce en fer courbe à l'extrémité. Il écarta aisément le sabre avec l'outil.

Son agresseur eut un regard de folie devant l'audace du Français, et leva le bras pour frapper avec sa lame. Mais Antoine avait passé suffisamment de temps en salle d'escrime, il se baissa et para aisément le coup avec le piochon. L'autre, surpris, recula et un singulier duel commença : d'un côté l'Italien manipulait son sabre comme un bûcheron et de l'autre Antoine maniait son outil de jardinier avec l'élégance d'un escrimeur chevronné.

Le mortel ballet ne dura pas très longtemps. Par deux fois Antoine blessa son adversaire au visage avec l'extrémité du piochon mais les coups violents portés par le sabre sur le manche de bois affaiblissaient considérablement son outil. Contre son gré, et parce qu'il fallait en finir, Antoine se baissa brusquement et, d'un revers, enfonça la partie courbe du piochon dans les viscères de son adversaire. L'autre eut un vomissement sanglant, lâcha son arme et s'effondra.

Antoine se saisit du sabre et descendit dans la crypte.

— Continuez, monsieur de Forbin, continuez, mais surtout pas de geste imprudent !

La voix rocailleuse s'était exprimée en provençal. Marius se figea aussitôt derrière la colonne.

— Qui êtes-vous ? Que faites-vous ici ? L'entrée est interdite, entendit-il Forbin déclarer avec assurance.

Antoine venait juste de disparaître quand la voix avait retenti.

— Je vous ai dit de continuer, menaça l'inconnu. J'ai en mains deux pistolets et mon camarade un fusil. Si vous arrêtez de creuser, vous ne me servez plus à rien. Songez-y…

— Nous ne sommes pas seuls, objecta Forbin d'une voix assurée. Vous feriez mieux de partir avant que mes amis reviennent.

— Ne vous inquiétez pas, grinça l'autre, j'ai fermé l'église. Et si vous faites allusion au moine, n'y comptez pas. Il ne vous viendra plus en aide. Quant à votre camarade qui vient de monter, je m'en suis occupé. Je crois qu'il manque le troisième larron, mais j'ai des amis qui l'attendent là-haut. Maintenant, creusez !

Forbin comprit qu'il ignorait que Marius se tenait derrière la colonne.

La scène n'était guère éclairée. Auguste se remit lentement au travail. La boîte à pistolets se trouvait à côté du trou, il creusa dessous et elle glissa dans l'excavation.

Granet, qui observait tout, avait compris la manœuvre. Il se rendait compte qu'Auguste allait essayer d'ouvrir la boîte. Cependant, même si les pistolets étaient chargés – ce dont Marius ne doutait guère, connaissant son ami –, le temps qu'il tire, même juste, l'homme au fusil ferait feu lui aussi.

Inquiet, il vit Forbin saisir une arme, puis tourner les yeux vers lui qui restait toujours invisible des agresseurs. Forbin lui fit signe du regard.

Marius tenait toujours le lourd crucifix d'or à la main. Il contourna prudemment la colonne pendant qu'Auguste suivait ses déplacements du coin de l'œil, puis il se glissa vers la droite. Dès qu'il distingua leur mystérieux interlocuteur en haut de l'escalier, il lança sur sa tête la croix d'or qui pesait une vingtaine de livres.

À l'instant où l'homme s'effondrait, le crâne ouvert, Forbin tira sur l'autre individu qui s'écroula quasi simultanément.

La fumée se dissipait et tous deux se regardèrent. Les deux corps ne bougeaient plus. Auguste prit le second pistolet dans la boîte et s'élança, Marius dans ses pas.

Celui qui les menaçait était mort, le front ouvert par le crucifix. Le second avait reçu une balle dans la gorge et râlait horriblement. Forbin poussa le premier corps.

— Regarde… il est bossu.

C'est alors qu'Antoine apparut, son sabre ensanglanté à la main, pour leur déclarer :

— Il parlait en provençal ! C'est certainement le quatrième.

Soulagés, Marius et Forbin se jetèrent sur leur ami en l'étouffant sous leurs brassées.

— Tu nous as fait une sacrée peur ! Que t'est-il arrivé ?

En quelques mots, Antoine raconta son combat puis demanda, en désignant le bossu :

— Qui le reconnaît ?

Marius et Auguste eurent un signe négatif. C'est alors que Granet se souvint :

— Pouillard ! Qu'est-il devenu ?

Il s'élança dans l'escalier.

— Attends ! lui cria Forbin. Il y en a peut-être d'autres.

Antoine alla ramasser les armes de leurs agresseurs et suivit Marius. Forbin les rejoignit en soupirant devant tant d'imprudence.

Ils trouvèrent Pouillard dans une petite sacristie derrière l'autel. Une énorme bosse lui déformait le crâne. Antoine l'allongea sur le dos et découvrit dans la sacristie une bouteille de vin de messe qu'il lui fit boire goutte à goutte. Peu à peu, le moine reprit conscience.

Entre-temps, Auguste de Forbin avait disparu.

Lorsque Pouillard ouvrit les yeux, Granet souffla à Antoine :

— Je vais voir ce que devient Auguste.

Marius l'aperçut finalement devant la porte de l'église. Auguste n'était pas seul : autour de lui une dizaine de chasseurs à cheval, reconnaissables à leur coiffure surmontée d'un plumet vert et rouge, écoutaient ses ordres. Il leur ordonnait de vérifier que l'église était vide et de surveiller la porte en interdisant toute entrée ou sortie.

Marius s'avança vers son ami qui se retourna en sentant sa présence :

— J'ai emprunté ces chasseurs à madame Leclerc, expliqua Auguste d'un ton satisfait. Son frère lui en avait donné une trentaine pour sa maison. Au fait, je n'ai pas eu le temps de te le dire : elle m'a remis un ordre me nommant aide de camp écuyer auprès d'elle. J'en ai été tout secoué, c'est une femme si belle…

Il se rengorgea et montra les soldats qui entraient dans l'église pour la fouiller.

— Avant de la quitter, j'ai pensé que l'on pouvait avoir besoin de bras vigoureux pour emporter ce trésor, je lui ai donc demandé de me prêter quelques hommes. Ils m'attendaient dehors. Tu vois, nos brigands n'auraient pas pu aller bien loin.

Ils rentrèrent dans l'église.

— Maintenant, il faut déterrer le reste des sacs et le transporter, continua Auguste. La berline de Fesch attend en haut de la rue.

Il s'adressa à l'un des militaires en culotte de daim, un officier qui les avait suivis.

— La fouille terminée, va à la voiture avec un ou deux chasseurs et ramenez les caisses qu'elle contient. Vous les descendrez dans la crypte dont l'entrée se trouve au bout du maître-autel.

Le reste de l'après-midi fut consacré à l'exhumation des sacs d'or et au remplissage des caisses. Elles n'étaient pas très grandes et nos trois amis les remplissaient eux-mêmes, en dressant pour chacune un inventaire sommaire de son contenu avant de clouer un couvercle.

— Combien penses-tu qu'il y a ? demanda Marius à Antoine quand ils eurent terminé.

— Je ne sais pas. Beaucoup… Dix millions ?

— Au moins cinquante, murmura Forbin. Au moins !

Il fit venir quelques chasseurs pour transporter les boîtes pleines dans la voiture.

Entre-temps, Pouillard avait jeté un drap – un linceul – sur les deux cadavres poussés dans un coin. Le troisième larron, blessé par Forbin, avait été emmené par deux chasseurs. L'officier avait donné des ordres à son sujet. On ne devait plus entendre parler de lui.

— Qu'allons-nous faire maintenant ? demanda Marius à Auguste.

Il se sentait un peu désemparé après cette épreuve.

— Je vais partir, lâcha Forbin après une brève réflexion. Je ne te l'avais pas dit, mais c'est ce que j'avais toujours prévu si nous trouvions le trésor. Je ne peux pas rester ici avec une telle fortune et ce serait trop dangereux de la confier à Fesch. Si quelqu'un l'apprend, les autorités vont nous bloquer à Rome.

— Tout de suite ? s'émut Marius.

— Oui ! Ce soir même. Les chasseurs de madame Leclerc et les gardes de Fesch me serviront d'escorte. Je reviendrai aussitôt que j'aurai remis ce trésor au Premier consul.

— Mais ces soldats vont-ils te suivre ? s'inquiéta Antoine.

Forbin sortit un pli de sa redingote.

— J'ai une lettre de Bonaparte. Tout soldat, tout officier doit être mis sous mes ordres. Je suis nommé colonel dans son état-major.

Pour la première fois, il ne disait plus Buonaparte.

Antoine se sentit un peu irrité de la cachotterie de son ami et de cette complicité entre le consul et lui. Mais il connaissait l'épisode de Toulon et il savait qu'Auguste voulait aussi payer cette dette.

— Je pars avec toi, décida-t-il. On ne sera pas trop de deux, non ?

— Je ne vais pas rester seul à Rome ! protesta Marius. Dans ces conditions, je rentre aussi.

— Non ! lui ordonna Forbin. Ce voyage, tu le désirais depuis si longtemps ! Tu n'as pas besoin de nous ici, regarde ton dessin de la crypte : il faut le terminer, maintenant. Prépare tes toiles, je m'arrangerai pour les faire exposer quand tu rentreras. Le Louvre t'attend, ne l'oublie pas.

Marius baissa les yeux vers son esquisse, puis son regard tomba sur les corps dans le linceul. Cela lui donna une idée et il ajouta rapidement au crayon les deux cadavres.

— Je reste donc, accepta-t-il sans regret. Et Pouillard ?

— Nous lui demanderons de faire inhumer les dépouilles de nos scélérats. Maintenant, la crypte peut rester ouverte[1].

Marius rentra à l'auberge avec ses amis, la voiture pleine de caisses d'or escortée des chasseurs derrière eux. Là, ils se séparèrent. Auguste et Antoine rassemblèrent rapidement leurs affaires et quittèrent la ville.

Il resta seul.

Il fut réveillé le lendemain très tôt par de violents coups à sa porte. Il se leva encore ensommeillé et ouvrit : c'était Pouillard, affolé.

1. Il est cependant toujours très difficile de la visiter !

— Il a disparu !

— Qui donc ? Qui a disparu ?

— Le bossu !

— Mais il était mort !

— C'est ce que je pensais aussi. Ce matin, je suis venu avec un fossoyeur pour l'emmener. Il ne restait que l'autre, celui abattu par monsieur de Puylaurens !

ÉPILOGUE ET SOURCES

Marius Granet devint le grand peintre que l'on sait. Il resta à Rome durant l'année 1802 et ne revint à Paris qu'en 1803. Avant son départ, il avait envoyé à Paris le tableau de la crypte de San Martino[1]. Malheureusement, l'œuvre fut abîmée par des douaniers et jamais exposée au Louvre[2].

Marius se fâcha ensuite avec Denon, conservateur du musée du Louvre et, insatisfait de sa vie dans la capitale, il choisit de repartir pour l'Italie avec Auguste de Forbin, entre-temps nommé par Bonaparte chambellan de la toute nouvelle madame Borghese – Pauline – qui venait d'épouser le prince du même nom.

Le trésor avait été remis à Portalis et nos amis ne devaient pas en conserver la moindre part. Le matin même de la livraison des caisses d'or – c'était le 15 août 1802 –, un sénatus-consulte décida que ce jour-là, date de naissance de Bonaparte, serait désormais fête nationale.

L'ancien avocat aixois détruisit ensuite toutes les

1. *Intérieur de l'église de San Martino ai Monti.*
2. Il existe plusieurs copies de ce tableau. La plus célèbre est exposée au musée Fabre à Montpellier.

pièces sur l'affaire ainsi que le dossier écrit par Pascalis[1]. Quant au trésor, le futur empereur l'utilisa pour financer ses campagnes militaires. Il ne conserva que les plus belles pierres précieuses et on peut encore les distinguer, si l'on regarde attentivement, sur la couronne qu'il se place sur la tête dans le célèbre tableau de David.

Ces joyaux sont les seules traces qui subsistent du trésor des templiers d'Aix.

Granet s'installa donc à Rome. Il y resta dix ans puis, avec le soutien du cardinal Fesch et la bienveillance de l'empereur, il fut nommé peintre officiel de Caroline, la reine de Naples.

Marius revint plusieurs fois en France mais, chaque fois, l'appel de l'Italie restait le plus fort. Il ne devait rentrer définitivement dans son pays qu'en 1823 pour être nommé, avec l'appui d'Auguste, devenu comte de Forbin, conservateur du musée de Fontainebleau.

Auguste de Forbin devint l'amant et l'ami de Pauline Borghese. Forbin la retrouva à Rome en 1803. Il vint souvent à Aix avec elle où ils logeaient ensemble, soit à la Mignarde, cette jolie bastide qui conservait le souvenir de l'arrestation de Pascalis, soit dans son hôtel du cours à carrosses où vivait sa mère. Pauline était toujours accompagnée de son mari Borghese qui enrageait de savoir sa femme entre les mains d'un autre homme !

1. Nous en avons eu connaissance par hasard à la suite de l'achat de quelques vieux papiers chez un brocanteur aixois : ces documents étaient un double complet du fameux dossier de Pascalis !

Pourtant, Auguste aimait aussi se promener seul, ou parfois avec Antoine quand les malades du médecin lui en laissaient le temps. Ils allaient alors sur le grand terre-plein désert où s'était dressé cet extraordinaire Palais des comtes de Provence. Ils essayaient de retrouver la trace de la tour du Trésor, l'endroit où ils avaient vu le président d'Entrecasteaux sortir les coffres et la grande salle où le chien sauvage les avait attaqués.

Plus loin, ils tentaient aussi de repérer les limites de Sainte-Catherine ou de la Commanderie des Templiers.

Ensuite, ils retournaient chez Antoine. Là, Auguste restait à parler avec sa tante et sa cousine, la belle Clotilde. Ils s'entretenaient avec nostalgie de cette époque disparue à tout jamais.

À partir de 1806, sa relation avec la sœur de l'empereur, tout de même mariée, devint tellement publique et scandaleuse qu'Auguste fut envoyé à l'état-major de Junot, au Portugal. Il quitta finalement l'armée avec le grade de colonel et le titre de baron d'Empire[1]. En 1807, il revint à Aix et, toujours avec Pauline, il finança dans la ville de mémorables jeux de Fête-Dieu.

En 1810, il passa quelques jours à Aix où il retrouva un de ses anciens amis, un aristocrate émigré membre des services secrets anglais, poursuivi par le duc d'Otrante, le régicide Joseph Fouché, alors en exil à Aix sur ordre de l'Empereur[2].

En 1811, Auguste retrouva Granet à Rome, ainsi que Pauline, alors que toutes ses relations le lui déconseillaient. En 1813, il reçut finalement de l'Empereur l'ordre de ne plus jamais revoir sa royale maîtresse.

1. Il fut nommé baron d'Empire en 1810.
2. Voir *Le Duc d'Otrante et les Compagnons du Soleil*.

Devenu directeur des musées de France, il fut le principal responsable de l'enrichissement de nos musées et surtout du Louvre. C'est lui qui y fit entrer les œuvres de David ainsi que la Vénus de Milo[1]. Il restera un des grands personnages aixois trop méconnus et pour toujours *un galant homme et un esprit charmant.*

La famille Forbin quitta finalement l'hôtel du cours à carrosses pour le louer, en 1810, à l'ancien ministre Fouché, sénateur d'Aix, envoyé là en exil pour avoir approché l'Angleterre – sans l'accord de Napoléon – en vue d'un traité de paix.

C'est d'ailleurs le duc d'Otrante qui devait inaugurer la fameuse bibliothèque du marquis de Méjanes que souhaitait tant Jean de Dieu de Boisgelin.

Pascalis fut oublié par ses compatriotes. Lui qui aimait tant sa ville et qui était mort pour elle ne laissa aucune trace, aucun monument. Un jour, les Aixois devront bien lui rendre justice.

Portalis termina le Code civil, devint sénateur des Bouches-du-Rhône, puis ministre des Cultes et de l'Instruction.

À ce poste, il put enfin venir en aide à sa chère ville d'Aix.

En effet, au début du consulat, la capitale déchue de la Provence ne surmontait toujours pas la ruine provoquée par la Révolution. La population d'Aix avait diminué de près du quart et elle restait, pour les autorités départementales, un nid de monarchistes dont il fallait se méfier.

En 1800, un ancien conventionnel, Delacroix, avait

1. Auguste mourut en 1841. Il est enterré à Aix.

été nommé préfet des Bouches-du-Rhône. Sa première décision avait été le transfert des archives d'Aix à Marseille. Pour lui, Aix restait « la Coblenz[1] du Midi » et il avait déclaré en prenant son poste : « Je punirai ce village orgueilleux ! »

L'année suivante, la population exaspérée par les humiliations l'avait défié en défilant aux cris de : « Vive le roi ! »

Le consul à vie Bonaparte ne pouvait tolérer un tel désordre et il décida de sévir. Pour éviter de nouvelles sanctions, Portalis intervint auprès de lui. Après tout, lui expliqua-t-il, c'étaient des Aixois qui venaient de lui offrir cette fortune qui l'aiderait tant.

Le préfet fut donc changé et un ancien garde des Sceaux de Louis XVI fut nommé archevêque. Aix resta cour d'appel et Portalis obtint même la création d'une école de droit, embryon de la future université.

Le nouveau préfet se rapprocha alors des anciennes familles de parlementaires. Le fils de Fauris de Saint-Vincens devint même maire de la ville comme d'autres anciens aristocrates tel François de Fortis.

En 1807, complètement aveugle, le législateur Portalis se fit opérer de la cataracte.

Il retrouva la vue et décéda deux jours plus tard, guéri.

Théodore Desorgues n'était donc pas mort dans la crypte de San Martino. Assommé et gravement blessé au front, il avait repris conscience dans la nuit et réussi à quitter Rome.

Seulement, il avait en partie perdu la mémoire et la raison.

1. Coblenz était la « capitale » des émigrés réfugiés en Allemagne durant la Révolution.

Régulièrement sujet à des crises de démence, le bossu mit un an à regagner la France. À partir de 1803, on perdit sa trace pour la retrouver seulement au printemps 1805. Durant près de deux années, il avait vivoté ici ou là sur les maigres ressources ramenées de Rome. Il ne se souvenait pas des raisons de son voyage et ne put l'expliquer à son frère.

De même, il ne put éclaircir les raisons de l'horrible cicatrice sur son front, ainsi que ses moments d'absence et ses pleurs durant lesquels il parlait de crypte, de meurtres mais aussi d'Angélique de Castellane.

Il était fou. Pourtant, dans sa folie il conservait une haine farouche pour celui qui lui avait pris quelque chose. Quelque chose qui lui avait tant coûté.

Quoi ? Il ne s'en souvenait plus. Mais qui ? Ça, il le savait encore. Celui qui venait de se faire couronner empereur : Buonaparte !

Au printemps 1805, Desorgues refusa une glace au citron dans un café en hurlant : « Je n'aime pas l'écorce [les Corses !]. »

La police de l'Empereur l'apprit et le fit saisir. Très vite, on constata qu'il était cinglé.

Il fut enfermé à Charenton où il mourut en 1808.

Antoine de Puylaurens passa le reste de sa vie à Aix où sa réputation de médecin lui survécut longtemps.

L'abbé Pouillard suivit le cardinal Fesch à Lyon, puis devint sacristain de la chapelle des Tuileries.

BIBLIOGRAPHIE

L'abbé Rive, Desorgues, Jouve-Jourdan ont bien existé et de nombreux documents nous rapportent leur vie. Nous les avons mêlés ici à une histoire dont ils ont peut-être été absents. Il en est de même pour Pascalis, Portalis, Forbin et Granet. C'est la liberté du romancier. Enfin, en ce qui concerne les faits, si la réalité n'a pas été modifiée, tout a été inventé dans les solutions.

Oui, l'assassinat de madame de Castellane et la mort de son époux le président d'Entrecasteaux, la mort de Simiane, le meurtre de Pascalis par Rive et sa horde font partie de la triste réalité de l'histoire aixoise.

Reste une question pour le lecteur curieux : monsieur d'Entrecasteaux a-t-il réellement tué son épouse ? C'est ce qui est universellement admis. Mais aucune preuve irréfutable n'a jamais pu être apportée et la thèse des voleurs, introduits dans la maison par un valet, a été certainement trop vite rejetée.

Pourtant, certains désireront peut-être en savoir plus long sur eux, c'est l'objectif de cette bibliographie.

AGULHON, Maurice, *Histoire de Toulon*, Privat, 1980.
ARPA – Association pour la Restauration du patrimoine

d'Aix, *Aix-en-Provence : parcours au cœur de la ville*, 1993.

AUDOUARD, Jean, *Le Crime du marquis d'Entrecasteaux*, Paris, 1910.

BADET, Claude, *La Révolution en Provence*, Éd. Barthélemy, 1989.

BORRICAND, René, *Les Hôtels particuliers d'Aix-en-Provence*, 1971.

BOUYALA D'ARNAUD, André, *Évocation du vieil Aix-en-Provence*, Les Éditions de Minuit, 1964.

BOYER, Jean, *Le Patrimoine architectural d'Aix-en-Provence*, Imprimerie Roubaud, 1985.

Collectif, *Histoire d'Aix-en-Provence*, Edisud, 1977.

CUBELLS, Monique, *La Provence des Lumières*, Maloine, 1984.

FALQUE DE BEZAURE, Bernard, *Sur les traces des Templiers des Bouches-du-Rhône*, Cheminement, 1997.

LE ROY LADURIE, Emmanuel, *Histoire du climat depuis l'an mil*, Flammarion, 1967.

LONG, Marceau et MONIER, Jean-Claude, *Portalis*, Michalon, 1997.

MANDROU, Robert, *La France aux XVIIe et XVIIIe siècles*, PUF, Nouvelle Clio, 1967.

MICHELET, *La Révolution française.*

PERONNET, Michel, *La France au temps de Louis XVI*, Julliard, 1967.

PROVENCE, Marcel, *Le Cours Mirabeau*, Éditions du Bastidon, 1953.

RIBBE, Charles de, *Pascalis*, 1854.

ROUX-ALPHÉRAN, Ambroise Thomas, *Les Rues d'Aix*, réédition Presses du Languedoc, 1985.

VOVELLE, Michel, *Théodore Desorgues ou la désorganisation*, Le Seuil, 1985.

ARTICLES :

BARJAVEL, *Dictionnaire historique, biographique et bibliographique du département de Vaucluse*, Laffitte, 1970, notice « Rive ».

REBOUL, Robert, « Le Dogue du duc de La Vallière, » *Bulletin du bibliophile*, 1889.

« Lettres inédites de l'abbé Rive », *Bulletin du bibliophile*, 1892.

Sur l'abbé Rive, la bibliothèque Méjanes possède une documentation très complète.

NOTICE SUR L'ÉGLISE DE SAN MARTINO

Cette église est située à Rome à mi-chemin entre la gare Termini et le Colisée. La crypte peut être visitée si vous trouvez le sacristain ! Dans ce cas, il vous l'ouvrira et vous laissera libre de l'explorer.

Un escalier conduit au second niveau souterrain, là où était enterré le trésor du Palais Comtal. Cet escalier est muré depuis 1930. Aurait-on décidé d'empêcher des fouilles privées au cas où certains éléments du trésor s'y trouveraient encore ? Ce n'est pas impossible.

Quoi qu'il en soit, la visite est très intéressante et de nombreuses sculptures romaines sont encore visibles. Dans certaines salles, le sol est couvert de mosaïques.

REMERCIEMENTS

Je dois remercier ici Chantal Brevier, Béatrice Augé et Jacques Branthomme pour avoir accepté si volontiers d'effectuer le travail ingrat de relecture de mon manuscrit.

L'aide considérable que m'apporte monsieur Ferrand, conservateur à la bibliothèque Méjanes (mais en réalité tout le personnel de cette si riche bibliothèque), me permet d'éviter de trop graves erreurs historiques. S'il en reste, je suis le seul responsable.

Enfin, je dois remercier ceux qui m'apportent des renseignements toujours précieux sur les lieux et l'histoire de la Provence. Quant à mon épouse, ma mère et ma fille cadette, toujours premières lectrices, elles restent les plus sévères juges des premières versions de mes ouvrages.

Vous pouvez joindre l'auteur :
aillon@laposte.net
www.grand-chatelet.net

Du même auteur

Aux éditions Le Grand-Châtelet

La Devineresse
Nostradamus et le Dragon de Raphaël
Les Premières Enquêtes de Louis Fronsac
Le Mystère de la Chambre bleue
L'Enlèvement de Louis XIV
La Conjuration des Importants
L'Énigme du clos Mazarin
L'Exécuteur de la haute justice
Le Dernier Secret de Richelieu
Menaces sur le roi
Le Vol du Sancy
Guilhem d'Ussel dans la tourmente
L'Épouvantable Meurtre du marquis de Fors
Attentat à Aquae Sextiae
Le Complot des Sarmates
L'Archiprêtre et la Cité des Tours
Marius Granet et le trésor du Palais Comtal
Le Duc d'Otrante et les Compagnons du Soleil

Aux éditions Flammarion

Le Secret de l'enclos du Temple
La Malédiction de la Galigaï
Dans les griffes de la Ligue
La Bête des Saints-Innocents
Rome, 1202
Rouen, 1203
Le Grand Arcane des rois de France
L'Évasion de Richard Cœur de Lion
Béziers, 1209

Aux éditions J'ai lu

Marseille, 1198
Paris, 1199
Londres, 1200
Montségur, 1201

La Vie de Louis Fronsac
Récits cruels et sanglants
Les Premières Enquêtes de Louis Fronsac

Aux Presses de la Cité

De taille et d'estoc
Férir ou périr
Les Collèges fantômes
La Quête du trésor du Temple
À lances et à pavois
Nostradamus et le dragon de Raphaël
Marius Granet et le trésor du Palais Comtal
Félonies et malaventures

Aux éditions Plon

Le Grand Incendie
Wartburg, 1210

Aux éditions 10/18

Une étude en écarlate
Le Chien des Basqueville
La Ville de la peur
Les Exploits d'Edward Holmes
Le Pont de Montereau
Le Dernier Secret de Richelieu
Menaces sur le roi
La Danse macabre
La Maison de l'abbaye
Le Mystère de la Chambre bleue
L'Exécuteur de la haute justice
L'Énigme du clos Mazarin
L'Enlèvement de Louis XIV
Le Signe des Trois
L'Épouvantable Meurtre du marquis de Fors
La Vengeance du Baphomet
Nostradamus et le dragon de Raphaël
Marius Granet et le trésor du Palais Comtal

#lisez engagé !
www.lisez.com
Pour plus d'information :
Imprimé sur du papier issu de forêts gérées durablement.

10/18 – 92 avenue de France, 75013 PARIS

Imprimé en France par
CPI Brodard & Taupin

N° d'impression : 3052868
X08256/01